A RESISTÊNCIA da RAINHA

A RESISTÊNCIA da RAINHA

REBECCA ROSS

Tradução de
Leonardo Alves

1ª edição

Galera
RIO DE JANEIRO
2022

EDITORA-EXECUTIVA
Rafaella Machado

COORDENADORA EDITORIAL
Stella Carneiro

EQUIPE EDITORIAL
Juliana de Oliveira
Isabel Rodrigues
Lígia Almeida
Manoela Alves

PREPARAÇÃO
João Pedroso

REVISÃO
Renato Carvalho

DIAGRAMAÇÃO
Abreu's System

CAPA
Renata Vidal

TÍTULO ORIGINAL
The Queen's Resistance

CIP-BRASIL. CATALOGAÇÃO NA PUBLICAÇÃO
SINDICATO NACIONAL DOS EDITORES DE LIVROS, RJ

Ross, Rebecca
R738r A resistência da rainha / Rebecca Ross ; tradução Leonardo Alves. – 1. ed. – Rio de Janeiro : Galera Record, 2022.

Tradução de: The Queen's Resistance
Sequência de: A ascensão da rainha
ISBN 978-65-5981-121-2

1. Ficção americana. I. Alves, Leonardo. II. Título.

22-76020 CDD: 813
CDU: 82-3(73)

Meri Gleice Rodrigues de Souza – Bibliotecária – CRB-7/6439

Texto revisado segundo o novo Acordo Ortográfico da Língua Portuguesa.

Direitos exclusivos de publicação em língua portuguesa somente para o Brasil
adquiridos pela
EDITORA GALERA RECORD LTDA.
Rua Argentina, 120 – Rio de Janeiro, RJ - 20921-380 - Tel.: (21) 2585-2000,
que se reserva a propriedade literária desta tradução.

Impresso no Brasil

ISBN 978-65-5981-121-2

Seja um leitor preferencial Record.
Cadastre-se no site www.record.com.br e receba informações
sobre nossos lançamentos e nossas promoções.

Atendimento e venda direta ao leitor:
sac@record.com.br

Para os meus avós —
Mark e Carol Deaton, e John e Barbara Wilson —,
que continuam me inspirando dia após dia.

SUMÁRIO

PERSONAGENS

CASA MACQUINN — O DETERMINADO

Brienna MacQuinn, mestra de conhecimento, filha adotiva do lorde
Davin MacQuinn, lorde MacQuinn (antes Aldéric Jourdain)
Lucas MacQuinn, mestre de música, filho do lorde
(antes Luc Jourdain)
Neeve MacQuinn, tecelã
Betha MacQuinn, tecelã-chefe
Dillon MacQuinn, cavalariço
Liam O'Brian, nobre
Thorn MacQuinn, intendente do castelo
Phillip e Eamon, guardas
Isla MacQuinn, curandeira

CASA MORGANE — O VELOZ

Aodhan Morgane, mestre do conhecimento,
lorde Morgane (antes Cartier Évariste)
Seamus Morgane, nobre
Aileen Morgane, esposa de Seamus, intendente do castelo
Derry Morgane, pedreiro

CASA KAVANAGH — O BRILHANTE

Isolde Kavanagh, rainha de Maevana (antes Yseult Laurent)
Braden Kavanagh, pai da rainha (antes Hector Laurent)

CASA LANNON — O IMPETUOSO

Gilroy Lannon, ex-rei de Maevana
Oona Lannon, esposa de Gilroy Lannon
Declan Lannon, filho de Gilroy e Oona
Keela Lannon, filha de Declan
Ewan Lannon, filho de Declan

CASA HALLORAN — O DECOROSO

Treasa Halloran, lady Halloran
Pierce Halloran, filho mais novo da lady

CASA ALLENACH — O SAGAZ

Sean Allenach, lorde Allenach, meio-irmão de Brienna
Daley Allenach, criado do lorde
Liadan Allenach (irmã de Brendan Allenach), 1495-1516

CASA BURKE — O ANCIÃO

Derrick Burke, lorde Burke

CASA DERMOTT — O AMADO

Grainne Dermott, lady Dermott
Rowan Dermott, marido de Grainne Dermott

OUTROS CITADOS

Merei Labelle, mestra de música
Oriana DuBois, mestra de arte
Tristan Allenach
Tomas Hayden
Fergus Lannon
Patrick Lannon
Ashling Morgane
Líle Morgane
Sive MacQuinn

AS CATORZE CASAS DE MAEVANA

Allenach, o Sagaz
Kavanagh, o Brilhante
Burke, o Ancião
Lannon, o Impetuoso
Carran, o Corajoso
MacBran, o Misericordioso
Dermott, o Amado
MacCarey, o Justo
Dunn, o Sábio
MacFinley, o Pensativo
Fitzsimmons, o Gentil
MacQuinn, o Determinado
Halloran, o Decoroso
Morgane, o Veloz

ÁRVORE GENEALÓGICA DA FAMÍLIA ALLENACH

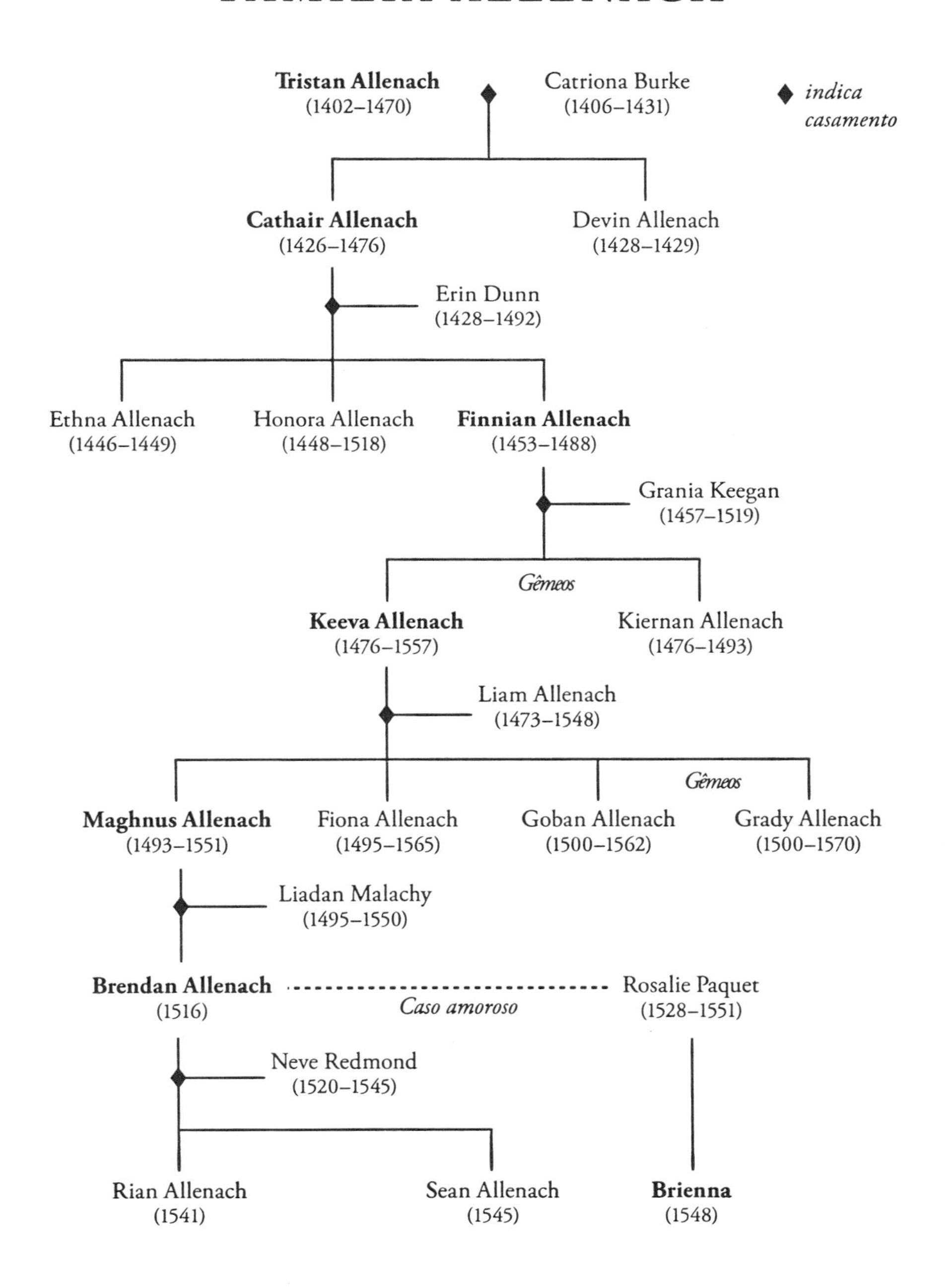

ÁRVORE GENEALÓGICA DA FAMÍLIA MACQUINN

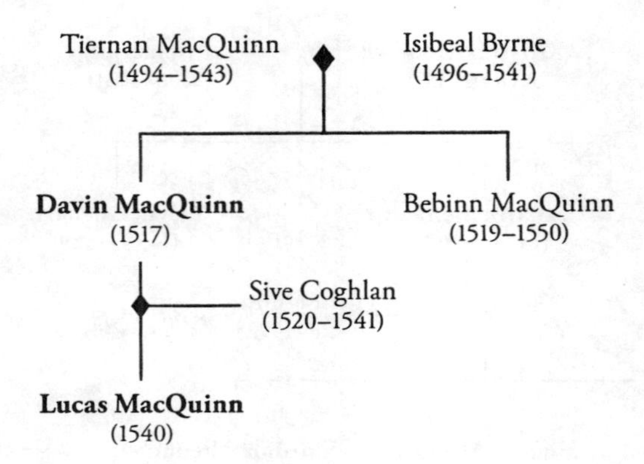

ÁRVORE GENEALÓGICA DA FAMÍLIA MORGANE

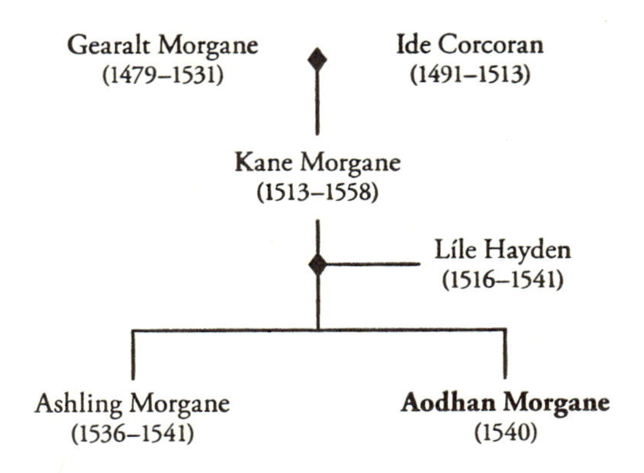

ÁRVORE GENEALÓGICA DA FAMÍLIA KAVANAGH

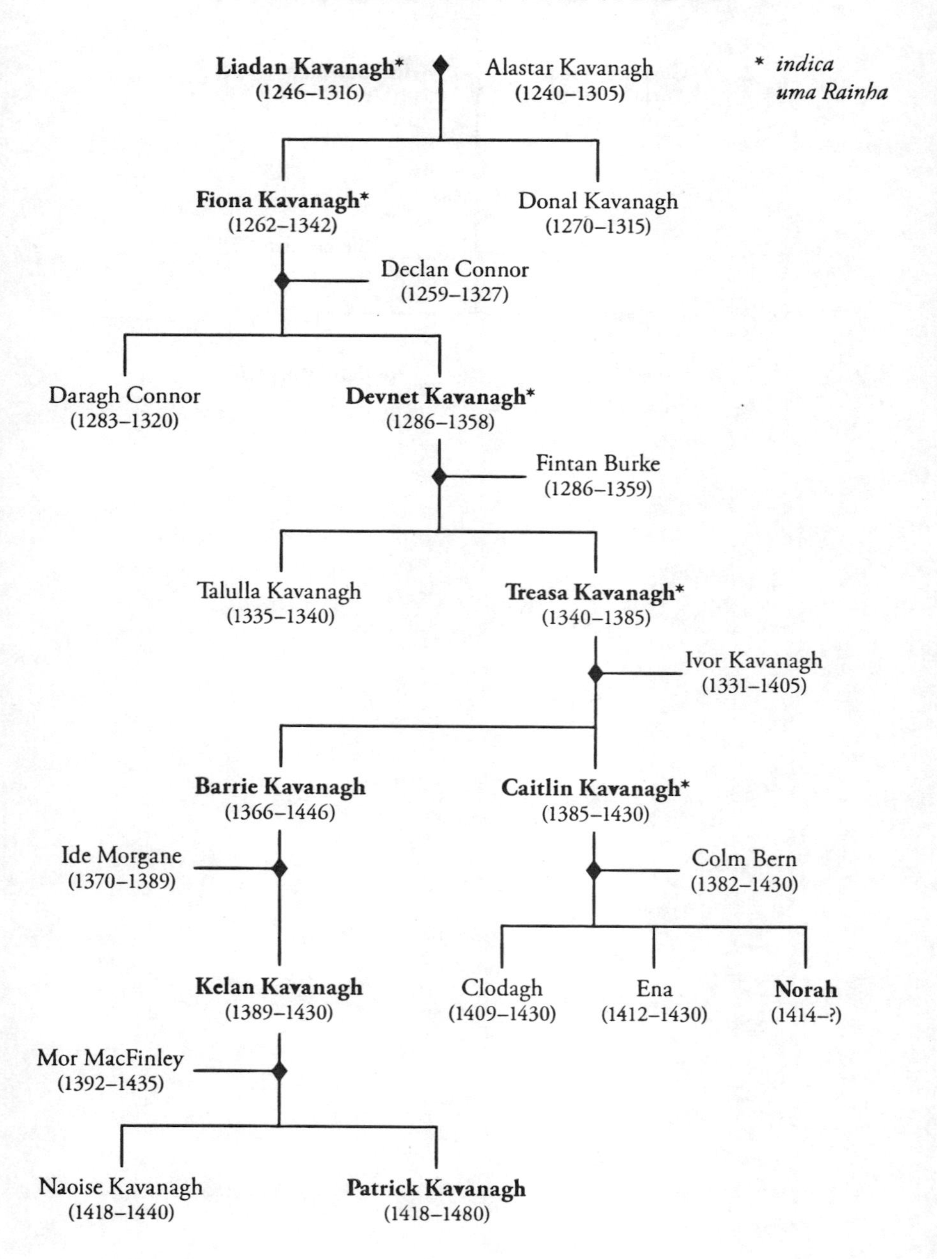

FAMÍLIA KAVANAGH

(cont.)

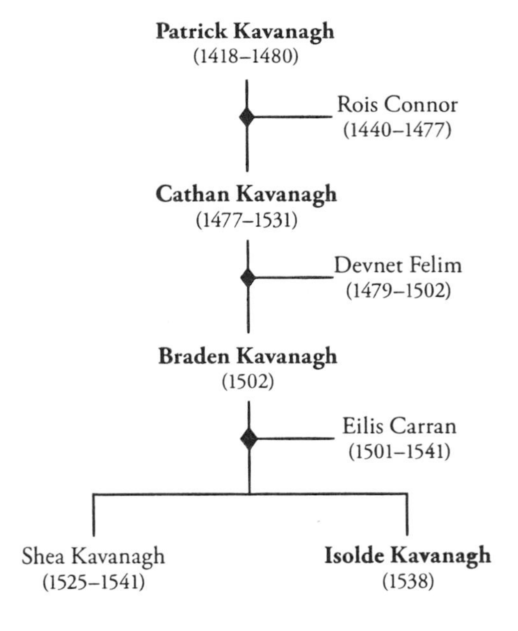

PARTE UM

A VOLTA

Outubro de 1566

1

A FILHA DO INIMIGO

Território de lorde MacQuinn, castelo Fionn

Brienna

O castelo fervilhava de risos e preparativos para o jantar quando eu e Cartier entramos no salão com mantos azul-escuros nas costas e a brisa da noite sacudindo nossos cabelos. Parei no centro do espaço grandioso para admirar as tapeçarias penduradas, o arco alto do teto que se fundia nas sombras turvas e as janelas com mainel na parede leste. O fogo ardia em uma lareira de acabamento polido, e as mulheres do castelo estavam dispondo as melhores peças de estanho e prata nas mesas compridas. Como eu ainda era uma pessoa desconhecida, não repararam em mim, então fiquei observando um grupo de meninas decorar as colunas das mesas com uma corrente de pinhas e flores vermelho-escuras. Um menino corria atrás delas para acender uma cordilheira de velas, visivelmente de olho em uma das garotas de cabelo castanho.

Por um instante, quase parecia que esse castelo e essas pessoas nunca tinham passado pelas trevas e pela opressão do reinado da família Lannon. No entanto, fiquei pensando nas feridas que seus corações ainda guardavam e nas lembranças deixadas por 25 anos de tirania do rei.

— Brienna.

Cartier parou com delicadeza ao meu lado. Ele se manteve a uma distância segura de mim — um braço inteiro —, embora eu ainda tivesse a memória de seu toque e do sabor de seus lábios nos meus. Ficamos parados em silêncio, e eu sabia que ele também estava admirando os clamores e a beleza rústica do ambiente. Que ele ainda estava tentando se adaptar ao que nossas vidas estavam prestes a se tornar agora que havíamos voltado aos domínios da rainha de Maevana.

Eu era a filha adotiva de Davin MacQuinn — um lorde derrotado que passara os últimos 25 anos escondido, e que finalmente voltara para iluminar seu salão e recuperar seu povo.

E Cartier, meu antigo instrutor, era o lorde da Casa Morgane. Lorde da Veloz — Aodhan Morgane.

Eu achava praticamente impossível chamá-lo assim. Era um nome que, em todos os anos desde que o conheci no reino austral de Valenia, quando fui sua pupila, e ele, meu professor, mestre de conhecimento, eu *jamais* teria imaginado que ele possuiria.

Pensei no emaranhado que nossas vidas haviam se tornado, desde o primeiro momento em que o vi e fui aceita na prestigiosa Casa Magnalia, uma escola valeniana das cinco paixões da vida. Eu havia deduzido que ele era valeniano — seu nome era valeniano, e ele era versado em etiqueta e paixão e passara quase toda a vida no reino do sul.

Contudo, ele era muito mais do que isso.

— Por que a demora?

Levei um susto, pega de surpresa por Jourdain, que apareceu no meu campo de visão e me avaliou dos pés à cabeça, como se esperasse que eu tivesse algum arranhão. O que quase cheguei a achar engraçado, porque, três dias antes, havíamos participado de uma batalha com Isolde Kavanagh, a legítima rainha de Maevana. Eu vestira armadura, passara corante azul no rosto, trançara o cabelo e brandira uma espada em nome de Isolde, sem saber se sobreviveria à revolução. Mas eu lutara por ela, assim como Cartier e Jourdain, e com ela para desafiar Gilroy Lannon, um homem que *jamais* deveria ter sido rei destas terras. Unidos, nós o derrubamos junto com sua família no decorrer de uma alvorada sangrenta, ainda que vitoriosa.

E, agora, Jourdain agia como se eu tivesse corrido para mais uma batalha. Só porque estava atrasada para o jantar.

Eu precisava me lembrar da necessidade de ser compreensiva. Não estava acostumada a paparicos paternos — havia passado a vida inteira sem saber quem era meu pai verdadeiro. E, ah, como eu lamentava saber agora de quem eu descendia; expulsei o nome dele da mente e tratei de me concentrar no homem diante de mim, o homem que me adotara como filha meses atrás, quando unimos nossos conhecimentos para tramar uma rebelião contra o rei Lannon.

— Cartier e eu tínhamos muitos assuntos para conversar. E não me venha com esse olhar, pai. Chegamos a tempo — falei, mas meu rosto esquentou sob o escrutínio atento de Jourdain.

Quando ele dirigiu os olhos para Cartier, acho que entendeu. Cartier e eu não tínhamos só "conversado".

Foi irresistível a lembrança do momento em que estávamos eu e Cartier no seu castelo decadente nas terras de Morgane, quando ele finalmente me dera meu manto de paixão.

— Sim, bom, falei para você voltar antes de escurecer, Brienna — disse Jourdain, e então se dirigiu a Cartier com um tom mais brando: — Morgane. É gentileza sua vir participar de nosso banquete comemorativo.

— Obrigado pelo convite, MacQuinn — respondeu Cartier, abaixando a cabeça em sinal de respeito.

Foi estranho ouvir esses nomes serem pronunciados em voz alta, pois eles não correspondiam às imagens que eu tinha na mente. E, ainda que outros fossem começar a tratar Cartier como lorde Aodhan Morgane, eu sempre pensaria nele como Cartier.

Além disso, ainda tinha Jourdain, meu patrono transformado em pai. Quando eu o conhecera, dois meses antes, ele se apresentara como Aldéric Jourdain, seu codinome valeniano. Mas, assim como Cartier, ele era muito mais do que aquilo. Era lorde Davin MacQuinn, o Determinado.

E, ainda que outros fossem começar a tratá-lo assim, eu o chamaria de "pai" e sempre pensaria nele como Jourdain.

— Venham, vocês dois.

Jourdain nos levou para cima do tablado, onde a família do lorde deveria sentar e jantar em uma mesa comprida.

Cartier piscou para mim quando Jourdain estava de costas para nós, e tive que reprimir um sorriso de pura felicidade.

— Aí está você! — gritou Luc ao entrar no salão por uma das portas laterais e me ver no tablado.

As meninas pararam de montar os arranjos de pinhas e flores e cochicharam quando Luc passou por elas. Seu cabelo castanho-escuro estava desarrumado, o que era comum, e seus olhos brilhavam de alegria.

Ele se apressou pelos degraus do tablado e me envolveu em um abraço, como se tivéssemos passado meses sem nos ver, embora eu o tivesse visto naquela mesma tarde. Segurou meus ombros e me virou de costas para ver os fios de prata costurados em meu manto de paixão.

— *Mestra* Brienna — disse ele. Eu me virei de volta e ri, por finalmente escutar o título associado ao meu nome. — É um belo manto.

— É, bom, acho que esperei bastante para tê-lo — respondi, sem conseguir evitar um olhar para Cartier.

— Qual é a constelação? — perguntou Luc. — Acho que sou horrível em astronomia.

— É Aviana.

Eu agora era mestra de conhecimento, algo pelo qual havia dedicado anos de esforço na Casa Magnalia para conquistar. E, naquele instante, dentro do salão de Jourdain em Maevana, cercada da família e amigos, com meu manto de paixão, e com Isolde Kavanagh prestes a voltar ao trono do norte… era impossível me sentir mais satisfeita.

Quando todos nós nos sentamos, fiquei observando Jourdain, que segurava um cálice dourado nas mãos e tinha uma expressão cuidadosamente reservada no rosto ao examinar as pessoas que entravam para o jantar. O que será que ele estava sentindo depois de finalmente voltar para casa, após aqueles 25 anos de terror, e poder retomar sua função de lorde daquele povo?

Eu sabia a verdade de sua vida, tanto de seu passado maevano quanto do valeniano.

Ele havia nascido nesse castelo como filho nobre de Maevana. Herdara as terras e o povo de MacQuinn e lutara para protegê-lo ao ser obrigado a servir ao terrível rei Gilroy Lannon. Eu sabia que Jourdain presenciara cenas horríveis no salão do rei — vira homens perderem mãos e pés por não conseguirem pagar integralmente os tributos, vira idosos perderem um olho por fitar o rei por tempo demais, escutara mulheres gritarem de cômodos distantes ao serem espancadas, vira crianças serem açoitadas por fazer barulho quando deviam ter ficado quietas. *Eu vi*, confessara Jourdain para mim certa vez, empalidecido pela lembrança. *Eu assistia àquilo tudo, com medo de me opor.*

Até que finalmente decidira se rebelar, destronar Gilroy Lannon, restituir uma rainha legítima ao trono do norte e eliminar as trevas e o terror que haviam se abatido sobre a antiga glória de Maevana.

Duas outras Casas maevanas se uniram à sua revolução secreta: os Kavanagh, que tinham sido a única casa mágica de Maevana, e os Morgane. Mas Maevana era uma terra com catorze casas mais diversas impossível; cada uma tinha seus próprios pontos fortes e fracos. Contudo, apenas três se atreveram a desafiar o rei.

Acho que foi pela incerteza que a maioria dos lordes e ladies se contiveram, afinal, havia dois artefatos preciosos desaparecidos: a Pedra do Anoitecer, que concedia à casa Kavanagh seus poderes mágicos, e o Cânone da Rainha, que era a lei que declarava que nenhum rei jamais haveria de ocupar o trono de Maevana. Sem a pedra e o Cânone, como a rebelião seria capaz de derrocar Gilroy Lannon, que estava profundamente estabelecido no trono?

Mas, 25 anos antes, MacQuinn, Kavanagh e Morgane haviam se unido e atacado o castelo real, preparados para a guerra. O sucesso do golpe dependia de pegar Lannon de surpresa, o que foi impossível quando lorde Allenach, meu pai biológico, descobriu a existência da rebelião e a traiu.

Gilroy Lannon estava à espera de Jourdain e seus seguidores.

Ele atacou e matou as mulheres de cada família, ciente de que isso aniquilaria a motivação dos lordes.

Mas o que Gilroy não esperava era que três das crianças sobrevivessem: Luc. Isolde. Aodhan. E como sobreviveram, os três lordes revoltosos fugiram com os filhos para o país vizinho de Valenia.

Adotaram nomes e profissões valenianas; descartaram a língua materna dairine em favor do chantal médio, o idioma valeniano; enterraram suas espadas, seus brasões do norte e sua ira. Se esconderam e criaram os filhos como valenianos.

Mas o que a maioria não sabia era que Jourdain nunca abandonou os planos de voltar e destronar Lannon. Ele e os outros dois lordes derrotados se encontravam uma vez por ano, sem jamais perder as esperanças de que poderiam iniciar outro levante e vencer.

Tinham Isolde Kavanagh, que estava destinada a se tornar rainha.

Tinham o desejo e a vontade de se rebelar novamente.

Tinham a sabedoria dos anos, assim como a dolorosa lição do primeiro fracasso.

No entanto, ainda lhes faltavam dois elementos cruciais: a Pedra do Anoitecer e o Cânone da Rainha.

Foi aí que me juntei a eles, pois eu havia herdado lembranças de um antepassado distante que enterrara a pedra mágica séculos atrás. Se eu conseguisse recuperá-la, a magia voltaria aos Kavanagh, e as outras casas maevanas talvez finalmente se unissem a nossa revolução.

E foi exatamente o que fiz.

Tudo isso acontecera meras semanas atrás, mas parecia que tinha sido havia muito mais tempo, como se eu estivesse vendo tudo através de um vidro rachado — embora eu ainda sentisse os hematomas e as dores da batalha e dos segredos e traições, da verdade que descobri sobre minha própria linhagem maevana.

Suspirei, deixei meus devaneios se dissiparem e continuei observando Jourdain, sentado à mesa.

Seu cabelo castanho-escuro estava amarrado com uma fita, o que o fazia parecer valeniano, mas um aro repousava em sua cabeça, um vislumbre de luz. Ele usava calças pretas simples e um gibão de couro com um falcão dourado bordado na altura do peito, o orgulhoso brasão de sua casa. Sua bochecha ainda brandia um corte da batalha, mas se curava lentamente. Sinal do que havíamos acabado de sofrer.

Jourdain lançou um olhar para dentro do cálice, e finalmente vi — a fagulha de incerteza, a dúvida em relação a si mesmo, a assombração de não ter valor nenhum —, então peguei uma taça de sidra e puxei a cadeira ao seu lado, para me sentar com ele.

Eu havia crescido junto de outras cinco ardens na Casa Magnalia, cinco meninas que tinham se tornado irmãs para mim. Contudo, a experiência dos últimos meses cercada por homens fora um profundo aprendizado sobre a natureza deles, ou, principalmente, a fragilidade de seu coração e seu ego.

Não falei nada, a princípio, e ficamos observando as pessoas trazerem bandejas de comida fumegante e as depositarem nas mesas. Mesmo assim, comecei a reparar que uma boa quantidade dos MacQuinn falavam em tons contidos, como se ainda tivessem medo de que alguém os ouvisse. As roupas eram limpas, mas esfarrapadas, e os rostos tinham marcas profundas do trabalho pesado e das décadas sem sorrir. Alguns dos meninos estavam até surrupiando pedaços de presunto da bandeja e enfiando nos bolsos, como se estivessem acostumados a passar fome.

E levaria tempo para o medo desaparecer, para os homens, as mulheres e as crianças desta terra se regenerarem e se restabelecerem.

— Deve parecer até um sonho para você, não é, pai? — sussurrei, enfim, para Jourdain, quando senti o peso de nosso silêncio.

— Hmm. — O som preferido de Jourdain, que significava que ele concordava em partes. — Em alguns momentos, parece. Até eu procurar Sive e me dar conta de que ela não está mais aqui. Aí parece realidade.

Sive, a esposa dele.

Eu não conseguia deixar de imaginar como ela devia ter sido, uma mulher de coragem, valente, que cavalgou para a batalha tantos anos atrás, que sacrificou a própria vida.

— Queria ter a conhecido — falei, e a tristeza invadiu meu coração. Eu conhecia esse sentimento; o desejo de ter uma mãe me acompanhara por muitos anos.

Minha própria mãe era valeniana e morrera quando eu tinha 3 anos. Meu pai, por outro lado, era maevano. Às vezes, eu me sentia dividida entre esses dois países: a paixão do sul, a espada do norte. Eu queria fazer parte daqui, com Jourdain, com os MacQuinn, mas quando pensava em meu sangue paterno, quando lembrava que Brendan Allenach, tão lorde quanto traidor, era meu pai de sangue, eu me perguntava se algum dia seria aceita aqui, neste castelo que ele havia atormentado.

— E para você, Brienna, como está sendo? — perguntou Jourdain.

Pensei por um instante, saboreando o calor dourado da fogueira e a felicidade que crescia no povo de Jourdain à medida que a concentração em volta das mesas aumentava. Ouvi a música que Luc tocava no violino, melódica e agradável, provocando sorrisos em homens, mulheres e crianças, e me inclinei na direção de Jourdain, para apoiar a cabeça em seu ombro.

E dei a resposta que ele precisava ouvir, não a que eu sentia plenamente até o momento:

— Parece que estou em casa.

Só me dei conta de como estava com fome quando a comida foi servida: bandejas de carne assada e legumes salpicados de ervas, pães amaciados com manteiga, frutas em conserva e pratos de queijos fatiados com cascas de diversas cores. Enchi o prato com mais comida do que jamais seria capaz de comer.

Enquanto Jourdain se ocupava falando com a sucessão de homens e mulheres que subiam ao tablado para cumprimentá-lo formalmente, Luc puxou a cadeira para ficar de frente para mim e Cartier.

— Pois não? — perguntei, já que Luc ficou apenas sorrindo para nós.

— Quero saber a verdade — disse ele.

— Que verdade, irmão?

Luc franziu a testa.

— De como vocês se conheceram! E o porquê de nunca terem falado nada! Durante nossas reuniões de planejamento... Como é que vocês não sabiam? Todo o resto do nosso grupo de rebeldes acreditava que vocês não se conheciam.

Continuei encarando Luc, mas senti o olhar de Cartier se voltar para mim.

— Nunca falamos nada porque um não sabia do envolvimento do outro — respondi. — Nas reuniões de planejamento, você chamava Cartier de *Theo D'Aramitz*. Eu não sabia quem era esse. E quando você me chamou de *Amadine Jourdain*, Cartier não sabia quem era essa. — Dei de ombros, mas ainda conseguia sentir o choque da revelação, o momento impactante de quando percebi que Cartier era lorde Morgane. — Um simples mal-entendido causado por dois codinomes.

Um simples mal-entendido que poderia ter destruído toda a missão para reaver o trono à rainha.

Como sabia onde meu antepassado enterrara a Pedra do Anoitecer, fui enviada para Maevana, para recorrer à hospitalidade de lorde Allenach, enquanto, em segredo, recuperava a pedra em seu território. Além disso, o grupo rebelde de Jourdain havia planejado para que lorde Morgane se disfarçasse de nobre valeniano em visita ao castelo Damhan para a caçada de outono. Sua missão verdadeira era preparar o povo para a volta da rainha.

— E quem foi que falou para você? — perguntei a Luc.

— Merei — respondeu meu irmão, tomando um pequeno gole de cerveja para mascarar o carinho em seu tom de voz ao falar o nome dela.

Merei, minha melhor amiga e companheira de quarto em Magnalia, que se tornara apaixonada por música e que também achara que Cartier era o que eu sempre havia imaginado: um mestre valeniano de conhecimento.

— Aham — falei, deliciando-me com o fato de que era meu irmão agora quem corava diante do meu escrutínio.

— Que foi? Ela me contou a verdade depois da batalha — gaguejou Luc. — Merei falou: "Você sabia que lorde Morgane deu aula para Brienna em Magnalia? E que a gente não fazia ideia de que ele era um lorde maevano?"

— E assim… — comecei, mas fui interrompida por Jourdain, que se levantou de repente.

O salão imediatamente ficou em silêncio, e todos os olhares se voltaram para ele, que ergueu o cálice e contemplou seu povo por alguns instantes.

— Eu queria dizer algumas palavras, agora que estou de volta — começou ele. — É impossível descrever o que sinto por estar de novo em meu lar, por me reencontrar com vocês. Durante os últimos 25 anos, pensei em vocês sempre que me levantava, e sempre que me deitava à noite. Falei seus nomes na mente quando não conseguia dormir, relembrando seus rostos e o som de suas vozes, o talento de suas mãos, a alegria de sua amizade. — Jourdain fez uma pausa, e vi lágrimas em seu rosto. — Agi errado quando os abandonei naquela noite do primeiro levante. Eu devia ter resistido; devia estar aqui quando Lannon chegou, à minha procura…

Um silêncio doloroso se abateu sobre o salão. Só se ouvia o som de nossas respirações, o crepitar do fogo que ardia na lareira, o gemido de uma criança no colo da mãe. Senti meu coração acelerar, pois eu não esperava que ele fosse falar isso.

Olhei de relance para Luc, que tinha empalidecido. Nossos olhares se cruzaram; nossas mentes se uniram quando pensamos, os dois: *O que fazemos? Devemos falar alguma coisa?*

Eu estava a ponto de me levantar quando escutei os passos firmes de um homem que se aproximava do tablado. Era Liam, um dos nobres remanescentes de Jourdain, que havia escapado de Maevana anos atrás para sair em busca de seu lorde derrotado e, por fim, encontrara o esconderijo de Jourdain e entrara para nossa revolução.

Nossa rebelião não poderia ter começado de verdade sem a sabedoria de Liam. Eu o vi subir os degraus e apoiar a mão no ombro de Jourdain.

— Milorde MacQuinn — disse o nobre. — Não há palavras que descrevam o que sentimos ao vê-lo voltar a este salão. Falo por todos quando digo que estamos em êxtase por estarmos juntos novamente. Que pensávamos em *você* sempre que levantávamos e sempre que deitávamos para dormir à noite. Que sonhamos com este momento. E sabíamos que você um dia voltaria para nós.

Jourdain olhou para Liam, e vi a emoção crescer em meu pai.

Liam continuou.

— Lembro daquela noite terrível. Muitos de nós lembram. Quando viemos até você neste mesmo salão após a batalha e trouxemos seu garoto para seus braços. — Ele olhou para Luc, e o amor em seus olhos quase me tirou o fôlego. — Você fugiu porque *nós* pedimos e quisemos, lorde MacQuinn. Fugiu para proteger a vida do seu filho, porque não suportaríamos perder vocês dois.

Luc se levantou e contornou a mesa até parar do outro lado de Liam. O nobre apoiou a mão direita no ombro de meu irmão.

— Nós damos boas-vindas a vocês dois, milordes — disse Liam. — E é uma honra voltar a servi-los.

O salão se encheu de vida quando todos se levantaram e ergueram copos de cerveja e sidra. Cartier e eu também levantamos, e estendi minha sidra para a luz, esperando para brindar à saúde de meu pai e meu irmão.

— Ao lorde MacQuinn — começou o nobre Liam, mas Jourdain se virou de repente para mim.

— Minha filha — murmurou ele, com a voz fraca, estendendo a mão para mim.

Fiquei praticamente paralisada, de surpresa, e o salão se calou quando todos olharam para mim.

— Esta é Brienna — disse Jourdain. — Minha filha adotiva. E eu não teria voltado para casa sem ela.

De repente, fui tomada pelo medo de que a verdade do castelo Damhan tivesse se espalhada — *lorde Allenach tem uma filha*. Porque, na semana anterior, eu certamente havia me anunciado como a filha há muito perdida de Allenach no salão dele. E, embora eu não soubesse a dimensão do terror e da brutalidade que havia acontecido nestas terras, com este povo, eu sabia que Brendan Allenach traíra Jourdain e tomara seu povo e suas terras 25 anos antes.

Eu era a filha do inimigo deles. Será que quando olhavam para mim ainda viam uma sombra dele? *Não sou mais uma Allenach. Sou uma MacQuinn*, insisti para mim mesma.

Fui para o lado de Jourdain e deixei que ele pegasse minha mão e me puxasse para mais perto ainda, sob o calor de seu braço.

O nobre Liam sorriu para mim, com um pedido de desculpas nos olhos, como se lamentasse não ter percebido minha presença. Ele então ergueu o copo e disse:

— Aos MacQuinn.

O brinde estrepitou por todo o salão, afugentando as sombras e alçando-se como luz até o teto.

Hesitei só por um instante antes de erguer minha sidra e beber.

Após o banquete, Cartier, Luc e eu fomos conduzidos por Jourdain pela escadaria até o cômodo que, no passado, fora o escritório de meu pai. Era uma câmara ampla com paredes entalhadas cheias de estantes, e um chão de pedra recoberto de peles e tapetes que abafavam nossos passos. Um candelabro de ferro pendia acima de uma mesa decorada com um belo mosaico, quadrados de berilo, topázio e lápis-lazúli, exibindo um falcão em voo. Uma das paredes tinha um mapa grande de Maevana; passei um instante admirando-o antes de me juntar aos homens na mesa.

— É hora de planejar a segunda fase da nossa revolução — afirmou Jourdain, e reconheci a mesma centelha que havia visto quando tramamos nossa volta a Maevana no salão de jantar da casa dele em Valenia. Como aqueles dias agora pareciam distantes... como se tivessem ocorrido em outra vida.

Na superfície, parecia que a parte mais difícil da revolução estava encerrada. Mas, quando pensei em tudo que se estendia diante de nós, a exaustão começou a se esgueirar pelas minhas costas e pesar sobre meus ombros.

Ainda havia muita coisa que podia dar errado.

— Vamos começar enumerando nossos receios — sugeriu Jourdain.

Estiquei a mão para pegar um pedaço novo de pergaminho, uma pena e um frasco de tinta, preparando-me para escrever.

— Eu começo — ofereceu-se Luc. — O julgamento dos Lannon.

Escrevi *Os Lannon* no papel, e estremeci, como se o mero toque da ponta da pena fosse capaz de invocá-los até nós.

— O julgamento é daqui a onze dias — informou Cartier.

— Então temos onze dias para decidir o destino deles? — perguntou Luc.

— Não — respondeu Jourdain. — Não seremos *nós* a decidi-lo. Isolde já anunciou que o povo de Maevana vai julgá-los. Publicamente.

Escrevi isso, lembrando aquele acontecimento histórico de três dias antes, quando Isolde entrara na sala do trono após a batalha, suja de sangue, com o povo atrás de si. Ela retirara a coroa da cabeça de Gilroy, batera várias vezes nele e o obrigara a rastejar ao chão até cair prostrado aos seus pés. Eu jamais esqueceria aquele momento glorioso, as batidas do meu coração quando percebi que o trono maevano estava prestes a ser ocupado novamente por uma rainha.

— Vamos armar um palanque nos campos do castelo, então, para que todos possam assistir — disse Cartier. — Levamos um Lannon de cada vez.

— E nossas queixas serão lidas em voz alta — acrescentou Luc. — Não só as nossas, mas a de qualquer pessoa que quiser prestar testemunho das transgressões dos Lannon. Precisamos avisar as outras Casas, para elas levarem suas queixas ao julgamento.

— Se fizermos isso — alertou Jourdain —, o mais provável é que toda a família Lannon seja executada.

— Toda a família Lannon precisa sofrer as consequências de seus atos — ressaltou Cartier. — É assim que sempre foi feito no norte. As lendas chamam isso de a "parte amarga" da justiça.

Sabia que ele tinha razão. Cartier havia me ensinado a história de Maevana. Para minha sensibilidade valeniana, esse castigo impiedoso parecia tenebroso e excessivo, mas eu sabia que isso fora feito para evitar que o ressentimento crescesse nas famílias nobres, para impor limites aos poderosos.

— Não esqueçamos — continuou Jourdain, como se tivesse lido minha mente — que Lannon praticamente aniquilou a Casa Kavanagh. Ele havia passado *anos* torturando pessoas inocentes. Não gosto de presumir que a esposa de Lannon e o filho deles, Declan, defendiam esses atos... Talvez eles tivessem medo demais para protestar. Mas, até conseguirmos interrogá-los, acho que é o único jeito. A família Lannon como um todo precisa ser castigada. — Ele se calou, perdido em pensamentos. — Todo o apoio que conseguirmos obter do público para Isolde é crucial, e precisa acontecer rápido. Estamos vulneráveis enquanto o trono ficar vazio.

— As outras casas precisam jurar lealdade a ela publicamente — falei.

— Precisam — concordou meu pai. — Mas, principalmente, precisamos estabelecer alianças novas. Romper um juramento é muito mais fácil do que romper uma aliança. Vamos rever as alianças e rivalidades que já conhecemos, e isso nos dará uma ideia de onde precisamos começar.

Escrevi antes *Alianças entre Casas* e criei uma coluna para preencher. Como precisávamos considerar catorze Casas, eu sabia que isso logo poderia virar um emaranhado caótico. Algumas das alianças mais antigas eram o tipo de relacionamento que se formara quando as tribos se tornaram Casas e receberam a bênção da primeira rainha, Liadan, séculos atrás. E muitas eram alianças estabelecidas através de casamentos e entre Casas vizinhas ou contra inimigos em comum. Mas eu também sabia que o reinado de Gilroy Lannon provavelmente havia corrompido algumas dessas alianças, então não podíamos confiar exclusivamente no que já acontecera.

— Quais Casas apoiam os Lannon? — perguntei.

— Halloran — informou Jourdain, depois de um instante.

— Carran — acrescentou Cartier.

Anotei esses nomes, ciente de que havia outra, uma última Casa que dera pleno apoio aos Lannon durante a era de terror. Contudo, os homens não iam falar dela; seu nome teria que sair da minha própria boca.

— Allenach — murmurei, preparando-me para incluí-la na lista.

— Espere, Brienna — interrompeu Cartier, com delicadeza. — Sim, lorde Allenach apoiou Lannon. Contudo, seu irmão, Sean, herdou a Casa. E ele lutou ao nosso lado no campo de batalha.

— Meu *meio*-irmão, mas, sim. Sean Allenach prestou apoio a Isolde, ainda que tenha sido no último segundo. Quer que eu convença Sean a declarar publicamente apoio aos Kavanagh? — perguntei, incerta sobre como abordar a questão.

— Quero — confirmou Jourdain. — Obter o apoio de Sean Allenach é essencial.

Fiz que sim com a cabeça e anotei *Allenach* em um canto.

Falamos das outras alianças que conhecíamos:

Dunn — Fitzsimmons (pelo casamento)

MacFinley — MacBran — MacCarey (estende-se pela parte norte de Maevana; aliança formada a partir de um antepassado em comum)

Kavanagh — MacQuinn — Morgane

As Casas Burke e Dermott eram as únicas sem associações.

— Burke declarou apoio quando lutou conosco no campo — falei, lembrando quando ele chegara com seus homens e mulheres em nosso momento de fraqueza na batalha, quando achei que poderíamos perder.

Lorde Burke mudara os rumos da batalha e nos dera aquele último impulso de que precisávamos para derrotar Lannon e Allenach.

— Vou ter uma conversa em particular com lorde e lady Burke — anunciou Jourdain. — Não vejo motivo para não jurarem lealdade a Isolde. Vou entrar em contato também com as outras Casas Mac.

— E vou convidar os Dermott — propôs Cartier. — Assim que eu puser ordem na minha Casa.

— E talvez eu consiga conquistar a aliança de Dunn e Fitzsimmons com um pouco de música, hein? — sugeriu Luc, agitando as sobrancelhas.

Sorri para ele, para disfarçar o fato de que fui encarregada de lidar com os Allenach. Eu poderia pensar nisso mais tarde, quando tivesse um momento de privacidade para processar a série de emoções que isso causava em mim.

— Agora, as rivalidades — prossegui.

Eu sabia de duas e tomei a liberdade de anotá-las:

MacQuinn x Allenach (disputa de fronteiras, ainda não resolvida)

MacCarey x Fitzsimmons (por acesso à baía)

— Quem mais? — perguntei, despejando estrelas de tinta com a ponta da pena no papel.

— Halloran e Burke sempre se desentenderam — revelou Jourdain. — Eles são concorrentes como fabricantes de produtos de aço.

Acrescentei-os à lista. Certamente deveria haver outras rivalidades. Era notório o espírito ardoroso e obstinado de Maevana.

Estava encarando minha lista, mas, pelo canto do olho, vi Jourdain olhar para Cartier, que se mexeu ligeiramente na cadeira.

— Morgane e Lannon — murmurou ele, tão baixo que quase não escutei.

Ergui os olhos para Cartier, mas ele não estava olhando para mim. Seu olhar estava fixado em algo distante, algo que eu não via.

Morgane x Lannon, escrevi.

— Tenho outro receio — comentou Luc, rompendo o silêncio pesado. — A magia dos Kavanagh voltou, já que a Pedra do Anoitecer foi recuperada. Isso é algo que precisemos considerar agora? Ou mais tarde, quem sabe, depois da coroação de Isolde?

Magia.

Acrescentei à lista, uma palavra singela que detinha tantas possibilidades. Ficou evidente após a batalha que o dom de Isolde para magia era a cura. Eu havia pendurado a pedra em seu pescoço, e ela fora capaz de encostar em ferimentos e curá-los. Fiquei me perguntando se ela sequer controlava sua magia de alguma forma.

"Não estou", confessara ela para mim. "Quem me dera ter alguém para me instruir, um manual..."

Ela confidenciara para mim no dia seguinte à batalha.

"Se minha magia se descontrolar... quero que você jure que esconderá a Pedra do Anoitecer. Não desejo brandir a magia para o mal, e sim para o bem do povo", sussurrara ela, e meu olhar recaíra sobre a pedra apoiada em seu coração, com um brilho colorido. "E, no momento, ainda há muito que não sei sobre ela. Não sei do que sou capaz. Prometa-me, Brienna, que me vigiará."

"Sua magia não vai se descontrolar, milady", eu havia respondido, também com um murmúrio, mas senti meu coração doer diante da confissão dela.

Fora *justamente* por isso que a pedra tinha desaparecido 136 anos atrás. Não só porque meu antepassado, Tristan Allenach, se revoltara por que a Casa Kavanagh era a única a possuir magia, mas também porque temia o poder deles, especialmente quando era usado em guerras. A magia *de fato* se descontrolava em batalha, isso eu sabia, embora não compreendesse muito bem.

Eu tinha visto fragmentos desse fenômeno sob o filtro das memórias que herdei de Tristan.

A última lembrança era de uma batalha mágica que acabara muito mal. O céu quase partido ao meio, o tremor terrível da terra, o modo sobrenatural como as armas se voltaram contra quem as brandia. Tinha sido assustador, e eu compreendia, em parte, por que Tristan decidira assassinar a rainha e tirar a pedra dela.

No entanto, eu não conseguia imaginar Isolde como uma rainha que corromperia a magia, uma rainha que não fosse capaz de controlar seus dons e seu poder.

— Brienna?

Levantei os olhos para Jourdain, sem saber quanto tempo eu tinha passado sentada à mesa, em reminiscências. Os três homens estavam olhando para mim, esperando.

— Você tem alguma opinião sobre a magia de Isolde? — perguntou meu pai.

Pensei em contar a eles a conversa que tive com a rainha, mas decidi guardar para mim os receios dela.

— A magia de Isolde privilegia a cura — falei. — Acho que não precisamos temê-la. A história nos mostra que a magia dos Kavanagh só se descontrolou em batalhas.

— Mas qual é o tamanho da Casa Kavanagh agora? — perguntou meu irmão. — Quantos Kavanagh ainda existem? Será que todos vão ter a mesma mentalidade de Isolde e do pai dela?

— Gilroy Lannon estava determinado a destruí-los, mais do que qualquer outra Casa — declarou Jourdain. — Ele matava "um Kavanagh por dia" no início de seu reinado, acusando-os falsamente de crimes, como se fosse um esporte. — Um instante de silêncio e pesar. — Não ficaria surpreso se só restasse um pequeno resquício da Casa Kavanagh.

Nós quatros nos calamos, e fiquei olhando a luz da vela tremeluzir sobre o mosaico de falcão, capturando o brilho das pedras.

— Você acha que Lannon registrou os nomes deles? — perguntou Cartier. — Eles deveriam ser lidos como queixas no tribunal. O reino precisa saber quantas vidas ele tirou.

— Não sei — confessou Jourdain. — Sempre havia escribas na sala do trono, mas sabe-se lá se Lannon permitia que registrassem a verdade.

Mais silêncio, como se já não conseguíssemos encontrar palavras para falar. Observei minha lista, ciente de que não tínhamos criado nenhum plano concreto nessa noite, apesar de parecer que, pelo menos, havíamos aberto uma porta.

— Devemos fazer uma reunião particular com Isolde quando voltarmos a Lyonesse para o julgamento — sugeriu meu pai, enfim rompendo o silêncio. — Podemos conversar mais com ela sobre a magia, e sobre como ela prefere que as queixas sejam enunciadas.

— Concordo — disse Cartier.

Luc e eu assentimos com a cabeça.

— Acho que para esta noite já está bom — anunciou Jourdain, levantando-se. Cartier, Luc e eu fizemos o mesmo, e nós quatro formamos um círculo, com o rosto parcialmente iluminado pelas chamas e parcialmente imerso em sombras. — Vou enviar uma carta para Isolde e informá-la de nossas opiniões sobre o julgamento, para que ela possa começar a reunir queixas em Lyonesse. Também vou enviar missivas às outras Casas, para que preparem suas queixas. Meu único pedido a vocês três agora é que permaneçam alertas e vigilantes. Já planejamos uma rebelião antes: sabemos o que esperar caso apoiadores dos Lannon se atrevam a atrapalhar nossos planos de coroar Isolde.

— Você acha que teremos oposição?

— Acho.

Meu ânimo desabou com a resposta de Jourdain; eu imaginara que todo maevano ficaria entusiasmado com a derrocada dos Lannon. Mas, na verdade, provavelmente havia grupos que conspirariam para deter nosso progresso. Pessoas com trevas no coração que haviam amado e servido Gilroy Lannon.

— Estamos a um passo de restituir a rainha ao trono — continuou meu pai. — A maior oposição certamente virá nas próximas semanas.

— Penso o mesmo — concordou Cartier, com a mão parada perto da minha. Não nos tocamos, mas eu sentia seu calor. — A coroação de

Isolde vai ser um dos maiores dias que estas terras já viram. Mas a coroa na cabeça não a protegerá.

Jourdain olhou para mim, e eu sabia que ele estava me imaginando no lugar dela, não como rainha, mas como uma mulher com um alvo pintado nas costas.

A coroação de Isolde Kavanagh como a legítima rainha não era o fim de nosso levante. Era apenas o começo.

2

UM RASTRO DE SANGUE

Território de lorde Morgane, castelo Brígh

Cartier

Houve uma época na minha vida em que acreditava que nunca voltaria para Maevana. Não me lembrava do castelo onde tinha nascido: não me lembrava das terras que haviam pertencido à minha família por gerações, do povo que havia jurado lealdade a mim quando minha mãe me segurara junto ao peito. O que eu lembrava era de um reino de paixão, graça e beleza, um reino que mais tarde descobri que não era meu, ainda que eu desejasse que fosse, um reino que me abrigara e me protegera por 25 anos.

Valenia era minha por escolha.

Mas Maevana era minha por herança.

Cresci achando que meu nome era Theo D'Aramitz. Depois, me atrevi a virar Cartier Évariste. Os dois nomes eram esconderijos, escudos para um homem que não sabia onde deveria viver ou quem deveria ser.

Esses eram meus pensamentos quando saí do castelo de Jourdain bem depois da meia-noite.

— Você deveria passar a noite aqui, Morgane — sugeriu Jourdain para mim, depois que nossa reunião de planejamento terminou. Ele desceu a escada comigo, preocupado. — Por que cavalgar tão tarde?

O que ele queria dizer era: *Por que voltar para um castelo decadente e dormir sozinho?*

Não tive coragem de dizer que precisava ficar nas minhas próprias terras essa noite; precisava dormir onde meu pai, minha mãe e minha irmã outrora sonhavam. Precisava andar pelo castelo que herdara, arruinado ou não, antes que meu povo começasse a voltar.

Parei no saguão e estendi o braço para pegar meu manto de paixão, minha bolsa de viagem e minha espada. Brienna estava lá, esperando, com as portas abertas para a noite. Acho que ela sabia do que eu precisava, porque olhou para Jourdain e murmurou:

— Vai ficar tudo bem, pai.

E Jourdain, felizmente, não insistiu, apenas me deu um tapinha no braço e um gesto silencioso de despedida.

Já havia sido uma noite estranha, pensei, indo até onde Brienna estava. Não esperara ouvir Jourdain expressar suas lamentações, nem presenciar o primeiro passo para a retómada do orgulho dos MacQuinn. Eu me sentia um impostor, e sobrecarregado sempre que pensava em meu próprio retorno e reencontro.

Mas então Brienna sorriu para mim, e a brisa noturna brincou com seu cabelo.

Como foi que você e eu chegamos a este ponto? Era isso que eu queria perguntar, mas contive as palavras na boca enquanto ela acariciava meu rosto.

— Eu a verei em breve — sussurrei, sem ousar beijá-la aqui, na casa do pai dela, onde Jourdain muito provavelmente nos observava.

Ela só meneou a cabeça e afastou a mão de mim.

Fui embora e, sob o céu abarrotado de estrelas, busquei meu cavalo no estábulo.

Minhas terras ficavam a oeste das de Jourdain, e apenas alguns quilômetros separavam nossos castelos, uma distância de cerca de uma hora a cavalo. No caminho para o castelo Fionn naquela noite, Brienna e eu havíamos encontrado uma trilha de veados que ligava os dois territórios e decidimos seguir por ela, em vez de tomar a estrada, embrenhando-nos por uma floresta, cruzando um riacho e, por fim, percorrendo um caminho sinuoso até os campos.

Era uma rota mais longa, cheia de espinhos e galhos, mas, de novo, optei por segui-la naquela noite.

Cavalguei pela trilha como se eu a tivesse usado incontáveis vezes e segui o luar, o vento e a escuridão.

Eu já havia entrado nas minhas terras uma vez naquele dia.

Tinha chegado sozinho e andado com calma pelos corredores e cômodos, arrancado ervas daninhas, corrido pela poeira e removido teias de aranha, na esperança de conseguir lembrar de algo bom sobre o castelo. Eu tinha um ano de idade quando meu pai fugira comigo, mas minha esperança era que um fragmento da minha família, uma semente da minha memória, tivesse perdurado no lugar, uma prova de que eu merecia estar ali, mesmo depois de 25 anos de abandono. E, ao não conseguir me lembrar de nada — eu era um estranho para aquelas paredes —, eu tinha me resignado a, consumido pela tristeza, sentar no chão sujo do quarto dos meus pais até ouvir Brienna chegar.

Apesar de tudo isso, o castelo ainda me pegava de surpresa.

No passado, o castelo Brígh fora uma bela propriedade. Meu pai descrevera para mim com todos os detalhes anos atrás, quando finalmente me contou a verdade sobre quem eu era. Acontece que as descrições dele não correspondiam à aparência atual.

Diminuí o passo do cavalo até um trote conforme nos aproximávamos. Meus olhos ardiam com o frio enquanto eu me esforçava para ver a estrutura ao luar.

Era uma vastidão decadente de pedras cinzentas; o sopé da montanha se erguia sem fim por trás, lançando sombras nos andares e torreões mais altos. Algumas partes do telhado tinham buracos, mas as paredes, felizmente, estavam intactas. A maioria das janelas estava quebrada, e a fachada da frente havia sido praticamente tomada por trepadeiras. O pátio tinha muitas ervas daninhas e caules. Eu nunca havia visto um lugar tão abandonado.

Desmontei no meio do mato alto que batia na minha cintura e continuei olhando para o castelo, com a sensação de que ele também me encarava.

O que eu ia fazer com um lugar tão arrasado? Como o reconstruiria?

Soltei os arreios do cavalo, deixei-o amarrado debaixo de um carvalho, e comecei a caminhar pelo pátio, até parar no centro descuidado da paisagem. Pisei em ramos, espinhos, capim e calçadas quebradas. Era tudo meu, tanto as partes boas quanto as ruins.

Percebi que, apesar da exaustão do corpo e do fato de serem quase duas horas da madrugada, não estava com um pingo de sono. Passei a fazer a primeira coisa que me ocorreu: arrancar ervas daninhas. Trabalhei compulsivamente até me aquecer e começar a suar sob o frio de outono, e então me ajoelhei.

Foi aí que vi.

Meus dedos puxaram um emaranhado de solidagos e expuseram uma pedra comprida com alguma gravação na superfície. Afastei o resto das raízes até conseguir distinguir as letras, que brilhavam à luz das estrelas.

Declan.

Apoiei o peso do corpo nos calcanhares, mas meu olhar ficou preso nesse nome.

O filho de Gilroy Lannon. O príncipe.

Ele estivera aqui naquela noite, então. Na noite do primeiro levante fracassado, quando minha mãe foi morta na batalha, quando minha irmã foi assassinada.

Ele estivera aqui.

E gravara o próprio nome nas pedras de meu lar, nas fundações da minha família, como se, com isso, fosse estabelecer domínio eterno sobre mim.

Recuei estremecido e me sentei de qualquer jeito, com a espada na bainha chacoalhando ao meu lado, e com as mãos sujas de terra.

Declan Lannon estava acorrentado, preso na masmorra real, e seria levado a julgamento dali a onze dias. Ele receberia o que merecia.

Contudo, isso não servia de consolo. Minha mãe e minha irmã continuavam mortas. Meu castelo estava em ruínas. Meu povo se dispersara. Até meu pai se fora; ele nunca teve a chance de voltar para sua terra natal, pois morrera anos antes em Valenia.

Eu estava completamente sozinho.

De repente, um som interrompeu meus pensamentos. Era o ruído de pedras rolando dentro do castelo. Meu olhar atento foi atraído imediatamente para as janelas quebradas.

Em silêncio, fiquei de pé e embainhei minha espada. Avancei pelo mato até as portas da entrada, que estavam penduradas, quebradas nas dobradiças. Os pelos nos meus braços se arrepiaram quando empurrei as portas de carvalho para abri-las mais, sentindo nos dedos os detalhes esculpidos. Espiei as sombras do saguão: as pedras no chão estavam rachadas e imundas, mas, com o luar que entrava pelas janelas quebradas, vi as marcas de pequenos pés descalços na sujeira.

As pegadas avançavam para o grande salão. Tive que forçar a vista na penumbra para segui-las até a cozinha. Contornei as mesas compridas abandonadas, a lareira fria, as paredes despidas dos estandartes heráldicos e das tapeçarias. Obviamente, as pegadas iam para a adega e para todos os armários em uma evidente busca por comida. Ali havia barris vazios de cerveja que ainda exalavam odor de malte, ervas antigas penduradas nas vigas em punhados ressecados, uma família de cálices cravejados de joias empoeiradas, algumas garrafas de vinho quebradas cujos cacos espalhavam constelações brilhantes de vidro no chão. Uma mancha de sangue, como se aqueles pés descalços tivessem pisado sem querer em um caco de vidro.

Ajoelhei-me e encostei no sangue. Era recente.

O rastro me conduziu pela porta traseira da cozinha e para um corredor estreito que dava no saguão dos fundos, onde a escada dos empregados subia em uma espiral apertada até o segundo andar. Atravessei uma cortina de teias de aranha e reprimi um tremor quando finalmente terminei de subir os degraus.

O luar se infiltrava em partes do corredor, iluminando amontoados de folhas que o vento tinha jogado pelas janelas quebradas. Continuei seguindo o sangue, esmagando folhas com as botas e chutando todas as pedras soltas. Estava exausto demais para ser furtivo. Com certeza o dono das pegadas já sabia que eu estava chegando.

Elas me conduziram até o quarto dos meus pais. O mesmíssimo lugar onde eu estivera com Brienna horas antes, quando dera a ela seu manto de paixão.

Suspirei e pus as mãos nas maçanetas. Empurrei-as ligeiramente e espiei o interior escuro do quarto. Ainda dava para ver o ponto onde Brienna e eu havíamos afastado a poeira do chão, para admirar os azulejos coloridos. O quarto parecera morto até o momento em que ela entrara, como se sua presença ali fizesse mais sentido que a minha.

Entrei e fui prontamente atacado por um punhado de pequenas pedras.

Girei o corpo e passei os olhos pelo cômodo até captar um vislumbre de membros pálidos e um cabelo despenteado se escondendo atrás de um guarda-roupa bambo.

— Não vou machucar você — falei em voz alta. — Venha. Vi que seu pé está sangrando. Posso ajudar.

Dei alguns passos para me aproximar e parei, esperando a pessoa reaparecer. Como não reapareceu, suspirei e dei mais um passo.

— Meu nome é Cartier Évariste. — E franzi o cenho ao me dar conta da naturalidade com que meu codinome valeniano tinha saído.

Ainda nenhuma resposta.

Cheguei um pouco mais perto, quase na sombra atrás do guarda--roupa...

— Quem é você? Oi?

Finalmente cheguei à parte de trás do móvel. E fui recebido por mais pedras. Entraram grãos de areia nos meus olhos, mas não antes que minha mão segurasse um bracinho magro. Senti resistência, um grunhido raivoso, e me apressei a limpar a sujeira dos olhos para ver um menino mirrado, de no máximo dez anos de idade, com um punhado de sardas no rosto e cabelo ruivo caindo na frente dos olhos.

— O que você está fazendo aqui? — perguntei, tentando conter a irritação.

O menino cuspiu na minha cara.

Precisei recorrer aos últimos vestígios da minha paciência para limpar a saliva. Em seguida, olhei de novo para o garoto.

— Você está sozinho? Cadê seus pais?

O menino se preparou para cuspir de novo, mas o puxei de trás do guarda-roupa e o fiz se sentar na cama quebrada. Suas roupas eram esfarrapadas, ele estava descalço, e um dos pés ainda sangrava. O menino não conseguiu disfarçar o sofrimento no rosto quando apoiou o peso nele ao andar.

— Esse machucado é de hoje? — perguntei, ajoelhando-me para levantar delicadamente o pé dele.

O menino chiou, mas me deixou examinar o ferimento. O caco de vidro ainda estava no pé e produzia um fiapo constante de sangue.

— Vai precisar de pontos — avisei. Soltei o tornozelo dele e continuei ajoelhado, fitando seus dois olhos assustados. — Hmm. Acho que sua mãe ou seu pai devem estar preocupados. Que tal me dizer onde eles estão? Posso levá-lo até eles.

O menino virou o rosto e cruzou os braços finos.

Como eu desconfiava. Um órfão, escondido nas ruinas de Brígh.

— Bom, para a sua sorte, eu sei costurar ferimentos. — Fiquei de pé e soltei minha bolsa de viagem do ombro. Achei minha pederneira e acendi algumas das velas antigas do quarto e, em seguida, peguei um cobertor de lã e minha sacola de suprimentos médicos, que eu sempre carregava comigo. — Que tal você deitar aqui e me deixar tratar esse pé?

O menino era teimoso, mas a dor deve tê-lo vencido pelo cansaço. Ele se acomodou no cobertor de lã e arregalou os olhos quando viu meu fórceps de metal.

Peguei meu frasco pequeno de ervas atordoantes e despejei o que restava do conteúdo no meu frasco de água.

— Aqui. Beba. Vai ser bom para a dor.

O menino aceitou cautelosamente a mistura, cheirando-a como se eu tivesse jogado veneno. Por fim, cedeu e bebeu, e esperei pacientemente até as ervas começarem a fazer o efeito atenuante.

— Você tem nome? — perguntei, erguendo o pé ferido.

Ele ficou calado por um instante e, por fim, murmurou:

— Tomas.

— Esse nome é bom, é forte. — Comecei a extrair cuidadosamente o vidro. Tomas fez uma careta, mas continuei falando, para distraí-lo da dor. — Quando eu era pequeno, sempre quis ter o mesmo nome do meu pai. Mas, em vez de Kane, me chamaram de Aodhan. Acho que é um nome antigo da família.

— Mas você não falou que seu nome era... C-Cartier? — Tomas se esforçou para pronunciar o nome valeniano, e finalmente terminei de tirar o vidro.

— Falei. Tenho dois nomes.

— Por que um homem — Tomas fez outra careta quando comecei a limpar a ferida — precisa de dois nomes?

— Às vezes é necessário, para sobreviver — respondi, e o menino pareceu se dar por satisfeito, pois ficou quieto enquanto eu começava a dar pontos.

Quando terminei, enfaixei cuidadosamente o pé de Tomas e lhe dei uma maçã que tinha na bolsa. Enquanto ele comia, andei pelo quarto, procurando algum pedaço de cobertor para eu dormir, pois o ar gelado da noite entrava pelas janelas quebradas.

Passei pelas estantes dos meus pais, que ainda continham uma enorme quantidade de volumes com capa de couro. Parei, relembrando o amor do meu pai pelos livros. A maioria já estava cheia de mofo, com as capas duras e retorcidas pela exposição às intempéries. Mas um livro fino chamou minha atenção. Era simples em comparação com os outros, cujas capas tinham iluminuras sofisticadas, e havia uma folha saliente no alto. Pela minha experiência, os livros mais discretos geralmente eram as melhores fontes de conhecimento, então enfiei-o dentro do gibão antes que Tomas visse.

Não achei nenhum outro cobertor, então acabei resolvendo me sentar junto à parede, perto de uma das velas.

Tomas girou no cobertor, até ficar mais parecido com uma lagarta do que com um menino, e olhou para mim com piscadelas sonolentas.

— Você vai dormir apoiado na parede?

— Vou.

— Precisa do cobertor?

— Não.

Tomas bocejou e coçou o nariz.

— Você é o lorde deste castelo?

Fiquei surpreso com minha vontade de mentir. Minha voz parecia estranha quando respondi:

— Sim. Sou.

— Vai me castigar por eu me esconder aqui?

Não soube como reagir a isso, e fiquei ponderando o fato de que o menino achava que eu o castigaria por ter feito de tudo para sobreviver.

— Sei que foi errado jogar pedras no seu rosto, milorde — balbuciou Tomas, franzindo a testa de medo. — Mas, por favor... por favor, não me machuque muito. Posso trabalhar para o senhor. Prometo. Posso ser seu mensageiro, seu pajem ou seu cavalariço, se o senhor quiser.

Eu não queria que ele me servisse. Queria que me desse respostas. Queria perguntar: *Quem é você? Quem são seus pais? De onde você veio?* Contudo, não tinha o direito de exigir isso dele. Essas respostas seriam conquistadas com confiança e amizade.

— Acho que consigo arrumar alguma tarefa para você. E, enquanto você estiver em minhas terras, vou protegê-lo, Tomas.

Tomas murmurou um suspiro agradecido e fechou os olhos. Não demorou nem um minuto para começar a roncar.

Esperei um pouco antes de tirar o livro de dentro do gibão. Folheei as páginas delicadamente e achei curioso que havia pegado, por acaso, um livro de poesia. Estava imaginando se ele havia pertencido a minha mãe, se ela segurara aquele volume e o lera sob a janela anos antes, quando uma folha se soltou no meio das outras. Estava dobrada, mas havia sinal de algo escrito à mão nela.

Tirei o pergaminho e o deixei se desdobrar na mão. O papel era delicado como asas.

12 de janeiro de 1541

Kane,

Eu sei que nós dois pensávamos que seria para o bem de todos, mas minha família não é confiável. Enquanto você não estava aqui, Oona veio me visitar. Acho que ela está desconfiada de mim, do que tenho ensinado a Declan em nossas aulas. E vi Declan puxando Ashling pelo cabelo no pátio. Você devia ter visto a cara dele, como se estivesse gostando do som do sofrimento enquanto ela chorava. O que vejo nele me assusta; acho que errei em algo com ele, e ele não me respeita mais. Como eu queria que fosse diferente! Talvez até fosse, se ele pudesse morar conosco em vez de ficar com os pais em Lyonesse. Oona, lógico, não ficou nem um pouco surpresa com o comportamento do filho. Ela se limitou a vê-lo puxar nossa filha, recusando-se a impedir, e disse: "Ele é só um menino de onze anos. Vai parar de fazer essas coisas quando crescer, garanto."

Não posso mais seguir com isso — não vou usar nossa filha como peça de jogo —, e sei que você concordaria comigo. Pretendo viajar até Lyonesse e desfazer a promessa de casamento com Declan ao amanhecer, pois eu é que preciso fazer isto, não você. Vou levar Seamus comigo.

Com amor,

Líle.

Tive que ler duas vezes até sentir a dor das palavras. Kane, meu pai. Líle, minha mãe. E Ashling, minha irmã, prometida para Declan Lannon. Ela tinha só 5 anos na época, pois essa carta foi escrita meses antes do dia em que ela foi morta. O que meus pais tinham pensado?

Eu sabia que os Lannon e os Morgane eram rivais.

Mas nunca imaginei que tinha começado com meus pais.

Minha família não é confiável, escrevera minha mãe.

Minha família.

Aproximei a carta da vela.

O que ela havia ensinado a Declan? O que vira nele?

Meu pai nunca revelou que minha mãe tinha pertencido à Casa Lannon. Jamais soube da ascendência dela. Ele dissera que ela era bonita. Que era linda; que era bondosa; que sua risada enchia qualquer lugar de luz. O povo Morgane a amava. Ele a amava.

Voltei a dobrar a carta e a escondi no bolso, mas suas palavras persistiam, ecoavam dentro de mim.

Minha mãe havia sido uma Lannon. E não consegui evitar o pensamento…

Sou metade Lannon.

3

O RECOLHIMENTO DE QUEIXAS

Território de lorde MacQuinn, castelo Fionn

Brienna

Acordei com o barulho de algo lá embaixo no salão. Arrastei-me para fora da cama, atordoada por um instante. Não sabia onde estava: Magnalia? Na casa de Jourdain? Foram as janelas, por incrível que pareça, que me fizeram lembrar: eram estreitas e com mainel, e atrás delas se via a famosa neblina de Maevana.

Vesti de qualquer jeito as roupas que tinha usado no dia anterior, deslizei os dedos pelo cabelo enquanto descia a escada, e percebi criados se calarem ao passarem por mim, observando-me com olhos arregalados. *Devo estar com uma cara horrível*, pensei, até que escutei os cochichos atrás:

— *A filha de Brendan Allenach.*

Essas palavras se cravaram em meu coração como uma faca.

Brendan Allenach teria me matado no campo de batalha se Jourdain não o tivesse impedido. Eu ainda escutava a voz de Allenach — *Vou tomar de volta a vida que dei a ela* —, como se ele andasse em meu encalço, me assombrando.

Apertei o passo, seguindo o barulho, e descobri que o clamor era inspirado pela música de Luc. Meu irmão estava de pé em cima de uma mesa, tocando violino e provocando aplausos calorosos e batidas de canecas entre os MacQuinn.

Fiquei observando por um tempo antes de me sentar sozinha à mesa vazia do lorde para comer uma tigela de mingau. Dava para ver o amor e a admiração no rosto dos MacQuinn que olhavam para Luc, que o incentivavam até mesmo quando ele derrubou uma caneca de cerveja. A música do meu irmão se espalhava por eles como um bálsamo de cura.

Para além da comoção, do outro lado do salão, reparei em Jourdain junto de seu intendente, um velho rabugento chamado Thorn, certamente discutindo os planos para o dia. E comecei a pensar em quais seriam os meus planos, nesse período estranho de *entres*: entre o retorno à vida normal e o julgamento, entre um trono vazio e a coroação de Isolde e, talvez acima de tudo, minha posição entre arden e mestra. Eu havia sido uma estudante por sete anos; agora, precisava decidir o que fazer com minha paixão.

Senti uma súbita saudade de Valenia.

Pensei na possibilidade de uma Casa de Paixão em Maevana. Pelo que eu sabia, não havia nenhuma, visto que paixões eram um sentimento valeniano. A maioria dos maevanos conhecia o conceito; entretanto, eu receava que a postura em relação a isso tendesse para o cinismo ou ceticismo, e realmente não dava para criticá-los. Pais e mães precisaram se tornar mais preocupados em proteger a vida de seus filhos e filhas. Ninguém tinha tempo para dedicar anos da vida ao estudo de música, arte ou até mesmo das profundezas do conhecimento.

Mas isso tudo mudaria com uma rainha como Isolde. Ela dava imenso valor ao estudo. Eu sabia que ela desejava promover reformas e aprendizado em Maevana e ver seu povo se desenvolver.

E eu tinha minhas próprias ambições para cá, especialmente iniciar uma Casa de Conhecimento e, quem sabe, convencer minha melhor amiga, Merei, a vir e juntar sua paixão pela música a minha. Imaginava-nos enchendo os cômodos deste castelo com músicas e livros, assim como tínhamos feito em Magnalia como ardens.

Afastei minha tigela de mingau, levantei da mesa e voltei para o quarto, ainda tomada de saudade.

Havia escolhido um aposento na parte leste do castelo, e a luz da manhã estava começando a romper a neblina e aquecer minhas janelas com tons rosados. Fui até minha mesa e observei os materiais de escrita, algo que Jourdain providenciara para que eu tivesse em abundância.

Escreva para mim sempre que sentir saudade, dissera Merei para mim dias atrás, logo antes de sair de Maevana e voltar para Valenia, para reencontrar seu patrono e sua trupe musical.

Então vou escrever todas as horas de todos os dias, eu respondera, e, sim, fui ligeiramente dramática para fazê-la rir, porque nós duas estávamos com os olhos cheios de lágrimas.

Decidi seguir o conselho de Merei.

Sentei-me à mesa e comecei a escrever para ela. Estava na metade da carta quando Jourdain bateu à porta.

— Para quem você está escrevendo? — perguntou ele, depois que o convidei a entrar.

— Merei. Você precisa de algo?

— Preciso. Pode vir comigo? — Ele me ofereceu o braço.

Apoiei a pena na mesa e o deixei me conduzir escada abaixo até o pátio. O castelo Fionn era feito de pedras brancas no coração de uma campina e contava com montanhas imponentes ao norte. A luz da manhã cintilava nas paredes, como se fossem feitas de ossos, quase iridescentes sob a geada derretida. Parei por um instante para olhar para trás e admirá-lo antes que Jourdain me guiasse por uma das trilhas da campina.

Nessie, minha *wolfhound*, encontrou a gente pouco depois e veio trotando a nossa frente com a língua pra fora. A neblina finalmente estava se dissipando, e vi os homens trabalhando em uma lavoura vizinha; o vento trouxe fragmentos de suas cantorias e o chiado das foices que ceifavam espigas.

— Espero que você tenha sido bem acolhida pelo meu povo — comentou Jourdain depois de um tempo, como se tivesse deixado para proferir esse tipo de coisa só quando estivéssemos longe do castelo.

Sorri e respondi:

— Óbvio que fui, pai.

Lembrei dos cochichos que haviam me perseguido até o salão acerca de meu verdadeiro pai. Contudo, não fui capaz de contar para Jourdain.

— Ótimo — respondeu ele.

Continuamos andando em silêncio, até chegarmos a um rio sob as árvores. Aquele parecia ser nosso lugar para conversar. No dia anterior, ele me encontrara ali em meio ao limo e à correnteza e revelara que havia se casado em segredo com sua esposa naquele lugar verdejante, muito tempo atrás.

— Você teve mais alguma transição de memória, Brienna? — perguntou ele.

Eu devia ter esperado essa pergunta, mas ainda assim fui pega de surpresa.

— Não — respondi, olhando para o rio.

Pensei nas seis lembranças que eu havia herdado de Tristan Allenach.

A primeira fora suscitada por um livro antigo de Cartier que, por acaso, pertencera a Tristan mais de um século antes. Eu havia lido o mesmo trecho que ele, o que criara um elo entre nós que nem o tempo podia romper.

A experiência me deixara tão confusa que não compreendi plenamente o que havia acontecido e, portanto, não contei para ninguém.

Mas aconteceu de novo quando Merei tocara uma canção inspirada em Maevana, e os sons ancestrais da melodia formaram um elo sutil entre mim e Tristan de quando ele procurava um lugar para esconder a pedra.

As seis lembranças dele vieram de forma tão aleatória que levei um bom tempo até finalmente formular uma teoria de *como* e *por que* aquilo estava acontecendo comigo. Memórias ancestrais não eram um fenômeno muito raro; o próprio Cartier me falara disso uma vez, da ideia de que todo mundo retém lembranças de nossos antepassados, mas que só alguns indivíduos chegam a sentir manifestações delas. Então, quando entendi que eu era uma das pessoas, comecei a compreender melhor esses fenômenos.

Precisava haver um elo entre mim e Tristan através de algum sentido. Eu precisava ver, tocar, ouvir algo ou sentir um gosto ou cheiro que ele tivesse sentido.

O elo era o canal que nos unia. O *mecanismo* de tudo.

Quanto ao *porquê*... Cheguei à conclusão de que todas as lembranças que ele passara para mim giravam em torno da Pedra do Anoitecer, caso contrário, eu provavelmente teria herdado mais memórias. Fora Tristan quem roubara a pedra, quem a escondera, quem dera início ao declínio das rainhas maevanas, quem provocara o adormecimento da magia. E eu estava destinada a encontrar e recuperar a pedra, devolvê-la aos Kavanagh e permitir que a magia florescesse novamente.

— Você acha que vai herdar mais alguma lembrança dele? — perguntou Jourdain.

— Não — respondi depois de um tempo, tirando os olhos da água para fitar a expressão preocupada dele. — Todas as lembranças tinham a ver com a Pedra do Anoitecer. Que foi encontrada e devolvida à rainha.

Mas Jourdain não pareceu se convencer, e, para ser sincera, eu também não.

— Bom, vamos torcer para que as lembranças tenham acabado — declarou Jourdain, pigarreando. Ele pôs a mão no bolso, o que achei que fosse um hábito nervoso, mas então puxou um punhal com bainha. — Quero que você ande com isto de novo — pediu ele, estendendo a arma para mim.

Eu o reconheci. Era o mesmo punhal pequeno que ele me dera antes de eu atravessar o canal para dar início a nossa revolução.

— Acha que preciso? — perguntei, aceitando-o, tocando com o polegar na fivela que o prenderia junto a minha coxa.

Ele suspirou.

— Eu ficaria mais tranquilo se você andasse com ele, Brienna.

Ele franziu o cenho — de repente, ficou parecendo muito mais velho sob aquela luz. Havia mais fios brancos em seu cabelo castanho--avermelhado, as rugas na testa eram mais profundas, e de repente eu é que fiquei preocupada de perdê-lo logo depois de tê-lo ganho como pai.

— Sim, pai — concordei, guardando o punhal no bolso.

Achei que fosse só isso que ele precisava me dizer, e que voltaríamos para o castelo. Mas Jourdain continuou parado diante de mim, com os ombros banhados pela luz do sol, e senti que as palavras não queriam sair.

Eu me preparei.

— Tem mais alguma coisa?

— Tem. As queixas. — Ele parou e respirou fundo. — Fui informado hoje cedo de que uma grande parcela dos MacQuinn, principalmente aqueles com menos de 25 anos, é analfabeta.

— Analfabeta? — repeti, em choque.

Jourdain ficou quieto, mas seus olhos continuaram fixos nos meus. Até que entendi o motivo.

— Ah. Brendan Allenach os proibiu de estudar?

Ele fez que sim.

— Você me ajudaria muito se pudesse começar a recolher queixas para o julgamento. Tenho medo de não conseguirmos reuni-las e organizá-las a tempo. Pedi para Luc falar com os homens, e pensei que talvez você poderia escrever pelas mulheres. Entendo se você achar que isso é pedir demais e…

— Não é — interrompi-o delicadamente, sentindo sua apreensão.

— Fiz um anúncio durante o café da manhã hoje para que meu povo começasse a pensar em quaisquer queixas que tivesse, e se queriam que fossem apresentadas no julgamento. Creio que algumas pessoas vão se manter caladas, mas sei que outras vão querer registrá-las.

Estendi a mão e peguei a dele.

— Farei tudo o que puder para ajudar, pai.

Ele levantou nossas mãos para beijar os nós dos meus dedos, e fiquei comovida pelo gesto simples de afeto, algo que ainda não tínhamos muito como pai e filha.

— Obrigado — murmurou ele, apoiando meus dedos na parte de dentro de seu cotovelo.

Caminhamos lado a lado pela trilha de novo, e o castelo voltou a aparecer em nosso campo de visão. Eu estava à vontade com o silêncio entre nós — nenhum dos dois era muito de conversar —, mas, de repente, Jourdain apontou para uma construção grande na borda leste do terreno, e forcei os olhos para enxergar contra a luz do sol.

— Aquela é a tecelaria — explicou ele, olhando para mim. — A maioria das mulheres MacQuinn fica lá. É onde acho que você podia começar.

Voltei ao castelo para buscar meus materiais de escrita e fiz o que ele pediu. Minha mente fervilhava de pensamentos à medida que eu percorria a trilha e me aproximava da tecelaria; o maior deles se fixava no fato de que todos os MacQuinn jovens eram analfabetos, e de como isso era uma tragédia. Lá estava eu, cheia de esperança para começar uma Casa de Conhecimento entre eles, mas, na realidade, seria necessário rever minhas táticas. Eu precisaria dar aulas de leitura e escrita antes de qualquer tentativa de ensinar paixões.

Parei no gramado diante da tecelaria. Era uma estrutura retangular comprida feita de pedra, com teto de telhas e belas janelas com filigranas. A parte dos fundos tinha uma vista desimpedida para o vale lá embaixo, onde meninos pastoreavam carneiros. A porta da frente estava entreaberta, mas não parecia muito convidativa.

Respirei fundo, criei coragem e entrei em uma antecâmara. O chão estava sujo de lama e cheio de botas, e as paredes, abarrotadas de cachecóis e mantos esfarrapados.

Dava para ouvir as mulheres conversando lá dentro. Segui o som das vozes por um corredor estreito e estava quase chegando ao cômodo onde elas trabalhavam quando ouvi meu nome:

— O nome dela é Bri*enna*, não Bri*anna* — corrigiu uma das mulheres. Parei imediatamente, pouco antes da entrada. — Acho que ela é parte valeniana. Do lado materno.

— Então está explicado — retrucou a outra mulher, com um tom mais ríspido.

O que *está explicado*? Senti a boca ficar seca.

— Ela é muito bonita — declarou uma voz adocicada.

— Você é muito boazinha, Neeve. Acha todo mundo bonito.

— Mas é verdade! Quem me dera ter um manto que nem o dela.

— Aquilo é um manto de paixão, querida. Você teria que ir comprar um em Valenia.

— Não dá para *comprar*. A pessoa tem que *ganhar*.

Meu rosto corou por ficar escutando, mas eu não conseguia me mexer.

— Bom, pelo menos ela não é parecida com *ele* — continuou a de voz ríspida, falando com um tom de desprezo. — Acho que eu nem conseguiria olhar para ela, se fosse.

— Ainda não acredito que lorde MacQuinn adotaria a filha de Allenach! O inimigo dele! O que ele estava pensando?

— Ela o enganou. Só pode ser.

Houve um estrondo, como se algo tivesse caído sem querer, seguido por uma praga exasperada. Escutei o som de passos se aproximando e voltei às pressas pelo corredor, com a bolsa de couro batendo na perna. Passei pela antecâmara enlameada e saí pela porta.

Não chorei, mas meus olhos ardiam enquanto eu corria de volta para o castelo.

O que foi que eu tinha imaginado? Que o povo de Jourdain gostaria de mim logo de cara? Que eu me encaixaria nas tramas de um lugar que havia sofrido enquanto eu prosperava do outro lado do canal?

Quando entrei no pátio do castelo, comecei a me perguntar se seria melhor ir embora para Valenia.

Comecei a acreditar que, talvez, eu não merecesse mesmo estar ali.

4

OS VELOZES NASCEM PARA A MAIS LONGA DAS NOITES

Território de lorde Morgane, castelo Brígh

Cartier

Acordei sobressaltado, com torcicolo e as mãos doendo de frio. Estava recostado na parede e a luz da manhã clareava o chão, iluminando a poeira nas minhas botas. A alguns metros de distância, meu cobertor de lã estava amarrotado e vazio. Pisquei e, aos poucos, consegui me situar de novo.

Estava no quarto dos meus pais. E fazia um frio de gelar.

Passei as mãos pelo rosto e ouvi o som distante de batidas nas portas da entrada. O eco de vida se deslocou pelo castelo como um coração lembrando do ritmo dos batimentos.

Cambaleando, fiquei de pé. Será que Tomas havia escapulido no meio da noite? Será que repensara a oferta para ficar aqui? Quando estava no meio da escada quebrada que levava ao andar de baixo, ouvi a voz do menino:

— Você está aqui para ver lorde Aodhan?

Parei. Ali, atrás das portas da entrada, estava Tomas, equilibrado em um pé só, falando com um homem no batente. A luz era forte demais para eu conseguir enxergar direito o visitante, mas não dava para ficar parado e assimilar o momento.

— Ele está dormindo. Você terá que voltar mais tarde — declarou Tomas, começando a fechar as portas, o que não teria adiantado muito, já que elas estavam quase soltando das dobradiças.

— Estou aqui, Tomas — falei, e mal reconheci minha própria voz.

Desci o restante dos degraus, evitando as pedras quebradas.

Relutante, Tomas recuou e abriu mais as portas, fazendo-as baterem na parede.

Havia um homem mais velho sob o sol, com o cabelo branco preso em uma trança, o rosto muito enrugado, e as roupas, em farrapos. Assim que nossos olhares se cruzaram, uma expressão de espanto se instalou no rosto dele.

— Seamus Morgane — falei.

Eu o conhecia. Ele havia me segurado no colo quando eu era pequeno; se ajoelhara diante de mim e me jurara lealdade. Meu pai tinha falado dele inúmeras vezes, do homem que fora seu nobre de maior confiança.

— Milorde Aodhan.

Em meio ao mato, ele se ajoelhou diante de mim.

— Não, não.

Peguei as mãos de Seamus e o fiz se levantar. Abracei-o, dispensando qualquer formalidade. Senti as lágrimas sacudirem seu corpo enquanto ele se apoiava em mim.

— Bem-vindo de volta, Seamus — falei, sorrindo.

Seamus se recompôs e se afastou, mantendo os dedos em meus braços enquanto me observava, ligeiramente boquiaberto, como se ainda não conseguisse acreditar que eu estava ali.

— Eu não… não acredito — murmurou ele, apertando-me com mais força.

— Quer entrar? Acho que não tenho nada para comer ou beber, senão ofereceria algo.

Antes que Seamus pudesse responder, ouvi um grito do pátio. Levantei os olhos e vi uma mulher magra, também mais velha, com o cabelo grisalho encaracolado que repousava em seus ombros como uma nuvem, parada ao lado de uma carroça cheia de provisões. Ela estava apertando uma ponta do avental de retalhos na frente da boca, como se também tentasse reprimir o choro ao me ver.

— Milorde — disse Seamus, vindo para o meu lado e estendendo a mão para a mulher. — Esta é Aileen, minha esposa.

— Pelos deuses, olhe só para você! Como está crescido! — exclamou Aileen, enxugando os olhos com o avental.

A senhora estendeu as mãos para mim, e me aproximei para abraçá-la. Ela mal chegava à altura dos meus ombros, mas pegou nos meus braços e me chacoalhou de leve, e só consegui rir.

Aileen me afastou um pouco, para olhar meu rosto e guardá-lo na memória.

— Ah, sim — disse ela, fungando. — Você tem o porte de Kane. Mas, olhe, Seamus! Ele tem as cores de Líle! Os olhos de Líle!

— É, amor. É o filho deles, afinal — respondeu Seamus, e Aileen lhe deu um tapa.

— Ah, não me diga. E é o rapaz mais bonito que já vi.

Senti o rosto esquentar, constrangido com o estardalhaço. Felizmente, fui resgatado por Seamus, que mudou de assunto para questões mais práticas.

— Fomos os primeiros a chegar, milorde?

Assenti, e meu torcicolo reclamou.

— Foram. Já convoquei meu povo a voltar assim que puderem. Mas acho que as condições do castelo estão piores do que eu havia imaginado. Não tenho comida. Nem cobertores. Nem água. Não tenho nada para oferecer.

— Não esperávamos que tivesse — disse Aileen, apontando para a carroça. — Isto é um presente de lorde Burke. Fomos mandados para servir a ele durante os anos de trevas. Felizmente, ele foi bom para nós, para seu povo.

Andei até a carroça, para disfarçar meu emaranhado de emoções. Havia fardos de cobertores e barbante, roupas novas, recipientes de ferro forjado para cozinhar, barris de cerveja e sidra, peças de queijo, sacas de maçãs, pernis dessecados. Havia também um conjunto de baldes para tirar água do poço, e papel e tinta para cartas.

— Minha dívida para com Burke é enorme, então — falei.

— Não, milorde — disse Seamus, apoiando a mão no meu ombro. — Este é o primeiro dos pagamentos de Burke, por ter se mantido em silêncio quando devia ter feito sua voz ser ouvida.

Olhei para Seamus, sem saber o que dizer.

— Venha! Vamos levar tudo para dentro e começar a botar ordem no lugar — declarou Aileen, como se percebesse a tristeza de meus pensamentos.

Nós três começamos a levar os barris e cestos para a cozinha, e foi então que me dei conta de que Tomas sumira de novo. Estava prestes a chamar seu nome quando ouvi outra batida nas portas.

— Lorde Aodhan! — Um jovem de cabelo escuro e rosto sardento, com braços quase do tamanho da minha cintura, me cumprimentou com um grande sorriso. — Meu nome é Derry, sou seu pedreiro.

E assim a manhã seguiu.

À medida que o dia clareava, meu povo continuou chegando, com quaisquer presentes que podiam trazer. Vieram mais dois de meus nobres, com suas esposas, e também moleiros, fabricantes de velas, tecelões, jardineiros, cervejeiros, cozinheiros, artesãos, toneleiros, lavradores... Eles voltaram para mim rindo e chorando. Alguns eu nunca tinha visto antes; outros, reconheci imediatamente como os homens e as mulheres que haviam se juntado a mim na batalha de dias antes nos campos do castelo. Só que agora traziam famílias, filhos, avós, rebanhos. E minha mente se encheu com seus nomes, e meus braços ficaram doloridos de tanto carregar embrulhos de provisões até as despensas.

No fim da tarde, as mulheres estavam cuidando de limpar e ajeitar o salão, e os homens haviam começado a tirar as ervas daninhas e as trepadeiras do pátio, varrer os cacos de vidro e tirar os móveis quebrados dos cômodos.

Eu estava saindo com os restos de uma cadeira quando vi Derry parado de costas para mim no pátio, olhando para a pedra que tinha o nome de Declan. Antes que tivesse chance de pensar no que falar, o homem pegou um pé de cabra de ferro e arrancou-a violentamente. Segurando-a virada para baixo, para que o nome não aparecesse, ele assobiou para um dos meninos e a colocou em suas mãos.

— Leve isto aqui para o atoleiro, do outro lado daquela mata ali — disse Derry. — Não a vire, entendeu? Jogue no brejo assim mesmo, virada para baixo.

O menino fez que sim e saiu correndo com a testa franzida, segurando a pedra sem jeito.

Obriguei-me a continuar andando antes que Derry reparasse na minha presença, e levei a cadeira até a fogueira. Mesmo assim, continuei sentindo uma sombra sinistra se esgueirar por mim, mesmo à luz do dia, na campina.

Parei diante da fogueira, com o castelo às minhas costas e uma montanha de móveis quebrados esperando o fogo diante de mim. Um sussurro veio trazido pelo vento frio e cortante das montanhas. As palavras sinistras surgiram como um chiado nos murmúrios da grama, como uma maldição nos rangidos dos carvalhos.

Cadê você, Aodhan?

Fechei os olhos e me concentrei no que era verdade, no que era real... O ritmo da minha pulsação, a solidez da terra sob meus pés, o som distante da voz das pessoas.

A voz veio de novo, jovem, porém cruel, acompanhada pelo fedor de algo queimado, o cheiro dominante de dejetos.

Cadê você, Aodhan?

— Lorde Aodhan?

Abri os olhos e me virei, aliviado de ver Seamus chegar com pedaços de uma banqueta. Ajudei-o a jogar os destroços no fosso, e voltamos juntos em silêncio para o pátio, onde Derry já havia preenchido o buraco de Declan com uma pedra nova, sem nome.

— Aileen estava procurando o senhor — informou Seamus, enfim, conduzindo-me até o saguão.

Percebi que o lugar estava silencioso e vazio, e acompanhei o nobre até o salão.

Já estavam todos reunidos, me esperando.

Dei um passo para dentro e parei, surpreso com a transformação. Uma chama ardia na lareira, e as mesas compridas estavam organizadas e postas com vasilhas diferentes de estanho e madeira. Flores-de-corogan silvestres colhidas da campina tinham sido usadas para formar uma guirlanda azul para as mesas. Velas iluminavam bandejas de comida — principalmente pães, queijos e legumes em conserva, mas alguém arrumara tempo para assar uns cordeiros —, e o chão aos meus pés brilhava como uma moeda polida. Mas o que realmente chamou minha atenção foi o estandarte pendurado acima da cornija da lareira.

O brasão de Morgane. Era azul como um céu de verão, com um cavalo cinza bordado no centro.

Eu estava cercado pelo meu povo no salão, olhando para o símbolo que havia nascido para usar, o símbolo sob o qual minha mãe e minha irmã tinham sido mortas, o símbolo que eu dera meu sangue para despertar.

— Os velozes nascem para a mais longa das noites — começou Seamus, e sua voz ressoou pelo salão. Eram palavras sagradas, o lema de nossa Casa, e o vi se virar para mim e colocar um cálice de prata com cerveja nas minhas mãos. — Pois serão eles os primeiros a ver a luz.

Segurei o cálice e ative-me àquelas palavras, pois eu me sentia como se estivesse caindo por um túnel comprido e não sabia quando atingiria o fundo.

— Aos velozes! — gritou Derry, erguendo seu copo.

— A lorde Morgane — acrescentou Aileen, subindo em um dos bancos para me ver por cima de todo mundo.

Eles ergueram os copos para mim, e eu ergui meu cálice para eles.

Para manter as aparências, fingi estar calmo e alegre, e brindei à saúde do salão. Mas, por dentro, eu tremia com o peso de tudo aquilo.

Ouvi o sussurro de novo, erguendo-se das sombras nos cantos. Ouvi por cima dos vivas e clamores do jantar, conforme me conduziam ao tablado.

Cadê você, Aodhan?

Quem é você?, resmunguei internamente em resposta, e minha mente estava tensa quando me sentei na cadeira.

O sussurro se dissipou, como se nunca tivesse existido. Será que estava ouvindo coisas? Será que a exaustão estava começando a me enlouquecer?

Mas, então, Aileen depositou uma costeleta de carneiro perfeita em meu prato, e fiquei olhando os sumos vermelhos começarem a brilhar. Foi então que eu soube.

Aquelas palavras haviam sido pronunciadas bem aqui, 25 anos atrás. Foram proferidas pela pessoa que devassara o castelo em busca da minha irmã, em busca de mim.

Declan Lannon.

5

CONFISSÕES À LUZ DE VELAS

Território de lorde MacQuinn, castelo Fionn

Brienna

A última coisa que eu esperava era que uma das tecelãs viesse bater na minha porta no fim do dia.

Eu havia conseguido anotar algumas queixas entre as mulheres que tinham lutado comigo na batalha. Mas, depois de escutar a conversa na tecelaria, não falei com mais ninguém. Passei o resto do dia tentando parecer útil, tentando não comparar minha lista humilde de queixas com o enorme tomo que Luc acumulara.

Estava mais do que disposta a ir para a cama depois do jantar.

Sentei-me diante da lareira com as meias de lã esticadas até os joelhos e duas cartas deitadas sobre o colo. Uma era de Merei, mas a outra era de Sean, meu meio-irmão, que eu deveria convencer a formar uma aliança com Isolde Kavanagh. As duas chegaram à tarde e me pegaram de surpresa: a de Merei, porque ela provavelmente havia escrito um dia depois de sair de Maevana, e a de Sean, porque foi completamente inesperada. A questão da lealdade dos Allenach era uma preocupação constante na minha cabeça, mas eu ainda não tinha decidido como lidar com ela. Então por que será que Sean escreveu para mim por livre e espontânea vontade?

9 de outubro de 1566,

Brienna

Sinto muito por escrever tão pouco tempo depois da batalha, porque sei que você ainda está tentando se adaptar à nova casa e família. Mas queria lhe agradecer — por ficar comigo quando me feri, por me fazer companhia apesar do que outras pessoas poderiam pensar. Sua coragem em desafiar nosso pai me inspirou em muitos aspectos, e o primeiro é que farei o possível para redimir a Casa Allenach. Acredito que haja pessoas boas aqui, mas estou penando para descobrir um jeito de eliminar a corrupção e a crueldade que foram estimuladas por décadas a fio. Acho que não sou capaz de conseguir isso sozinho e pensei se você estaria disposta a me escrever, pelo menos por enquanto, com algumas ideias e sugestões de como devo começar a corrigir os erros que esta Casa cometeu . . .

Escutei uma batida hesitante na porta. Levei um susto e me apressei a dobrar a carta de meu irmão e escondê-la em um dos meus livros.

Então, pelo visto, no que dizia respeito a meu irmão, não seria muito difícil convencer os Allenach.

Guardei o sentimento de alívio ao abrir a porta e me espantei quando vi uma jovem.

— Senhorita Brienna? — murmurou ela, e reconheci a voz.

Era doce, melodiosa e pertencia à pessoa que havia comentado que eu era bonita quando ouvi a conversa na tecelaria.

— Pois não?

— Posso entrar?

Ela lançou um olhar pelo corredor, como se estivesse com medo de alguém achá-la ali.

Dei um passo para trás, um convite tácito para que ela entrasse. Fechei a porta em seguida, e fomos nos sentar diante da lareira, lado a lado, constrangidas.

Com a boca torcida para o lado, a menina ficava revirando as mãos pálidas e encarando o fogo. Tentei não olhar para ela. Era magra e ossuda, tinha um cabelo louro fino, e seu rosto era marcado por cicatrizes de varíola — pontinhos brancos como neve sobre as bochechas.

Justo quando estava criando coragem para falar, ela virou os olhos para mim e disse:

— Preciso pedir desculpa pelo que você ouviu hoje. Eu vi pela janela quando você foi embora correndo. E me senti horrível, porque você tinha ido atrás de nós, e estávamos falando de você daquele jeito.

— Eu é que preciso pedir desculpa — falei. — Devia ter me apresentado. Foi errado da minha parte ficar atrás da porta sem que vocês soubessem.

Mas a menina balançou a cabeça.

— Não, senhorita. Isso não justifica nossas palavras.

Mas você foi a única a falar bem de mim, e é a única que veio pedir perdão, pensei.

— Posso perguntar por que você foi nos ver hoje? — disse ela.

Hesitei antes de responder.

— Pode, lógico. Lorde MacQuinn pediu minha ajuda para recolher as queixas do povo. Para levar ao julgamento dos Lannon na semana que vem.

— Ah. — Ela parecia surpresa. Levou a mão até o cabelo e, distraída, enrolou as pontas no dedo com uma expressão ligeiramente franzida. — Tenho 16 anos, então Allenach foi o único lorde que conheci. Mas as outras mulheres... elas lembram como era antes de lorde MacQuinn fugir. A maioria das queixas delas é contra lorde Allenach, não contra os Lannon.

Olhei para o fogo numa tentativa fraca de disfarçar o quanto essa conversa me abalava.

— Mas você não é filha de Allenach — afirmou ela, e fui obrigada a encará-la. — Você é filha de Davin MacQuinn. Sempre pensei em você assim.

— Fico feliz de saber — falei. — Sei que para outras pessoas é difícil me ver desse jeito.

Mais uma vez, fui tomada por um impulso covarde de fugir, sair deste lugar, atravessar o canal e mergulhar em Valenia, onde ninguém mais sabia quem era meu pai. Deixar para lá a ideia de estabelecer uma Casa de Conhecimento aqui. Poderia fazer isso facilmente em Valenia.

— Meu nome é Neeve — apresentou-se ela, depois de um tempo, demonstrando estar disposta a fazer amizade comigo.

Meus olhos quase se encheram de lágrimas.

— É um prazer conhecê-la, Neeve.

— Não tenho nenhuma queixa para você anotar — confessou ela. — Mas tem outra coisa. Queria saber se você poderia escrever algumas lembranças minhas dos anos de trevas, para que um dia eu possa transmitir para a minha filha. Quero que ela conheça a história desta terra, que saiba como este lugar era antes da volta da rainha.

Dei um sorriso.

— Eu ficaria muito feliz de fazer isso, Neeve. — Levantei-me para pegar meus materiais de escrita e arrastei a escrivaninha até a lareira. — O que você quer que eu registre?

— Acho que é melhor começar do começo. Meu nome é Neeve MacQuinn. Sou filha da tecelã Lara e do toneleiro Ian, nascida na primavera de 1550, o ano de tempestades e escuridão…

Comecei a transcrever, palavra por palavra, e fui transferindo as lembranças dela para papel e tinta. Mergulhei em suas histórias, pois desejava entender como havia sido a vida durante "os anos de trevas", que era como as pessoas ali chamavam o período da ausência de Jourdain. E o que senti foi não apenas pesar, mas também alívio, porque, embora Neeve tivesse sido privada de algumas coisas, foi protegida de outras. Em nenhum momento lorde Allenach a maltratara fisicamente, nem permitira que seus homens a maltratassem. Na verdade, ele jamais olhara ou falara qualquer coisa para ela. As mulheres e os homens mais velhos é que receberam os piores castigos, para dobrá-los, aterrorizá-los, subjugá-los, para fazê-los esquecer os MacQuinn.

— Acho que é melhor eu parar por enquanto — interrompeu ela, depois de um tempo. — Já devo ter falado mais do que o suficiente para você escrever.

Minha mão doía, e meu pescoço estava começando a ficar duro de tanto me encurvar sobre a mesa. Percebi que ela falara por mais de uma hora, e que tínhamos acumulado vinte páginas de sua vida. Abaixei a pena, alonguei os dedos para trás e me atrevi a dizer:

— Neeve? Você quer aprender a ler e escrever?

Atônita, ela piscou.

— Ah, acho que eu não teria tempo, senhorita.

— Podemos arranjar tempo.

Neeve sorriu, como se eu tivesse acendido uma chama dentro dela.

— Sim, quero sim, quero muito! Só que... — A alegria dela murchou. — Podemos manter as aulas em segredo? Pelo menos por enquanto?

Não posso negar que fiquei triste com o pedido, pois sabia que ela não queria que outros descobrissem que estávamos passando tempo juntas. Mas aí pensei de novo em formas de me provar para os MacQuinn — eu precisava ter paciência, deixar que confiassem em mim no próprio tempo — e sorri, juntando as folhas e entregando para Neeve.

— Que tal começarmos amanhã à noite? Depois do jantar? E, sim, podemos manter em segredo.

Neeve assentiu. Ela arregalou os olhos ao pegar as folhas, observar minha escrita e acompanhar as linhas com a ponta do dedo.

E, olhando para ela, não pude deixar de pensar no que eu havia escutado de manhã. *Acho que ela é parte valeniana*, dissera uma das tecelãs sobre mim. Elas me consideravam uma sulista ou uma Allenach. Eu receava que isso sempre acabasse me isolando dos MacQuinn, por mais que eu tentasse me provar.

— Neeve — falei, com uma ideia na cabeça. — Talvez você possa me ensinar algo em troca.

Ela olhou para mim, espantada.

— Hã?

— Quero saber mais sobre os MacQuinn, suas crenças, seu folclore, suas tradições.

Quero me tornar uma de vocês, quase implorei. *Me ensine.*

Graças a Cartier e seus ensinamentos na Casa Magnalia, eu já possuía conhecimento *teórico* sobre a Casa MacQuinn. Conhecia a parte da história que podia ser lida em volumes velhos e empoeirados. A Casa recebeu a bênção do Determinado, seu brasão era um falcão, as cores eram lavanda e dourado, e o povo era respeitado como os tecelões mais habilidosos do reino. Mas o que me faltava era o conhecimento do *povo*, as normas sociais dos MacQuinn. Como eram os cortejos? Os casamentos? Os funerais? Que tipo de comida serviam em festas de aniversário? Será que tinham superstições? Como era a etiqueta?

— Não sei se sou a melhor pessoa para ensinar essas coisas — respondeu Neeve, mas vi o quanto ela gostou de meu pedido.

— Que tal você me contar uma das suas tradições preferidas dos MacQuinn? — sugeri.

Neeve ficou calada por um instante, até que um sorriso se abriu em seus lábios.

— Você sabia que, se decidirmos nos casar com alguém de fora da Casa MacQuinn, temos que escolher a pessoa com uma fita?

Fiquei intrigada na mesma hora.

— Uma fita?

— Talvez seja melhor dizer que a *fita* é que escolhe por nós — disse Neeve. — É um teste, para que possamos determinar quem fora da nossa Casa é digno.

Recostei-me na cadeira, à espera de mais.

— A tradição começou há muito tempo — disse Neeve. — Não sei se você conhece nossas tapeçarias...

— Ouvi falar que os MacQuinn são conhecidos como os melhores tecelões de Maevana.

— É. Tanto que começamos a esconder uma fita dourada nas tramas das nossas tapeçarias. Uma tecelã habilidosa consegue fazer a fita desaparecer no desenho, é muito difícil de achar.

— Então todas as tapeçarias dos MacQuinn têm uma fita escondida? — perguntei, ainda muito confusa com o que isso tinha a ver com a escolha de um parceiro.

O sorriso de Neeve se abriu ainda mais.

— É. E foi assim que a tradição começou. O primeiro lorde MacQuinn tinha só uma filha, e ele a amava tanto que não acreditava que nenhum homem, MacQuinn ou não, seria digno dela. Então ele mandou as tecelãs esconderem uma fita em uma tapeçaria que estavam fazendo, pois sabia que só o homem mais dedicado e decidido a encontraria. Quando a filha do lorde atingiu a maioridade, homens e mais homens vieram ao salão, desesperados para conquistá-la. Mas lorde MacQuinn mandou trazerem a tapeçaria, e sua filha desafiou os homens a lhe trazer a fita dourada escondida na trama. E, homem após homem, ninguém achou. Quando o vigésimo moço se apresentou, lorde MacQuinn achou que o rapaz duraria só uma hora. Mas o homem ficou no salão por uma hora, procurando, e uma hora virou duas, até que a noite deu lugar ao amanhecer. Quando o sol raiou, o homem puxou a fita da tapeçaria. Era um Burke, por incrível que pareça, e, mesmo assim, lorde MacQuinn disse que ele mais do que merecia se casar com sua filha, se ela quisesse.

— E ela quis? — perguntei.

— Evidente. E é por isso que, até hoje, nós da Casa MacQuinn pensamos duas vezes antes de desafiar os Burke a qualquer competição, porque eles são um pessoal bem teimoso.

Dei uma risada e o som inspirou Neeve a me acompanhar, e acabamos enxugando os olhos na frente da lareira. Eu nem conseguia lembrar da última vez que me sentira tão leve.

— Acho que gostei dessa tradição — comentei, depois de um tempo.

— É. E você devia usá-la, se decidir escolher alguém fora da Casa MacQuinn — declarou Neeve. — Quer dizer, a menos que o elegante lorde Morgane já seja sua paquera secreta.

Meu sorriso cresceu, e senti o rosto esquentar. Ela provavelmente percebeu na noite anterior, quando Cartier se sentara ao meu lado no jantar. Neeve arqueou as sobrancelhas para mim, esperando.

— Lorde Morgane é um velho amigo meu — revelei, por fim. — Ele foi meu instrutor em Valenia.

— Para a paixão? — perguntou Neeve. — O que isso significa, exatamente?

Comecei a explicar, e por dentro tive medo de que ela fosse achar que o estudo de paixões era uma frivolidade. Mas Neeve parecia ávida para saber, assim como eu estava em relação às tradições deles. Eu teria continuado a conversa até tarde da noite se não tivéssemos escutado vozes no corredor. Ela pareceu se espantar com o som, lembrando que estava ali em meus aposentos em segredo, e que já fazia bem mais de uma hora.

— Acho que é melhor eu ir embora — anunciou Neeve, abraçando o maço de papel junto ao coração. — Antes que deem pela minha falta.

Nós nos levantamos juntas, e tínhamos quase a mesma altura.

— Obrigada, senhorita, por escrever isto para mim — sussurrou ela.

— Não tem de quê, Neeve. A gente se vê amanhã à noite, então?

Ela assentiu com a cabeça e se esgueirou silenciosamente para o corredor, como se fosse só uma sombra.

Meu corpo estava exausto, mas minha mente fervilhava com o que havia acabado de acontecer, com tudo que Neeve me contara. Eu sabia que, se me deitasse, o sono não ia chegar. Então joguei mais uma tora no fogo e me sentei diante da lareira, ainda com a mesa na minha frente, com papel, pena e tinta. Peguei a carta de Merei e a abri com cuidado, rasgando o selo de cera de nota musical sob a unha.

Querida Bri,

Sim, sei que você vai ficar surpresa de receber esta carta tão cedo. Mas não teve alguém que me disse que "escreveria todas as horas de todos os dias"? (Porque ainda estou esperando aquela montanha de cartas que você prometeu!)

Neste momento, estou sentada a uma mesa torta de uma taverna velha e cheia de goteira na idade de Isotta, do lado do porto, e o cheiro é de peixe, vinho e um perfume horrível de homem. Talvez você consiga sentir, se encostar o nariz neste pergaminho — é muito forte. Tem também um gato tigrado caolho que não para de me encarar e fica tentando lamber a gordura do meu prato. Apesar de todo esse caos, arrumei um tempinho antes da hora marcada para eu encontrar minha trupe, e quis escrever para você.

Desembarquei agora há pouco do navio, e é difícil acreditar que acabei de deixar você para trás em Maevana como filha de um lorde, e que eu a vi ainda ontem, que a revolução para a qual você e Cartier me levaram fez tudo que você sonhava. Ah, Bri! Ah, se a gente soubesse o que aconteceria depois daquela noite no solstício de verão há quatro meses, quando nós duas estávamos com medo de não sermos aprovadas na nossa paixão! E como isso parece um passado distante agora. Confesso que queria que você e eu pudéssemos voltar para Magnalia, só por um dia.

Lembranças antigas à parte, tenho uma pequena novidade que acho que você vai achar interessante. Sabe como as tavernas atraem a nata da sociedade? Bom, ouvi um bocado dessa nata falando da revolução em Maevana, da volta da rainha Isolde ao trono e dos Lannon acorrentados e à espera do julgamento. (Tive que fazer muita força para continuar quieta e beber meu vinho.) Muita gente aqui acha maravilhoso que uma rainha tenha recuperado a coroa do norte, mas alguns estão nervosos. Acho que o receio é que os distúrbios se alastrem para Valenia, que alguém aqui se atreva a considerar um golpe contra o rei Phillipe. Os valenianos estão muito curiosos e vão ficar de olho no norte nas próximas semanas, ansiosos para ver como a situação dos Lannon vai se resolver. Escutei de tudo, desde decapitação e tortura até obrigar todos os Lannon a andar em cima de fogo até morrerem queimados lentamente. Conte o que acontecer de fato, e vou mantendo você atualizada das fofocas e novidades daqui do sul, mas isso só me deixa com mais saudade.

Preciso encerrar aqui, e você sabe que vou fazer estas três perguntas cruciais (então é bom você responder todas!):

Primeira, como é o seu manto?

Segunda, Cartier beija bem?

Terceira, quando você pode vir visitar Valenia?

Escreva logo!

Com amor,

Merei

PS: Ah! Quase esqueci. A partitura nesta carta é para seu irmão. Ele me pediu para mandar. Por favor, entregue para ele com meus cumprimentos! — M

Li a carta de novo e me alegrei. Peguei a carta que tinha começado a escrever de manhã e resolvi refazer do zero. Perguntei para Merei sobre a trupe dela, para onde iriam depois, para que tipo de pessoas e festas ela havia tocado. Respondi às três perguntas "cruciais" com o máximo possível de elegância — *meu manto é bonito, bordado com a constelação de Aviana; espero que eu possa visitar Valenia em algum momento nos próximos meses, quando as coisas se acalmarem aqui (prepare-se para me abrigar onde quer que você esteja); Cartier beija muitíssimo bem* — e, depois, falei das queixas: que eu ainda estava com dificuldade para me enturmar, que pensava tanto nela e em Valenia que era quase insuportável. Antes que pudesse conter meus medos, escrevi-os tão detalhadamente quanto se estivesse conversando com ela, como se ela estivesse sentada aqui no quarto comigo.

Mas eu já sabia o que ela me diria:

Você é filha de Maevana. Foi forjada por canções antigas e estrelas e aço.

Parei de escrever e fiquei encarando as palavras até a visão ficar turva nos meus olhos cansados. No entanto, eu quase conseguia escutar o eco da música de Merei, como se ela estivesse tocando no corredor, como se eu ainda estivesse em Magnalia com ela. Fechei os olhos, de novo com saudade de casa, mas então escutei o chiado do fogo, os sons de risada pairando pelo corredor, os uivos do vento do outro lado da janela, e pensei: *Minha casa é aqui. Minha família está aqui. E, um dia, vou ser parte daqui; um dia, vou me sentir filha dos MacQuinn.*

6

A MENINA DO MANTO AZUL

Território de lorde Morgane, castelo Brígh

Cartier

— Convidei lady e lorde Dermott para ficarem aqui semana que vem — falei para Aileen certa manhã, enquanto o julgamento dos Lannon se aproximava a cada dia.

— *Lady* e *lorde* Dermott? — repetiu Aileen, com uma voz ligeiramente aguda demais para o meu gosto. — Aqui?

Nós dois olhamos para as janelas quebradas e os cômodos vazios à nossa volta.

Eu havia escrito para os Dermott e os convidado a se hospedar no castelo Brígh durante a viagem para o julgamento. E achei que tinha calculado bem o tempo para terminar de restaurar o castelo para receber visitas, assim como preparar meus planos para convencê-los a anunciar publicamente uma aliança com a rainha. Mas, pela expressão no rosto de Aileen... percebi que eu tinha dado um passo maior do que as pernas.

— Desculpe — falei logo. — Sei que não estamos em condições de receber visitas no momento.

Quis acrescentar: *mas é que esta aliança precisa acontecer rápido*, mas, diante das sobrancelhas arqueadas de Aileen, engoli as palavras antes que elas saíssem.

— Isso significa que você está me designando a intendente do castelo? — perguntou, com um sorriso sutil nos olhos.

— Estou, Aileen.

— Então não se preocupe, lorde Aodhan — declarou ela, tocando no meu braço. — Vamos deixar este castelo pronto em sete dias.

À tarde, eu estava no escritório com o nobre Seamus, e nós dois tentávamos decidir como consertar o buraco no telhado quando Tomas entrou pulando em um pé só, com a outra perna, do pé ferido, dobrada para trás.

— Milorde — disse o menino, puxando minha manga. — Tem...

— Garoto, *não* puxe a manga do lorde — censurou Seamus, com delicadeza, e o rosto de Tomas ficou vermelho enquanto ele pulava para trás e ficava a uma distância adequada.

— Não tem problema — falei, olhando para Tomas. O menino tinha dado uma sumida nos últimos dois dias, como se estivesse abalado pela quantidade de gente que havia agora no castelo. — Vou terminar aqui, e depois conversamos.

Tomas fez que sim e saiu saltitando do escritório. Fiquei olhando para ele e reparei que seus ombros estavam encurvados.

— Milorde Aodhan, você precisa ensinar jovens como ele a respeitá-lo — sugeriu Seamus, suspirando. — Caso contrário, ele sempre será impertinente.

— É, bom, até onde eu sei, ele é órfão — comentei. — E quero que se sinta em casa conosco.

Seamus não falou nada. E me perguntei se era errado pensar assim — eu não sabia nada sobre educação de crianças —, mas não tinha tempo para ficar ponderando. Voltei ao assunto do conserto do telhado e guardei Tomas em um canto da mente.

Meia hora depois, Seamus saiu para acompanhar a reforma da cervejaria, a uns quinze minutos de viagem a cavalo, mas ainda dentro da propriedade, depois de Aileen reclamar que "não podemos receber lady e lorde Dermott aqui sem uma cerveja decente". Não dava para criticá-la por priorizar bebida acima de camas e janelas de vidro, então saí do escritório em busca de Tomas. O menino parecia desaparecer sempre que queria, sumindo nas sombras e encontrando os melhores esconderijos.

Fui ao salão primeiro, onde algumas das mulheres trabalhavam em uma mesa comprida, em volta de uma jarra de chá, costurando cortinas e colchas para os aposentos de visitantes. Os risos delas se calaram quando cheguei, e seus olhares se abrandaram conforme eu me aproximava.

— Boa tarde. Viram Tomas? — perguntei. — Ele tem mais ou menos esta altura e cabelo ruivo.

— Vimos, sim, lorde Aodhan — respondeu uma das mulheres, empurrando uma agulha pelo tecido. — Ele está com a menina do manto azul.

Brienna.

Fiquei espantado; foi como se meu coração estivesse amarrado em um barbante e me puxasse só de pensar nela.

— Obrigado — agradeci, e saí às pressas do salão, ouvindo as mulheres cochicharem atrás de mim quando cheguei ao pátio.

Dali, fui correndo para os estábulos, mas não vi sinal de Brienna. Um dos cavalariços me informou de que ela havia acabado de passar ali com Tomas, conversando sobre bolos de mel, então voltei ao castelo pela cozinha, onde uma bandeja de bolos de mel esfriava na janela, e deu para ver que faltavam dois...

Voltei para o escritório, com passos leves no chão de pedra, e ouvi a voz de Brienna pairar pelo corredor conforme ela falava com Tomas.

— Então eu comecei a cavar, bem embaixo da árvore.

— Com as mãos? — perguntou Tomas, ansioso.

— Não, bobinho. Com uma pá. Eu tinha guardado no bolso, e...

— No bolso? *Vestidos* têm bolso?

— Claro que têm. Você acha que as mulheres não precisam de um lugar para esconder umas coisinhas?

— Acho que sim. O que aconteceu depois? — insistiu Tomas.

— Cavei até achar o medalhão.

Abri a porta levemente, quase hesitante quanto a interromper esse momento. A porta rangeu, como tudo no castelo, alertando-os para a minha chegada, e parei no limiar, olhando para eles.

Não havia móveis no escritório. Brienna e Tomas estavam sentados no chão, debaixo de um círculo de luz do sol, com as pernas esticadas para a frente e apoiados nas mãos atrás das costas.

Brienna parou de falar quando olhou para mim.

— Eu tentei avisar, milorde! — disse Tomas, às pressas, como se estivesse com medo de levar bronca. — A senhorita Brienna chegou, mas você me mandou embora antes.

— Sim, e peço desculpa, Tomas — falei, juntando-me à roda deles no chão. — Da próxima vez, vou prestar atenção.

— Você está doente, milorde? — O menino franziu a testa ao me examinar. — Parece que está com febre.

Soltei uma risadinha e enxuguei a testa de novo.

— Não, não estou doente. Só andei pela propriedade inteira atrás de vocês dois.

— Eu a trouxe aqui para você, milorde.

— Aham. Então eu devia ter esperado aqui. — Meus olhos se voltaram automaticamente para Brienna.

O cabelo caía sobre os ombros, e seu rosto estava corado da viagem, com um brilho nos olhos. O manto estava amarrado na gola; o azul-escuro se expandia ao seu redor e refestelava na luz.

— Eu estava contando para Tomas a história de quando achei a pedra — informou ela, com um tom divertido.

— E o que aconteceu depois? — insistiu Tomas, chamando a atenção dela de novo.

— Bom, a Pedra do Anoitecer estava dentro do medalhão — continuou Brienna. — E tive que escondê-la no meu... ahn, no meu vestido.

— No bolso, você quer dizer? — sugeriu Tomas, apoiando o queixo na palma da mão.

— É. Por aí.

Ela olhou de relance para mim, com um sorriso maroto.

— Como é a pedra? — perguntou ele.

— Parece uma pedra da lua grande.

— Já vi algumas pedras da lua — comentou o menino. — Que mais?

— A Pedra do Anoitecer muda de cor. Acho que ela interpreta o humor da pessoa que a usa.

— Mas só os Kavanagh conseguem usar sem o medalhão, né?

— É — concordou Brienna. — Ela queimaria pessoas como você e eu.

Tomas finalmente se calou, refletindo sobre o que havíamos falado. Meus olhos foram de novo para Brienna, e sugeri com um tom suave:

— Tomas? Que tal você ir para a cozinha ver se a cozinheira precisa de ajuda?

O menino grunhiu.

— Mas quero ouvir o resto da história da senhorita Brienna.

— Vai ter outro dia para histórias. Vá agora.

Tomas se levantou bufando e saiu aos pulos.

— Você devia arrumar uma muleta pequena antes que ele arrebente os pontos que você deu — sugeriu Brienna. — Tive que carregá-lo nas costas.

— Você o *quê*?

— Não fique tão surpreso, Cartier. O menino é pele e osso.

O silêncio entre nós se alongou. Senti uma pontada de culpa.

— Não sei de quem ele é — falei, enfim. — Eu o encontrei algumas noites atrás. Acho que ele estava dormindo aqui.

— Talvez um dia ele diga de onde veio — respondeu Brienna.

Suspirei, apoiei-me nas mãos e olhei de novo para ela. Soou um eco de algo batendo, seguido pelo grito distante da cozinheira. Ouvi Tomas retrucar com outro grito atrevido e gemi.

— Não sei o que estou fazendo, Brienna. — Fechei os olhos, sentindo de novo aquele peso. O peso da terra, o peso do povo, o peso da aliança com Dermott, o peso do julgamento iminente. Meses antes, eu jamais teria me imaginado nessa situação.

Brienna chegou mais perto; ouvi o sussurro de seu vestido, senti-a cobrir o sol ao se sentar na minha frente e pôr as mãos nos meus joelhos. Abri os olhos e vi a luz formar uma coroa nela, e por um instante havia só nós dois no mundo, e mais ninguém.

— Não existe manual para isso — declarou Brienna. — Mas seu povo se reuniu a sua volta, Cartier. São pessoas maravilhosas e dedicadas. Ninguém espera que você tenha todas as respostas, nem que assuma sua função hoje. Vai levar tempo.

Eu não sabia o que dizer, mas suas palavras me acalmaram. Peguei as mãos dela nas minhas — palmas alinhadas, dedos entrelaçados. Reparei nas manchas de tinta na mão direita.

— Você andou escrevendo, pelo visto.

Ela deu um sorriso melancólico.

— É. Jourdain me pediu para começar a juntar queixas.

Isso me pegou um pouco de surpresa. Parecia cedo demais para compilar essas trevas. Tínhamos acabado de voltar para casa e recuperar a vida que devíamos ter. Mas então lembrei que faltavam meros dias para o julgamento. É evidente que eu também deveria reunir as queixas do meu povo. E deveria redigir as minhas próprias. Portanto, eu precisaria confrontar plenamente os detalhes do que acontecera naquela noite. Porque, embora soubesse de parte da verdade, eu não sabia tudo. Não sabia quem desferira o golpe letal na minha irmã, nem a dimensão completa da violência cometida contra o povo Morgane.

E tinha também a carta de minha mãe, que eu ainda mantinha no bolso, sem saber como lidar com ela. Eu tinha sangue Lannon nas veias; será que precisava reconhecer essa verdade, ou ocultá-la?

Larguei esses pensamentos e vi que Brienna estava me observando.

— Você já anotou muitas queixas? — perguntei.

— Luc juntou um belo calhamaço.

— E por que você não?

Ela desviou o olhar, e uma desconfiança sombria começou a obscurecer minha mente.

— Brienna... fale.

— O que posso dizer, Cartier?

E ela deu um sorriso amarelo, do tipo que não alcançava os olhos.

— Você nunca foi boa em teatro — lembrei.

— Não é nada, juro.

Ela tentou tirar as mãos das minhas, mas segurei com mais força. Se ela não ia falar, então eu falaria.

— O povo de Jourdain não está aceitando você bem.

Sabia que era verdade porque vi uma fagulha de dor em seus olhos antes que ela a cobrisse com irritação.

— O que disseram para você, Brienna? — insisti, sentindo a raiva crescer só de imaginar. — Foram grosseiros?

— Não. É o que eu devia ter esperado — rebateu ela, como se quisesse defendê-los, como se a culpa fosse dela, como se ela pudesse controlar as próprias origens.

— Jourdain sabe?

— Não. E peço que você não conte para ele, Cartier.

— Você não acha que seu pai deveria saber que o povo dele a está ofendendo? Que o povo está ofendendo a *filha* dele?

— Ninguém está me ofendendo. E, se estivesse, eu não ia querer que Jourdain soubesse. — Ela soltou minhas mãos, se levantou e virou-se para a janela. — Ele já tem muito com que se preocupar. E acho que você sabe como é.

Eu sabia. Porém, acima de tudo, queria que Brienna se sentisse em casa aqui. Isso era quase a sombra de todos os meus outros pensamentos — que ela fosse aceita, que fosse feliz. Queria que ela recuperasse seu lar em Maevana, esta terra selvagem da qual ela e eu só havíamos falado em nossas aulas. Metade de sua história estava neste solo, e para mim não fazia a menor diferença o território onde ela nascera.

Fiquei de pé e espanei a poeira das calças. Fui até ela devagar, parando pouco atrás, só para conseguir sentir seu calor. Continuamos em silêncio, contemplando a terra além do vidro quebrado, as campinas, florestas e colinas que se tornavam montanhas.

— Eles me consideram uma Allenach. Não uma MacQuinn — confessou, em voz baixa. — Acham que ludibriei o lorde a me adotar.

Fiquei arrasado ao vê-la admitir isso. Poderia ter falado inúmeras coisas em resposta, principalmente que eu nunca a considerara uma Allenach, que sempre a vira como a pessoa que ela era: filha de Maevana e amiga querida da rainha. Mas contive minhas palavras.

Finalmente ela se virou para mim e ergueu os olhos para encarar os meus.

— Eles só precisam de um pouco mais de tempo — murmurou ela. — Tempo para que a lembrança do meu pai de sangue se dissipe, para que eu possa me provar para eles.

Ela tinha razão. Todos precisávamos de tempo — tempo para nos acomodar, tempo para nos curar, tempo para descobrir quem deveríamos ser.

E a única coisa que consegui dizer foi seu nome, como se fosse uma prece:

— Brienna.

Minha mão subiu; meus dedos acompanharam a linha do maxilar dela. Queria guardá-la na memória, explorar seus contornos e curvas. Mas meus dedos pararam em seu queixo, inclinaram o rosto dela para cima e vi o sol dançar em suas bochechas.

Brienna prendeu o fôlego, e abaixei o rosto para soltá-lo. Beijei-a de leve uma vez, duas vezes, até que ela abriu a boca sob a minha e descobri que estava tão sedenta quanto eu. De repente, minhas mãos foram para seu cabelo, meus dedos se emaranharam nos fios sedosos, perdidos no desejo de me entregar completamente.

— Cartier. — Ela tentou falar meu nome; sorvi o som de seus lábios. Senti as mãos dela subirem pelas minhas costas, agarrarem minha camisa e a puxarem. Estava me alertando, porque agora eu escutava o som alto de passos arrastados, perto da porta do escritório.

Com esforço, me afastei dela, conseguindo respirar apenas o suficiente para sussurrar:

— Você tem gosto de bolo de mel roubado, Brienna MacQuinn.

Ela sorriu, e seus olhos estavam rindo.

— O lorde do Veloz não deixa nada escapar, não é?

— Não quando o assunto é você.

Dei mais um beijo ousado nela, antes que quem quer que fosse chegasse ao escritório, mas algo pontudo fez pressão na minha perna. Surpreso, inclinei o corpo para trás e deslizei a mão até a saia dela, até sua coxa. Senti o formato rígido de um punhal sob o tecido e fitei seus olhos, sem dizer nada, mas extremamente satisfeito por ela ter uma arma oculta.

— Sabe como é — comentou ela, gaguejando. Seu rosto corou. — Nós, mulheres, não podemos esconder tudo nos bolsos, né?

7

TRAGA-ME A FITA DOURADA

Território de lorde MacQuinn, castelo Fionn

Brienna

Eu não pretendia jantar no salão naquela noite, para preparar as primeiras aulas de leitura de Neeve. Estava levando uma bandeja com sopa e pão para meus aposentos, e refletindo sobre como a tarde havia sido boa com minha visita a Cartier e seu povo, quando Jourdain brotou das sombras na minha frente.

— Ai, meus santos, pai! — Quase derramei a comida em cima do vestido. — Você devia saber que não pode me assustar assim!

— Aonde está indo? — perguntou ele, olhando para minha bandeja com uma expressão intrigada.

— Para os meus aposentos — respondi. — Para onde mais eu iria?

Jourdain tirou a bandeja das minhas mãos e entregou para um criado que, por acaso, estava passando por ali.

— Eu ia comer aquilo.

Mas, aparentemente, Jourdain não escutou minha irritação. Ele esperou o criado sumir na curva do corredor, pegou na minha mão, me puxou até meus aposentos e fechou a porta atrás de nós.

— Temos um problema — revelou, enfim, com a voz rouca.

— Que tipo de problema, pai?

Tentei interpretar as rugas na testa dele, para me preparar para qualquer coisa.

— Diga tudo o que você sabe sobre a Casa Halloran, Brienna.

Fiquei paralisada diante dele.

— Halloran? — Pigarreei, ainda surpreendida pelo pedido e tentando lembrar tudo que Cartier me ensinara. — A rainha Liadan lhes dera a bênção do Decoroso. São famosos por seus pomares e produtos de aço, e suas espadas são as melhores de Maevana. As cores são amarelo e azul-marinho; o brasão é um íbex dentro de um círculo de zimbro. O território deles é conhecido como A Dobradiça de Maevana, pois é o único que faz fronteira com sete territórios vizinhos. Tinham uma forte e histórica aliança com os Dunn e os Fitzsimmons, que foi rompida quando os Lannon tomaram o trono. Desde então, juraram lealdade à Casa que detivesse todo o poder. — Parei, sentindo de novo a limitação de meus conhecimentos teóricos. — Posso listar a árvore genealógica deles, se é isso que você quer. Até filhos e filhas bastardos.

— Então o nome Pierce Halloran deve significar algo para você — disse Jourdain.

— Sim. Pierce Halloran é o filho mais novo dos três filhos de lady Halloran. Por quê?

— Porque ele está aqui — responde ele praticamente num grunhido.

Não consegui disfarçar minha surpresa.

— Pierce Halloran está *aqui*, em Fionn? Como pode?

Mas eu desconfiava. Os Lannon eram nossos prisioneiros. A aliança com os Halloran tinha começado a ruir…

— Ele quer dar uma olhada em você.

— Ele quer *olhar* para mim?

— Quer se apresentar como pretendente — complementou Jourdain, expressando-se à moda valeniana.

A princípio, a revelação foi um choque para mim. Mas o choque se dissipou conforme eu começava a pensar estrategicamente.

— Ora, ele deve se achar muito esperto — afirmei, o que felizmente atenuou a tensão que se acumulava em Jourdain.

— Então você entende o mesmo que eu a esse respeito? — perguntou meu pai, relaxando os ombros um pouco.

— Lógico. — Cruzei os braços, olhando de relance para o fogo. — Os Halloran ficaram na mesa dos Lannon por mais de cem anos. Essa mesa acabou de virar. E fomos nós que a viramos. — Senti Jourdain me observando, atento às minhas palavras. — Os Halloran estão correndo atrás do prejuízo, e deviam mesmo. Estão querendo uma aliança com a Casa mais forte.

— Certo, certo — concordou Jourdain, meneando a cabeça. — E precisamos tomar muito cuidado, Brienna.

— Sim, concordo.

Parei um instante para andar pelo quarto, acariciando distraída minhas tranças, enquanto organizava os pensamentos e costurava um plano. Eu havia decidido começar a trançar meu cabelo, do jeito que muitas mulheres MacQuinn faziam. Gostava de pensar nelas como tranças de guerreira.

Quando parei diante de Jourdain novamente, vi um ligeiro sorriso em seu rosto.

— Pelos deuses — exclamou ele, balançando a cabeça para mim. — Nunca imaginei que ficaria tão feliz de ver esse brilho malicioso nos seus olhos.

Sorri e coloquei a mão no coração, brincalhona.

— Ah, pai. Assim você me magoa. Por que você não ficaria feliz de ouvir meus planos?

— Porque eles me deixam de cabelo branco, Brienna — respondeu ele, com uma risadinha.

— Então talvez seja melhor você ouvir sentado.

Jourdain obedeceu, pegou a cadeira que Neeve havia usado na noite anterior e me sentei ao seu lado, na minha poltrona preferida. Estendemos as botas na direção do fogo.

— Certo, pai. Eis o que estou pensando: os Halloran estão procurando um jeito de formar uma aliança conosco através do casamento comigo. Não posso criticá-los pela tentativa. Tenho certeza de que casamentos foram o instrumento dos Lannon durante os últimos 25 anos. E o cenário político de Maevana está mudando drasticamente. Os Halloran precisam se reformular para conquistar alguma simpatia da rainha. O casamento é ao mesmo tempo uma das maneiras mais fáceis e fortes de se estabelecer uma nova aliança, e é por isso que Pierce apareceu à nossa porta.

— Brienna, por favor, não me diga que está pensando em aceitar — reclamou Jourdain, cobrindo os olhos por um instante.

— Óbvio que não!

Jourdain abaixou a mão e soltou um suspiro de alívio.

— Que bom. Porque não sei o que pensar! O que eu mais gostaria, acima de tudo, é cuspir nos presentes que Pierce trouxe e despachá-lo de volta com um chute no traseiro. Mas você e eu sabemos que não temos condições para algo tão impulsivo, Brienna.

— Não temos — concordei. — Os Halloran querem se aliar a nós. Devemos permitir?

Ficamos quietos, contemplando todas as possibilidades.

Fui a primeira a romper o silêncio.

— Faz pouco tempo que estávamos conversando sobre alianças e rivalidades. Nós quatro nos sentamos e listamos as Casas que precisavam ser conquistadas para Isolde. Ainda estamos tentando decidir o que fazer com os Lannon, mas e a Casa Carran, e a Casa Halloran? — Dei de ombros, sinalizando minha incerteza. — Quase passo mal de pensar em deixá-las se unirem a nós. Elas *prosperaram* durante os últimos 25 anos, enquanto uma parte enorme do povo sofria. Mas, se as rejeitarmos... quais seriam as consequências?

— É impossível saber ao certo — respondeu meu pai. — Minha única certeza no momento é que não quero os Halloran em nossa aliança. *Não* confio neles.

— Você acha que eles nos enganariam?

— Eu *sei* que nos enganariam.

Tamborilei os dedos nos joelhos, ansiosa.

— Então não podemos simplesmente rejeitá-los. Mas ainda preciso dar uma resposta a Pierce Halloran.

Jourdain ficou olhando para mim, imóvel.

— Só peço, se você considerar o que digo como pai, que *não* faça joguinhos com ele. Não faça nada que possa deixá-la em perigo, filha.

— Eu jamais faria qualquer artimanha romântica com Pierce. Mas, como falei, preciso lhe dar uma resposta.

— Você não pode dizer logo que está com Aodhan Morgane? — perguntou Jourdain, de repente.

— Cartier precisa aparentar ser um lorde sem pontos fracos. — Parecia quase cruel, mas as palavras pairaram no ar entre mim e meu pai como uma verdade: as pessoas que amávamos eram sempre um ponto fraco. — E o fato de que Cartier basicamente não tem nada, nenhum parente vivo, nenhuma esposa ou filhos, o deixa em uma posição superior à nossa neste jogo político.

Vi o olhar de Jourdain ficar perdido por um instante. Fiquei preocupada que ele estivesse pensando em si mesmo, em Sive, sua esposa, em como a perdera.

— Só quero que você seja feliz, Brienna — murmurou ele, enfim, e essa confissão quase me apertou o coração.

Inclinei o corpo para segurar as mãos dele nas minhas.

— E agradeço por isso, pai. Depois do julgamento, depois que Isolde for coroada e tivermos uma noção melhor de como tudo vai ficar, Cartier e eu anunciaremos.

Jourdain meneou a cabeça, olhando para nossas mãos unidas.

— Então, filha. Que resposta você dará a Pierce Halloran hoje?

— A mesma que passarei a dar a qualquer homem de fora desta Casa que deseje conquistar minha simpatia como pretendente.

Jourdain ficou quieto, assimilou minhas palavras e, aos poucos, foi entendendo. Ele ergueu os olhos, encarou os meus e vi sua surpresa.

— Ah, é? E qual vai ser? — Mas ele já sabia.

Um sorriso acalentou minha voz.

— Vou pedir para Pierce Halloran me trazer a fita dourada de uma tapeçaria.

Toda a Casa MacQuinn apareceu para o jantar no salão naquela noite.

Não havia praticamente nenhum espaço vago nas mesas, e o vasto salão logo ficou abafado com o fogo da lareira, com a respiração de muitas pessoas curiosas e com o fato de que eu estava sentada ao lado de Pierce Halloran à mesa do lorde.

O sujeito era exatamente como o esperado: bonito de um jeito ríspido e implacável e seus olhos brilhavam com uma languidez enganosa. E, como logo percebi, ele gostava de dirigir aquele olhar impiedoso para mim. Seguia as tranças no meu cabelo, o decote do vestido, as curvas do meu corpo. Estava avaliando minha beleza física, como se eu me limitasse a isso.

Você é um idiota, pensei durante o jantar, enquanto tomava um gole de cerveja e seus olhos repousavam em mim mais uma vez. Ele estava distraído demais para conceber a hipótese de que eu pudesse tramar algo capaz de prejudicá-lo.

Sorri dentro do cálice, só por um instante.

— E o que você achou engraçado, Brienna MacQuinn? — perguntou Pierce, ao perceber.

Abaixei a cerveja e olhei para ele.

— Ah, só lembrei que o costureiro vai fazer um vestido novo para mim amanhã, com acabamento de pele na barra. Estou animada para ver o projeto.

Luc, a algumas cadeiras de distância, bufou e logo tratou de disfarçar batendo no peito, como se tivesse engasgado. Com as sobrancelhas arqueadas, Pierce lançou um olhar para meu irmão. Luc finalmente se acalmou, acenou um pedido de desculpa e Pierce voltou a se concentrar em mim com um sorriso voraz.

— Adoraria vê-la vestida com peles brancas.

E começou um segundo acesso de tosse, dessa vez de Jourdain, que estava do meu outro lado. Coitado do meu pai, pensei, reparando nos dedos esbranquiçados por segurar o garfo com força.

Jourdain me lançou um breve olhar, e vi uma faísca de advertência em seus olhos. Eu estava manipulando Pierce bem demais.

Estendi a mão para o prato de pão. Pierce fez o mesmo, e nossos dedos se esbarraram.

— Deseja que eu corte mais uma fatia para você? — ofereceu ele, com educação fingida, enquanto continuava de olho, é óbvio, no meu decote.

Mas meus olhos estavam direcionados para outro lugar. A manga dele tinha subido ligeiramente no pulso, e havia uma tatuagem escura na pele clara, pouco acima das sombras azuladas das veias. Parecia um D com o miolo preenchido. Algo estranho para gravar permanentemente na pele.

— Quero, obrigada — falei, obrigando-me a desviar os olhos antes que ele percebesse que eu tinha visto sua marca peculiar.

Pierce depositou uma fatia de pão de centeio no meu prato, e eu sabia que estava quase na hora, que havia deixado o jantar se prolongar demais.

— Posso perguntar por que veio nos visitar, Pierce Halloran?

Pierce tomou um gole demorado de cerveja. Vi o brilho do suor em sua testa e tentei não me divertir com o fato de que ele mal conseguia disfarçar a preocupação e o nervosismo.

— Eu lhe trouxe um presente — revelou ele, soltando o cálice. Sua mão foi para o outro lado da mesa, onde duas espadas largas repousavam no carvalho, dentro de bainhas douradas. Talvez fossem duas das espadas mais bonitas que eu já vira na vida, e tive que me conter ao máximo para não as tocar, para não desembainhar uma delas. — Trouxe uma para seu pai também.

Jourdain não respondeu. Estava disfarçando muito mal a irritação em relação a Pierce.

— E por que nos trouxe presentes tão magníficos? — perguntei, sentindo o coração começar a acelerar.

Pelo canto do olho, vi que Neeve se levantou da mesa, seguida por algumas das outras tecelãs. Estavam se preparando para trazer a tapeçaria ao salão, como havíamos planejado.

Você consegue achar para mim uma tapeçaria cuja fita dourada seja impossível de encontrar? eu perguntara a Neeve, depois de conspirar com Jourdain.

Neeve parecera surpresa. *Consigo, lógico. Você já vai precisar da tapeçaria tão cedo, é?*

Já, para o jantar de hoje.

— Espero conquistar sua simpatia, Brienna — respondeu Pierce, finalmente me olhando nos olhos.

Eu apenas o encarei. Esse minuto se arrastou pelo que pareceu um ano, e tentei não me retorcer de desconforto.

Pierce desviou o olhar primeiro, porque uma agitação estava começando do outro lado do salão.

Não precisei olhar; sabia que as tecelãs traziam a tapeçaria, que os homens estavam ajudando a pendurá-la para que fosse possível ver os dois lados.

— E o que é isto? — perguntou Pierce, com um sorriso malicioso nos cantos da boca. — Um presente para mim, Brienna?

Fiquei de pé para me colocar entre Pierce e a tapeçaria no tablado e só percebi que estava tremendo quando andei até o outro lado da mesa. Engoli em seco, nervosa de repente, e o salão foi tomado por um silêncio opressor. Dava para sentir o peso de todos os olhares se concentrando em mim. A tapeçaria que Neeve escolhera era linda: uma donzela no centro de um jardim, com uma espada apoiada nos joelhos, sentada em meio às flores, com o rosto inclinado para o céu. Ela tinha uma auréola luminosa, como se fosse abençoada pelos deuses. Neeve não podia ter escolhido uma imagem mais adequada.

— Lorde Pierce — comecei. — Em primeiro lugar, permita-me agradecer pelo esforço de vir até o castelo Fionn tão pouco tempo após a batalha. É óbvio que você pensou em nós esta semana.

Pierce continuava sorrindo, mas seus olhos se fecharam em mim.

— Não farei mais rodeios. Vim pedir sua mão, Brienna MacQuinn, e conquistar sua simpatia como minha esposa. Você aceita meu presente?

Pierce definitivamente havia trazido o melhor de sua casa, pensei, resistindo ao impulso de admirar as espadas. Mesmo assim, comparado ao aço das lâminas, a personalidade dele continuava sendo enfadonha.

— Presumo que você não conheça uma das tradições de nossa Casa — continuei.

— Que tradição? — resmungou Pierce.

— Que casamentos entre uma MacQuinn e alguém de outra Casa demandam um desafio.

Pierce riu para disfarçar a inquietação.

— Tudo bem. Vou participar da brincadeira.

Pierce estava me tratando como criança. Ignorei o insulto e lancei um olhar por cima do ombro para admirar a tapeçaria.

— Toda tapeçaria MacQuinn possui uma fita dourada que a tecelã ocultou na trama. — Fiz uma pausa para sustentar o olhar frio de Pierce. — Traga-me a fita dourada que se esconde nessa tapeçaria e aceitarei sua espada, e lhe darei minha simpatia.

Pierce se levantou imediatamente, sacudindo a louça na mesa. Pela arrogância da postura, ele achou que seria muito simples, que conseguiria examinar o desenho complexo e encontrar a fita oculta.

Dei uma olhada em meu pai e meu irmão. Jourdain parecia feito de pedra, com o rosto corado fixo em uma carranca e a mão fechada ao lado do prato. Luc apenas revirou os olhos quando Pierce passou, servindo-se de mais um cálice de cerveja e se acomodando na cadeira, como se estivesse se preparando para um grande entretenimento.

Pierce parou diante da tapeçaria e levou os dedos imediatamente à auréola em torno do rosto e cabelo da donzela, o lugar mais óbvio para esconder algo dourado. Contudo, cinco minutos de observação se transformaram em dez, e dez, em trinta. Pierce Halloran durou 45 minutos até, frustrado, jogar os braços para o alto e desistir.

— Nenhum homem conseguiria achar essa fita — esbravejou ele.

— Então sinto muito, mas não posso aceitar sua espada — falei.

Pierce me encarou boquiaberto; o choque deu lugar ao deboche quando soou um estrondo súbito de aplausos. Metade do salão — metade dos MacQuinn — estava comemorando, vibrando por mim.

— Então tudo bem — declarou Pierce, com uma calma surpreendente na voz. Ele voltou ao tablado e recolheu as espadas que trouxera. Mas então veio até mim e parou com o rosto terrivelmente perto do meu. Dava para sentir o cheiro de alho em seu hálito, e vi as veias injetadas em seus olhos quando ele sussurrou: — Você vai se arrepender, Brienna MacQuinn.

Quis responder, murmurar outra ameaça. Mas ele se virou tão rápido que não deu tempo e saiu às pressas do salão. Sua guarda se levantou das mesas para segui-lo.

A empolgação arrefeceu, e os MacQuinn que haviam comemorado se sentaram de novo e retomaram o jantar. Senti o olhar de Neeve; olhei para ela e vi que ela sorria encantada. Tentei sorrir também, mas uma mulher mais velha ao lado dela me olhava com tanto desgosto que senti meu alívio murchar, deixando para trás apenas frio e preocupação.

— Muito bem — murmurou Jourdain.

Eu me virei e vi meu pai parado sob minha sombra. Ele pegou no meu cotovelo, como se sentisse que eu estava prestes a cair.

— Eu o ofendi imensamente — respondi, também com um sussurro, e as palavras arranharam minha garganta. — Não sabia que ele ficaria tão furioso.

— O que ele falou para você antes de ir embora? — perguntou Jourdain.

— Nada importante — menti.

Não quis repetir a ameaça de Pierce.

— Bom, não se deixe abalar por ele — disse meu pai, conduzindo-me de volta para minha cadeira. — Ele é só um filhotinho com dentes de leite que acabou de perder o osso. Nós é que temos poder aqui.

Rezei para que Jourdain tivesse razão. Porque eu não sabia se havia acabado de pisar na cabeça ou na cauda da serpente.

8

CADÊ VOCÊ, AODHAN?

Território de lorde Morgane, castelo Brígh

Cartier

Era hora de escrever minhas queixas sobre os Lannon, mas eu não sabia por onde começar.

Depois do jantar, retirei-me para meus aposentos, sentei à escrivaninha de minha mãe — um dos poucos móveis que eu havia insistido que fosse poupado durante o expurgo do castelo — e, de pena na mão e com um frasco de tinta aberto a minha espera, encarei uma folha de pergaminho em branco.

O quarto estava gelado. As janelas continuavam quebradas, pois decidi repor as mais visíveis antes. Embora Derry tivesse coberto os batentes com tábuas por enquanto, dava para ouvir o urro incessante do vento. Eu sentia a brutalidade dos pisos de pedra, as trevas que pareciam puxar meus tornozelos.

Sou metade Lannon. Como vou apresentar estas queixas?

— Lorde Aodhan.

Virei-me na cadeira, surpreso de ver Aileen com uma bandeja de chá. Sequer havia escutado a batida na porta ou percebido a entrada dela.

— Achei que você gostaria de algo quente — informou, adiantando--se para depositar a bandeja perto de mim. — Parece que o rei inverno está se adiantando ao príncipe outono hoje.

— Obrigado, Aileen.

Vi-a servir uma xícara para mim, e só então reparei que ela havia trazido não só uma, mas duas xícaras.

Aileen pôs meu chá ao lado da página em branco, serviu uma xícara para si e puxou um banco para se sentar.

— Não vou fingir que não sei o que você está tentando reunir, milorde.

Dei um sorriso triste para ela.

— Então você deve saber por que é tão difícil para mim.

Ela me observou em silêncio, com rugas de agonia na testa.

— Sim. Você era só um bebê naquela noite, Aodhan. Como poderia se lembrar?

— Desde que retornei ao castelo, acho que algumas lembranças começaram a voltar.

— É?

— Lembro de algo queimando. Lembro que tinha alguém gritando meu nome, me procurando. — Olhei os rejuntes entre as pedras. — *Cadê você, Aodhan?*

Aileen ficou quieta.

Quando voltei a olhá-la, vi lágrimas em seus olhos. Mas ela não ia chorar. Estava sofrendo de raiva, revivendo aquela noite horrível.

— Aileen... — murmurei. — Preciso que me diga as queixas dos Morgane. Diga o que aconteceu na noite em que tudo mudou. — Peguei a pena e a girei nos dedos. — Preciso saber como minha irmã morreu.

— Seu pai nunca lhe disse, rapaz?

A referência ao meu pai abriu outra ferida. Já fazia quase oito anos que ele tinha morrido, mas eu ainda sentia sua ausência como se houvesse um buraco no meu corpo.

— Ele falou que minha mãe foi morta por Gilroy Lannon — comecei, com uma voz vacilante. — Disse que o rei decepou a mão dela na batalha e a arrastou para a sala do trono. Meu pai ainda estava nos campos do castelo e não conseguiu alcançá-la antes que o rei saísse com a cabeça dela cravada em uma estaca. Mas… meu pai nunca contou como Ashling morreu. Talvez não soubesse os detalhes. Ou talvez soubesse, mas teria sido uma tortura falar disso.

Aileen ficou em silêncio por um instante enquanto eu mergulhava a pena na tinta, à espera.

— Todos os nossos guerreiros tinham saído naquela noite — começou ela, com a voz rouca. — Estavam com seu pai e sua mãe, lutando nos campos do castelo. Até Seamus estava com seus pais. Fiquei em Brígh para cuidar de você e da sua irmã.

Não escrevi. Ainda não. Continuei olhando para a folha, imóvel, com medo de olhar para Aileen enquanto ouvia, enquanto imaginava a lembrança.

— Não fomos alertados com muita antecedência — continuou. — Até onde sabia, o golpe tinha sido um sucesso, e seus pais e os guerreiros Morgane voltariam vitoriosos para casa. Estava sentada neste mesmo quarto, perto do fogo; você dormia em meus braços. Foi aí que escutei o barulho no pátio. Lois, uma das guerreiras, tinha voltado. Estava sozinha, ferida e perdendo sangue, como se tivesse consumido todas as forças para voltar, para me avisar. Assim que a encontrei no saguão, ela caiu. *Esconda as crianças*, sussurrou para mim. *Esconda-as agora*. Ela morreu no chão e me deixou aflita de pânico. Pensei que tínhamos perdido, que milorde e milady tivessem sucumbido, e que os Lannon agora viriam atrás de você e Ashling.

“Como você estava nos braços, pensei em te esconder primeiro. Teria que esconder os dois em lugares diferentes, porque, se encontrassem um, o outro continuaria em segurança. Então chamei uma das outras criadas para buscar Ashling na cama. E fiquei ali, enquanto o sangue de Lois se espalhava pelo chão, e olhei para o seu rostinho adormecido e pensei…

onde eu o escondo? Em que lugar poderia deixar você, em que lugar os Lannon jamais procurariam?

Aileen se calou por um instante. Meu coração martelava: ainda não havia escrito uma palavra sequer, mas a tinta pingava na folha.

— Foi aí que Sorcha veio falar comigo — murmurou Aileen. — Sorcha era uma curandeira. Ela provavelmente tinha ouvido Lois, porque trouxe um molho de ervas e uma vela. "Deixe-o respirar isto", disse ela, queimando as ervas. "Vai fazê-lo continuar dormindo por enquanto." Então drogamos você, e eu o levei ao único lugar que me ocorreu: o estábulo, o monte de esterco. Foi ali que te coloquei. Cobri com sujeira e o escondi ali, certa de que não olhariam um lugar daqueles.

O odor… o cheiro de dejetos… agora eu entendia. Levei a mão ao rosto, com vontade de pedir silêncio, com medo de ouvir o resto.

— Quando corri de volta para o pátio, os Lannon já haviam chegado — disse Aileen. — Eles provavelmente vieram para cá primeiro, antes dos MacQuinn e dos Kavanagh. Lá estava Gilroy, montado no cavalo, usando a coroa naquela cabeça desprezível, e cercado por todos os seus homens com os rostos sujos de sangue, tochas nas mãos e aço nas costas. E ao lado do pai estava Declan. Era só um menino de apenas onze anos, e tinha vindo inúmeras vezes ao castelo Brígh antes. Fora prometido em casamento para sua irmã. Pensei que, com certeza, *com certeza*, eles teriam piedade.

"Mas Gilroy olhou para Declan e disse: 'Ache-os.' E só consegui ficar ali nas pedras, vendo Declan descer do cavalo e entrar no castelo junto com um grupo de homens para procurar você e sua irmã. Fiquei lá, com o rei de olho em mim. Não consegui me mexer; só podia rezar para que Ashling estivesse tão bem escondida quanto você. Aí os gritos e berros começaram a aumentar. Mesmo assim… eu não conseguia me mexer.

A voz dela tremia tanto que eu mal escutava. Aileen abaixou a xícara de chá, eu abaixei a pena, e fui me ajoelhar diante dela, para segurar suas mãos.

— Você não precisa me contar — sussurrei, e as palavras pareceram espinhos na minha garganta.

O rosto de Aileen estava molhado de lágrimas e ela o encostou de leve no meu cabelo, e quase desatei a chorar com a delicadeza do toque, sabendo que aquelas mãos haviam me escondido, haviam salvado a minha vida.

— Declan achou sua irmã — murmurou ela, fechando os olhos, com os dedos ainda em meu cabelo. — Vi quando a arrastaram para o pátio. Ela estava soluçando, apavorada. Não consegui me conter. Saí correndo até ela, para tirá-la de Declan. Um dos Lannon deve ter me batido. Quando dei por mim, estava no chão, atordoada e com o rosto ensanguentado. Vi que Gilroy tinha desmontado, e que todos os Morgane haviam sido chamados para o pátio. Estava escuro, mas lembro do rosto de todo mundo lá, todos imóveis, calados e apavorados, esperando.

"O rei gritou: 'Cadê Kane?' Foi aí que me dei conta... Sua mãe morreu no levante, mas seu pai sobreviveu. E Gilroy não sabia onde ele estava.

"Isso me deu esperança, só um fiapo, de que talvez passássemos vivos daquela noite. Até que o rei começou a perguntar de você. 'Já tenho a filha de Kane', provocou Gilroy. 'Agora tragam-me o filho e terei misericórdia.' Ninguém acreditou em nada do que aquele rei das trevas disse. 'Onde vocês esconderam o filho dele?', insistiu. Só eu sabia onde você estava. E jamais falaria. Ele poderia me trucidar e mesmo assim eu jamais revelaria onde o tinha escondido. Então ele puxou sua irmã, mostrou-a para nós e disse que quebraria cada osso do corpo dela até revelarmos o seu paradeiro, o esconderijo de Kane.

Aileen abriu os olhos, e foi minha vez de fechar os meus. Minha força se esfarelou. Inclinei o corpo para a frente, para cobrir o rosto, como se fosse um menino, como se pudesse me esconder de novo.

— Vê-los torturar sua irmã foi o momento mais difícil da minha vida — sussurrou ela. — Eu me odiei por ter falhado com ela, por não a ter escondido a tempo. O rei mandou Declan começar. Gritei para ele. Gritei que Declan não precisava fazer aquilo. Eu não parava de pensar que ele era só um menino. Como um menino podia ser tão cruel? Mas ele fez exatamente o que o pai mandou. Declan Lannon pegou uma marreta e quebrou os ossos da sua irmã, um por um, até ela morrer.

Não consegui segurar mais. Derramei as lágrimas que devem ter se escondido dentro de mim a vida inteira. Minha irmã morreu para que eu pudesse viver. *Quem dera tivesse sido eu*, pensei. Quem dera eu tivesse sido encontrado e ela tivesse sobrevivido.

— Aodhan.

Aileen me chamou para fora da escuridão. Levantei a cabeça, abri os olhos e olhei para ela.

— Você era minha única esperança — disse ela, enxugando as lágrimas do meu rosto. — Você foi o único motivo pelo qual eu vivi dia após dia nesses últimos anos, pelo qual não morri de desespero. Eu sabia que você ia voltar. Seu pai teve que vir escondido para o castelo depois que os Lannon foram embora naquela noite. Nunca tinha visto um homem tão destroçado quanto seu pai quando coloquei você nos braços dele e o obriguei a jurar que fugiria com você. Não quis saber aonde Kane iria ou o que faria, apenas falei: este bebê escapou dos Lannon por um triz e vai ser ele quem voltará para destruir o reinado deles.

Balancei a cabeça para negar que era eu, mas Aileen segurou meu rosto para me conter. Não havia mais lágrimas em seus olhos. Não, o que havia era fogo, um ódio incandescente, e o senti se alastrar para meu coração.

— Vou registrar todas as nossas queixas para você levar ao julgamento — afirmou ela. — Depois que forem enunciadas, quero que você olhe nos olhos de Declan Lannon e o amaldiçoe junto com a Casa dele. Quero que você seja o começo do fim dele, a vingança da sua mãe e da sua irmã.

Não jurei nada. Minha mãe não era uma Lannon, afinal? Eu ainda tinha parentesco distante com eles? Não tive coragem de perguntar para Aileen, de falar da carta de Líle que havia encontrado. Mas minha anuência, minha vontade de fazer o que ela queria, deve ter aparecido em meus olhos.

Eu ainda estava de joelhos no chão quando ouvi de novo nos urros do vento:

Cadê você, Aodhan?

Desta vez, respondi à escuridão.

Estou aqui, Declan. E vou te pegar.

9

O GUME AFIADO DA VERDADE

Território de lorde MacQuinn, castelo Fionn

Brienna

Na manhã seguinte, reuni meus materiais de escrita e voltei à tecelaria.

Dessa vez, apareci na porta e bati no batente para anunciar minha presença, observando o vasto salão de tecelagem e as mulheres que já estavam concentradas no trabalho.

— Bom dia — cumprimentei, com o tom mais alegre possível.

Depois da noite anterior, as tecelãs certamente falariam de mim. E eu havia decidido enfrentar essas conversas em vez de fugir delas.

Devia haver umas sessenta mulheres ao todo, ocupadas com tarefas diversas. Algumas estavam nos teares, encaixando tramas para formar tapeçarias. Outras estavam em uma mesa, desenhando a imagem que seria replicada com filamentos de tapeçaria. E outras estavam fiando lã. Uma dessas era Neeve, sentada diante de uma roca, sob um foco de luz da manhã que coloria seu cabelo com um tom dourado. Reparei que seus olhos se iluminaram ao me ver, e o sorriso que se insinuou em sua boca me disse que ela queria me convidar a entrar no salão de tecelagem. Mas ela não se mexeu, porque ao seu lado estava aquela mesma velha, a que olhara feio para mim à noite, depois que Pierce fora embora.

— Podemos ajudá-la? — perguntou a mulher, com um tom cuidadoso, mas não muito hospitaleiro.

Seu cabelo tinha uma mecha grisalha grande, e o rosto anguloso estava com o cenho franzido. O único movimento dela foi colocar a mão ressecada no ombro de Neeve, como se quisesse segurá-la ali.

Respirei fundo, enquanto meu dedo brincava com a tira da minha bolsa de couro.

— Meu pai me pediu ajuda para reunir as queixas dos MacQuinn para levar ao julgamento dos Lannon.

Ninguém falou nada, e comecei a entender que a mulher ao lado de Neeve era a tecelã-chefe, e que eu não conseguiria entrar ali sem sua permissão.

— Por que haveríamos de entregar nossas queixas a você? — perguntou a mulher.

Fiquei sem palavras por um instante.

— Seja gentil com a moça, Betha — disse outra tecelã, de cabelo branco trançado em forma de coroa, no outro lado do salão. — Convém lembrar que ela é filha de lorde MacQuinn.

— E como isso foi acontecer, hein? — perguntou-me Betha. — Lorde MacQuinn sabia de quem você era filha de verdade quando a adotou?

Não falei nada e meu coração esmurrava o peito. Senti o calor me subir até o rosto. Não queria dar nada além de honestidade para o povo MacQuinn. No entanto, a resposta à pergunta de Betha passaria a impressão de que eu havia enganado Jourdain. Porque ele não sabia que eu era filha de Allenach quando me adotou, mas eu também, não. Contudo, eu sabia que soaria vazio se falasse isso para elas.

— Estou aqui para recolher queixas a pedido do meu pai — repeti, com a voz tensa. — Vou me sentar ao lado da porta principal. Quem quiser que eu redija pode falar comigo ali.

Evitei olhar para Neeve, com medo de que minha postura ruísse se a olhasse, e voltei pelo corredor, passei pela antecâmara e saí na porta principal para o sol da manhã. Encontrei uma banqueta, bem abaixo das janelas, e me sentei, com as botas enfiadas no mato alto.

Não sei quanto tempo esperei, sentindo o vento morder meu rosto, com o manto de paixão bem enrolado em volta do corpo, a pilha de papel sob uma pedra, tinta e pena a postos. Dava para ouvir as mulheres conversando, palavras indecifráveis através do vidro das janelas. Esperei até as sombras se alongarem, até não conseguir mais sentir as mãos, e a verdade se cravou no meu coração como um espinho.

Nenhuma delas veio me procurar.

As tecelãs não quiseram que eu registrasse suas queixas, então fiquei chocada quando um dos cavalariços quis.

Ele veio falar comigo após o jantar, na trilha do estábulo, quando saí para uma caminhada de fim de tarde com minha *wolfhound*.

— Senhorita Brienna? — O cavalariço parou diante de mim, alto e magrelo, de cabelo escuro comprido trançado à moda tradicional de Maevana. Não entendi por que ele parecia tão nervoso, até que me dei conta de que seu olhar estava em Nessie, e ela começava a rosnar.

— Sossega, Nessie — falei, e os rosnados diminuíram.

Nessie se sentou ao meu lado, e olhei de novo para o cavalariço.

— Sei o que você tem feito por Neeve — murmurou ele. — Preciso agradecer por ensiná-la a ler, por escrever as memórias dela.

Se ele sabe, Neeve deve ter decidido contar.

— Neeve é muito inteligente — declarei. — Fico feliz de ensinar a ela tudo o que eu puder.

— Você poderia escrever algo para mim também?

O pedido me pegou desprevenida. A princípio, eu não sabia o que dizer, e uma rajada de vento frio soprou entre nós, flertando com a ponta do meu manto.

— Deixe para lá — disse ele, começando a se afastar.

— Seria uma honra escrever para você também — afirmei, e o cavalariço parou. — Mas me pergunto por que você veio falar comigo, não com meu irmão.

Ele se virou e me olhou de novo.

— Prefiro que você escreva para mim, senhorita.

Suas palavras me deixaram perplexa, mas assenti.

— Onde?

Ele apontou para um lado mais afastado na parede do estábulo, de pedras grossas e cimento, onde havia uma porta estreita entre duas janelas com dobradiça.

— Aquele é o quarto de selas. Não vai ter ninguém ali hoje à noite. Pode me encontrar ali daqui a uma hora?

— Certamente.

Fomos cada um para um lado: ele voltou para o estábulo e eu continuei indo para o castelo. Mas fiquei curiosa... por que ele quis falar comigo e não com Luc?

Uma hora depois a noite já havia caído, e me encaminhei ao quarto de selas, com os materiais de escrita guardados na bolsa de couro. O cavalariço estava me esperando do lado de dentro, com uma lanterna acesa em uma mesa torta a sua frente.

Ele se levantou quando entrei, e a porta rangeu ao se fechar atrás de mim.

Depositei minha bolsa na mesa e me sentei na pilha de sacas de grãos que ele tinha preparado para mim à guisa de cadeira, e removi o papel, a tinta e a pena à luz trêmula da vela. Quando estava pronta, olhei para ele do outro lado da mesa e, aspirando o odor pungente de cavalos, couro e grãos, esperei.

— Não sei por onde começar — confessou ele, sentando-se de novo.

— Talvez você possa começar com seu nome — sugeri.

— É Dillon. O mesmo nome do meu pai.

— Dillon MacQuinn?

— É — confirmou ele. — Nós sempre adotamos o mesmo sobrenome do lorde.

Anotei a data, seguida do nome dele. Mais uma vez, Dillon pareceu hesitar por algum motivo. Mas fiquei quieta, e deixei-o organizar os pensamentos. Depois de um tempo, ele começou a falar. E comecei a transcrever.

Meu nome é Dillon MacQuinn. Nasci no primeiro ano de trevas, um ano depois de lorde MacQuinn fugir e lady MacQuinn ser morta. Não me lembro de uma época em que Allenach não fosse o senhor do nosso povo e das nossas terras. Mas sempre fui do estábulo, antes mesmo de começar a andar, então ouvi muitas conversas, e sabia como Allenach era.

Era bom para quem se ajoelhasse perante ele, quem o elogiasse, quem seguisse cada ordem sua. Meu pai, o mestre de cavalos do estábulo, era uma dessas pessoas. Quando Allenach mandava comer, meu pai comia. Quando mandava chorar, meu pai chorava. Quando mandava pular, meu pai pulava. E quando mandou meu pai lhe entregar a esposa, ele obedeceu também.

Parei, tentando manter a mão firme. Por um instante, minha garganta ficou tão apertada que achei que não conseguiria engolir, e me dei conta de que eu tinha avaliado mal minha coragem. Eu queria ajudar, anotar histórias e queixas, deixar o povo de Jourdain expurgar da mente e do coração os anos de trevas. Mas isso… isso só me fazia detestar ainda mais meu sangue.

— Senhorita Brienna — sussurrou Dillon.

Tive dificuldade para encará-lo, e meus olhos ardiam como se as palavras que subiam do papel fossem fumaça.

— Prometo que a senhorita vai querer escutar o fim desta história.

Respirei fundo. Precisava confiar nele, acreditar que havia algo naquele relato que eu precisava escutar. Lentamente, molhei a pena na tinta, pronta para voltar a escrever.

Minha mãe era bonita. Ela chamou a atenção de Allenach desde o início, e meu pai ficou praticamente destruído ao saber que ela estava sendo obrigada a ir para a cama do lorde. Eu tinha só 3 anos; não entendia por que não via mais minha mãe com tanta frequência.

Ela serviu como amante do lorde por dois anos. Quando Allenach percebeu que ela não estava engravidando, mandou matá-la discretamente. Meu pai se foi pouco depois, um homem tão destroçado que qualquer cura seria impossível.

Mas no ano de 1547 aconteceu algo estranho. Allenach passava mais tempo em Damhan, a terra dele, e nos deixava em paz. Nossas mulheres começaram a relaxar, achando que ele não as escolheria. Corria o boato de que Allenach queria uma filha, mesmo se fosse ilegítima. Porque ele só tinha dois filhos, e um lorde sem filha é considerado seriamente amaldiçoado.

No outono seguinte, outro tipo de boato começou a circular. Allenach teve uma filha com uma mulher valeniana chamada Rosalie Paquet e pretendia reivindicar a menina como sua. Mas três anos depois disso, deve ter dado alguma coisa errada com os planos. Ele voltou para Fionn e escolheu outra mulher como amante, determinado a ter sua própria filha.

Escolheu a mais bonita das tecelãs. Todos ficamos arrasados ao vê-la ser levada por ele. Lara deu à luz uma criança. Sim, era uma menina, o que Allenach tanto cobiçava. Mas a menininha contraiu varíola quando tinha um ano de idade, e a doença marcou seu rosto e ceifou a vida de Lara. A menininha devia ter morrido, devia ter acompanhado Lara às fronteiras do reino, mas lutou para sobreviver. Ela queria viver. E quando Allenach percebeu que sua filha não ia morrer, mas que ostentaria as cicatrizes como um estandarte orgulhoso, de repente passou a agir como se a menina não fosse sua e deixou que as tecelãs a criassem.

Minha mão tremia. Eu não conseguia escrever mais, pois as lágrimas turvavam minha visão.

Mas Dillon continuou falando. Ele falava para eu escutar, não para escrever.

— As tecelãs a amavam e a adotaram como filha. Chamaram-na de Neeve e decidiram, naquele momento, que jamais revelariam a ela quem havia sido seu pai de sangue, que diriam a Neeve que o pai dela tinha sido um bom toneleiro.

"E, mais uma vez, começamos a nos perguntar por que Allenach deixou nossas mulheres em paz depois disso. Ele não encostou em mais nenhuma após o nascimento de Neeve. Mas agora imagino o motivo: nossas mulheres foram protegidas pela vida de outra pessoa, pela promessa de outra filha ao sul do canal.

Dillon se levantou e se inclinou por cima da mesa para pegar minhas mãos. Eu chorava como se tivesse sido apunhalada, como se jamais fosse me recuperar.

Neeve era minha meia-irmã. *Minha irmã.*

— Sei que elas têm raiva de você agora, Brienna — sussurrou Dillon. — Mas um dia, quando o tempo curar as feridas, vão amá-la tanto quanto amam Neeve.

10

ÓRFÃO, NÃO MAIS

Território de lorde Morgane, castelo Brígh

Cartier

Lady e lorde Dermott chegaram pouco antes do anoitecer, com uma guarda de sete homens. Eu não estava com a cabeça boa naquela noite, depois do relato de Aileen, mas precisava selar uma aliança para a rainha. Segui a rotina de lorde, na esperança de que isso despertasse algo em mim: lavei-me no rio e deixei a barba intacta; trancei o cabelo e pus o aro dourado na cabeça; vesti as roupas novas que os costureiros haviam feito — calças pretas e gibão azul, com um cavalo cinza bordado no peito; providenciei para que a mesa no salão estivesse resplandecente com flores silvestres e prataria polida, que um cordeiro fosse abatido e que um barril de nossa melhor cerveja estivesse a postos.

Depois, esperei os Dermott no pátio.

Eis o que eu sabia sobre a Casa Dermott: eram reclusos e evitavam as outras famílias nobres. Não tinham alianças, mas tampouco rivalidades explícitas. Eram conhecidos por seus minerais: as terras deles eram ricas em minas de sal e pedreiras. Mas talvez o mais importante: era uma Casa regida por mulheres. Eu conhecia a linhagem deles, e sempre uma menina era a primogênita. E, em Maevana, eram os primogênitos que herdavam o trono.

Desnecessário dizer que eu estava muito curioso para conhecer a tal lady Grainne de Dermott e seu lorde consorte.

Ela entrou no pátio de Brígh cavalgando um cavalo de carga, vestida com couro e veludo vermelho-escuro estampado com o brasão da Casa — uma águia-pescadora com um grande sol coroando a ponta das asas. Havia um boldrié atravessado no tórax dela, sustentando uma espada larga na bainha em suas costas. O cabelo escuro comprido estava enrolado sob o aro, e seus olhos me contemplaram com um brilho cauteloso. Por um instante, apenas nos encaramos — achei surpreendente a juventude dela, talvez poucos anos mais nova do que eu —, e então seu marido parou a seu lado.

— Então este é o lorde do Veloz que voltou dos mortos — declarou Grainne, e finalmente ela sorriu, refletindo nos dentes os últimos raios de luz do dia. — Preciso dizer, lorde Aodhan, que fico grata pelo convite.

— É um prazer recebê-los aqui no castelo Brígh — respondi, e quase me curvei em uma mesura, como teria feito em Valenia.

Mas Grainne desmontou, estendeu a mão e a apertei, um cumprimento maevano típico.

— Meu marido, lorde Rowan — apresentou ela, virando-se para o lorde parado ligeiramente às suas costas.

Estendi a mão para ele também.

— Por favor, venham para o salão — pedi, levando-os para o calor e a luz da lareira.

O começo do jantar foi um pouco tímido. Não quis enchê-los de perguntas pessoais, e parecia que eles também não. Mas quando Aileen trouxe um bolo condimentado e chá quente, superei minha polidez.

— Como sua Casa e seu povo têm passado ultimamente? — perguntei.

— Quer dizer, como a Casa Dermott sobreviveu aos últimos 25 anos? — rebateu Grainne, com um tom mordaz. — Acabei de herdar a Casa da minha falecida mãe, que se foi na primavera passada. Ela era sábia e permaneceu fora da vista dos Lannon. Nosso povo raramente saía de nosso território, e minha mãe só frequentava a corte uma vez por temporada, sobretudo pelo fato de ser mulher, e porque Gilroy ficava incomodado com sua presença. Ela enviava sal e temperos e ele geralmente nos deixava em paz.

— Nossa posição no extremo norte ajudou — acrescentou Rowan, lançando um olhar para a esposa. — A fortaleza dos Lannon ficava ao sul, embora tivéssemos que lidar com os Halloran.

Grainne meneou a cabeça.

— É. Os Halloran foram nosso maior problema nas últimas décadas, não os Lannon.

— O que os Halloran fizeram? — quis saber.

— Incursões, principalmente — respondeu ela. — Para eles era fácil, já que dividimos uma fronteira. Roubavam gado de nossos currais e comida de nossos armazéns. Incendiavam vilarejos se resistíssemos. Em algumas ocasiões, estupraram nossas mulheres. Houve alguns invernos em que chegamos à beira da fome. Sobrevivemos a esses momentos graças aos MacCarey, que compartilharam provisões conosco.

— Vocês e os MacCarey são próximos, então? — concluí, e Grainne deu uma risadinha.

— Ah, lorde Aodhan, pode perguntar logo.

— Vocês têm uma aliança com eles?

— Temos — confirmou Grainne. — Uma aliança de apenas cinco anos. Mas que não se romperá facilmente.

Será que ela estava tentando me dizer que talvez fosse difícil formar uma aliança entre nossas Casas, já que os MacQuinn e os MacCarey tinham um histórico de conflitos?

Ajeitei-me na cadeira e afastei meu prato de sobremesa.

— Jamais pediria que rompessem uma aliança que manteve você e seu povo vivos, lady Grainne.

— Então o que você quer pedir, lorde Aodhan?

— Que jure lealdade publicamente a Isolde Kavanagh, que dê seu apoio a ela como a legítima rainha deste reino.

Grainne se limitou a me encarar por um instante, mas havia um sorriso nos cantos de seus lábios.

— Isolde Kavanagh. Como desejei ouvir o nome dela nos últimos anos. — Grainne olhou para o marido, que a observava cuidadosamente. Parecia que estavam conversando com a mente, com os olhos. — Não posso jurar nada ainda, lorde Aodhan. — Ela voltou a atenção para mim. — O que peço é uma conversa em particular com Isolde Kavanagh. Depois declaro meu apoio, se decidir oferecê-lo.

— Então vou providenciar para que você fale com a rainha.

— Você já a chama assim? — Seu tom não era de deboche, apenas de curiosidade.

— Sempre a considerei assim — afirmei. — Até quando éramos pequenos.

— E você confia nela e... na magia dela?

Estranhei a pergunta de Grainne.

— Confio minha vida a Isolde — declarei, sinceramente. — Mas, se me permite a pergunta, por que a magia dela a preocupa?

Grainne não falou nada. Mas olhou de novo para Rowan.

A luz das velas bruxuleou, embora não corresse ar. As sombras começaram a se arrastar pela mesa, como se estivessem ganhando vida. Pelo canto do olho, vi a luz e a escuridão se entrelaçarem e se moverem, como se estivessem dançando, e os pelos nos meus braços se arrepiaram. Tive a sensação repentina de que os Dermott estavam conversando com a mente. Havia uma corrente invisível entre eles, e a única experiência comparável que eu conhecia foi o momento em que Brienna pusera a Pedra do Anoitecer no pescoço de Isolde, o momento em que a magia despertara.

— Talvez você pergunte sobre magia porque percebeu algo peculiar nas últimas duas semanas — murmurei, e o olhar de Grainne se virou para mim. — Que quando Isolde Kavanagh começou a usar a Pedra do Anoitecer, você também sentiu algo.

Grainne riu, mas reparei que a mão de Rowan foi para a adaga em seu cinto.

— Você sugere uma teoria absurda, lorde Aodhan — ponderou a lady. — Uma que eu recomendaria que não fosse expressa tão abertamente.

— Qual é a necessidade da recomendação? — questionei, abrindo os braços. — Os Lannon estão presos.

— Mas os Lannon ainda não estão mortos — corrigiu Grainne, o que me fez hesitar com apreensão. — E os Halloran continuam à solta. Ouvi falar que estão tentando se juntar aos MacQuinn.

Grainne desviou os rumos da conversa tão rápido que não consegui retomar o assunto da magia e minhas suspeitas de que os Dermott talvez também tivessem algum vestígio. Mas eu sabia exatamente o que ela havia insinuado. Jourdain me escrevera no dia anterior e falara do desastroso pedido de casamento de Pierce Halloran a Brienna.

— Os MacQuinn *não* vão se aliar aos Halloran — assegurei, para tranquilizá-la.

— Então o que vai acontecer com os Halloran? Vão seguir vivendo sob uma rainha, impunes?

Minha vontade era dizer *você e eu queremos a mesma coisa*. Queríamos justiça, queríamos a proteção de uma rainha, queríamos respostas a respeito da magia. No entanto, eu não podia prometer isso para ela; ainda havia muitas incertezas no ar.

— O destino dos Halloran, assim como dos Carran e dos Allenach, será decidido em breve. Após o julgamento dos Lannon — informei.

Os olhos de Grainne se dirigiram ao salão, ao estandarte Morgane acima da lareira. Ela ficou em silêncio por um instante, então sussurrou:

— Lamento saber o quanto sua Casa sofreu.

Fiquei quieto e não pude deixar de pensar na minha irmã. Sentia uma agonia sempre que me lembrava do fim de Ashling. Este castelo, estas terras, tudo devia ter sido dela. Ashling teria sido igual a Grainne: uma lady Morgane à frente da casa.

Grainne suspirou e olhou para mim, e sua mão foi até a de Rowan por baixo da mesa, para afastá-la discretamente da adaga.

— Espero que você e seu povo consigam se restaurar plenamente. — Ela se levantou antes que eu pudesse dar uma resposta adequada. Rowan e eu nos levantamos juntos, e a luz das velas trepidou. — Obrigada pelo jantar, lorde Aodhan. Estou exausta da viagem. Acho que vamos nos recolher.

— Tudo bem.

Aileen se adiantou para acompanhar os Dermott a seus aposentos.

— Até amanhã de manhã — despediu-se Grainne, tomando o braço de Rowan.

— Boa noite para os dois.

Esperei um pouco e me retirei também para meus aposentos, exausto e com a sensação de que não havia conseguido nada.

Tomas já estava lá, sentado no catre dele diante da lareira, brincando com um baralho. O garoto havia insistido em dormir no meu quarto, por mais que eu fosse categórico quanto a ele ficar junto dos outros meninos. Ele não estava fazendo amizade com os garotos Morgane, o que me preocupava um pouco.

— A senhorita Brienna está aqui? — perguntou ele, ansioso.

— Não, rapaz — respondi, desamarrando o gibão.

Desabei em cima da cadeira e grunhi enquanto tirava as botas.

— Você vai se casar com a senhorita Brienna?

Fiquei calado por um instante, tentando decidir como responder. Tomas, obviamente, ficou impaciente.

— Vai, milorde?

— Talvez. Agora, caso você tenha esquecido, vou viajar para Lyonesse amanhã. Não sei quando voltarei a Brígh, mas Aileen disse que ficaria de olho em você.

Levantei o rosto e vi Tomas sentado na cama, olhando emburrado para mim.

— Por que essa cara? — perguntei.

— Você falou que eu podia ir para Lyonesse também, milorde!

— Nunca prometi isso, Tomas.

— Prometeu, sim! Há três noites, durante o jantar.

Era preciso reconhecer que o menino sabia blefar. Tive um breve momento de pânico pensando que talvez eu *tivesse* prometido, e vasculhei a memória.

Mas aí pensei que, obviamente, eu não levaria uma criança em uma viagem dessas, então o encarei.

— Não prometi. Preciso que você fique aqui, com Aileen e os outros, e...

— Mas eu sou seu *mensageiro*, milorde! — protestou Tomas. — Você não pode sair sem seu mensageiro.

Meu mensageiro *segundo ele próprio*. Suspirei, sentindo-me derrotado em muitos aspectos, e fui me sentar na beira da cama.

— Um dia você vai ser meu mensageiro. Meu melhor mensageiro, sem dúvida — falei, com delicadeza. — Mas seu pé tem que cicatrizar, Tomas. Você não pode sair por aí realizando tarefas para mim agora. Preciso que fique aqui, onde sei que você estará em segurança.

O menino me encarou um pouco mais e, então, se enrolou no cobertor e se largou no catre ruidoso, de costas para mim.

Meus deuses, não nasci para isso, pensei ao me deitar, puxando as colchas até o queixo. Observei a dança da luz da lareira no teto e tentei acalmar a mente.

— A senhorita Brienna vai estar em Lyonesse? — perguntou Tomas, sonolento.

— Vai.

Silêncio. Só se ouviam os lamentos do vento atrás das janelas bloqueadas e o crepitar do fogo, até que escutei Tomas se mexer no catre.

— Ela ia terminar de me contar a história. — Ele bocejou. — De quando achou a pedra.

— Prometo que ela vai contar o final, rapaz. Mas você precisa esperar um pouco.

— Mas quando vou ver a senhorita Brienna de novo?

Fechei os olhos, tentando encontrar os últimos resquícios da minha paciência.

— Você vai vê-la de novo muito em breve, Tomas. Agora vá dormir.

O menino resmungou, mas, por fim, se calou. Não demorou para eu escutar seus roncos ressoarem pelo quarto. E, para minha surpresa, o som me consolou um pouco.

Meu dia começou cedo na manhã seguinte, com os preparativos para a viagem a Lyonesse. Embalei minhas roupas, embrulhei as queixas da Casa Morgane com uma capa de couro encerado amarrado com um barbante e me vesti para o frio. Era pouco menos de um dia de viagem até a cidade real, e providenciei para que houvesse suprimentos em quantidade suficiente para mim e os Dermott, que me cumprimentaram com sorrisos educados no salão.

— Gostaria de nos acompanhar no café da manhã, lorde Aodhan? — perguntou Grainne, quando fui até eles à mesa.

Parecia que já estavam no meio da refeição, e parei nos degraus do tablado, com a sensação de que eu era o visitante, e ela, a anfitriã.

— Certamente — aceitei, apesar do nó no estomago. — Espero que tenham dormido bem, sim?

Mas Grainne nem teve chance de responder. Senti um puxão repentino na manga e vi o olhar dela descer do meu rosto para meu cotovelo e seu sorriso se apagar.

Já sabia quem era. Olhei para baixo e vi Tomas ao meu lado, apoiado na muleta de madeira que meu carpinteiro havia feito, com um farnel pequeno pendurado no ombro.

— Vou com o senhor, milorde — insistiu o menino, com a voz trêmula. — Você não pode me deixar para trás.

Meu coração amoleceu, e me ajoelhei para falar em voz baixa com ele.

— Tomas, vou lhe dar uma ordem importante. Preciso que fique aqui em Brígh para vigiar o castelo durante a minha ausência.

Ele já estava balançando a cabeça antes que as palavras saíssem da minha boca, com o cabelo ruivo caído na frente dos olhos.

— Não. Não, eu não posso ficar aqui.

— Por que, rapaz? Por que não pode ficar?

Tomas levantou o rosto e olhou para Grainne, finalmente reparando nela. Ficou muito quieto e olhou para mim de novo.

— Por que sou seu mensageiro.

Eu estava ficando irritado com o comportamento dele, com a incapacidade de me obedecer. Respirei fundo, tentando imaginar qual seria o motivo da insistência, e perguntei:

— Alguém tratou você mal aqui, Tomas? Pode me falar, se for isso. Vou resolver antes de viajar.

Tomas balançou a cabeça de novo, mas vi lágrimas em seus olhos.

— Preciso ir com você.

— Pelo amor dos deuses, Tomas — sussurrei, sentindo a raiva crescer. — Você não pode ir comigo desta vez. Entendeu?

Para minha desolação, Tomas desatou a chorar. Constrangido, ele jogou a muleta em mim e foi embora antes que eu pudesse impedi-lo.

Continuei ajoelhado um pouco mais, e então peguei a muleta e fui me sentar ao lado de Grainne. Suspirei e me servi de uma xícara de chá, tentando pensar em algo alegre para dizer aos Dermott, que me observavam.

— Lorde Aodhan — disse Grainne, com a voz tão baixa que quase não escutei. — Você não sabe quem é aquele menino?

Ainda irritado, despejei creme demais no meu chá.

— É um órfão que encontrei escondido no castelo. Peço desculpa pelo comportamento dele.

Grainne ficou quieta. Seu silêncio me fez olhar para a expressão de choque e terror em seu rosto.

— Ele não é órfão coisa nenhuma — murmurou Grainne. — Seu nome é Ewan. Ele é filho de Declan Lannon.

PARTE DOIS

O JULGAMENTO

11

MEIAS-LUAS

A caminho de Lyonesse, fronteira entre os territórios de MacQuinn e Morgane

Brienna

— Por que Morgane está demorando?

A expiração impaciente de Jourdain se transformava em nuvens, e a geada matinal ainda reluzia no chão enquanto esperávamos Cartier e os Dermott. Eu estava montada na minha égua entre Luc e meu pai, e nossos guardas, também montados, aguardavam a uma distância respeitosa atrás de nós. Estávamos todos prontos, pensando ansiosamente na viagem, no julgamento a nossa frente. E conforme os minutos foram passando e continuamos parados sob as árvores na fronteira entre MacQuinn e Morgane, meus receios começaram a crescer. Cartier estava quase meia hora atrasado. E ele nunca se atrasava.

— Combinamos de nos encontrar aqui, não combinamos? — perguntou Jourdain, fazendo o cavalo avançar um pouco.

Jourdain olhou intrigado para a estrada que levava até o castelo Brígh. Não dava para enxergar muito longe: a neblina ainda estava cerrada, tremulando feito um véu ao amanhecer.

— Você acha que houve algum problema ontem à noite? — perguntou Luc. — Com os Dermott?

Era a única explicação possível que me ocorria, e tentei engolir o nó de medo que se formou na minha garganta.

Minha égua eriçou as orelhas.

Fiquei de olho na neblina, cheia de expectativa, e meu coração se acelerou quando finalmente escutei o coro de cascos trotando na estrada. Minha espada estava dentro da bainha nas minhas costas; quase levei a mão ao cabo, mas Cartier emergiu da neblina antes, e o aro dourado na testa dele refletiu o sol da manhã. Por um instante, não o reconheci.

Seu cabelo louro-acinzentado estava trançado. O rosto, barbado. Usava trajes de couro e peles em vez do manto de paixão. Parecia frio como pedra, com uma expressão tão cuidadosamente impassível que eu não fazia a menor ideia do que estaria sentindo ou pensando.

Até que olhou para mim e vi algo relaxar só um pouco, um nó se soltar, como se ele finalmente conseguisse respirar.

— Peço desculpas pelo atraso — disse ele, quando seu capão parou.

Não tivemos chance de responder, pois os Dermott vinham logo atrás.

O olhar de Grainne veio direto para mim, como se houvesse um canal invisível entre nós.

— Estava ansiosa para conhecer a mulher que encontrou a pedra — anunciou ela, com um sorriso.

Retribuí o sorriso.

— E eu estava ansiosa para conhecer a lady de Dermott.

— Vamos cavalgar juntas?

Assenti e alinhei minha égua com o impressionante cavalo de carga dela. Jourdain estava falando algo, mas não cheguei a captar as palavras; senti o olhar de Cartier e levantei o rosto para fitá-lo.

Eu queria perguntar: *Por que se atrasou?*

Ele deve ter visto a pergunta nos meus olhos, porque desviou o olhar, como se não quisesse responder.

Começamos a viagem a um ritmo rigoroso estabelecido por Jourdain. O bom de cavalgar rápido foi que não deu espaço para conversa, então pude mergulhar completamente em meus pensamentos.

Tentei imaginar algum motivo para a frieza de Cartier e quando isso fez meu coração doer demais, recorri ao tema seguinte de devaneios. Neeve.

Minha irmã. Tenho uma irmã.

Desde que Dillon revelara quem Neeve era, mal me senti a mesma pessoa.

Quis pegar na mão dela, observá-la atentamente, escutar sua voz. Porém, desde a revelação de Dillon, não tive chance de falar com ela.

Pensei que talvez, de alguma forma, fosse melhor assim, para que tivesse tempo de me acostumar com o fato de que eu era ligada a Neeve através de Allenach, que Neeve era metade minha. E Dillon insistira que eu não dissesse nada para ela.

No momento certo, vamos contar para ela que vocês são irmãs. Vamos contar quem é o pai dela.

Depois de um tempo, diminuímos ao ritmo de um trote, para nossos cavalos descansarem, e fiquei cavalgando a sós com lady Grainne, ligeiramente atrás dos homens.

— Seu manto é lindo — elogiou Grainne, observando meu manto de paixão.

— Obrigada.

Tentei pensar em algum elogio para retribuir, mas acabei decidindo que seria melhor esperar para ver o que Grainne realmente queria falar, porque ela havia usado um tom de voz baixo, como se não quisesse que os homens nos escutassem.

— Você considera iniciar uma Casa de paixão aqui? No norte? — perguntou ela quando Cartier deu uma olhada em mim por cima do ombro.

— Tenho essa esperança — confessei, fitando os de Cartier novamente antes que ele se virasse na sela. Cartier disse algo para Rowan Dermott, que cavalgava a seu lado.

— Há quanto tempo você conhece lorde Aodhan?

— Oito anos — respondi.

— Então você o conhece há bastante tempo — comentou Grainne. — E ele a ajudou a encontrar a Pedra do Anoitecer?

— Não.

Não estava disposta a revelar muito; ainda não sabia se Grainne se uniria a nós, e isso me deixava ligeiramente nervosa, como se alguma palavra que eu dissesse pudesse bandeá-la para um ou outro lado.

Grainne sorriu, sentindo minha hesitação.

— Estou constrangendo-a. Não foi minha intenção. Só estou curiosa para saber como vocês, rebeldes, se juntaram, para conhecê--los melhor.

Respondi ao olhar dela com um sorriso.

— Milady não está me constrangendo. — Ajeitei-me na sela, já com as pernas doloridas. — MacQuinn me adotou quando descobriu que eu sabia o paradeiro da pedra. Luc se tornou meu irmão, e parece que sempre fomos uma família. Lorde Aodhan foi meu instrutor por alguns anos. Só descobri sua identidade verdadeira algumas semanas atrás.

— Deve ter sido um choque e tanto — sugeriu Grainne, com um tom bem-humorado.

Quase dei risada.

— Foi mesmo.

Ficamos em silêncio por um instante e a voz de Luc nos alcançou enquanto ele narrava dramaticamente alguma história para os homens.

— Só quero que você saiba — murmurou Grainne — que qualquer mulher que debocha de Pierce Halloran se torna imediatamente minha aliada.

A confissão me surpreendeu. Olhei de novo para ela, meu coração se deliciando com a oferta de camaradagem, e agora eu é que estava cheia de perguntas.

— Ah, você ficou sabendo. Você o conhece bem?

Grainne deu uma risadinha.

— Infelizmente. Ele e sua corja passaram os últimos anos aterrorizando meu povo.

— Que horrível saber disso — respondi, com pesar. Hesitei, lembrando as últimas palavras que Pierce me falou: *Você vai se arrepender.* — Posso fazer uma pergunta? Ele é do tipo de homem que se vinga?

Grainne ficou em silêncio por um tempo, até que voltou sua atenção para mim e vi que não havia máscaras nem segundas intenções entre nós, que ela me daria uma resposta sincera.

— Ele é um covarde. Nunca ataca sozinho, só quando tem bastante companhia. Em muitas ocasiões, cheguei a pensar que fosse um fantoche, e que talvez houvesse outro homem no comando, dando as ordens, controlando-o. Porque ele não é a criatura mais inteligente que já vi. Mas, dito isso, ele nunca esquece uma ofensa.

Refleti sobre o que ela falou, e meu receio aumentou.

— Reparei em um sinal na parte interna do pulso dele.

— É — disse Grainne. — O sinal da meia-lua. É um símbolo de apoio aos Lannon. Quem gravasse esse sinal permanentemente na pele recebia a promessa de amizade de Gilroy, qualquer que fosse sua Casa de origem. As pessoas ganhavam o sinal depois de proferir um voto de lealdade. Esses são os seguidores mais fiéis do rei.

E Pierce provavelmente era um deles. Senti um embrulho no estômago.

— E se você analisar o brasão dos Halloran, Carran e Allenach — Grainne fez uma pausa, e deduzi que ela sabia que eu era filha ilegítima de Brendan Allenach —, eles fizeram um pequeno acréscimo a seus brasões. É um pouco difícil de encontrar, fica oculta nos floreios, mas garanto que, se prestar atenção, vai ver a meia-lua. O jeito deles de proclamar lealdade sobretudo aos Lannon, mais até do que a suas próprias Casas.

— Então talvez seja fácil identificar opositores da rainha — murmurei. — É só arregaçar as mangas deles.

Grainne meneou a cabeça, com um brilho nos olhos escuros.

— Sim, Brienna MacQuinn. Eu começaria com esses, se o que vocês temem é oposição a Isolde Kavanagh.

Nossos cavalos praticamente tinham parado na estrada.

Eu devia informações a ela em troca. Dava para sentir a dívida no ar entre nós.

— Pergunte qualquer coisa — sussurrei. — E eu responderei.

Grainne não hesitou.

— A Pedra do Anoitecer. Ela queimou algum de vocês?

Ela estava se referindo à lenda de que a pedra queimava quem não tivesse magia, a forma mais simples de testar se alguém era Kavanagh.

— Eu a mantive dentro de um medalhão enquanto ela esteve comigo, e mesmo assim senti o calor às vezes — revelei. — Ninguém mais tentou tocar na pedra além de Isolde, então não posso responder com certeza.

Grainne quis dizer outra coisa, mas fomos interrompidas por Jourdain, que tinha trotado até nós para ver como estávamos.

— Miladies? Estamos prontos para seguir em frente?

— Certamente, lorde MacQuinn — respondeu Grainne, com um tom suave e um sorriso. — Seguiremos seu ritmo.

Meu pai meneou a cabeça e olhou rapidamente para mim antes de virar o cavalo.

— Quanto a Pierce Halloran — continuou Grainne, segurando as rédeas à medida que nossos cavalos aceleravam para um trote. Tive que instar minha égua a ir mais rápido, para acompanhar o capão dela e para ouvir seu último conselho. — Tome cuidado, Brienna.

12

PARTE AMARGA

Castelo real de Lyonesse, território de lorde Burke
Três dias para o julgamento

Cartier

Tomas era filho de Declan. *O filho de Declan estava embaixo do meu teto.* Ou seja, eu estava — sem saber — abrigando um Lannon.

Quando Grainne me disse a verdadeira identidade do menino, eu me levantei de um salto da mesa para chamá-lo de volta, incerto quanto ao que faria com a situação. Com ele. Mas Tomas — seu nome verdadeiro era Ewan — desaparecera, mergulhara nas sombras do castelo. Eu ficara tentado a revirar todos os móveis até encontrá-lo, até falar com ele. Mas então percebi quem exatamente eu estava imitando, como se o castelo estivesse amaldiçoado, e me senti terrivelmente mal.

Cadê você, Ewan?

Deixei-o continuar escondido e fui procurar Aileen, pensando... será que ela sabia? Será que sabia que o filho de Declan era meu mensageiro? Sabia que o filho de Declan se apegara a mim?

— Você pode ficar de olho em Tomas enquanto eu estiver fora? — pedi a ela, tentando parecer tranquilo.

— Sim, lorde Aodhan. Vou cuidar bem dele — respondeu. — Não se preocupe.

Ah, definitivamente eu me preocuparia. Lá estava eu, protegendo o filho de meu inimigo. Lá estava eu, afeiçoando-me ao garoto, fingindo que ele era um dos meus, um pequeno órfão Morgane que precisava de mim. Deixando-o dormir em meus aposentos e comer à minha mesa, deixando-o me seguir feito uma sombra. Lá estava eu gostando dele, quando ele devia estar acorrentado com o resto de sua família, trancafiado nas masmorras do castelo.

Meus deuses.

Aileen não sabia quem Ewan era. Deu para ver que não sabia. E acho que ninguém do meu povo o reconheceu, provavelmente porque todos os Morgane haviam permanecido na propriedade de lorde Burke e nunca foram ao castelo real, onde teria sido possível ver o neto do rei.

Mas Grainne Dermott certamente o reconhecera. E, agora, ela detinha um segredo perigoso sobre mim, e eu não sabia se ela o usaria para me destruir.

Fui direto para o escritório, para me sentar sozinho por um instante. Ainda havia um buraco no telhado. Fiquei esparramado no chão sujo, e continuei ali pelo máximo de tempo possível, organizando os pensamentos. A honra me obrigava a proteger uma criança que me pedira ajuda — que eu *prometera* proteger —, mas tinha também a responsabilidade terrível de entregar Ewan, de levá-lo para a masmorra e deixá-lo com a família, para que também fosse julgado.

O que eu devia fazer?

Pesei as opções, considerando se devia mesmo levá-lo para Lyonesse, como ele tanto queria, se devia entregá-lo nas mãos de Isolde e falar: *Aqui está. O príncipe Lannon desaparecido de quem ninguém está falando. Acorrente-o junto ao pai.*

Era isso que eu deveria fazer, era isso que um lorde Morgane faria.

Mas eu não podia.

Se não o encontrar, não vai poder levá-lo.

Eu havia chamado os Dermott ao meu escritório. Mesmo que o cômodo não tivesse móveis para se sentarem, nem fogo aceso na lareira rachada, e que o céu estivesse à vista.

Grainne observara todos os pedaços quebrados do cômodo, os pedaços que eu havia tentado esconder. Contudo, não falou nada sobre os estragos, nem sobre Ewan. Ficou parada ao lado de Rowan, olhou para mim, e esperou.

— Eu não sabia quem era ele — confessei, com a voz tensa.

— Eu sei, lorde Aodhan. — Achei que ela estivesse com pena de mim, até que finalmente olhei para seu rosto e vi que seus olhos tinham certa dose de compaixão. — Eu e Rowan não falaremos nada. Vamos agir como se não o tivéssemos visto, se isso é o que acha melhor para sua Casa.

Eu queria acreditar. Mas sabia que era bem possível que ela estivesse guardando meu segredo sinistro para revelar em um momento futuro, para me comprometer.

— Como posso confiar em vocês? — murmurei, ciente de que a manhã estava passando, de que já devíamos estar na estrada, ao encontro dos MacQuinn.

— Como alguém pode confiar em outras pessoas hoje em dia? — rebateu ela. — Que minha palavra baste.

Não era a resposta que eu queria. Mas então me lembrei da nossa conversa na noite anterior, quando ela se esquivara da minha hipótese de que os Dermott haviam descoberto recentemente que seu sangue detinha um resquício de magia. Era um palpite sem fundamento, mas era a única garantia que eu tinha.

Foi um dia de viagem muito longo.

O tempo havia virado quando chegamos a Lyonesse. Uma tempestade chegara do oeste no fim da tarde e estávamos todos encharcados e taciturnos quando nos dirigimos ao castelo. A rua virara quase um pântano por causa da chuva e da lama.

Meus olhos estavam em Brienna quando atravessamos os portões do castelo e paramos no pátio real. Seu manto de paixão estava sujo de lama, as tranças do longo cabelo castanho pingavam com a água da chuva, e mesmo assim ela sorria, rindo com Grainne.

Isolde estava debaixo do arco do pátio, enfrentando a chuva, com um vestido verde simples e um cinto trançado de prata. A Pedra do Anoitecer repousava em seu pescoço, luminosa sob a tempestade, e o cabelo ruivo estava amarrado em diversas trancinhas atrás da cabeça. Fiquei observando quando ela sorriu e apertou a mão de Grainne e a de Rowan como se fosse uma velha conhecida, não uma mulher prestes a ascender ao trono. Sua postura tinha um ar de humildade e de mistério, o que me fez lembrar como ela era na nossa infância, quando nós dois descobrimos nossa verdadeira identidade, quando descobrimos que eu era o herdeiro de Morgane e que ela estava destinada a se tornar a rainha do norte.

Isolde fora uma criança tranquila e delicada, do tipo que observava muito mais do que deixava transparecer. Do tipo que ninguém desconfia que iria brandir aço. Por isso, logo ficamos amigos e formamos uma tradição de ouvir escondidos a conversa de nossos pais quando eles se reuniam em segredo uma vez por ano e discutiam estratégias e planos para voltar a Maevana.

— Eles querem me transformar em rainha, Theo — sussurrara Isolde para mim, apavorada.

Eu tinha onze anos, ela, treze, e estávamos dentro de um armário, escutando os planos de nossos pais, a angústia deles por nossa pátria perdida. Luc estava conosco também, obviamente, morto de tédio e reclamando da poeira. Mas foi esse o momento em que todos percebemos: se nossos pais tivessem sucesso, Isolde seria rainha.

— Era para ter sido a minha irmã — continuara ela. — Não eu. Era para Shea ser rainha.

A irmã mais velha dela, que morrera ao lado da mãe durante o primeiro levante fracassado.

— Você vai ser a melhor rainha que o norte já viu — afirmei.

E ali estávamos, quinze anos depois, em terreno real, prestes a coroá-la.

Isolde deve ter lido minha mente porque olhou para mim através da chuva e sorriu.

— Não será bom para ninguém se você pegar um resfriado nesta chuva, milady — aconselhei.

Isolde riu. A Pedra do Anoitecer tremulou com ondas cerúleas e douradas, como se sentisse os balanços de seu divertimento.

— Você está esquecendo, Aodhan, que tenho a magia que permite a cura.

— Esqueci nada — avisei, mas sorri quando cheguei ao seu lado.

Seguimos na esteira dos outros, estalando as botas no piso úmido.

— Como tem andado tudo por aqui? — perguntei em voz baixa, enquanto adentrávamos o castelo, rumo à ala de visitantes.

— Calmo, embora mal tenha dado tempo de descansar — informou a rainha, também em voz baixa, para que o som não se propagasse. — Tenho notícias para compartilhar com todos. Convoquei uma reunião, para depois de vocês se arrumarem.

Paramos ao chegar a uma bifurcação no corredor, com lampiões pendurados em ganchos na parede. Dava para ouvir a voz dos MacQuinn e dos Dermott se distanciando conforme eles avançavam para seus respectivos aposentos.

— Lady Dermott solicitou uma conversa em particular com você — murmurei, escutando a água da chuva pingar das minhas roupas.

— Eu sei — revelou Isolde. — Deu para ver nos olhos dela. Vou providenciar para que tenhamos uma amanhã de manhã.

Queria dizer mais, mas me controlei, lembrando que havia muitos ouvidos no castelo, que meus pensamentos não deveriam ser enunciados nos corredores.

— Vá se cuidar, lorde Morgane — ordenou a rainha, acrescentando com humor —, antes que você pegue um resfriado e eu seja obrigada a curá-lo.

Dei uma risadinha, mas ofereci um gesto brincalhão de derrota e segui às pressas pelo corredor até meus aposentos.

Isolde fora atenciosa; mandara já deixarem preparada uma banheira para mim, e havia uma bandeja de comida à mesa. Tirei as roupas encharcadas e me sentei na água morna, tentando pôr ordem no emaranhado dos meus pensamentos. Ewan, certamente, era o principal. Ainda não tinha decidido o que fazer com ele: se contaria a Isolde que eu o estava abrigando ou não.

Havia me ocorrido uma teoria durante a viagem. Era óbvio que Ewan escapara no dia do levante, provavelmente quando a batalha começou. Fugira para o norte em busca de algum lugar seguro onde se esconder. Chegara a Brígh e passara um ou dois dias lá, até eu chegar e encontrá-lo.

Não achei que Ewan fosse culpado de nada além de tentar sobreviver.

E não consegui imaginar como seria crescer como filho de Declan, em uma família tão horrível. Ewan estava pele e osso, como se tivesse passado dias sem um prato de comida, não estava? Será que ficou com medo de mim, achando que receberia algum castigo físico das minhas mãos?

Será que o protegi? Desafiei o pai dele e o acolhi como se fosse meu? Será que eu conseguiria mesmo amar o filho do inimigo?

Lavei-me, saindo da água sem nenhum alívio quanto à minha situação, e me vesti com o azul e prateado dos Morgane. Parei ao lado da mesa e comi um bocado de frutas e pães, e só então me dei conta: sob meus pés, em algum lugar nas profundezas deste castelo de pedras antigas e cimento, os Lannon estavam dentro de celas escuras, acorrentados, aguardando seu destino. Em algum lugar abaixo dos meus pés, Declan estava respirando, esperando.

Não consegui mais comer.

Fiquei na frente da lareira e esperei até Brienna bater na minha porta.

Luc e Jourdain estavam junto, caso contrário eu a teria puxado para dentro do quarto e teria contado todos os meus problemas, sem exceção. Teria implorado para que ela me dissesse o que fazer, teria me curvado como se ela fosse fogo, e eu, ferro.

Brienna me encarou com um brilho estranho nos olhos quando começamos a andar juntos pelo corredor e eu sabia que ela tinha perguntas. E não tive sequer um instante para sussurrar em seu ouvido, para pedir que fosse me ver à noite, porque Isolde e seu pai nos aguardavam na câmara do conselho.

Jamais havia entrado naquele cômodo antes. Era uma câmara octogonal sem janelas, o que a fazia parecer escura, até que reparei que as paredes eram revestidas de um mosaico cintilante. As pequenas pedras refletiam a luz das chamas, dando a impressão de que as paredes respiravam, como se fossem escamas de um dragão. Não consegui ver o teto, mas o cômodo parecia infinito, como se subisse sem parar até as estrelas.

O mobiliário da sala era constituído apenas por uma mesa redonda cercada de cadeiras. E, no centro da mesa, ardia um círculo de fogo, para iluminar o rosto de todos os reunidos.

Sentei-me entre Brienna e Jourdain. Luc ficou do outro lado dela, seguido por Isolde e o pai, Braden Kavanagh. Éramos o círculo íntimo da rainha, seus conselheiros e defensores de maior confiança.

— Preciso dizer que é muito bom revê-los, queridos amigos — começou Isolde, com ternura. — Espero que as últimas duas semanas tenham sido alegres, e que o retorno ao lar e o reencontro com seu povo tenham sido o princípio de sua cura e restauração. Acima de tudo, preciso expressar minha gratidão a cada um de vocês por voltarem a Lyonesse, por serem meus olhos e meu apoio, por me ajudarem a me preparar para o julgamento.

"Antes que eu comece com as notícias, queria que vocês tivessem a chance de comunicar quaisquer receios ou ideias."

Jourdain começou, resumindo nossos planos de assegurar lealdade pública para Isolde, nossas conversas sobre alianças e rivalidades, o que proporcionou uma transição perfeita para que eu falasse dos Dermott.

— Acredito que lady Dermott vá apoiá-la — anunciei, olhando para Isolde por cima das chamas. — Mas, para prepará-la para sua conversa com ela amanhã... os Dermott sofreram muita perseguição por parte dos Halloran.

— É o que eu temia — revelou Isolde, com um suspiro. — Confesso que estou muito incerta quanto a como aplicar o devido castigo aos seguidores dos Lannon.

— Falando nisso — disse Brienna —, fiz uma descoberta durante a viagem para cá, graças a lady Grainne.

Dirigi minha atenção para ela. Eu ficara muito curioso quanto à conversa das duas durante o trajeto.

— Seria possível trazer para cá o brasão das Casas Lannon, Carran, Halloran e Allenach?

Isolde arqueou as sobrancelhas, surpresa.

— Sim. Eles estão pendurados na sala do trono.

Esperamos enquanto Isolde pedia que um criado trouxesse os estandartes. Quando foram depositados na mesa, Brienna se levantou, acompanhando o desenho bordado com a ponta do dedo. O brasão da Casa ficava no centro — um lince para os Lannon, um cervo saltitante para os Allenach, um íbex para os Halloran e um esturjão para os Carran. Depois vinham os desenhos do escudo, seguidos pela guirlanda típica de plantas entrelaçada com animais menores.

— Aqui — sussurrou Brienna, quando seu dedo parou em alguma coisa. Nós cinco nos levantamos e nos inclinamos por cima da mesa para ver o que ela observava. — Todos eles têm o sinal, como lady Grainne disse que teriam. Uma meia-lua.

Finalmente encontrei, escondida entre as flores do brasão dos Halloran.

Brienna começou a nos falar de sua conversa com lady Grainne, e só pude ficar encarando, maravilhado com a naturalidade com que ela havia obtido essa informação.

— Isso é incrível — murmurou a rainha, estudando o brasão Carran e encontrando a meia-lua oculta. — Não tenho palavras para expressar como isso será vital para nós nos próximos dias.

— Você enfrentou alguma resistência, milady? — perguntei.

Era uma pergunta que todos tínhamos medo de fazer.

Brienna dobrou os estandartes e largou-os de qualquer jeito no chão. Voltamos a nossos lugares e esperamos a rainha falar.

— Nada explícito — disse Isolde, e seu pai pegou sua mão. Ela olhou para Braden, e vi tristeza nos olhos dos dois. — Descobri que a Casa Kavanagh foi aniquilada por Gilroy Lannon. Creio que não reste mais nenhum Kavanagh vivo.

Nosso ânimo murchou imediatamente e se afundou em tristeza. Pelo canto do olho, vi Brienna cruzar as mãos no colo com tanta força que seus dedos ficaram brancos.

— Isolde... — murmurou Jourdain.

— Foi uma verdade difícil de aceitar — interrompeu a rainha, fechando os olhos por um instante. — Gilroy mantinha uma lista de todas as vidas que tirava. São nomes demais. Pouco depois do primeiro levante fracassado, o rei mandou soldados para o território Kavanagh e incendiou a maioria das cidades e aldeias. Fui informada de que só restaram cinzas e corpos carbonizados. Não há mais nada. Mas minha única esperança é que talvez ainda haja outros Kavanagh escondidos. E que, talvez, com o fim dos Lannon, eles se apresentem e se juntem a mim e a meu pai.

Não pude deixar de pensar nos Dermott, nas minhas suspeitas de que havia uma fagulha de Kavanagh neles. Mas não falei nada. Era algo que cabia a Grainne compartilhar com a rainha, não a mim. No entanto, isso me deu esperança de que ainda fosse possível haver restauração para Isolde, seu pai e seu povo.

— Agora, o segundo assunto da pauta — disse Isolde. — Um dos Lannon está desaparecido.

Jourdain se espantou ao meu lado.

— Qual?

— Ewan, o filho de Declan — respondeu Isolde. — Não conseguimos recuperá-lo após o golpe.

— Ele é só um menino — disse Braden Kavanagh, quando a filha se calou. — Acreditamos que esteja escondido em algum lugar em Lyonesse.

Não, nem perto. Meu sangue martelava. Eu estava começando a ficar zonzo, e meus pensamentos davam voltas e voltas. *Fale*, gritou um deles, seguido por *Calado*. Então continuei lá, imóvel, impassível.

— Foram feitos esforços para encontrá-lo? — perguntou Luc.

— Procuramos, mas muito discretamente — respondeu Isolde. — Quando percebemos que faltava um Lannon, decidi que era preciso manter a informação debaixo dos panos. É por isso que só estou falando para vocês agora, porque não quis arriscar dar a notícia nem sequer via carta. Ninguém além de nós precisa saber que o neto está desaparecido, pois isso poderia servir de incentivo para os partidários de Gilroy.

— Você confia nos criados daqui? — perguntou Jourdain. — Alguém deu motivo para qualquer dúvida ou receio?

— Estabeleci uma guarda muito leal entre os homens e as mulheres de lorde Burke — informou Isolde. — Uma enorme parcela dos criados se apresentou e jurou lealdade a mim. Muitos também ofereceram relatos, e, embora eu saiba que alguns talvez não sejam totalmente verídicos, acho que todas as histórias que estão surgindo batem. Todas comprovam que Gilroy Lannon oprimia o povo daqui de forma brutal.

Nenhum de nós falou. E parecia que as trevas tinham nos cercado.

— Tudo isso para dizer — continuou Isolde, olhando para Brienna, como se sua força e coragem estivessem dentro dela — que há uma lista imensa de queixas contra os Lannon como um todo, não apenas ao antigo rei. Oona, a esposa dele, também tomou parte em torturas e espancamentos, assim como o filho deles, príncipe Declan. Meu pai e eu reunimos as queixas, assim como todos vocês, e não tenho a menor dúvida de que essa lista continuará crescendo à medida que mais pessoas se pronunciarem. Não haverá esperança alguma para essa família.

— Milady está dizendo — comentou Jourdain, cuidadosamente — que não será preciso submeter os Lannon a julgamento?

— Não, milorde — respondeu Isolde. — Eles passarão pelo ritual do julgamento, para marcar seu fim e servir de exemplo de justiça. Queremos nos distinguir como o encerramento das trevas dos Lannon, como uma nova era de luz.

Fez-se silêncio na câmara. Foi Luc quem o rompeu.

— Eles passarão "pelo ritual"?

— A voz do povo é que precisa ser ouvida, não a minha — informou a rainha. Seu rosto estava pálido feito osso. — E o povo já decidiu o destino dos Lannon.

E eu sabia o que ela estava prestes a dizer. Sabia o que ia acontecer, porque isso era história, era a "parte amarga", como diziam as antigas cantigas, era assim que se fazia em Maevana. Eu não havia expressado o mesmo para Jourdain, Luc e Brienna algumas noites antes, quando começamos a planejar a segunda fase da nossa revolução?

Mesmo assim, eu estava consternado, à espera.

Havia uma chama sombria nos olhos de Isolde; era o encontro da piedade com a justiça, 25 anos de clandestinidade, trevas e terror. Vinte e cinco anos de mães e irmãs mortas, Casas e povos destruídos, vidas que jamais voltariam.

Mas como as coisas começavam a se fragmentar quando o inimigo não era apenas um nome, mas, sim, um rosto, uma voz, um menininho ruivo...

Isolde olhou diretamente para mim, como se sentisse meu conflito interior, como se sentisse que eu estava desmoronando entre a vontade de lhe contar e a vontade de esconder o menino...

— A família Lannon inteira precisa ser executada.

13

DILEMAS NOTURNOS

Três dias para o julgamento

Brienna

Após o fim da reunião, Isolde me acompanhou de volta até meus aposentos. Nós nos sentamos diante do fogo na lareira, escutando a tempestade açoitar as janelas.

— Sei que você está cansada depois de viajar o dia inteiro, então serei breve — apressou-se Isolde. — Mas eu estava ansiosa para falar com você sobre algumas coisas. A coroação, principalmente. Sei que estamos com toda a atenção voltada para o julgamento, mas faltam só algumas semanas, e preciso de ajuda para planejá-la.

— Certamente.

Peguei minha bolsa e tirei os materiais de escrita. Conforme a rainha compartilhava suas ideias, eu as anotava e tentava organizá-las. Cartier me dissera um dia que as rainhas de Maevana sempre eram coroadas na floresta, e eu estava prestes a comentar isso quando ouvi um estrondo do outro lado da janela. Isolde ficou tensa. Meus aposentos eram divididos em dois cômodos: um para visitas, que é onde estávamos, e um quarto de dormir, de onde veio o barulho.

— O que foi isso?

Larguei o papel e a pena, me levantei da cadeira, e a batida soou de novo, mais alta. Quase parecia como se alguém estivesse tentando abrir a janela do quarto...

Peguei minha espada larga, que estava dentro da bainha, no divã, e Isolde sacou um punhal da bota.

— Fique atrás de mim — sussurrei para Isolde quando ela se levantou.

A rainha me seguiu para a escuridão do quarto, e nosso aço refletiu o clarão de um relâmpago.

Vi imediatamente — a janela estava aberta, batendo com o vento da tempestade, e chovia no peitoril e no chão. Havia alguém dentro do quarto, dava para ouvir a respiração ofegante à medida que adentrei mais no escuro. Quando outro relâmpago caiu, o clarão prateado delineou um vulto pequeno agachado ao lado da cama, bem na frente dos meus pés. Um menino de cabelo ruivo embolado.

— Tomas? — sussurrei, chocada.

— Senhorita Brienna! Por favor... por favor, não me mate.

Embainhei a espada imediatamente e estendi a mão para ele.

— Lady Isolde? Pode trazer uma luz para o quarto?

Isolde saiu para o cômodo adjacente e voltou com um candelabro, lançando luz sobre o menino. Não falou nada enquanto eu me apressava em trancar a janela e quase escorreguei no chão. Parei para tentar enxergar sob a chuva e olhar para baixo pela parede do castelo antes de fechar a janela de vidro com mainel contra a tempestade.

— Por todos os santos, Tomas. Como foi que você escalou até aqui em cima? — perguntei, virando-me para encará-lo.

Tomas, como seria de esperar, encarava Isolde, e a Pedra do Anoitecer, que brilhava no peito dela.

— Tomas? — perguntei, e ele finalmente me ouviu e se virou para me encarar com olhos injetados e arregalados. — Lorde Aodhan sabe que você está aqui?

Tomas ficou imóvel. Por um instante, achei que fosse sair correndo do quarto.

Aproximei-me devagar e tentei pegar sua mão. Ele era muito magro, muito pequeno para a idade. Senti um aperto na garganta, mas sorri, para ajudar a acalmá-lo.

— Que tal arranjarmos umas roupas secas para você? Acho que, por enquanto, vai ter que ser uma das minhas camisas. Vai parecer uma túnica em você. Pode ser?

Tomas observou as próprias roupas encharcadas e sujas de lama. As roupas que Cartier lhe dera, o azul dos Morgane. Havia pedaços de feno e flores secas grudados nele, como se o garoto tivesse andado na traseira de uma carroça.

— Pode, senhorita Brienna.

— Que bom — falei, indo até o guarda-roupa.

Eu havia levado alguns vestidos, calças de seda, um par de camisas de linho, meu manto e um gibão de couro com forro de lã. Escolhi uma das camisas e levei para Tomas, colocando-a na cama.

— Quero que você vista esta. Lady Isolde e eu vamos esperar do outro lado da porta.

Parecia que Tomas preferia definhar a usar minhas roupas. Mas, felizmente, ele não criou caso. Fez que sim com a cabeça, relutante, derrubando feno de suas roupas sujas.

— E você deve estar com fome, não? — perguntei. — O que acha de uma tigela de sopa e um copo de sidra?

— Eu gostaria, mestra Brienna — disse Tomas.

— Ótimo. Venha falar conosco no outro cômodo quando estiver pronto.

Isolde e eu saímos do quarto. Fechei a porta cuidadosamente para que ele pudesse se trocar, e estava prestes a chamar um criado para pedir uma bandeja de comida quando senti os dedos de Isolde se fecharem em torno do meu braço e me puxarem para junto dela.

— Brienna — murmurou ela. — Quem é esse menino?

Olhei para ela, e estávamos com o rosto quase colado um no outro. E foi aí que vi: o olhar desconfiado, uma combinação de incredulidade e desgosto.

— Não — respondi, também aos sussurros. — Não pode ser.

As peças começaram a se juntar, a se encaixar. Um órfão escondido em Brígh. Cartier sem a menor noção da origem do menino, de quem ele de fato era.

Mas Cartier *não* teria abrigado conscientemente um Lannon. Ele não tinha como saber que Tomas era Ewan, que era o filho de Declan.

Inspirei para falar isso, mas a maçaneta tremeu, e a rainha e eu nos afastamos, revestindo nosso rosto com uma expressão de neutralidade agradável, embora nosso coração trovejasse dentro do peito.

Chamei um criado para pedir o jantar de Tomas e, quando me virei de costas para a porta principal, ele já estava na antessala, tentando disfarçar o andar manco.

— Você está machucado? — perguntou Isolde, reparando também.

Tomas se sentou na beira do divã, sem responder.

Será que Isolde o curaria? Será que curaria por vontade própria o filho de seu inimigo? A criança que, para sua frustração, havia escapado e lhe tirado o sono?

Ela se ajoelhou diante dele.

— Posso olhar seu pé, Tomas?

Ele hesitou; o menino sabia exatamente quem ela era. Como não saberia? A rainha que havia destronado sua família estava ajoelhada na frente dele. Prendi a respiração e contive as palavras que queria dizer para tranquilizá-lo e convencê-lo a confiar nela, pois sabia que essa era uma decisão que ele precisava tomar por conta própria.

Depois de um tempo, ele acabou cedendo e assentiu com a cabeça.

Parei ao lado da lareira e vi Isolde tirar as botas dele e, com delicadeza, avaliar com as mãos o corte no pé.

— Ah, parece que seus pontos arrebentaram — constatou a rainha. — Está sangrando bastante. Posso curar isto para você, Tomas.

— Você... como? — perguntou Tomas, franzindo o nariz. — Com mais pontos?

— Com pontos, não. Com minha magia.

— Não. — Ele recuou levemente dela. — Não, não. Meu pai… meu pai disse que magia é do mal.

Isolde ainda estava ajoelhada diante dele. Mas eu sabia que ela sentiu o choque das palavras, como se ele tivesse jogado lama na cara dela.

— Seu pai conhece muito de magia? — perguntou ela, cuidadosamente.

Tomas cruzou os braços e olhou para mim, como se eu fosse salvá-lo daquilo. Cheguei mais perto e me sentei ao lado dele no divã, para segurar sua mão fria. Percebi que o sangue do pé dele pingava no chão e tinha caído no vestido de Isolde.

— Algumas semanas atrás — comecei, com um tom gentil —, eu também me feri. Machuquei meu braço. — Óbvio que *não* expliquei que o machucado tinha sido causado por uma flecha disparada contra mim por ordem de Gilroy Lannon no início da batalha do nosso levante. — Isolde usou a magia dela para me curar. E sabe de uma coisa? Não doeu nem um pouco. Foi como se o sol estivesse batendo no meu braço. E fiquei muito grata, porque senão meu braço ainda estaria fraco, e eu estaria sofrendo.

Tomas olhou para as roupas, minha camisa que quase descia até seus joelhos. Havia alguns hematomas nas pernas dele, sarando lentamente, e uma malha de cicatrizes na pele. Isolde também viu, e o ressentimento que aparecera em seus olhos momentos antes deu lugar à tristeza.

— Se milady me curar — disse Tomas, levantando o rosto para me encarar —, vou ficar maculado?

— Não, de jeito nenhum — respondi, sem saber o que ele queria dizer com "maculado". — Mas, se você tem medo disso, olhe para mim. Você acha que estou maculada?

Tomas balançou a cabeça.

— Não, senhorita. Eu gosto de você.

Sorri.

— E eu gosto de você, Tomas.

Ele mordeu o lábio e olhou de novo para Isolde.

— Eu... eu gostaria que você me curasse, milady.

Isolde estendeu as mãos, e Tomas apoiou cuidadosamente o calcanhar nos dedos dela. Ele apertou minha mão com mais força. Senti a tensão em seu corpo e a respiração se acelerar como uma pequena pedra quicando na superfície da água quando ele viu Isolde colocar a palma da mão na sola de seu pé. Tomas devia estar esperando dor, porque Isolde abaixou as mãos e ele piscou, surpreso.

— Já foi? — perguntou ele.

Isolde sorriu diante do espanto do menino.

— Já. Seu pé está curado.

Tomas me soltou e pegou o próprio pé, para virá-lo e examiná-lo. Não havia qualquer sinal de sangue, nem de pontos. Restava apenas uma cicatriz rosada como indicativo de que existira um ferimento.

— Mas eu nem senti nada! — exclamou ele.

— Eu falei que não ia doer — ressaltei, prendendo uma mecha do cabelo dele atrás da orelha.

Nós três ficamos em silêncio, eu e Tomas ainda sentados lado a lado, Isolde ainda ajoelhada diante de nós e a tempestade ainda urrando atrás das janelas. Enquanto Tomas continuava tocando o próprio pé, maravilhado, Isolde e eu nos entreolhamos.

Queria saber o que ela estava pensando, o que ia fazer.

Isolde olhou para baixo, para as manchas de sangue no vestido, e deixou transparecer um instante de confusão.

Não tínhamos certeza de que ele era o filho de Declan. No entanto, algo no meu coração me dizia que era.

— Senhorita Brienna? — Tomas rompeu o silêncio. — Essa é a pedra da qual você estava falando? A que você tirou de baixo de uma árvore? — Ele apontou para a Pedra do Anoitecer, tímido, e fiquei parcialmente aliviada pela distração.

— É. Essa mesma — confirmei, na mesma hora que alguém bateu à porta.

Isolde se levantou antes que eu sequer pensasse em me mexer.

— Aposto que é a sua janta, Tomas — disse ela, com o tom mais alegre possível, mas vi o alerta em seus olhos.

Seu olhar, quando andou até a porta, me disse: *Não deixe ninguém o ver.*

— Venha cá, vamos para o quarto — murmurei para Tomas. — Você pode comer na cama.

Levei-o despreocupadamente para o outro cômodo, fora de vista da porta principal, e puxei um amontado de colchas.

— Mas é a sua cama — protestou ele.

— Vou dormir no outro cômodo. Vamos, Tomas. Para a cama.

Praticamente o levantei e o coloquei no colchão.

— Nunca dormi em uma cama tão grande — revelou ele, se mexendo para todos os lados. — É tão macia!

Sua inocência quase me fez chorar. Tive vontade de perguntar em que tipo de cama ele dormia antes. Se fora um príncipe, não devia ter tido tudo do bom e do melhor?

Talvez estivéssemos enganadas. Talvez ele fosse mesmo só um órfão sem nem uma gota de sangue Lannon no corpo.

Desejei ardentemente que essa fosse a verdade.

Isolde voltou segurando uma bandeja com sopa, pão com manteiga e uma caneca metálica com sidra. Ela a depositou com cuidado na frente de Tomas, e os olhos dele se arregalaram com o tamanho generoso da porção. Ele começou a encher a boca, concentrado demais na comida para prestar atenção em mim e Isolde.

Segui a rainha para o cômodo adjacente, fora da vista de Tomas. Paramos de frente uma para a outra. Isolde parecia uma chama, com o cabelo castanho-avermelhado e a pedra reluzente, e eu parecia uma sombra, com as tranças escuras e meu pavor crescente.

— Preciso saber o que ele está fazendo aqui, se é mesmo quem imaginamos — sussurrou Isolde. — Você pode tentar descobrir?

— Certamente — concordei.

— Você tem que mantê-lo escondido, Brienna. Se ele for descoberto... serei obrigada a acorrentá-lo na masmorra.

Meneei a cabeça, mas uma ressalva se formou nos meus pensamentos. Tratei de acalmar minha voz antes de perguntar:

— E Cartier?

Isolde suspirou, esfregando a testa.

— O que tem Aodhan?

— Cartier estava cuidando dele no castelo Brígh, achando que era um órfão Morgane.

A rainha ficou em silêncio por um instante, com as mãos na cintura, começando a se encurvar, como se eu tivesse acabado de colocar um enorme peso sobre seus ombros.

— Ele se afeiçoou ao menino?

— Sim.

— Se você achar que Aodhan vai sofrer com minha decisão final, não conte nada a ele.

Tentei imaginar como seria o julgamento, o que aconteceria. Tentei imaginar o que Cartier faria se Tomas de repente fosse levado ao palanque, depois de achar o tempo todo que o menino estava em segurança em Brígh. Que Cartier teria que avaliar se Tomas merecia viver, e mesmo assim não adiantaria se o povo de Maevana quisesse que o menino fosse executado.

— Estou pedindo demais de você, Brienna? — perguntou a rainha, com um sussurro gentil.

Olhei para ela.

— Não, milady.

Isolde tinha que ser prioridade. E eu tinha que apoiá-la, qualquer que fosse sua decisão.

— Descubra a identidade do menino — pediu. — Hoje, se possível. E me traga a verdade amanhã de manhã.

Assenti, abaixando a cabeça, com a mão no coração, para demonstrar minha submissão total.

Mas Isolde tocou no meu rosto e segurou meu queixo com a ponta dos dedos para que eu erguesse os olhos de novo para a luz, para ela. Será que o reflexo da Pedra do Anoitecer aparecia em meus olhos, em minha expressão?

— Confio mais em você, Brienna, do que em qualquer outra pessoa.

A confissão me comoveu, mas engoli a emoção, deixei-a repousar em algum lugar dentro de mim onde não se transformasse em orgulho.

E então compreendi o que ela estava fazendo comigo: me preparando, me tornando seu braço direito, sua conselheira, uma função que Brendan Allenach antes exercera para Gilroy Lannon.

A ironia da situação toda me tirou o fôlego.

Os dedos de Isolde recuaram e ela foi embora, silenciosa e veloz como os últimos raios de sol ao anoitecer.

Éramos só eu e Tomas agora, separados por um vasto oceano de perguntas.

Tomas havia limpado a tigela de sopa e estava lambendo a manteiga dos dedos quando voltei para o quarto com um segundo candelabro. Sentei-me ao lado dele na beira da cama, ponderando minhas perguntas.

— Você vai dizer para lorde Aodhan que estou aqui, senhorita? — perguntou ele, com um tom grave.

Alisei a colcha amarrotada e acompanhei os fios com a ponta dos dedos.

— Acho que preciso saber por que *você* está aqui, Tomas. — Olhei para o garoto e esperei até ele olhar para mim. — Lorde Aodhan com certeza mandou você ficar em Brígh. Então, agora, estou tentando entender por que você veio para Lyonesse apesar do que ele disse. Por que você escalou a parede de um castelo e se enfiou por uma janela.

Ele ficou em silêncio, incapaz de me encarar.

Comecei a sentir o suor escorrer pelas minhas costas, mas não tirei os olhos dele. Observei seu rosto e, aos poucos, fui encontrando semelhanças com os Lannon. Tomas tinha cabelo castanho-avermelhado, que não era comum, mas seus olhos eram do mesmo azul-celeste de todos os

Lannon que eu já havia confrontado, e seus traços tinham um formato aristocrático.

O garoto estava prestes a falar quando ouvi uma batida distante na porta. Sabia quem era e fiquei tão cheia de tristeza e desejo que parecia haver uma batalha no meu coração.

— Tomas? — sussurrei. — Quero que você fique aqui. Não se mexa. Não faça nenhum barulho, entendeu?

Ele só assentiu, com o rosto pálido.

Levantei-me da cama e fechei a porta do quarto atrás de mim. Andei, trêmula, e a barra do meu vestido se arrastou pelo chão.

A porta rangeu na minha mão e abri só uma fresta, o ar frio dos corredores subindo até meu rosto.

Era Cartier, com o ombro apoiado no batente, fitando meus olhos, o rosto quase oculto nas sombras. Mas vi o brilho em seus olhos, como brasas ardendo na escuridão ao me ver.

— Posso entrar? — perguntou ele.

Eu deveria falar para ele voltar depois. Deveria falar que estava exausta. Deveria fazer qualquer coisa para impedi-lo de entrar em meus aposentos.

Porém, pela posição dele, pelo jeito como respirava... era como se ele estivesse ferido sob as roupas.

Abri bem a porta, e ele foi até a lareira, onde esperou eu fechar e trancar a porta e me juntar a ele na luz.

— Está tudo bem com a rainha? — perguntou ele, analisando meu rosto.

— Está.

Cartier me observou um pouco mais, como se a verdade fosse mudar minha expressão.

Levantei a mão, devagar, e acariciei sua barba dourada com os nós dos dedos, e me surpreendi com a aspereza.

— Você está bravo comigo? — sussurrei.

Cartier fechou os olhos, como se meu toque o machucasse.

— Como você pode pensar isso?

— Você mal olhou para mim a viagem inteira.

Os olhos de Cartier se abriram. Minha mão estava prestes a descer, mas ele a pegou e a segurou junto ao rosto.

— Brienna. Eu mal consegui *deixar* de olhar para você. Por que você acha que me obriguei a cavalgar na sua frente?

Cartier soltou minha mão. Seus dedos percorreram meu braço, subiram até meu ombro e desceram, seguindo minhas costas até parar na cintura. Eu ouvia a seda do vestido sussurrar sob seu toque, e agora foi minha vez de fechar os olhos.

— Mas parece que você está avessa a olhar para mim agora — observou ele.

— Não estou avessa — respondi, apenas com um murmúrio.

Mas meus olhos ainda estavam fechados, e eu ainda tremia com o peso da noite. Cartier sentiu e seus dedos se abriram em minha cintura, sobre minhas costelas.

— Brienna. Você está incomodada com alguma coisa?

— Por que você se atrasou hoje de manhã? — A pergunta saiu feito uma flecha, muito mais brusca do que eu pretendia.

Como ele não falou nada, abri os olhos.

— Eu me atrasei — disse Cartier, e sua mão se afastou de mim — porque finalmente descobri a quem Tomas pertence. E é por isso que vim até você agora. Porque não consigo suportar isso sozinho.

Fiquei encarando-o boquiaberta, e meu coração deu uma cambalhota. Era a última coisa que eu esperava que ele dissesse.

Finalmente entendi sua frieza, o vazio em seus olhos. Cartier sabia que Tomas era um Lannon, que o havia escondido sem saber. Eu não sabia se devia sentir alívio por Cartier estar ciente dessa revelação fundamental.

— A quem ele pertence? — obriguei-me a perguntar, esfregando o pescoço com a mão, como se pudesse acalmar minha pulsação frenética.

Veio um estardalhaço de trás da porta do quarto, o som de uma tigela caindo. Tomas devia estar escutando. Tive que engolir uma praga pela complicação infeliz em que a noite havia se transformado.

Cartier ficou tenso, e seus olhos foram para a porta.

Não pude fazer nada, e a sensação foi de que eu havia caído em uma teia.

— A rainha ainda está aqui? — perguntou ele, com cuidado, voltando a olhar para mim.

Não tive como mentir.

— Não.

— Quem está no seu quarto? — sussurrou Cartier.

O destino deve ter decidido que esse encontro precisava acontecer. Respirei fundo e pus as mãos no peito dele. Senti seu coração bater tão freneticamente quanto o meu. A mágoa dentro dele — agora eu entendia, e me odiei, porque estava prestes a abri-lo mais ainda.

— Você vai ficar bravo, Cartier — comecei. — Jure que não vai expressar sua raiva, que vai ficar calmo.

As mãos dele eram como gelo ao pegarem meus dedos e os afastarem de seu peito.

— Quem está no seu quarto, Brienna?

Não consegui responder com a voz. Entrelacei meus dedos nos dele, levei-o ao quarto e abri a porta.

Lá estava Tomas, agachado no chão. Ele tinha tentado ir para a janela, e a bandeja estava caída.

Cartier parou assim que o viu.

— *Tomas?*

— Milorde, por favor, não fique bravo comigo! — gaguejou Tomas. — Tive que vir. Tentei falar que eu precisava vir, mas você não quis escutar.

Arregalei os olhos para Tomas, para alertá-lo. *Não* era assim que ele amoleceria o coração de Cartier. Os olhos de Tomas foram de Cartier para mim, e de volta para Cartier, como se não soubesse quem o salvaria.

E, embora eu percebesse a tensão de Cartier, o choque e a raiva, ele deu um passo à frente, suspirou e se sentou na beira da cama.

— Venha cá, garoto.

Tomas se arrastou de volta para a cama e se sentou ao lado de Cartier, derrotado. Continuei parada à porta, como se estivesse no meio de dois mundos diferentes prestes a colidir.

— Por que você precisava vir comigo? — perguntou Cartier, delicadamente.

Tomas hesitou e disse:

— Porque sou seu mensageiro.

— Tem outro motivo, Tomas? Algo que você esteja com medo de me contar?

— Nããããão.

Cartier se mexeu, e eu sabia que a situação era uma agonia para ele.

— Tomas, quero que você confie em mim. Por favor, rapaz. Diga a verdade para que eu saiba como ajudá-lo.

Tomas ficou quieto. Pegou a colcha com as mãos e murmurou:

— Mas você não vai mais gostar de mim.

— Tomas — repetiu Cartier, com tanta ternura que eu sabia que as palavras eram dolorosas para ele —, nada do que você fizer jamais me levaria a deixar de gostar de você.

— Ainda posso ser seu mensageiro se eu falar a verdade?

Cartier olhou para mim. Ele não sabia que Isolde estava ciente da presença de Tomas. E, se respondesse que sim para o menino, seria mentira. Cartier não tinha condições de garantir a vida de Tomas, que era o que Tomas estava indiretamente pedindo. Mas se Cartier dissesse que não, Tomas provavelmente não confidenciaria a ele.

— Prometo, Tomas — afirmou ele, olhando para o garoto. Mal consegui respirar ao vê-lo jurar. — Você sempre será meu mensageiro, pelo tempo que quiser.

Cartier queria que Tomas vivesse, que fosse poupado no julgamento.

E se ele me pedisse para esconder Tomas da rainha, eu teria que me opor. Eu me sentia dividida entre os dois e precisei entrar de vez no quarto e me sentar em uma cadeira, pois não conseguia ficar de pé.

— Queria vir com você porque minha irmã está aqui — confessou Tomas, com um sussurro.

— Sua irmã?

— É, milorde. Quando aconteceu a batalha, ele… quer dizer, *eu* tentei falar para ela, pedir para ela vir comigo. Porque eu sabia que talvez a gente corresse perigo. Nosso pai e nosso vô.

— Quem são seu pai e seu avô, Tomas? — perguntou Cartier.

Eu me preparei, sem falar nada, com as mãos nos braços da cadeira, cravando as unhas na madeira.

— Meu vô é… *era* o rei — respondeu Tomas, cabisbaixo. — Meu pai é o príncipe Declan. E meu nome não é Tomas. É Ewan.

Senti um calafrio e não consegui conter o arrepio. Ewan me encarou com enormes olhos tristes.

— Você me odeia agora, senhorita Brienna?

Fiquei em pé, fui me sentar do outro lado dele, e peguei sua mão.

— Não, nem um pouco, Ewan. Você é meu amigo, e acho que é um menino corajoso.

Ewan pareceu se consolar e olhou de novo para Cartier.

— Minha irmã está na masmorra. Preciso soltá-la.

Cartier passou a mão pelo cabelo. Eu sabia que ele estava se esforçando para manter a compostura, para ficar calmo. Seu maxilar estava tenso, o que indicava que estava refletindo sobre suas respostas.

— Como sua irmã se chama? — perguntei, delicadamente, para dar um pouco mais de tempo para que Cartier preparasse uma resposta.

— Keela. Ela é dois anos mais velha do que eu. E aposto que Tomas pode ajudar, milorde.

— E quem é o verdadeiro Tomas, Ewan? — indagou Cartier.

— É um nobre do meu vô, mas ele sempre foi gentil comigo — respondeu Ewan. — Foi ele que me ajudou a fugir durante a batalha. Ele me deu umas moedas e me mandou ir para o castelo Brígh, no norte, e falar que meu nome era o dele, para que ninguém soubesse quem eu era de verdade.

— E onde eu encontro esse tal de Tomas?

Ewan encolheu os ombros.

— Não sei, milorde. Acho que ele pode ter morrido na batalha.

Troquei um olhar de receio com Cartier. Se o nobre Tomas tiver lutado contra nós, realmente estava ou morto, ou na masmorra.

— Não posso prometer nada, Ewan — confessou Cartier, enfim, com a voz tensa. — Sua irmã está presa na masmorra com o restante da sua família. Não sei o que posso fazer...

— Por favor, milorde! — gritou Ewan. — Por favor, ajude minha irmã! Não quero que ela seja morta!

— Shh. — Tentei acalmá-lo, mas Ewan se desvencilhou dos meus braços e se ajoelhou diante de Cartier.

— Por favor, lorde Aodhan — suplicou ele. — *Por favor*. Nunca mais eu lhe desobedeço se você a salvar.

Cartier pegou nos braços de Ewan e o fez se levantar. Ele deve ter percebido que Ewan não estava mancando mais; olhou para o pé descalço antes de se obrigar a fitar os olhos do menino.

— Nunca é bom fazer promessas que não podemos cumprir. E embora eu não possa jurar, prometo que vou fazer o que puder para salvar sua irmã. Desde que você me prometa que vai ficar nos meus aposentos, escondido e quieto, Ewan. Ninguém pode saber que você está aqui.

Ewan assentiu com um gesto veemente da cabeça.

— Prometo, milorde. Ninguém vai saber. Sou bom de me esconder.

— É, eu sei. — Cartier suspirou. — Agora, já passou da sua hora de dormir. Você precisa vir comigo para meus aposentos.

Nós três nos levantamos. E as perguntas deviam estar nítidas nos meus olhos, porque Cartier pediu para Ewan sair do quarto por um instante.

— Você acha que é melhor ele ficar nos seus aposentos? — sussurrei, tentando disfarçar minha preocupação.

Queria confiar em Cartier, mas e se ele decidisse esconder Ewan? O que eu falaria para Isolde?

— O que você acha, Brienna? — Cartier chegou perto de mim para que pudesse aproximar os lábios e sussurrar diretamente no meu ouvido. Sua voz aqueceu meu cabelo quando ele perguntou: — A rainha sabe que ele está aqui, não é?

— Ela quer conversar comigo sobre ele amanhã de manhã — respondi, também sussurrando. — Para confirmar quem ele é.

— Então deixe que eu faça isso, Brienna.

Inclinei o corpo para olhar nos olhos dele.

— Imagino que Isolde deve estar em conflito com a decisão hoje — continuou Cartier, a voz um mero murmúrio. — O que fazer com o filho de seu nêmese.

— E o que *você* faria?

Cartier me encarou por um instante e disse:

— Vou fazer o que quer que ela exija de mim. Isolde é minha rainha. Mas quero ter a chance de falar com ela sobre isso, de convencê-la a fazer o que acho melhor.

Eu não podia criticá-lo por isso, por querer a oportunidade de conversar em particular com Isolde, de defender a vida de Ewan.

E também não pude impedir que meus olhos se enchessem de lágrimas. Não sabia de onde elas vinham, talvez de um poço oculto no meu coração, um poço que a situação com Ewan havia acabado de cavar em mim.

Tentei me virar antes que Cartier percebesse, mas ele pegou meu rosto e me segurou diante de si.

Uma lágrima escorreu pela minha bochecha. Cartier a beijou, e o jeito como suas mãos acariciaram meu cabelo, o jeito como meu coração começou a bater e soltar faíscas... Se não fosse por Ewan no cômodo adjacente, não sei o que teria acontecido entre nós dois, mas eu conseguia imaginar.

Quando ele olhou para mim, vi o mesmo em seus olhos, aquele desejo insaciável de não ter nada além da noite entre nós e as estrelas lá no alto, usando segredos como combustível para trazer o amanhecer.

Mas a realidade foi como um jato de água fria no meu rosto. Pois lá estávamos com uma criança Lannon entre nós, um julgamento prestes a se abater sobre todos e incerteza a nossa frente.

Será que algum dia haveria tempo para nós dois?

— Boa noite, Cartier — sussurrei.

Ele saiu sem falar nada assim que teve certeza de que o corredor estava vazio, com Ewan à sua sombra.

E, de repente, fiquei sozinha.

14

UMA VEZ LANNON, SEMPRE LANNON

Dois dias para o julgamento

Cartier

Não dormi naquela noite. Dei a cama para Ewan e me estendi no divã, vendo o fogo minguar até restarem brasas, e pensando noite adentro. Pensando no que eu diria para Isolde, em como a convenceria a deixar que essa criança vivesse. E já não era apenas Ewan; agora tinha Keela.

E só faltavam dois dias para o julgamento.

Quando o sol nasceu, eu já sabia que precisava falar com Isolde e, depois, falar com Keela na masmorra.

Fui ver a rainha no meio da manhã, após providenciar uma tigela de mingau e um livro que peguei na biblioteca para garantir que Ewan continuasse nos meus aposentos.

— Mas não sei ler, milorde — reclamara Ewan, ao ver o livro enorme.

As palavras dele me causaram tanta dor que foi como se o garoto tivesse enfiado uma adaga na minha barriga.

— Então olhe para as ilustrações — eu respondera, saindo imediatamente para não fazer mais nenhuma pergunta sobre a infância de Ewan.

Seu pai espancava você, Ewan? Seu avô o fazia passar fome? É por isso que você não gosta de ficar sozinho no escuro? É por isso que ninguém o ensinou a ler?

Esperei para me reunir com Isolde no solário da rainha, um cômodo que ainda estava no processo de ser expurgado da presença dos Lannon. As paredes agora estavam vazias — antes eram repletas de galhadas e cabeças de animais —, e me perguntei se a rainha encomendaria tapeçarias das tecelãs de Jourdain para decorá-las.

— Você queria falar comigo?

Virei-me e vi Isolde entrar no cômodo.

— Sim, milady.

— Acabei de ter outra reunião particular — disse a rainha, aproximando-se mais alguns passos. — Com lady Grainne.

— Ah? E foi uma reunião boa?

Isolde sorriu.

— Foi.

— E ela aceitou apoiá-la plenamente?

— Na verdade, não falamos nada de apoio ou alianças.

— Sério?

Não consegui disfarçar a surpresa. E embora quisesse saber os detalhes, eu não tinha esse direito, então não perguntei.

Mas quando olhei para Isolde, para a luz em seus olhos, vi a chama dos segredos, o brilho reluzente de um dragão que cospe fogo sobre suas montanhas de ouro. Talvez eu fosse descobrir a verdade nos meses seguintes.

— Por favor, Aodhan, diga o que está pensando.

— Eu gostaria de pedir permissão para ir à masmorra e falar com alguns dos Lannon.

O sorriso dela desapareceu.

— Posso perguntar com quais dos Lannon você pretende falar?

— Keela.

— A princesa? Eu mesma já tentei falar com ela, Aodhan. A menina não quer falar.

— Ainda assim, eu gostaria de tentar — insisti. — Também queria falar com um nobre Lannon chamado Tomas. Ele está na masmorra?

— Sim, está preso.

Respirei fundo e reuni coragem para acrescentar:

— E preciso falar com Declan.

A rainha ficou em silêncio e olhou para a parede de janelas. A tempestade finalmente havia passado, deixando para trás um sol fraco e terra fofa, mas logo as nuvens se abririam e voltaríamos a ver o céu.

Isolde andou devagar até as janelas, e o roxo de seu vestido se refletia nas folhas inclinadas de vidro enquanto ela observava a cidade de Lyonesse. Seu cabelo era de um tom ruivo mais escuro que o de Ewan; ela o prendera em um laço simples para trás, e seus cachos formavam um escudo em suas costas.

— Não quero decapitar Keela Lannon — revelou a rainha. — Ela é apenas uma menina e está apavorada. Quero que ela viva, que se cure, que se torne uma bela moça. Mas a verdade é que... o povo vai exigir a cabeça de *todos* os Lannon. E se eu permitir que os netos vivam, o que acontece se as sementes do descontentamento crescerem entre eles, por serem os últimos da linhagem? Será que outras Casas os acolherão? Ou vão odiá-los e rejeitá-los? Será que vão encontrar algum lugar? Será que a raiva vai evoluir para algo mais sinistro, que nos condenará a outra guerra daqui a décadas?

Quando ela se calou, fui para seu lado.

— Seus receios são válidos, milady — declarei. — Eu também os tenho. Mas Keela é só uma criança. Ela não devia sustentar o peso dos pecados dos pais e avós.

— Mas não é assim que se faz em Maevana? A eliminação de famílias inteiras que se oponham à rainha? — questionou Isolde. — A parte amarga?

— Contudo, você mesma disse, ontem, que queremos sair de uma era de trevas; queremos que você nos conduza para a luz.

A rainha se manteve em silêncio.

— Isolde — falei, enfim, mas ela não olhou para mim. Seus olhos estavam na cidade, então continuei: — Ewan Lannon está sob meus cuidados. Ele é o menino que entrou pela janela de Brienna ontem à noite.

— Sabia que era ele — sussurrou ela. — Percebi assim que o vi, assim que o curei. — Ela fechou os olhos. — Sou fraca, Aodhan.

— Não é fraqueza querer curar uma criança ferida e protegê-la do fardo pesado da maldade de suas famílias, Isolde — respondi. — Keela e Ewan são inocentes.

Os olhos dela se abriram, trêmulos, e se fixaram em mim.

— Keela Lannon não é inocente, Aodhan.

As palavras dela me chocaram, e hesitei por um instante.

— Há uma lista de queixas contra ela — continuou a rainha. — São esparsas em comparação com as queixas contra o pai e o avô, mas não deixam de existir. Algumas das camareiras se pronunciaram, disseram que foram castigadas cruelmente por ordem dela.

— Aposto que ela foi coagida a fazer isso, Isolde — murmurei.

Mas minha incerteza persistiu como um hematoma.

— Ainda não sou rainha — murmurou Isolde, tão baixo que quase não escutei. — E não quero presenciar o julgamento com uma coroa, mas, sim, como integrante do povo. Quero comparecer de igual para igual, lado a lado, quando o veredito for declarado. Não quero que pareça que é a minha justiça. É a *nossa* justiça. — Isolde começou a andar a esmo, com as mãos junto ao peito, como se seu coração estivesse consumido por orações. — Por isso, se o povo cobrar a cabeça de Keela, não tenho o poder de ignorá-lo. Ela já está na masmorra; o povo a colocou lá, e não posso tirá-la.

Sabia que seria assim. Fiquei em silêncio, à espera, vendo-a andar.

— Por isso — sussurrou Isolde, parando diante de mim. — Quero que você abrigue e proteja Ewan Lannon. Mantenha-o escondido até depois do julgamento. Quero que você o crie como se fosse seu, como se fosse um Morgane. Quero que você o crie para ser um homem bom.

— Você está me dando permissão?

Não foi uma surpresa completa para mim. Eu havia imaginado que Isolde optaria pela piedade, mas não podia negar o fato de que sempre achei sua presença imponente.

— Estou lhe dando permissão, Aodhan — confirmou ela. — Como rainha de Maevana, vou dar um jeito de perdoá-lo. Enquanto eu não for coroada, mantenha-o escondido e em segurança.

— Assim farei, milady — murmurei, levando a mão ao peito em sinal de submissão.

— Darei ordem para que os guardas lhe franqueiem acesso à masmorra — declarou. — Você pode falar com Keela e Tomas, e também com Declan, mas preste atenção… — A rainha me acompanhou até a porta e inclinou a cabeça, como se estivesse revivendo uma lembrança sombria, uma que quisesse dissolver. — Declan Lannon é terrivelmente habilidoso com as palavras. Não se deixe abalar por ele.

Uma hora depois, eu estava adentrando as profundezas obscuras do castelo.

O piso de pedra sob meus pés foi ficando mais e mais escorregadio a cada passo, e tive a impressão de escutar um distante rugido de água.

— Que barulho é esse? — perguntei.

— Tem um rio debaixo do castelo — respondeu Fechin, o chefe dos guardas.

Respirei fundo e senti um vestígio distante de sal e névoa.

— Onde ele deságua?

— No mar. — Fechin olhou de relance por cima do ombro, para meus olhos. — Durante anos, era assim que os Lannon se livravam dos corpos esquartejados, desovando "na correnteza".

Quase não registrei as palavras dele, de tão difíceis que eram de compreender. Mas esses atos malignos haviam sido cometidos ali, naqueles túneis, por *anos*. Eu me obriguei a ponderar essa verdade à medida que me aproximava das celas dos Lannon.

Andamos mais, até o ruído do rio desaparecer, e o único som era o das goteiras nas rachaduras acima de nós. E, então, ocorreu outro barulho, tão estranho que achei que fosse imaginação minha. Era um som de vassoura, deslizando constantemente, sem parar.

Finalmente encontrei a origem do som, de repente, como se tivesse brotado da pedra diante de mim. Um vulto coberto com um véu preto dos pés à cabeça, com o rosto oculto, varria o chão. Quase atropelei a pessoa e tive que me esquivar para o lado para evitar a colisão.

A pessoa parou, e um calafrio correu pela minha pele enquanto minha tocha queimava a escuridão entre mim e ela.

— A varre-ossos — explicou Fechin, despreocupado. — Não vai machucá-lo.

Resisti à tentação de dar uma última olhada na pessoa, e minha pele ainda estava arrepiada. Fazia só meia hora que estava andando pelos túneis, e já estava ansioso para sair dali. Esforcei-me para me recompor enquanto o guarda parava diante de uma porta estreita, com uma fresta inclinada a título de janela recoberta de barras de ferro.

— Milady disse que você queria ver Keela Lannon primeiro, certo?

Fechin encaixou sua tocha em um suporte e revirou o molho de chaves.

— Isso.

Reparei que havia respingos de sangue nas paredes de pedra calcária. Que o brilho no chão era mesmo de ossos, e que a presença da vassoura nos túneis não era sem motivo.

Fechin destrancou a porta e a empurrou com o pé para abri-la com um grunhido poeirento.

— Vou esperar aqui.

Meneei a cabeça e entrei na cela. A tocha trepidava em uníssono com minha pulsação.

Não era um espaço amplo, mas havia um catre, vários cobertores e uma mesa estreita decorada com uma pilha de livros e uma fileira de velas. Uma menina estava de pé contra a parede, com o cabelo e a pele claros mergulhados na escuridão, e olhos que brilhavam de pânico ao me ver entrar na cela.

— Não tenha medo — falei, conforme Fechin fechava a porta com um estrondo.

Keela correu até a mesa para arrancar uma das velas parcialmente derretidas da madeira e brandiu a chama como se fosse uma arma. Ela ofegava de medo, e parei, sentindo o coração martelar.

— Keela, por favor. Estou aqui para ajudá-la.

Ela arreganhou os dentes, mas havia o brilho de lágrimas em suas bochechas.

— Meu nome é Aodhan Morgane, e conheço seu irmãozinho, Ewan — continuei, com um tom delicado. — Ele me pediu para vir vê-la.

O som do nome do irmão a abrandou. Eu tinha esperança de que isso servisse de ponto de contato entre nós e continuei falando, com uma voz tão baixa que minhas palavras não passariam da porta.

— Encontrei seu irmão no meu castelo. Acho que ele saiu de Lyonesse durante a batalha, em busca de algum lugar seguro para ficar. Ele me pediu para vir falar com você, Keela, para ver o que podemos fazer para ajudá-la nos próximos dias. — Essa era minha maior preocupação depois de descobrir que havia queixas contra Keela. Precisava pensar em um jeito de fazê-la falar disso, para que eu pudesse ajudá-la a formular uma resposta quando as queixas fossem enunciadas diante de uma multidão furiosa. — Você aceitaria falar comigo, Keela?

A menina ficou quieta.

Achei que estivesse pensando nas minhas palavras, até que ela deu um grito que arrepiou os pelos nos meus braços.

— Mentiroso! Meu irmão morreu! Sai! — Keela arremessou a vela. Eu me esquivei por pouco, e ela continuou gritando. — Sai! *Sai!*

Não tive escolha.

Bati na porta, e Fechin abriu.

Parei do outro lado da porta de Keela, apoiado nas manchas de sangue na parede, e a ouvi chorar. O som me revirou por dentro, o fato de que aquela era a irmã de Ewan, de que ela estava presa no escuro, de que ficou apavorada só de olhar para mim.

— Ela se comportou do mesmo jeito com a rainha — disse o guarda. — Não a leve a mal.

As palavras não me consolaram.

Eu me sentia mal enquanto continuava seguindo o guarda pelo túnel e o ar ficava cada vez mais abafado e rançoso.

Chegamos à cela do nobre Tomas. Mais uma vez, Fechin destrancou a porta e entrei na cela, sem saber o que encontraria.

Essa estava relativamente limpa. Havia um homem velho sentado no catre, com pés e mãos acorrentados, e ele olhava para mim. Apesar da idade, o homem ainda tinha um porte largo e robusto. Não havia emoção no rosto ou nos olhos, apenas dureza, e era difícil olhar para ele. Seu cabelo louro estava quase totalmente grisalho, escorrido e embolado nos ombros, e seu rosto estava macilento, como se fosse mais um espectro do que um homem.

— Nobre Tomas?

Ele não falou nada. Senti que reservaria sua voz, que se recusaria a falar comigo.

— Encontrei seu homônimo no meu castelo — continuei, em voz baixa. — Um garoto ruivo.

Como eu esperava, a referência a Ewan provocou algum movimento dentro dele. Sua boca continuava virada para baixo, mas os olhos se abrandaram.

— Imagino que tenha mandado acorrentá-lo — resmungou o nobre.

— Pelo contrário. Eu o escondi.

— Então o que quer comigo?

— Você é leal a Gilroy e Oona?

O velho nobre deu uma risadinha, cuspiu no chão entre nós e cruzou os braços, fazendo as correntes retinirem.

— Eles arruinaram o nome Lannon. Arruinaram completamente.

Tive que disfarçar minha satisfação pelo desdém dele. E guardei seu nome em um canto da mente como um aliado em potencial. Talvez ele fosse um Lannon que poderíamos converter para nosso lado, que pudesse nos ajudar a reconstruir. Se ele se importava com Ewan e Keela a ponto de se arriscar na batalha para ajudar Ewan a fugir, devia valer mais do que qualquer Lannon que eu conhecia.

Comecei a sair, mas a voz dele soou de novo.

— Você é filho de Líle.

A declaração me paralisou. Devagar, virei-me para olhar de novo para ele, e seus olhos estavam fixos nos meus.

— Você não tem a menor ideia de quem eu sou, né? — continuou Tomas.

Pensei na carta de minha mãe, na minha tentativa de reprimir a verdade da revelação dela. Mas antes que pudesse responder, ele falou de novo.

— Doce Líle Hayden. Ela era um raio de luz entre nós, uma flor nascida no meio do gelo. Não fiquei surpreso quando Kane Morgane a levou para suas terras, para coroá-la como lady.

— E você é o que dela? — retruquei.

Suas palavras me magoaram; eu não queria lembrar de meus pais, pensar na minha perda.

Tomas respondeu com um sussurro grave:

— Tio.

Cambaleei para trás, incapaz de disfarçar meu espanto.

— Sou o último dos Hayden, o último da sua família no lado dos Lannon — revelou Tomas com mais delicadeza, como se sentisse minha agonia.

Desejei que não tivesse falado nada. Desejei não saber que ele era um parente, que eu tinha um tio-avô acorrentado na masmorra do castelo.

— Não posso soltá-lo — falei.

Mas minha mente já estava tentando achar um jeito — meu coração era um traidor, ansioso para libertá-lo.

— Só peço que usem um toco e um machado novos comigo. Que não sujem meu pescoço com o sangue deles.

Meneei a cabeça e saí, lutando para recuperar a compostura enquanto esperava Fechin trancar a porta do nobre antes de me levar à última parada. Pensei em voltar para a luz e esquecer Declan. Minhas roupas estavam encharcadas de suor e eu me sentia prestes a passar mal. Mas então escutei a voz do meu pai, como se ele estivesse atrás de mim, como se dissesse: "Você é Aodhan Morgane, herdeiro das terras e da Casa Morgane."

Eu nunca tinha sido um Lannon.

Esse pensamento me equilibrou e pude seguir em frente.

Havia mais manchas de sangue seco nas paredes e no chão quando chegamos à cela de Declan. Fechin destrancou a porta e, por um instante, fiquei olhando para aquela entrada escancarada. Estava prestes a atravessar o limiar e me encontrar cara a cara com o príncipe que havia sido prometido em casamento para minha irmã, o príncipe que esmagara os ossos dela. Que a assassinara.

Dessa vez, foi a voz de Aileen que soou, um sussurro na minha mente. *Quero que você olhe nos olhos de Declan e o amaldiçoe junto com a Casa dele. Quero que você seja o começo do fim dele, a vingança da sua mãe e da sua irmã.*

Entrei na cela.

O cômodo estava vazio, mas os cantos estavam entulhados de ossos e teias de aranha. Havia um catre onde o prisioneiro podia se deitar e dormir, um cobertor, e um balde para dejetos. Um conjunto de tochas acesas estava preso nas paredes, chiando. E acorrentado na parede tanto pelas mãos quanto pelos pés, estava Declan Lannon, com o cabelo acobreado embolado e ensebado na frente da testa, um porte corpulento que fazia o catre parecer pequeno. Uma barba cobria a parte de baixo de seu rosto, e um sorriso cruel se abriu nela como uma lua crescente quando nossos olhares se cruzaram.

Meu sangue gelou: ele me reconheceu, de alguma forma, assim como o nobre Tomas. Declan sabia exatamente quem eu era.

Fiquei olhando para ele, que retribuiu o olhar. A escuridão entre nós se agitou como uma criatura selvagem faminta, e meu único poder para espantá-la era a tocha na minha mão e o fogo que se acendeu no meu peito.

— Você é a cara dela — disse Declan, rompendo o silêncio.

Não pisquei, não me mexi, não respirei. Eu era uma estátua, um homem esculpido em pedra que não sentia nada. Porém, uma voz me disse: *Ele está falando da sua mãe.*

— Você tem o cabelo dela, os olhos — continuou o príncipe. — Você herdou o que ela tinha de melhor. Mas talvez você já soubesse, não? Que é metade Lannon.

Olhei para ele, o brilho azul de gelo em seus olhos, os fios louros soltos de seu cabelo, o tom pálido de sua pele. Minha voz estava desaparecida, então ele seguiu falando.

— Você e eu podíamos ser irmãos. Eu amava sua mãe quando era pequeno. Eu a amava mais que à minha própria mãe. E, antigamente, eu tinha inveja de você, por ser filho de Líle, e eu, não. Por ela amá-lo mais do que a mim. — Declan se mexeu, mas o príncipe não parecia nem um pouco desconfortável. — Você sabia que ela foi minha professora, Aodhan?

Aodhan.

Quando ele disse meu nome, quando me identificou por completo, encontrei minha voz na garganta, encravada como uma farpa.

— Professora de quê, Declan?

O sorriso dele se aprofundou com a satisfação de ter me provocado a conversar. Eu me detestei por aquilo, por querer saber mais sobre ela, e por ter recorrido a *ele* para tal.

— Líle era pintora. Foi a única coisa que implorei para que meu pai me deixasse aprender. A pintar.

Pensei na carta da minha mãe. Ela comentou que tinha dado aulas para Declan...

Em nenhum momento meu pai contara que minha mãe fora pintora.

— E por que as aulas pararam?

— Líle — respondeu Declan, e odiei o som que o nome dela fez em sua língua. — Ela desfez a promessa de casamento entre mim e sua irmã. Esse foi o começo do fim. Ela não confiava mais em mim. Começou a duvidar de mim. Podia ver em seu rosto quando ela olhava para mim, quando eu só queria pintar morte e sangue. — Ele se calou e estalou as unhas repetidamente. O som preencheu a cela como um relógio, era enlouquecedor. — E quando a pessoa que a gente ama mais do que tudo no mundo tem medo da gente… é um ponto de virada. Não dá para esquecer.

Eu não sabia o que dizer. Meu maxilar estava travado e a ira bombeava uma pressão surda nas têmporas.

— Tentei falar para ela, obviamente — continuou Declan, com uma voz que parecia fumaça. Eu não conseguia bloqueá-la; não podia deixar de aspirá-la. — Falei para Líle que eu só estava pintando o que via diariamente. Cabeças decepadas e línguas cortadas. O método de governo que meu pai preferia usar. E o método como meu pai estava me criando para ser. Achei que sua mãe entenderia. Afinal, ela era da Casa Lannon, ela conhecia nossas inclinações.

"E meu pai confiava em Líle. Ela era filha de seu nobre preferido, Darragh Hayden, aquele bruto velho. Líle não vai nos trair, dizia ele. Mas Gilroy esqueceu que, quando uma mulher se casa com um lorde, ela adota um nome novo. Ela adota uma Casa nova, e sua lealdade muda, quase como se ela jamais tivesse sido vinculada pelo sangue. E como Kane de Morgane a idolatrava! Ele teria dado tudo para mantê-la consigo, aposto!"

Declan finalmente se calou por tempo suficiente para eu processar tudo que havia acabado de despejar.

— Imagino que o velho Kane esteja morto, não é? — perguntou Declan.

Decidi ignorar a pergunta e falei:

— Onde estão os Hayden agora? — Eu já sabia onde estava um Hayden: a algumas celas de distância.

Declan deu uma risadinha, com uma tosse úmida nos pulmões.

— Você adoraria saber, não é? Morreram, obviamente, exceto um. O velho e leal Tomas. O irmão dele, seu avô, se amotinou quando viu Líle se rebelar, quando viu aquela cabeça loura bonita na estaca. Ele preferiu a filha ao rei. Existe um castigo especial para um Lannon que trai a própria Casa.

Eu precisava ir embora. Já. Antes que a conversa se aprofundasse mais, antes que eu perdesse a compostura. Comecei a dar as costas para ele, a deixá-lo na escuridão.

— Onde sua babá escondeu você, Aodhan?

Meus pés empacaram no chão. Senti o sangue se esvair do rosto quando fitei os olhos dele, aquele sorriso que parecia prata fosca à luz das tochas.

— Revirei aquele castelo inteiro tentando encontrar você — murmurou Declan. — Pensei muito nisso depois, em onde você se escondeu naquela noite. Em como uma criancinha escapou de mim.

Cadê você, Aodhan?

As vozes se alinharam, ganharam definição. O pequeno Declan e o velho Declan. Passado e Presente. O cheiro de ervas queimadas, o eco distante de gritos, o odor frio de esterco, o choro do meu pai. O cheiro úmido da cela, o amontoado de ossos, o fedor dos dejetos no balde, o brilho nos olhos de Declan.

— Você adoraria descobrir, não adoraria? — provoquei.

Declan inclinou a cabeça para trás e riu ao ponto de eu achar que morreria. E a sede de sangue deve ter brilhado no meu olhar, porque ele voltou os olhos para mim e disse:

— É uma pena que não tenham escondido sua irmã tão bem quanto esconderam você.

Não consegui me conter e levei a mão ao punhal oculto. A arma aguardava nas minhas costas, sob a camisa. Saquei-a tão rápido que Declan ficou momentaneamente surpreso e arqueou as sobrancelhas, mas, por fim, sorriu ao ver a luz refletir no aço.

— Vamos lá. Pode me apunhalar até encher esta cela com o meu sangue. Com certeza o povo de Maevana vai agradecer por não terem que perder tempo pesando a minha vida.

Eu tremia, e o ar que respirava entrava e saía entre os dentes.

— Vamos, Aodhan — provocou Declan. — Mate-me. Eu mereço morrer por suas mãos.

Dei um passo, mas não foi na direção dele, foi para a parede. Isso chamou a atenção dele; eu estava andando e agindo de forma inesperada.

Declan ficou em silêncio, vendo-me ir até a parede, pouco acima do catre.

Segurei na ponta do punhal e comecei a gravar meu nome na pedra.

Aodhan.

Declan teria que olhar para aquilo por pelo menos mais dois dias. Meu nome entranhado na pedra de sua cela. Pouco além de seu alcance.

Declan achou graça. Devia estar lembrando daquela noite em que gravou seu nome na pedra do meu pátio, achando que isso duraria mais que os Morgane.

E estava abrindo a boca para falar de novo, mas me virei e me agachei, para disfarçar a força com que tremia. Olhei para Declan, e dessa vez era eu quem sorria.

— Estou com seu filho, Declan.

Por essa ele não esperava.

Toda a bravura, todo o divertimento se desfez em seus olhos. Declan me encarou, e agora ele é que tinha se transformado em pedra.

— O que você vai fazer com ele?

— Pretendo ensiná-lo a ler e escrever — comecei, ganhando firmeza na voz. — Pretendo ensiná-lo a brandir tanto palavras quanto espadas, a respeitar e honrar tanto as mulheres quanto a nova rainha. E vou criá-lo como filho. E ele condenará o homem que o gerou, o sangue do qual ele descende. Ele apagará seu nome dos registros históricos, fará sua terra produzir algo de bom depois de ter virado podridão pura desde que você nasceu. E você passará a ser uma marca distante na mente dele, algo em que ele talvez pense de tempos em tempos, mas que não lembrará como pai, porque você nunca o foi. Quando ele pensar no pai, pensará em mim.

Acabei. A palavra final foi minha, a gravação final.

Levantei-me e, guardando o punhal e flexionando os dedos enrijecidos, comecei a sair. Estava quase na porta da cela prestes a pedir que fosse aberta, para sair dessa latrina, quando a voz de Declan rachou a escuridão e veio em meu encalço:

— Você está esquecendo de uma coisa, Aodhan.

Parei, mas não me virei.

— Uma vez Lannon... sempre Lannon.

— É. Minha mãe era prova disso, não é?

Saí da cela, mas a risada e as palavras de Declan me assombraram por muito tempo depois que voltei à luz.

15

IRMÃOS E IRMÃS

Dois dias para o julgamento

Brienna

— Sei que não vou a julgamento como os Lannon — disse Sean Allenach enquanto caminhávamos juntos pelos jardins do castelo. — Mas isso não significa que minha Casa não deva pagar pelo que fez.

— Concordo — respondi, apreciando a luz matinal. — Sei que quando o julgamento acabar, Isolde vai conversar com você sobre compensações. Creio que ela pretenda fazer sua Casa pagar aos MacQuinn pelos próximos 25 anos.

Sean meneou a cabeça.

— Vou fazer o que ela achar melhor.

Ficamos quietos, cada um perdido nos próprios pensamentos.

Sean nasceu três anos antes de mim. Brendan Allenach era pai de nós dois, mas, além do nome e do sangue, eu estava começando a perceber que o que mais tínhamos em comum era a esperança quanto ao que nossa Casa corrupta poderia se tornar. Esperança de que a Casa Allenach pudesse se redimir.

Fiquei aliviada quando Sean chegou à cidade real, tal qual havia prometido à rainha depois que ela o curou no campo de batalha, e veio me procurar imediatamente.

— Será que a rainha achará necessário levar os Allenach a julgamento? — perguntou Sean, interrompendo meus pensamentos.

Se Brendan Allenach não tivesse sido morto por Jourdain na batalha, a Casa Allenach certamente passaria por um julgamento semelhante ao dos Lannon: Brendan Allenach teria sido executado. E, embora Sean tivesse apoiado a rainha e insistido para que o pai se rendesse na batalha, eu não tinha a menor dúvida de que Isolde exigiria outro julgamento após a coroação, para os Allenach, Carran e Halloran.

Mas eu não queria comentar isso ainda. Parei, no jardim que definhara sob anos de descuido dos Lannon.

— Não serão exigidos só bens e dinheiro de você e do seu povo, Sean. Você acertou quando me escreveu na semana passada: vai precisar semear novas ideias na sua Casa, crenças que evoluirão para bondade e caridade, não medo e violência.

Sean olhou para mim. Não éramos muito parecidos, exceto por sermos ambos altos e magros, mas eu reconhecia um vínculo entre nós, como acontece com todos os irmãos. E isso me fez pensar em Neeve, que era tão irmã de Sean quanto minha. Será que ele sabia dela? Um lado meu acreditava que ele não fazia a menor ideia de que tinha outra meia-irmã, porque as tecelãs de Jourdain a haviam protegido zelosamente ao longo dos anos. E um lado meu desejava contar para ele que não éramos apenas dois, e sim três.

— Sim, concordo plenamente — respondeu Sean, com delicadeza. — E que missão isso será, após a liderança do meu pai.

Sean parecia esgotado, e peguei sua mão.

— Vamos dar um passo de cada vez. Acho que fazer assim vai ajudá-lo a encontrar homens e mulheres de confiança na sua Casa que você possa designar como líderes — afirmei.

Sean sorriu.

— Será que posso pedir para você voltar e me ajudar?

— Sinto muito, Sean. Mas agora é melhor eu ficar com o meu povo.

Não quis falar que eu precisava do máximo de distância possível da Casa Allenach e de suas terras, que minha maior necessidade, além de proteger e ajudar a rainha, era ficar com Jourdain e seu povo.

— Entendo — assentiu ele, com um tom brando.

Abaixei os olhos para nossas mãos e para a barra das nossas mangas. Sean estava vestido com o marrom e branco dos Allenach, com o cervo saltitante bordado no peito. Porém, seus pulsos... Eu odiava imaginar, mas e se meu irmão tivesse o sinal? E se ele tivesse a tatuagem de meia-lua no pulso, pouco abaixo da manga? Será que eu tinha direito de procurar?

— O que você está pensando em termos de lealdade? — perguntei, em voz baixa.

Sean ergueu os olhos para mim.

— Pretendo jurar lealdade a Isolde antes da coroação.

— E seus nobres? Vão apoiá-lo com isso?

— Quatro deles vão. Não tenho tanta certeza quanto aos outros três — respondeu ele. — Não ignoro o fato de que eles cochicham sobre mim às minhas costas. Que certamente acreditam que sou fraco. Eles acham que seria fácil me eliminar e substituir.

— Eles se atreveriam a tramar contra você, Sean? — perguntei, com labaredas de raiva na voz.

— Não sei, Brienna. Não posso negar que todas as conversas deles giram em torno da sua volta aos Allenach.

Fiquei sem palavras.

Sean me ofereceu um sorriso triste e apertou minha mão.

— Acho que eles consideram que você seja superior a mim, porque foi a única filha de Brendan, e uma filha vale dez filhos. Mas é mais do que isso... Enquanto você conspirava e destronava um tirano, eu estava sentado em casa, no castelo Damhan, à toa, e deixava meu pai pisotear o próprio povo.

— Então você precisa fazer *alguma coisa*, Sean — sugeri. — A primeira medida que eu diria para você tomar é remover a meia-lua do brasão dos Allenach.

— Que meia-lua?

Sean se limitou a piscar, perplexo, e me dei conta de que não fazia a menor ideia do envolvimento do nosso pai.

Respirei fundo.

— Depois do julgamento, volte ao castelo Damhan — prossegui, soltando a mão de Sean para que pudéssemos continuar a caminhada. — Quero que você convoque seus sete nobres para o salão diante do seu povo. Mande-os arregaçar as mangas e colocar as mãos na mesa, viradas para cima. Se eles tiverem uma tatuagem de meia-lua no pulso, dispense-os. E se todos os sete tiverem o sinal, arrume sete nobres novos, sete homens ou mulheres que sejam de confiança e que você respeite.

— Não sei se entendi — disse meu irmão. — Esse sinal de meia-lua...?

— Representa lealdade aos Lannon.

Sean se calou, afogando-se em todas as ordens que eu estava dando.

— Depois de passar seus nobres a limpo — continuei —, quero que você convoque de novo todos os Allenach ao salão. Pegue seu brasão e arranque o sinal da meia-lua. Queime-o. Encomende a fabricação de um brasão novo sem aquilo. Diga ao seu povo que você vai jurar lealdade a Isolde antes da coroação, e que espera que eles façam o mesmo. Se eles tiverem algum receio a respeito disso, que venham conversar com você. Você precisa escutá-los, obviamente. Mas também seja firme caso eles se oponham à rainha.

Sean deu uma risadinha. A princípio, achei que estava debochando de mim, e levantei o rosto de repente para vê-lo. Ele sorria e balançava a cabeça.

— Acho que meus nobres têm razão, irmã. Você é muito mais apta para liderar nossa Casa do que eu.

— Com esse tipo de pensamento, você não vai longe, irmão — respondi, e então falei com mais ternura: — Você vai ser mais lorde do que Brendan Allenach jamais foi.

Estava prestes a perguntar mais sobre os nobres dele quando Cartier nos encontrou nos campos, com a camisa manchada como se tivesse se apoiado em uma parede suja, e o cabelo, ensebado e embolado. Fiquei imediatamente preocupada. Ele deve ter tido uma longa conversa com Isolde sobre Ewan, e deve ter ido mal.

— Você se incomoda se eu pegar Brienna emprestada um momento? — perguntou Cartier a Sean.

— Não, nem um pouco. Tenho uma audiência com a rainha mesmo — revelou meu irmão, abaixando a cabeça e me deixando com Cartier, o vento e as nuvens.

— Algum problema? — perguntei. — O que Isolde falou?

Cartier pegou minha mão e começou a me afastar do espaço aberto do jardim para uma sombra reservada.

— Isolde me encarregou de proteger Ewan. Tenho que mantê-lo escondido até o fim do julgamento. — Cartier enfiou a mão no bolso e retirou um pedaço de papel dobrado. Observei-o o abrir para revelar uma linda ilustração de princesa. — Preciso lhe pedir algo, Brienna.

— O que quer que eu faça?

Cartier olhou para a ilustração e, lentamente, a colocou nas minhas mãos.

— Preciso que você vá conversar com Keela Lannon na masmorra. Ewan arrancou esta folha de um livro, disse que o lembrava da vez que Keela quis ser "princesa da montanha". Ele acha que, se essa mensagem for levada por você, ela vai confiar em você e lhe dar ouvidos.

Examinei a ilustração. Era linda: a imagem de uma princesa montada em um cavalo, com um falcão pousado no ombro.

— Devo ir agora? — perguntei, sentindo os olhos de Cartier no meu rosto.

— Ainda não. Tem outra coisa.

Ele pegou na minha mão de novo e me conduziu de volta para a ala de visitantes do castelo. Deixei-o me levar até seu quarto, e foi ali que vi pela primeira vez a lista de queixas contra Keela.

— Recebi esta lista da rainha — disse ele quando nos sentamos a uma mesa, tomamos uma jarra de chá, lemos e pensamos estratégias para combater as acusações.

Eram graves, com datas específicas e nome dos autores de cada uma das queixas. A grande maioria descrevia como Keela dera ordem para flagelar camareiras e lhes raspar a cabeça. Ela havia proibido seus criados de comer e os obrigara a fazer coisas ridículas e humilhantes, como lamber leite do chão e rastejar feito cachorros pelo castelo.

— Você acha que Keela fez essas coisas? — perguntei a Cartier, de coração apertado.

Cartier ficou olhando a lista calado.

— Não. Acho que Declan Lannon a obrigou a cometer maldades. E quando ela se recusava, ele a machucava. Então ela começou a obedecer para sobreviver.

— Então como vamos lidar com isso?

— Brienna... aquela masmorra talvez seja o lugar mais sombrio que já vi na vida. Keela estava apavorada e furiosa demais para falar comigo. — Ele virou a lista de queixas e olhou para mim. — Se você conseguir dar um jeito de acalmá-la, de convencê-la a confiar em você, de explicar que existe uma chance de redenção, talvez isso passe a segurança que ela precisa sentir para contar sua história, e assim o povo a deixará viver. As pessoas precisam saber que ela é igual a todo mundo, que sofreu muito a vida inteira por causa do pai e do avô.

— Irei hoje à tarde — falei, apesar de não saber o que esperar, apesar da dificuldade em assimilar tudo o que Cartier estava tentando me dizer.

Algumas horas depois, encontrei Fechin, o chefe dos guardas, e fui conduzida para as trevas da masmorra. Fui parar na cela fria e escura de Keela, embaixo de léguas de pedra, que pareciam espremer todo o ar para fora dos meus pulmões e a esperança do coração. Foi lá que, enfim, compreendi as palavras de Cartier.

Não pude deixar de estremecer quando vi Keela correr para a mesinha e pegar uma vela, como se a chama minúscula fosse protegê-la.

— Você se incomoda se eu sentar? — perguntei, mas não esperei resposta.

Abaixei-me no chão de pedra, cruzei as pernas e meu vestido se espalhou ao meu redor. Estava com a ilustração de princesa no bolso, e as palavras que Ewan queria que eu dissesse estavam guardadas na memória.

— Sai — resmungou Keela.

— Meu nome é Brienna MacQuinn — comecei, em um tom calmo, como se Keela e eu estivéssemos não em uma cela debaixo da terra, mas, sim, sentadas em uma campina. — Mas nem sempre fui MacQuinn. Antes, eu fazia parte de outra casa. Era filha de Brendan Allenach.

Keela ficou imóvel.

— Lorde Allenach nunca teve filha.

— É, as pessoas achavam isso porque sou ilegítima. Filha de uma mulher valeniana do outro lado do canal. — Inclinei a cabeça e meu cabelo caiu sobre o ombro. — Quer ouvir minha história?

A cabeça de Keela estava a mil. Deu para ver pela maneira como seus olhos iam de um lado para outro à medida que ela me avaliava; pulavam para a porta, que estava fechada e trancada, voltavam para mim, iam para o catre perto dela. Queria mostrar que éramos iguais, que também nasci em uma casa opressora e cruel, mas que nosso nome e nosso sangue não nos definem completamente. Existem outras coisas mais profundas, como crenças e escolhas, que são mais fortes.

E se Keela antigamente gostava da ideia de se tornar a princesa da montanha, eu sabia que ela era uma sonhadora e adorava histórias.

— Está bem — assentiu ela, aproximando-se do catre.

Comecei a contar da minha vida: perdi minha mãe quando tinha 3 anos, e meu avô me mandou para um orfanato com outro sobrenome, porque tinha medo de que lorde Allenach me encontrasse.

Contei de quando fiz dez anos e fui aceita na Casa Magnalia, e que eu queria, mais do que tudo, me tornar uma paixão.

— Quantas paixões existem? — perguntou Keela, deixando a vela de lado lentamente.

— Cinco — respondi, sorrindo. — Arte. Teatro. Música. Sagacidade. Conhecimento.

— Você é qual?

— Sou mestra de conhecimento.

— Quem ensinou conhecimento para você?

Keela juntou os joelhos no peito e ali apoiou o queixo.

— Foi o mestre Cartier, que é mais conhecido como Aodhan de Morgane.

Ela ficou quieta e observou o chão entre nós.

— Acho que ele tentou falar comigo hoje cedo.

— É, foi ele. Ele e eu queremos ajudar você, Keela.

— Como vocês podem me ajudar? — murmurou ela, com raiva. — Meu avô é um homem horrível. Dizem que sou parecida de rosto com ele, então, se eu viver, como é que outras pessoas vão aguentar olhar para mim?

Meu coração se acelerou conforme eu a ouvia. Ela havia pensado na possibilidade de sobreviver ao julgamento, havia pensado em como seria odiada. E eu não podia mentir: levaria tempo até os maevanos confiarem nela e a aceitarem, assim como estava levando tempo para o povo de Jourdain me acolher plenamente.

— Deixe-me terminar de contar minha história, Keela, e depois podemos tentar responder a esses receios — pedi.

Contei das lembranças que herdei do meu antepassado, Tristan Allenach, da traição, de quando ele roubou a Pedra do Anoitecer e obrigou a magia a desaparecer, de quando assassinou a última rainha de Maevana. Falei da revolução, de quando atravessei o canal para recuperar a pedra, de quando Brendan Allenach, que sabia que eu era sua filha, tentou me convencer a rejeitar meus amigos e me unir a ele, a tomar a coroa para mim, com ele a meu lado.

Isso prendeu a atenção dela, mais do que minha história com as paixões, porque deu para ver que ela estava nos comparando. Ela e eu, duas filhas que tentavam romper com suas Casas de sangue.

— Mas eu sempre vou ser uma Lannon — contestou ela. — Sempre vou ser odiada, viva ou morta.

— Mas, Keela — respondi, delicadamente —, é apenas sangue que compõe uma Casa? Ou são as crenças? O que é que mais une as pessoas? O vermelho nas veias ou a chama no coração?

Ela estava balançando a cabeça, e lágrimas escorriam dos olhos.

— Keela, quero que você viva. Seu irmão, Ewan, também quer. — Tirei a ilustração do bolso, alisei o papel amassado e o coloquei no chão. — Ele pediu para eu lhe dar isto, porque lembrou de quando você queria se tornar princesa da montanha.

Ela começou a chorar, e, embora eu quisesse consolá-la, continuei parada, com as pernas dormentes por causa da pedra dura. Deixei que ela se levantasse e se arrastasse até o lugar onde eu havia colocado o papel. Ela o pegou, enxugou as lágrimas dos olhos e voltou ao catre para se sentar e admirar a ilustração.

— Ele não morreu? Meu pai falou que ele tinha morrido — disse ela, depois de se acalmar. — Que a rainha nova tinha estraçalhado ele.

— Ewan está muitíssimo vivo — respondi, odiando as mentiras que o pai dela contara de propósito. — Aodhan Morgane e eu o estamos protegendo, e também protegeríamos você.

— Mas o povo me odeia! — exclamou ela. — As pessoas querem meu sangue. Querem o sangue de todos nós!

— Tem algum motivo para as pessoas quererem seu sangue, Keela?

Ela parecia prestes a chorar de novo.

— Não. Tem. Não sei!

— Como era a vida de princesa no castelo para você?

Ela ficou quieta, mas senti que minha pergunta fora certeira.

— Batiam em você, Keela? Você era obrigada a fazer maldades? — Parei, mas meu coração pulava. — Foi seu pai que mandou você machucar as camareiras?

Com o rosto escondido na curva do braço, Keela começou a chorar. Achei que a havia perdido, mas ela levantou a cabeça e murmurou:

— Foi. Meu pai... meu pai me machucava se eu não as machucasse. Ele me trancava no armário, onde era escuro e eu ficava com fome. Parecia que eu passava dias lá dentro. Mas ele falava que isso ia me deixar mais forte, que o pai dele tinha feito isso com ele para ser indestrutível. Meu pai falava que não ia confiar em mim se eu não fizesse exatamente o que ele mandasse.

Ao escutá-la, fiquei dividida entre a fome de justiça, a vontade de ver o sangue correr depois de tudo o que os Lannon haviam feito e o desejo ardoroso de piedade em relação a Keela Lannon. Porque enxergava parte de mim nela, e eu tinha recebido misericórdia.

— É isso que você precisa falar para as pessoas quando for a julgamento, Keela — murmurei, sofrendo por ela. — Você precisa falar a verdade. Precisa falar como era sua vida como neta do rei Lannon. E prometo que as pessoas vão ouvir, e algumas vão perceber que você é como elas, que você quer o mesmo que elas para Maevana.

Levantei-me e senti os pés formigarem. Keela me encarou com olhos enormes, olhos quase idênticos aos de Ewan.

— O julgamento vai começar daqui a dois dias — anunciei. — Vão levá-la para o palanque diante da cidade para responder às perguntas do magistrado, para que o povo decida se você vai viver ou morrer. Eu estarei na frente, e, se você sentir medo, quero que olhe para mim e saiba que não está sozinha.

16

CORTEM AS CABEÇAS

Dia do julgamento

Cartier

Não havia uma nuvem sequer no céu no dia do julgamento.

Fui o primeiro lorde a chegar ao palanque naquela manhã, com um aro dourado na cabeça e o cavalo cinza de Morgane bordado no coração. Sentei-me na cadeira designada para mim e vi os campos do castelo começarem a se encher de gente.

Olhei para a plataforma de madeira no centro do palanque, para as sombras que já se aglomeravam em volta dele, onde Gilroy Lannon, Oona Lannon, Declan Lannon e Keela Lannon subiriam dali a algumas horas. Tentei imaginar Ewan ali entre eles, sangue de seu sangue, ossos de seus ossos.

Uma vez Lannon, sempre Lannon.

Eu odiava aquelas palavras e a incerteza que Declan semeara em minha cabeça.

Os outros lordes e ladies foram chegando gradualmente para assumir seus lugares ao meu redor. Jourdain atravessou o palanque com o cenho franzido, ocupou a cadeira ao meu lado, e nós dois ficamos em um silêncio tenso, sentindo o coração bater à medida que o julgamento se aproximava.

— Como você está? — murmurou Jourdain, por fim.

Mas minha voz se apagou nesse momento, até que vi Brienna. Ela estava em pé ao lado de Luc na frente da multidão, com um vestido cor de lavanda, a cor dos MacQuinn, e seu cabelo castanho estava amarrado em uma coroa trançada. Nossos olhares se encontraram ao mesmo tempo.

— Estou bem — respondi, e meus olhos continuaram nela.

Os campos do castelo já estavam abarrotados de gente quando Isolde, seus guardas e o magistrado chegaram ao palanque. Embora Isolde não usasse coroa, apenas um aro de ouro, como os outros fidalgos, os lordes e as ladies se levantaram para ela — lady Halloran e lorde Carran inclusive. Ela se sentou no meio dos fidalgos reunidos como lady de Kavanagh, com visão direta da plataforma. A Pedra do Anoitecer repousava junto a seu coração e irradiava uma luz azul suave.

O magistrado, um homem idoso de barba branca que chegava até o peito, parou diante da multidão e ergueu as mãos. O silêncio que se abateu sobre as pessoas era pesado; minha testa começou a suar, e me ajeitei na cadeira.

— Meu povo de Maevana — bradou o magistrado, lançando sua voz à brisa. — Hoje viemos aplicar justiça ao homem que teve a audácia de se chamar de rei.

No mesmo instante, gritos e vaias raivosas se inflamaram entre as pessoas. O magistrado ergueu as mãos de novo, insistindo pelo silêncio, e a multidão se aquietou.

— Cada membro da família Lannon será chamado a depor — continuou ele. — Todos se colocarão perante vocês enquanto lerei a lista de queixas contra eles. Essas queixas foram fornecidas por aqueles dentre vocês que tiveram coragem de contar suas histórias. Portanto, alguns de seus nomes serão lidos em voz alta, junto com cada acusação, como prova de testemunho. Quando eu terminar, cada um dos Lannon receberá a chance de falar, e depois vocês terão o poder de julgá-los. Um punho erguido significa execução, não o erguer representa misericórdia.

O magistrado olhou de relance por cima do ombro para Isolde.

Com o cabelo vermelho como sangue à luz do dia, Isolde assentiu.

Sentia meu coração latejar no fundo do peito. Pensei no meu pai, na minha mãe e na minha irmã naquele momento de silêncio.

O magistrado se virou e gritou:

— Tragam Gilroy Lannon.

O barulho que irrompeu da multidão foi ensurdecedor. Senti o som vibrar pela madeira debaixo de mim, pelos meus dentes. Observei Gilroy Lannon ser arrastado grosseiramente pelo palanque, sob uma quantidade infinita de correntes.

O ex-rei estava em ruínas. O cabelo louro ensebado estava sujo de sangue envelhecido — aparentemente, ele tentara, sem sucesso, arrebentar a própria cabeça na parede da cela. Suas roupas estavam sujas e exalavam o fedor da própria imundície, e ele mal tinha forças para se manter de pé quando os guardas o puseram na plataforma para encarar o povo.

Os gritos, as ofensas e a ira fervilhavam na multidão. Tive o receio momentâneo de que as pessoas avançariam para o palanque e o destruiriam violentamente. Até que o magistrado franziu a testa e ergueu as mãos, e o povo obedeceu, a contragosto, ao pedido de silêncio.

— Gilroy Lannon, você se encontra perante o povo de Maevana para responder por uma vasta lista de queixas — anunciou o magistrado, quando um menino pequeno trouxe um rolo grosso de pergaminho.

Fiquei olhando, pasmo, quando o pergaminho aparentemente interminável começou a se desenrolar e abrir-se pelo palanque. O magistrado começou a ler, e sua voz se impôs aos murmúrios, ao vento e aos golpes do meu coração.

— Gilroy Lannon, no dia 25 de maio do ano de 1541, você deu ordem para que Brendan Allenach matasse cruelmente lady Sive MacQuinn quando ela estava desarmada. Você em seguida incendiou plantações dos MacQuinn e matou três dos nobres MacQuinn, junto com suas famílias, enquanto eles dormiam à noite. Sete dessas vidas eram crianças. Você deu ordens para que seus homens estuprassem as mulheres de MacQuinn e que enforcassem os homens que resistissem em defesa de suas esposas e filhas. Em seguida, dispersou o povo MacQuinn e submeteu-o à autoridade brutal de lorde Brendan Allenach. Esta queixa foi apresentada por lorde Davin MacQuinn.

Olhei para Brienna, que mantinha uma expressão estoica no rosto. Mas dava para ver que a raiva dela estava aumentando.

— No mesmo dia, você capturou lady Líle Morgan e lhe decepou a mão. Você arrastou…

Obriguei-me a encarar Gilroy Lannon enquanto minha queixa era lida. Lannon tremia, mas não de medo ou remorso. Estava rindo quando o magistrado disse:

— Esta queixa vem de lorde Aodhan Morgane.

— MacQuinn e Morgane *me* desafiaram! Eles desafiaram o rei! — gritou Lannon, e suas correntes tilintaram quando ele bateu a mão na grade da plataforma. — Se rebelaram contra mim! Suas mulheres mereceram o castigo que receberam!

Quando dei por mim, já tinha me levantado e estava prestes a sacar minha arma oculta e avançar para cima de Gilroy Lannon. Mas Jourdain foi mais rápido e pegou no meu braço, segurando-me enquanto a multidão berrava, furiosa, com todos os punhos já erguidos para o veredito.

— *Cortem-lhe a cabeça!*

A frase ribombou pelo povo como uma onda que quebrou sobre o palanque e em mim.

Gilroy ainda ria quando se virou para olhar para trás, e cruzou o campo de visão com o meu.

— Ah, se você soubesse, pequeno Morgane — chiou ele para mim —, tudo o que eu fiz com a sua mãe.

Meu rosto se retorceu com agonia e fúria. Tinha mais, então. Mais que eu não sabia. Essa possibilidade me apavorava desde que eu havia ido falar com Declan na masmorra, e suas palavras ainda estavam presas na minha mente. *Existe um castigo especial para um Lannon que trai a própria Casa.*

— Amordacem-no! — demandou o magistrado, e dois dos guardas subjugaram Gilroy Lannon e enfiaram um pano sujo na boca dele.

E eu só conseguia pensar em uma coisa... O que mais será que ele fizera com ela? O que mais ele fizera com minha mãe?

— Sente-se, rapaz — sussurrou Jourdain ao meu ouvido, já quase sem conseguir me segurar mais. — Você não pode permitir que esse homem o domine.

Assenti, tremendo. Estava perdendo o controle. Sabia que Brienna estava olhando para mim, senti a atração de seu olhar. No entanto, não tive forças para encará-la de volta.

Sentei-me de novo e fechei os olhos. A mão de Jourdain continuou no meu braço, como um pai que tentava consolar o filho. Mas meu pai estava morto. Minha família inteira estava morta.

Eu nunca tinha me sentido tão sozinho e confuso.

— No mesmo dia — continuou lendo o magistrado —, você decapitou lady Eidis e Shea Kavanagh e esquartejou o corpo delas para exibi-los no parapeito do castelo. Em seguida, você passou a atacar e assassinar membros da Casa Kavanagh...

Levou mais uma hora para o magistrado ler todas as queixas contra Gilroy Lannon. Mas quando finalmente chegou ao fim do pergaminho, o povo já havia votado. Todos os lordes e ladies no palanque estavam de punho erguido. Assim como quase todos os espectadores na multidão.

— Gilroy Lannon — anunciou o magistrado, devolvendo o rolo para o menino —, o povo de Maevana o julgou e o considerou em falta. Você será executado por espada daqui a três dias. Que os deuses tenham piedade de sua alma.

Os guardas levaram Gilroy Lannon embora. E ele não parou de rir enquanto saía do palanque.

Oona, a esposa dele, veio em seguida.

Ela subiu a plataforma acorrentada, com o queixo erguido altivamente, e seu cabelo ruivo tinha mechas grisalhas. Então foi dali que Ewan herdou o cabelo.

A lista de queixas contra ela não era tão longa quanto a do marido, mas ainda era grande, cheia de relatos de tortura, espancamentos e queimaduras. Ao final, ela não teve nada para dizer — era evidente que tinha orgulho demais para se rebaixar —, e, mais uma vez, o povo e os fidalgos ao redor ergueram seus punhos.

Oona morreria logo depois de Gilroy, por espada, dali a três dias.

Era quase meio-dia quando Declan Lannon foi levado à plataforma.

Meu olhar cruzou com o do príncipe quando ele atravessou o palanque acorrentado. Declan sorriu para mim. Não olhou para nenhum dos outros fidalgos, nem mesmo para Isolde. Só para mim.

Meu medo se intensificou. Dava para ver nos olhos do príncipe que ele estava tramando alguma coisa.

— Declan Lannon, você se encontra perante o povo de Maevana para responder por uma vasta lista de queixas — começou o magistrado, tomando o rolo de pergaminho do príncipe.

Era um documento extenso, reflexo do de seus pais. Enquanto ouvia, minhas hipóteses se confirmaram: Declan gostava de atormentar e manipular outras pessoas. Havia comandado a maioria das torturas realizadas nas entranhas do castelo. Não era de surpreender que ele parecesse tão à vontade na escuridão de sua cela: estava acostumado com a masmorra.

— Você agora terá a oportunidade de falar, Declan de Lannon — anunciou o magistrado, enxugando o suor da testa. — Para suplicar por piedade ou explicar seus motivos.

Declan assentiu e começou a falar, em alto e bom som:

— Bom povo de Maevana, só vou dizer uma coisa antes de vocês me despacharem para a morte. — Declan se calou por um instante e virou as mãos para cima. — Cadê meu filho, Ewan? Vocês o perderam? Ou será que um de vocês o abrigou? Será que um de seus próprios lordes traiu a confiança de vocês para protegê-lo?

E, nesse momento, Declan olhou para trás, exatamente para mim.

Eu estava paralisado na cadeira, mas entendi o deboche, o triunfo no rosto de Declan.

Se eu cair, você cai junto, Morgane.

A multidão começou a vaiar. Os lordes e as ladies sentados ao meu redor começaram a murmurar furiosamente. Isolde e Grainne encaravam Declan, impassivas.

— Magistrado — chamou Isolde, enfim, em um tom afiado como uma lâmina. — Restitua a ordem a este julgamento.

O magistrado parecia confuso, olhando para mim e Declan.

Declan estava começando a abrir a boca, mas a multidão gritava, bradava, erguia os punhos.

— Cortem-lhe a cabeça!

Os gritos do príncipe foram abafados pelos protestos, e o magistrado se apressou a pronunciar a sentença de Declan, que foi a mesma do pai e da mãe. Morte pela espada, dali a três dias.

Meu punho ainda estava no alto quando Declan foi removido do palanque. E quando o olhar odioso do príncipe cruzou com o meu, não me regozijei. Meus olhos, entretanto, fizeram-lhe uma promessa.

Sua Casa há de virar pó.

E Declan entendeu. Ele rosnou e tropeçou nos degraus do palanque e desapareceu castelo adentro com sua escolta armada.

Minha pulsação ainda estava acelerada quando trouxeram Keela Lannon.

A multidão já estava exausta e esgotada, com pouca paciência. E o ar ficou repleto de vaias quando ela subiu no palanque. Não estava acorrentada, mas se encolheu quando os guardas a puseram na plataforma, com o vestido imundo e o cabelo claro sujo.

Por trás, seu cabelo era da mesma cor do cabelo do avô. Pressenti que aquilo não tomaria um rumo bom para ela. A garota devia ter sido apresentada primeiro, antes de Gilroy, antes que a longa lista de queixas contra sua família pudesse ser transferida para ela.

— Keela Lannon — começou o magistrado, pigarreando enquanto pegava uma folha de papel. A única folha de acusações contra ela. —

Você se encontra perante o povo de Maevana para responder por uma lista de queixas.

Keela tremia, aterrorizada, e seus ombros estavam recurvados, como se o que ela quisesse, mais do que tudo, fosse se dissolver.

Procurei Brienna, e meu coração foi ficando cada vez mais apertado de preocupação.

Brienna ainda estava de pé na frente, de olhos arregalados ao sentir o clima da multidão se afastar mais e mais da piedade.

— No dia 20 de dezembro do ano de 1563, você negou comida a crianças pedintes nas ruas e, em vez de lhes dar pão, deu pedras para que comessem.

— Eu não... Ele me obrigou. — Keela soluçou e cobriu o rosto com as mãos enquanto o povo continuava vaiando.

— Keela, você precisa ficar em silêncio enquanto leio suas queixas — avisou o magistrado. — Você terá sua vez de falar após do fim da lista.

Ela continuou com o rosto coberto enquanto o magistrado lia.

— No dia 5 de fevereiro do ano de 1564, mandou açoitarem sua camareira por pentear seu cabelo com força demais. No dia 18 de março...

Keela chorou, e o povo só foi ficando mais barulhento e furioso.

O magistrado terminou de ler e, depois, perguntou para Keela se ela queria se dirigir ao povo.

Era nesse momento que Keela precisava falar a verdade, se defender.

Por favor, Keela, implorei mentalmente. *Por favor, diga a verdade.*

No entanto, ela estava amuada e chorando, praticamente incapaz de levantar a cabeça e enfrentar a ira da multidão.

Procurei Brienna de novo. Ela havia sido engolida pela agitação do povo, até que, de repente, surgiu bem acima das outras pessoas, apoiada nos ombros de Luc. Ela se ergueu para que Keela conseguisse achá-la na multidão.

— Deixem-na falar! Deixem-na falar! — gritou Brienna, mas sua voz foi soterrada pelos protestos.

Tive vontade de fechar os olhos, de me isolar do mundo, de bloquear o que eu sabia que ia acontecer. Até que vi Keela finalmente se endireitar, até que ela finalmente encontrou Brienna na multidão.

— Meu vô me obrigava a fazer essas coisas — revelou ela, mas sua voz ainda estava fraca demais. — Meu pai também. Eles... eles me batiam se eu desobedecesse. Eles ameaçavam machucar meu irmãozinho! Eles nos proibiam de comer se a gente se recusasse. Prendiam a gente no escuro a noite toda...

— Mentira! — berrou uma mulher na multidão, o que reavivou as vaias e os gritos.

— Cortem as cabeças! — O brado irrompeu junto com punhos erguidos, como se as pessoas pudessem esmurrar o céu.

Um a um, os lordes e as ladies no palanque levantaram o punho para aprovar a morte dela. Todos, menos quatro.

Morgane. MacQuinn. Kavanagh. Dermott.

Como era possível que as quatro Casas que mais haviam sofrido sob os Lannon fossem as únicas a ter piedade de Keela?

Isolde, Grainne, Jourdain e eu estávamos sentados com as mãos fechadas no colo. Pelo canto do olho, vi Isolde abaixar a cabeça, triste com o veredito. E, na multidão, em meio a um mar de punhos, estava Brienna, ainda nos ombros de Luc, com lágrimas nos olhos.

— Keela Lannon — anunciou o magistrado, e até sua voz estava carregada de decepção. — O povo de Maevana a julgou e a considerou em falta. Você será executada por espada daqui a três dias. Que os deuses tenham piedade de sua alma.

17

DESCOBERTAS PERIGOSAS

A noite após o julgamento

Brienna

Estávamos sentados juntos nos aposentos de Jourdain naquela noite — meu pai, meu irmão, Cartier e eu —, todos exaustos e calados, tomando uma garrafa de vinho, abalados demais para comer qualquer coisa.

Era difícil explicar como me senti depois de ouvir as queixas, especialmente as feitas por MacQuinn e Morgane, das quais eu não conhecia todos os detalhes. Acho que não havia palavras capazes de descrever devidamente o quanto eu sofria por eles. E eu nem imaginava como tinha sido escrevê-las e ouvi-las serem lidas diante de centenas de testemunhas.

Era mais difícil ainda dizer o que senti quando vi o povo condenar Keela à morte. Eu sabia que teria que presenciar sua decapitação, e era uma luta para respirar sempre que eu imaginava isso.

— Eis que o reinado dos Lannon chega a seu sangrento fim — disse Jourdain, quando nosso silêncio ficou opressivo demais, depois que o vinho acabou.

— Eis que eles caem — disse Luc, oferecendo um brinde com a taça vazia, de joelho colado no meu, já que estávamos juntos no divã.

Fitei os olhos de Cartier à luz das chamas. Estávamos pensando e sentindo a mesma coisa.

Nem todos eles vão cair. Ainda tínhamos Ewan, que protegeríamos, que criaríamos contra o pai e o avô dele.

— Mas, então, por que estou me sentindo como se tivéssemos sido derrotados? — sussurrou Luc. — Por que isto não parece uma vitória? Eu quero que eles morram. Quero causar o máximo possível de dor neles. Decapitação é rápido demais. Quero vê-los sofrer. Mas isso faz com que eu seja melhor do que eles?

— Você não tem nada a ver com eles, filho — murmurou Jourdain.

Cartier apoiou os cotovelos nos joelhos e olhou para o chão. Mas quando voltou a falar, sua voz estava firme:

— Os Lannon roubaram minha irmã e minha mãe. Nunca vou saber como era o som da voz da minha irmã. Nunca vou saber como é ser abraçado e amado pela minha mãe. Sempre vou sentir a perda delas, como se uma parte minha tivesse desaparecido. No entanto... minha própria mãe era uma Lannon. Ela era Líle Hayden, filha de um nobre Lannon. — Ele olhou para Jourdain, para Luc, para mim. Fiquei surpresa com a confissão. — Não acho que a justiça, no momento, siga uma linha reta bem definida. Sofremos com nossas perdas, mas o povo daqui também sofreu. Pelo amor de todos os deuses, Keela Lannon, uma menina de *doze* anos que sofreu maus-tratos do pai, está prestes a ser decapitada ao lado dele porque as pessoas se recusam a escutá-la, se recusam a olhar para ela, são incapazes de distingui-la dele.

Luc fungou para conter as lágrimas, mas estava calmo, ouvindo Cartier. Assim como Jourdain, que o observava com um brilho nos olhos.

— Se acho que Declan merece ser decapitado? — perguntou Cartier, estendendo as mãos. — Não. Eu preferia ver todos os ossos de Declan serem quebrados, um a um, lentamente, até ele morrer, do mesmo jeito que fez com minha irmã. E não sinto remorso por admitir isso. Mas talvez, mais do que o que *eu* sinto, o que *eu* quero, precise me contentar sabendo que a justiça foi feita hoje. O povo falou e decidiu o destino de uma família que finalmente foi responsabilizada. Todos nós voltamos à nossa pátria. Nos próximos dias, Isolde Kavanagh será coroada rainha. A única coisa que podemos fazer, no momento é seguir em frente. Todos nós vamos assistir à decapitação dos Lannon. Vamos coroar Isolde. E, depois, vamos decidir o que fazer com um povo que agora está sem lorde e lady.

As palavras de Cartier nos atingiram e voltamos a ficar em silêncio. Ele era metade Lannon, mas isso não mudava a forma como eu o via. Pois eu era metade Allenach. Nós dois vínhamos de linhagens traiçoeiras. E se examinássemos mais a fundo nosso coração, todos encontraríamos trevas dentro dele.

Dei um beijo no rosto de Jourdain e Luc, fiz um carinho delicado no ombro de Cartier e fui para a cama pouco depois da meia-noite. Meu corpo exigia que eu me deitasse e tentasse dormir, mas, principalmente, eu queria escapar da realidade só por uma hora de sonhos felizes.

Já estava cochilando quando ouvi a comoção no corredor.

Sentei-me e pisquei em meio à escuridão. Estava tentando sair da cama quando minha porta particular se abriu de repente e Luc apareceu.

— Rápido, irmã. A rainha convocou uma reunião nos aposentos do nosso pai — avisou ele, apressando-se a acender minha vela.

Peguei minha espada e recuperei a voz ao sair atrás dele pelo corredor, de arma desembainhada na mão e com a alça da camisola caindo pelo ombro.

— O que foi? O que aconteceu?

Jourdain e Cartier estavam nos aposentos do meu pai, esperando. Eu e Luc nos juntamos a eles, e tentei acalmar a respiração.

Antes que eu pudesse formular mais alguma pergunta, Isolde entrou no cômodo, ainda com o vestido que havia usado no julgamento, com uma lanterna na mão, cercada por dois de seus guardas. Sua expressão era grave, com um olhar terrivelmente sombrio.

— Sinto muito por acordá-los — sussurrou ela para nós quatro, em meio às sombras frias e à luz trêmula.

— O que aconteceu, Isolde? — perguntou Jourdain.

Isolde baixou os olhos para sua vela, como se não suportasse olhar para nós.

— Declan e Keela Lannon fugiram da masmorra.

— *O quê?* — exclamou Luc, porque os demais tinham ficado sem voz.

Isolde respondeu ao nosso espanto com um olhar enojado.

— Acredito que tenham fugido há uma hora. Ainda estão foragidos.

— Como? — perguntou Jourdain.

Isolde não falou nada, mas olhou para Cartier, que olhou para mim. Nossos pensamentos se alinharam como a lua ao cobrir o sol e projetaram uma grande sombra entre nós.

Ewan.

Cartier se virou e saiu às pressas pelo corredor até sua porta. Fui atrás dele em seus aposentos. Vi os cobertores e o travesseiro embolados no divã, onde Cartier estava dormindo. E senti as mãos frias como gelo ao segui-lo para o quarto, o cômodo onde Ewan deveria estar escondido.

Lá estava ele, dormindo na cama. Pelo menos foi o que imaginei, até que Cartier arrancou com violência os cobertores e revelou um travesseiro posicionado estrategicamente no lugar onde deveria estar o corpo de Ewan.

Fui até a janela, que estava aberta: a via de acesso original de Ewan ao castelo. Não conseguia sentir as mãos, mas ouvi o som metálico da espada que eu segurava caindo no chão. Passei por cima do aço e olhei para a noite, para o céu salpicado de estrelas, incluindo minha própria constelação.

— Não, *não.*

Era a voz de Cartier, a negação dolorosa de Cartier.

Era o som de meu próprio coração, de minha própria recusa em acreditar. Devia haver alguma explicação. Devia ser um engano.

Mas cheguei à verdade primeiro.

Virei-me. E quando vi Cartier se prostrar de joelhos diante de mim e apertar o volume de cobertores, reconheci o que acontecera.

Também me ajoelhei ao lado da espada caída, porque, de repente, não consegui continuar de pé.

O que foi que fizemos?

— Brienna, Brienna…

Meu nome era a única coisa que Cartier conseguia sussurrar, repetidamente, conforme a verdade nos soterrava.

Encarei-o nos olhos. Cartier estava paralisado, mas eu fumegava.

Ewan Lannon nos enganara.

PARTE TRÊS

A ARMADILHA

18

SIGA A CORRENTEZA

Cartier

Foi impossível dormir naquela noite.

Depois que me dei conta de que havia sido enganado por uma criança, Luc e Brienna começaram a explorar mapas da cidade para examinar possíveis rotas de fuga, enquanto eu acompanhava a rainha e Jourdain até a masmorra, armados com tochas e espadas, seguidos de perto pelos guardas da rainha. Eu respirava com dificuldade quando terminamos de percorrer os três andares, e o frio no andar mais baixo da fortaleza era tão intenso que parecia que tínhamos entrado em água congelante.

Isolde nos guiou rapidamente à cela de Keela. A porta estava escancarada, e as velas ainda bruxuleavam na mesa. Olhei para o espaço vazio, ainda incapaz de acreditar que aquilo havia acontecido.

A rainha nos conduziu mais adiante, sem falar nada, até onde dois guardas jaziam no próprio sangue, com a garganta cortada. De jeito nenhum Ewan matara aqueles homens, fiquei repetindo para mim mesmo. A porta também estava escancarada, como uma boca paralisada durante um bocejo. Havia outros dois guardas mortos na entrada, sobre um lago escuro de sangue.

Isolde se ajoelhou e tocou de leve o rosto pálido deles. Foi nesse momento que escutei — um barulho fraco de correntes, um eco de movimento dentro da cela de Declan.

A rainha também escutou e continuou ajoelhada, imóvel. Levantei a mão, em um pedido silencioso para que ela esperasse, peguei minha tocha e minha espada e entrei na cela.

Não podia negar que desejava fervorosamente que fosse Ewan. Mesmo depois da dor da traição, eu queria que fosse ele.

O que encontrei foi uma pessoa vestida com véus pretos, de rosto completamente coberto, com o pulso direito preso em um dos grilhões de Declan, acorrentada à parede.

Parei e observei a pessoa, a varre-ossos, com genuína surpresa. Por sua vez, a pessoa parou de se debater e aproximou os joelhos do peito, como se fosse possível se encolher até desaparecer.

— Quem é essa? — perguntou Jourdain, chegando ao meu lado.

Esperei até Isolde entrar também na cela. Nós três formamos um arco, olhando em silêncio para a pessoa.

— A varre-ossos — informei. — Vi você outro dia, nos túneis.

A pessoa não se mexeu. Mas reparei que o véu sobre seu rosto subia e descia com a respiração nervosa.

Isolde embainhou a espada e se ajoelhou. Com uma voz suave, perguntou:

— Você pode nos dizer o que aconteceu aqui? Como Declan fugiu?

A pessoa ficou calada. Ela começou a se debater com o grilhão e a puxar a mão direita com tanta força que vislumbrei o metal lhe cortar a carne. Vi de relance uma pele clara quando a manga balançou; sangue brotou no pulso. Ela era magra como Ewan. Sua mão era fina e coberta de sujeira. A imagem me encheu de uma angústia indescritível.

— Por favor. Precisamos da sua ajuda… — começou Isolde, mas sua voz minguou. Ela olhou para mim e para Jourdain e disse: — Peçam para meus guardas acharem a chave desta cela e trazerem materiais de escrita.

Jourdain foi cumprir a ordem antes de mim, e, enquanto esperávamos, olhei para meu nome gravado na parede, brilhando à luz das tochas.

Aodhan.

Tive que afastar o olhar, como se meu próprio nome tivesse causado aquele desastre, como se eu tivesse provocado tudo aquilo.

E talvez tivesse mesmo, ao convencer Isolde a poupar Ewan.

Um dos guardas trouxe uma chave, um pedaço de pergaminho, uma pena e um pequeno frasco de tinta, que entregou para a rainha. Ainda de joelhos, Isolde se aproximou cuidadosamente da varre-ossos.

— Vou soltar você — sussurrou a rainha. — Depois, preciso de sua ajuda. Você pode escrever o que aconteceu hoje?

A pessoa fez um gesto brusco com a cabeça — foi um choque para mim o fato de que ela não falava, de que Isolde já sabia daquilo assim que entrara na cela.

Isolde se aproximou e enfiou a chave no grilhão. Percebi que Jourdain ficou tenso, e pressenti que ele estava prestes a avançar, que não confiava naquela pessoa. E eu sabia que qualquer mínimo movimento brusco feito na direção dela arrebentaria esse frágil fio de confiança. Segurei-o discretamente, instando-o a esperar, a deixar Isolde cuidar da situação. Jourdain olhou para mim praguejando com o olhar, mas continuou quieto e parado.

O grilhão se soltou e caiu, e a varre-ossos recuou um pouco, como se a presença de Isolde fosse intimidadora.

— Você viu quem soltou Declan? — perguntou Isolde, abrindo o frasco e mergulhando a pena na tinta.

A pessoa não se mexeu.

A rainha ofereceu-lhe a pena, colocando delicadamente o papel diante da figura.

Essa pessoa não sabe de nada, pensei em falar. Precisamos correr, já perdemos tempo demais aqui.

— Isolde... — Jourdain estava a um suspiro de expressar exatamente o que eu pensava.

Mas Isolde o ignorou. Sua atenção estava completamente voltada para a pessoa encoberta diante de nós.

Ela finalmente pegou a pena. Sua mão pingava sangue e tremia conforme começava a escrever.

Esperei, forçando os olhos para tentar decifrar o que a pessoa estava escrevendo. A letra era horrível — jamais conseguiríamos ler aquele relato. Contudo, acabei embainhando a espada, me ajoelhei e fui para o lado de Isolde, onde conseguiria enxergar melhor. Uma a uma, devorei as palavras, devorei-as como se fosse minha última refeição.

Ewan veio atrás da irmã. Ele me pediu para distrair os guardas enquanto ele a soltava da cela. Já estava com a chave mestra, mas não sei como a obteve. Fiz o que o garoto queria: distraí os guardas, que estavam na cela de Declan prestes a servir o jantar dele. Mas um dos guardas ficou desconfiado. Eles ouviram um barulho no túnel — a porta de Keela. Saíram para investigar. Foi aí que vi Fechin, o chefe dos guardas. Ele destrancou a porta de Declan e entrou. Eu não sabia o que ele estava fazendo, até que os dois saíram. Fechin soltou Declan e foi quando ele me viu, nas sombras. Não consegui fugir. Ele me arrastou para dentro da cela e me prendeu em seu lugar. Só escutei quando ele foi embora. Ouvi uma briga, o som de corpos caindo no chão. Ouvi Ewan e Keela gritarem. Ouvi Ewan berrar: "Eu sou Morgane agora!" Depois disso, ficou tudo quieto. O silêncio durou um tempo, até que o segundo turno de guardas chegou e descobriu que os prisioneiros tinham fugido.

Eu respirava com força quando terminei de ler o relato. Quase me dobrei de alívio, minha força quase se derreteu, quando vi que Ewan só tinha vindo atrás da irmã. Que Ewan não tivera participação na fuga de Declan. Que Ewan me escolhera em detrimento do próprio pai.

— Você faz alguma ideia de como Declan e as crianças fugiram da masmorra? — perguntou Isolde. — Porque eles não passaram pelos portões.

A pessoa mergulhou a pena na tinta e, vagarosamente, escreveu: *seguiram a correnteza.*

— Seguiram a correnteza? — repetiu Isolde. — O que isso significa?

— Tem um rio que corre por baixo do castelo e atravessa a masmorra — expliquei, lembrando o som distante das águas que havia escutado. Olhei para a varre-ossos e perguntei. — Você pode nos levar até lá?

Ela assentiu e se levantou devagar.

Fomos conduzidos por um corredor, e por outro, e a passagem foi ficando cada vez mais estreita e baixa. Até que deu em uma caverna tão inesperada que podíamos ter pisado em falso na beirada e caído na água. Paramos e estendemos as tochas para iluminar. Vi que a pedra embaixo de mim estava manchada de preto, com anos de sangue acumulado. E, adiante, estava o rio, correndo pela escuridão. Não era largo, mas dava para ver que era profundo e turbulento.

— Eles desceram com a correnteza — disse Isolde, incrédula. — É possível sobreviver a isto?

— Se tem alguém capaz de sobreviver, é Declan. — Jourdain se aproximou o máximo possível da borda.

— O rio vai levá-los até o mar — declarei, sentindo o coração começar a martelar. — Precisamos ir para a orla. Já.

Virei-me e procurei a varre-ossos para agradecer por ter nos guiado.

Mas não havia nada além de sombras e frio no ar vazio onde ela outrora esteve.

As estrelas estavam começando a se dissipar na alvorada quando Isolde, Jourdain, os guardas e eu chegamos ao litoral maevano. A cidade de Lyonesse ocupava um cume, onde o mar encontrava a terra. Durante séculos, as ondas haviam açoitado a pedra calcária do paredão da orla, sempre tentando vencer, sem sucesso, a grande muralha que mantinha os elementos da natureza afastados. Era a muralha que protegia a cidade contra as profundezas. Mas o rio subterrâneo levaria Declan direto para a baía, até o mar. Ele fugiria por uma pequena brecha nesse paredão natural. Parecia quase impossível, mas essa terra fora construída à base de desafios e dificuldades intransponíveis. Ultimamente, nada me surpreenderia.

Meu maior medo era que Declan e as crianças tivessem seguido a correnteza até a baía e imediatamente embarcado em um navio no porto, e que fosse tarde demais para capturá-los. Eles poderiam navegar para o oeste, até as terras gélidas de Grimhildor. Ou poderiam ir para o sul, até Valenia ou Bandecca. Talvez nunca os encontrássemos.

Vi o mesmo receio em Jourdain quando nos aproximamos do porto, onde barcos e navios balançavam placidamente nos atracadouros. Afinal, fora assim que ele e Luc haviam escapado 25 anos antes. Fora assim que Braden Kavanagh e Isolde haviam escapado. Que meu pai e eu havíamos escapado. Um capitão Burke deixara que nós seis embarcássemos enquanto Gilroy Lannon nos caçava no norte, no centro de nossos territórios. Bastou um homem corajoso e seu navio para conseguirmos a liberdade.

— Confira os registros de saída — murmurou Isolde para Jourdain enquanto examinávamos o cais.

Parei e olhei para o horizonte. O sol nascente traçava um rastro dourado no mar. A água estava tranquila naquela manhã, calma. Não havia qualquer sinal de navio, nenhuma sombra distante de mastros ou velas.

Virei meu olhar para o resto da baía. A maré estava baixa, expondo a areia e a base do paredão de pedra calcária.

Comecei a andar até ele, rápido, mais rápido, até correr. Ouvi Isolde gritar para mim, mas eu não podia tirar os olhos da areia, das pegadas profundas, porque a maré estava subindo, começando a cobri-las. Cheguei até elas e as marcas eram nítidas para mim. Eram as pegadas de Ewan, eu tinha quase certeza. E havia outra série de pegadas ao lado. Keela. E também as de Declan, como se ele tivesse sido o último a sair da água. O príncipe era um homem grande e, na pressa, havia esmagado a areia. Pelo visto, tinha segurado e arrastado os filhos.

As pegadas não iam na direção do porto.

Parei de andar, minhas botas se afundaram na areia, e a água começou a molhar meus tornozelos.

— Aodhan! — chamou Isolde.

Ouvi-a correr até mim em meio ao som das ondas.

Meus olhos seguiram as pegadas até o paredão. E subiram pela pedra calcária, para a cidade no alto, que começava a acordar.

Isolde finalmente chegou ao meu lado, arfante, com o cabelo bagunçado pelo vento.

— O que foi? O que descobriu?

Não podia dizer. Ainda não. Minha mente fervilhava com as possibilidades, e segui as pegadas até o paredão, conforme a maré já subia com uma rapidez preocupante. Achei uma fenda na pedra para me segurar, e outra. Comecei a escalar o paredão, encaixando os dedos e a ponta das botas em cada fresta.

Não me atrevi a subir mais, mas me segurei no paredão e contemplei a altitude assustadora e as nuvens que cruzavam o céu.

Seria possível?

Soltei-me e pulei de volta para a areia e a água, sentindo um impacto doloroso nos tornozelos. Andei até onde Isolde e seus guardas aguardavam, e Jourdain veio correndo do porto para se juntar a nós.

— Conferi os registros — disse Jourdain. — Nenhum navio chegou ou saiu ontem à noite, milady.

— Eles não saíram de navio — anunciei.

— Então onde estão? — rebateu Jourdain.

Olhei de novo para a baía. A maré já engolira praticamente toda a areia.

— A correnteza os trouxe até algum ponto aqui. Declan saiu da água com as crianças e as arrastou até o paredão.

— O paredão? — Os olhos de Jourdain correram pela pedra. Ele estava boquiaberto. — Você só pode estar brincando.

Mas Isolde continuou me encarando e acreditou em cada palavra.

Ergui os olhos de novo, para o céu, para a cidade de Lyonesse, para o castelo que repousava no topo da colina como um dragão adormecido.

Aonde seu pai levaria vocês, Ewan?

O dia estava clareando. Declan provavelmente já teria encontrado um esconderijo, até a escuridão permitir que ele se deslocasse sem ser visto. Minha única esperança era que Ewan desse um jeito de ser encontrado.

Eu sou Morgane agora...

— Declan escalou o paredão com as crianças nas costas — falei, olhando para Isolde. — Ele está na cidade.

Não perdemos tempo. Voltamos às pressas para o castelo, e minha mente se lançou para todos os lados. Eu estava tão distraído que só me dei conta dos Halloran no pátio quando estávamos quase em cima deles.

Lady Halloran e Pierce pareciam concentrados na própria conversa até ela nos ver. Não havia como disfarçar nossa pressa e o fato de que eu e a rainha estávamos ainda meio encharcados por causa da busca na orla.

— Lady Kavanagh! — exclamou lady Halloran, vindo nos interceptar no piso de pedra.

Ela estava vestida de dourado e azul-marinho, as cores de sua casa, e seu vestido era tão trabalhado que conseguia até rivalizar com a moda hiperbólica de Valenia.

— Lady Halloran — respondeu Isolde, educadamente, tentando manter o passo acelerado.

— Aconteceu alguma coisa?

Isolde desacelerou, mas não foi para atender a lady Halloran, foi para lançar um olhar para mim e Jourdain.

— Por que milady diria isso? — perguntou Isolde. — Lorde MacQuinn, lorde Morgane e eu só saímos para tomar um ar antes da reunião do conselho.

Ela estava indicando que um de nós fosse buscar Luc, Brienna e o pai dela. E, pela maneira como Jourdain estava parado ao lado de Isolde, olhando feio para lady Halloran, como se seus pés tivessem fincado raízes no chão, entendi que eu deveria ir embora para preparar o conselho.

Só que Pierce havia se aproximado para se juntar a nós. Não consegui disfarçar minha antipatia por ele e tive que continuar ali um pouco mais, para vigiá-lo. Seus olhos estavam fixos em Isolde, na luz da Pedra do Anoitecer, mas ele deve ter sentido que eu o encarava. Seus olhos se voltaram para mim quando ele parou ao lado da mãe e ali permaneceram, avaliando o tamanho da ameaça que eu representava. Provavelmente não passei a impressão de ser perigoso, porque ele bufou, sorriu, e decidiu me ignorar e voltar a encarar a rainha.

— Queria solicitar uma conversa em particular com milady — pediu lady Halloran. — Talvez hoje, mais tarde? Quando você tiver tempo?

— Sim, certamente, lady Halloran — respondeu Isolde. — Podemos conversar em algum momento hoje à tarde, depois da reunião do meu *conselho*. — Era mais uma indicação para mim, ela estava ficando sem paciência, e dessa vez saí sem falar nada.

Fazia um silêncio preocupante no castelo. Havia guardas armados em todos os cantos, mas o silêncio pesava no ar, uma tentativa de manter a ordem e esconder o fato de que três Lannon haviam fugido. Porém, com o tempo, a informação vazaria, e eu não sabia como os fidalgos reagiriam à notícia. E tampouco sabia o que os partidários dos Lannon fariam.

Estava apreensivo no caminho até os aposentos de Jourdain, onde Brienna e Luc haviam ficado para estudar mapas da cidade e traçar rotas de fuga em potencial que Declan poderia usar. Eles não estavam mais lá, e parecia que já fazia algum tempo que o cômodo ficara vazio, então fui aos aposentos dela e, depois, aos de Luc. Não os encontrei, então voltei para o corredor e fui para o salão de jantar, imaginando que talvez eles tivessem ido comer.

Topei com o pai de Isolde no caminho. Ele parecia exausto: havia sombras arroxeadas ao redor de seus olhos, e o cabelo branco ainda estava com as tranças do dia anterior. Sabia que ele havia se ocupado com uma busca discreta pelo castelo atrás de Fechin, o chefe dos guardas que parecia ter desaparecido, e alguns guardas do castelo estavam ao redor, esperando a próxima ordem.

Braden Kavanagh inclinou a cabeça para mim, e vi a pergunta cheia de esperança em sua expressão. *Vocês os encontraram?*

Balancei a cabeça.

— Reunião do conselho, imediatamente. Estou tentando achar os MacQuinn.

— Estão na sala dos arquivos, um andar para baixo, na ala leste.

Meneei a cabeça, e fomos cada um para um lado: Braden, para investigar as despensas; eu, a sala dos arquivos. Encontrei Luc e Brienna sentados a uma mesa redonda, diante de tabelas, mapas e documentos espalhados como se tivessem sido atingidos por uma forte nevasca. Brienna continuava com a mesma camisola. Sua trança já estava se desfazendo e ela escrevia algo que Luc falava.

Os dois ergueram os olhos quando entrei, com a mesma esperança no rosto, de que eu houvesse chegado com uma boa notícia. Fechei a porta, me aproximei deles e Brienna entendeu minha expressão. Ela abaixou a pena, derrotada, e Luc sussurrou:

— Por favor, me diga que vocês os capturaram.

— Não.

Meu olhar saiu deles e foi para o arco aberto, uma passagem que saía para uma colmeia de salas de depósito. Dava para ver partes das estantes de arquivos, abarrotadas de pergaminhos, tomos e registros tributários.

Brienna leu meus pensamentos de novo.

— Este cômodo é seguro.

— Tem certeza?

Ela me encarou.

— Tenho. Luc e eu somos as únicas pessoas aqui.

Puxei uma cadeira e me sentei de frente para eles, sem perceber o tamanho do meu cansaço. Tirei um instante para esfregar o rosto; ainda dava para sentir o cheiro da masmorra nas palmas das mãos, aquela escuridão úmida e bolorenta.

Comecei a contar tudo: a varre-ossos, a correnteza subterrânea e a busca na orla.

Brienna se recostou na cadeira, com uma mancha de tinta no queixo, e disse:

— Então Ewan não traiu você, como imaginamos?

— Não — respondi, incapaz de disfarçar meu alívio. — Ele me desobedeceu, o que é compreensível, para salvar a irmã depois que não consegui fazê-lo. E acho que tanto ele quanto Keela estão correndo sério perigo agora.

— Você acha que Declan faria mal a eles? — perguntou Luc, horrorizado.

— Acho.

Inquieta, Brienna se remexeu na cadeira. Fiquei olhando quando ela começou a organizar a papelada diante de si, e minha curiosidade se inflamou.

— O que é isso?

— Bom — começou —, Luc e eu passamos a pensar como os Lannon. Estávamos examinando os mapas, pensando: *aonde Declan iria? Se ele ainda estivesse na cidade, onde se esconderia?* Não sabíamos, obviamente. Mas isso nos fez pensar nos planos da nossa revolução.

— Nós tínhamos refúgios — interveio Luc. — Residências e lojas que sabíamos que nos abrigariam de última hora caso tivéssemos algum problema.

— Exato — concordou Brienna. — E como sabemos que os Lannon têm simpatizantes, o clã da meia-lua, imaginamos que poderíamos tentar descobrir a localização deles, considerando que Declan vá pedir ajuda.

— Mas como vocês descobriram essas localizações? — perguntei.

— Esquadrinhar um mapa não basta — continuou Brienna. — E não temos tempo de ir de porta em porta para investigar cada casa de Lyonesse e procurar pulsos tatuados. Precisamos de algum fio condutor. Luc e eu decidimos analisar os registros tributários de Gilroy Lannon para ver com quem ele pegava leve. Acho que esse é o jeito mais rápido de começar.

— Deixe-me dar uma olhada — murmurei, pegando a lista.

Eram onze estabelecimentos, incluindo tavernas, prateiros e um açougue. Todos pertenciam a membros da casa Lannon, e quatro se situavam na parte sul da cidade, onde eu achava que Declan estava no momento. Meu coração começou a pular.

— Esses lugares todos ganharam isenções tributárias ridículas — disse Brienna. — E acredito que seja por causa de algum acordo com Gilroy.

Olhei para ela e para Luc.

— Isso é incrível. Precisamos conversar com Isolde e mostrar o que vocês descobriram.

— Será que é melhor fazermos a reunião aqui, para continuarmos examinando os registros? — sugeriu Brienna, grunhindo ao se levantar. — Mas estou faminta. Não sei por quanto tempo mais consigo planejar sem chá e comida.

— Que tal vocês arrumarem a mesa enquanto mando trazerem o café da manhã? — disse Luc, indo para a porta. — E vou falar para a rainha e meu pai virem para cá.

— Ótimo — assentiu Brienna antes de Luc sair.

Mas ela deixou a arrumação da mesa para mim, se espreguiçou e foi para a única janela do cômodo inteiro, uma frestinha minúscula de vidro. A luz do dia tocou no linho de sua camisola e a iluminou. Quando olhei para ela, esqueci a lista que tinha na mão, esqueci até que Declan Lannon existia.

Meu silêncio a fez se virar e olhar para mim. E não sei qual era a expressão no meu rosto, mas ela veio e tocou meu cabelo.

— Está tudo bem? — sussurrou ela.

Retomei a tarefa de recolher a papelada e os documentos, e os dedos dela se afastaram de mim.

— Vou ficar bem assim que resolvermos isto.

Brienna me observou por um instante, estendeu as mãos para a mesa e ajudou a juntar os registros. Sua voz quase se fundiu ao som dos papéis sendo recolhidos, mas a ouvi dizer:

— Vamos encontrá-los, Cartier. Não perca a esperança.

Dei um suspiro e desejei ter o mesmo otimismo.

Recostei-me na cadeira e olhei para ela, que estava de pé na minha frente. Ainda havia um fiapo de luz do sol passando por sua camisola e pintando seu cabelo de dourado. Brienna parecia uma visão de outro mundo, como se não pertencesse a este lugar. Foi angustiante, e baixei os olhos para o chão, onde os pés descalços dela pisavam na pedra.

— Não está com frio? — sussurrei, só para conseguir engolir o desejo que eu não me atrevia a expressar.

Ela sorriu, achando graça.

— Agora que você falou, estou, sim. Não tive tempo de pensar nisso antes.

Brienna se sentou ao meu lado e estendi meu manto forrado de pele em cima de suas pernas, e ficamos em um silêncio confortável à espera dos outros.

O café da manhã chegou primeiro, e me dei por satisfeito com uma xícara de chá, enquanto Brienna enchia o prato com queijo, presunto curado e biscoitos. Ela já havia comido metade do prato quando Isolde, Jourdain, Luc e Braden se juntaram a nós, gratos pela comida. Estávamos todos cansados e acabados, mas aquela refeição compartilhada deu uma chance de nos recuperarmos.

Fiquei escutando conforme Brienna e Luc explicavam a lista, que deixou a rainha com uma aparência mais animada. Isolde a leu, e abrimos um mapa para colocar uma moeda em cima de cada um dos onze locais.

— Devíamos começar com os quatro estabelecimentos no sul — sugeri. — Se Declan tiver mesmo escalado o paredão, ele entrou na cidade em algum lugar nessa parte.

— Concordo — disse Brienna. — Acho que os lugares mais prováveis são esta taverna ou este albergue. — Ela os indicou no mapa. — Acho que dois de nós deveríamos nos infiltrar neles como hóspedes e pintar uma meia-lua temporária no pulso só para o caso de alguém perguntar. E provavelmente é melhor que sejamos Luc e eu, já que vocês seriam reconhecidos logo.

— Não, de jeito nenhum — interveio Jourdain, quase antes de Brienna terminar de falar. Ele estava com uma expressão pálida de descontentamento, mas Brienna não exibiu qualquer sinal de que se abalaria com a resistência. — Não quero que você se arrisque nesses lugares perigosos, Brienna.

— E por acaso já não me arrisquei em lugares perigosos, pai? — questionou ela.

Jourdain ficou quieto, como se estivesse avaliando possíveis respostas e tentasse encontrar a que mais fosse capaz de dissuadi-la. Depois de um tempo, ele murmurou:

— Todas as antigas lendas acabam do mesmo jeito, Brienna. Assim que a heroína está a um passo da vitória, ela sucumbe. Sempre. E aqui estamos, a um passo de colocar Isolde no trono. Não quero ver um de nós morrer quando estamos prestes a vencer.

— Seu pai tem razão — falei, e Brienna virou os olhos para mim, parcialmente fechados de inquietação. — Mas o pior já aconteceu, MacQuinn. Declan Lannon está à solta nas ruas, e ele tem ajuda. Esta situação tem potencial para fugir rapidamente do controle. Precisamos cuidar disso agora, e da melhor forma possível.

— Então vamos mandar meus filhos para esses lugares corruptos — disse Jourdain, ligeiramente sardônico. — E depois?

— Vamos sondá-los para ver se conseguimos encontrar Declan — respondeu Luc.

— E como vão capturá-lo? — insistiu Jourdain, ainda bravo. — O príncipe é um homem forte e poderoso. Escalou um paredão com duas crianças nas costas, pelo amor dos deuses!

Isolde abaixou a xícara de chá, e todos olhamos para ela.

— MacQuinn e Morgane, posicionem forças de prontidão na frente desses locais. Se Lucas e Brienna encontrarem Declan, eles darão um sinal e vocês avançarão, preparados para capturá-lo. Quero que ele seja capturado com vida e que as crianças não sejam feridas.

— Que forças, milady? — perguntei. — A maioria dos nossos homens e mulheres de combate voltou para casa.

— Vou conversar com lorde Burke — respondeu Isolde. — Ele lutou conosco no dia do levante, deve ter uma boa quantidade de homens e mulheres capazes, e talvez consiga guardar segredo quanto ao motivo por que estou precisando.

— Outra questão quanto a capturar Declan — disse Braden Kavanagh, que havia permanecido em silêncio até então. — Acho que deveríamos usar uma flecha envenenada. Designar um arqueiro com o único propósito de atirar na perna dele e deixá-lo inconsciente. Assim, poderemos prendê-lo e transportá-lo.

— Acho sensato — concordou a rainha. — Aodhan, você consegue encontrar um veneno capaz disso, de atordoar um homem do tamanho de Declan sem matá-lo?

Assenti, mas estava incerto quanto ao tempo que tínhamos para esse plano. Sentia uma urgência incessante de agir rápido, de vestir minha armadura e sair imediatamente, antes que Declan tivesse tempo de fazer algo.

— Vamos ter que esperar até o anoitecer — declarou Isolde, para minha grande decepção. — Se nossos esforços se provarem inúteis hoje, anunciarei amanhã o adiamento das execuções. Acima de tudo, não quero que se espalhe a notícia da fuga de Declan, então precisamos ser o mais discretos possível. A escuridão será nossa maior aliada. Enquanto isso, Jourdain e eu vamos solicitar combatentes a lorde Burke. Aodhan vai encontrar o veneno para a flecha. Brienna e Luc vão se preparar para se infiltrar na taverna e no albergue. Meu pai vai continuar a busca pelo guarda traidor da masmorra. Faremos mais uma reunião nos meus aposentos particulares com a desculpa de jantar, para não despertar suspeitas entre os outros fidalgos.

Ficamos calados, assimilando as ordens.

— Estamos de acordo? — perguntou Isolde.

Um a um, pusemos a mão no peito para expressar submissão.

— Ótimo — disse a rainha, terminando de beber o chá. Ela afastou dos olhos uma mecha solta do cabelo ruivo e apoiou as palmas das mãos na mesa. — Então vamos nos preparar para hoje à noite, e torcer para que, quando a lua nascer, Declan Lannon já esteja de volta à masmorra.

19

AO SINAL DA MEIA-LUA

Brienna

Estava nervosa quando me aproximei da taverna com Luc naquela noite, um prédio de alvenaria decadente atochado entre duas cervejarias. O telhado era recoberto de líquen e musgo e as janelas estreitas piscavam com a luz de velas quando eu e meu irmão chegamos, com o manto preto amarrado em volta do pescoço e o capuz puxado sobre a cabeça. Tínhamos pintado uma meia-lua temporária na parte interna do pulso. Por ordem de Isolde, tínhamos também dois punhais ocultos no corpo. Não podíamos entrar desarmados na taverna ou no albergue, nem sacar nossas armas e provocar comoção. Isso se desse para evitar.

A uma rua de distância, Jourdain e Cartier esperavam dentro de uma carruagem coberta, com vista para a porta da taverna. E, a uma rua deles, havia uma tropa de guerreiros Burke. Eles esperariam para ver se Jourdain sinalizaria para avançar. E Jourdain esperaria para ver se Luc e eu sinalizaríamos a presença de Declan, mediante um ramo aceso de fogobelo.

Tanto Luc quanto eu levávamos um pequeno buquê de ervas no bolso do gibão. Cartier escolhera essa planta específica porque era altamente inflamável e soltava faíscas azuis ao pegar fogo. Seria difícil os homens não verem caso precisássemos acendê-las na rua.

Resisti à tentação de olhar para a carruagem atrás de nós, de onde eu sabia que meu pai e Cartier me observavam entrar. Luc segurou meu braço, em apoio, e adentramos a taverna como se fosse um lago barrento.

O lugar era mal iluminado, e o ar fedia a homens sujos e cerveja barata derramada. As mesas espalhadas pelo espaço não combinavam entre si, e havia homens jogando baralho e bebendo de canecos. Eu era uma das poucas mulheres no recinto e me sentei ao lado de Luc a uma mesa afastada. Nervosa, apoiei as mãos no tampo grudento e, depois, abaixei-as para o colo.

Tínhamos chamado atenção. Não combinávamos com aquele lugar e parecíamos suspeitos com o capuz ainda na cabeça.

— Abaixe o capuz — sussurrei para Luc, atrevendo-me a abaixar o meu e revelar o rosto.

Havia tomado o cuidado de passar delineador nos olhos e pó de arroz nas bochechas. Também tinha decidido desfazer minha trança para deixar o cabelo cair pelo lado direito do rosto.

Luc me imitou e, em seguida, lentamente apoiou o queixo na mão, com os olhos semiabertos, como se estivesse entediado. Mas reparei que ele estava observando cada pessoa dentro da taverna.

Uma menina jovem nos trouxe uma cerveja azeda, e fingi beber enquanto passava os olhos pelo lugar. Havia um homem enorme atrás do balcão, apoiado na madeira polida, encarando-me com um ar desconfiado. A parte interna do pulso dele tinha uma tatuagem escura. Meu coração disparou quando reconheci a meia-lua.

Minha hipótese estava certa. Aquele era um covil de Gilroy. Mas se Declan estivesse ali, onde seria? A taverna era um único cômodo amplo, com só uma porta de cantos arredondados nos fundos, que dava para o que eu imaginava ser o porão.

O taverneiro me viu flagrou encarando a porta. Ele se virou e mexeu os dedos no ar, como se fosse algum sinal ameaçador.

— Acho melhor irmos embora — sussurrei para Luc.

— Acho que você tem razão — concordou meu irmão, também sussurrando, na mesma hora em que um sujeito alto e magrelo, com uma cicatriz irregular na testa, se aproximou de nós.

— Casas? — perguntou o sujeito, apoiando os punhos na mesa e trepidando nossos canecos cheios.

— Lannon — disse Luc, sem hesitar. — Como você.

Os olhos dele passaram por nós dois, mas se fixaram em mim.

— Vocês não parecem Lannon.

Tanto Luc quanto eu tínhamos cabelo escuro. Mas eu havia visto tudo que era cor de cabelo na Casa Lannon, incluindo as madeixas ruivas de Ewan e o cabelo acobreado de Declan.

— Só queríamos tomar uma — falei, estendendo a mão para pegar minha cerveja de modo que minha manga subisse só um pouquinho no braço. O começo da minha meia-lua apareceu, e os olhos dele foram direto para lá, como um cachorro atrás de um osso. — Mas podemos ir embora, se você preferir.

Ele sorriu para mim, com dentes amarelos e gengivas podres.

— Desculpe a grosseria. Nunca vimos vocês dois antes. E eu conheço a maioria do nosso pessoal.

Para meu horror, ele puxou uma cadeira e se sentou conosco à mesa. Luc se enrijeceu e senti o pé dele encostar no meu, em sinal de advertência.

— Diga, vocês são do norte ou do sul? — perguntou ele, acenando para a servente trazer um caneco.

Tive que me esforçar ao máximo para não olhar para Luc.

— Norte, óbvio.

Não soube dizer se isso satisfez nosso companheiro Lannon, que continuou me encarando e ignorou Luc por completo.

— Devia ter imaginado. Vocês têm cara de ser do norte mesmo.

A menina trouxe a cerveja dele, o que me proporcionou um instante de trégua de seu olhar. Mas ele voltou a fixar os olhos em mim e, enquanto bebia, disse:

— Estão aqui por ordem do Chifre Vermelho?

Chifre Vermelho.... Chifre Vermelho...

Ponderei acerca do codinome estranho, tentando adivinhar a quem ele se referia. Oona Lannon tinha cabelo ruivo, assim como Ewan. Será que estava falando dela? Será que, de alguma forma, ela estaria transmitindo mensagens de dentro da masmorra?

— Se bem que ele gosta de manter as bonitas por perto — continuou o sujeito, contrariado.

Então Chifre Vermelho era um homem.

— Na verdade, ele não nos mandou aqui — arrisquei-me a dizer, bebericando a cerveja para disfarçar a voz trêmula.

O pé de Luc pisou com mais força no meu. Ele queria ir embora antes que fôssemos desmascarados.

— Ah, é? — Nosso amigo Lannon fungou e coçou a barba. — Que surpresa. Estávamos esperando notícias dele. Achei que talvez fossem vir de vocês.

Com certeza Chifre Vermelho não era Declan...

Mas se fosse, então Declan não estava ali.

De qualquer jeito, meus dotes teatrais estavam quase no limite. Eu conseguia sentir o tremor no rosto pelo esforço de manter a compostura.

— Sinto muito, mas não temos nenhuma mensagem. Só queríamos apreciar uma cerveja com a nossa gente — disse Luc.

O Lannon lançou um olhar irritado para Luc e olhou para mim de novo. A camisa embaixo do meu gibão já estava praticamente encharcada de suor. Tentei armar alguma saída, algo que não parecesse grosseiro...

O taverneiro assobiou, e o Lannon na nossa mesa se virou. Outros gestos com as mãos entre eles, e então nosso amigo asqueroso se virou de novo e disse:

— Ele quer saber o nome de vocês.

Luc tomou um gole demorado de cerveja para tentar ganhar tempo enquanto inventava algum. O que significava que eu tinha que falar...

— Rose — improvisei, adaptando o nome da minha mãe, Rosalie. — E este é meu marido, Kirk.

Ao ouvir a palavra "marido", o Lannon murchou um pouco, perdendo interesse em mim.

— Bom, fique à vontade e aproveite a cerveja, Rose — disse ele. — Esta rodada é por minha conta.

— Obrigada — agradeci, pensando que de jeito *nenhum* haveria uma segunda rodada.

Ele levantou o caneco para mim e obriguei-me a levantar o meu, para brindar com o dele, e nos forcei a ficar mais dez minutos ali.

— Está bem, vamos embora — sussurrei para Luc depois de fingirmos relaxar.

Luc me acompanhou. Acenamos com a cabeça para nosso amigo Lannon, que jogava baralho em uma das mesas, e cheguei até a levantar a mão para o taverneiro, para exibir minha meia-lua.

Eu e Luc saímos para a cobertura da noite tremendo da cabeça aos pés e só paramos quando fomos envolvidos pelas sombras.

— Meus deuses — balbuciou Luc, apoiando-se no edifício mais próximo. — Como conseguiu nos tirar daquela?

— Estudei a paixão de teatro por um ano — confessei, também com a voz fraca. Estava com dificuldade para recuperar o fôlego. — Eu morria de medo de subir ao palco na época, mas preciso avisar mestre Xavier e Abree que melhorei drasticamente.

Luc deu uma risadinha meio delirante.

Apoiei-me na parede ao lado dele e ri, encarando as pedras para aliviar a tensão nos meus ossos.

— Certo — disse meu irmão depois de se acalmar. — Vamos para o próximo?

O albergue não ficava longe, só a duas quadras dali, e tinha uma aparência externa ainda menos convidativa. Parecia que se afundava no chão. Luc e eu descemos por uma série de degraus desgastados até a porta de entrada, que era vigiada por um homem fortemente armado.

Mostrei o punho para ele. Meu coração pulava enquanto eu esperava e o guarda erguia meu capuz para olhar meu rosto.

— Está armada? — perguntou, deslizando os olhos pelo meu corpo.

Hesitei por um segundo demais. Se eu mentisse, ele saberia.

— Tenho. Dois punhais.

Ele estendeu a mão. Fiquei com a sensação de que ele só pedia as armas de quem não reconhecia.

— Você bem que podia deixar minha mulher ficar com os punhais — disse Luc, logo atrás de mim, soprando meu cabelo devido à proximidade.

Sabia o que ele estava insinuando. Eu era uma mulher prestes a entrar em uma taverna provavelmente lotada de homens bêbados. Se alguém merecia continuar armada, era eu. E o guarda me observou por mais um instante, mas, por fim, acabou cedendo. Ele gesticulou com a cabeça para a porta e me deixou entrar.

Demorei-me na entrada, tentando absorver o máximo possível de ar limpo antes de mergulhar em fumaça e miasma de cerveja. Vi Luc exibir o pulso, mas, quando ia se juntar a mim, o guarda o pegou pela gola e o segurou.

— Ou ela entra com as armas, ou entra com você. Os dois, não.

Olhei para Luc, que tentava se manter calmo, porque nós dois sabíamos que Isolde nos dera uma ordem explícita de levar armas ocultas.

Vi a preocupação dele aumentar quando falei:

— Não demoro, amor.

O guarda deu uma risadinha, achando graça por eu preferir armas a um marido, e entrei na taverna antes que Luc estragasse nosso disfarce.

O albergue era maior do que eu imaginava. O salão principal dava acesso a outros cômodos, alguns deles fechados com cortinas de contas e vidro colorido. Escutei o retinir de louça, risos e fragmentos de vozes quando comecei a circular pelas mesas, tentando decidir aonde ir, onde me sentar. Havia também mais mulheres ali, e percebi que eu não estava usando roupas adequadas. Eu mais parecia uma assassina do que uma das clientes sentadas às mesas, com sedas decotadas e rendas pretas.

Algumas delas me notaram, mas só deram um sorriso de boas-vindas para mim.

Fui até o bar, paguei uma moeda por um caneco de mais cerveja nojenta, perambulei pelos cômodos e afastei uma cortina de contas. Acabei escolhendo um banco de canto, de onde eu podia ver facilmente dois cômodos adjacentes, e inclinei o corpo para observar os ocupantes.

Não o reconheci imediatamente.

Ele estava de costas para mim, e com o cabelo castanho solto grudado no rosto, quando se levantou de uma das mesas. Havia uma bolsa de couro pendurada no ombro dele, que só me chamou a atenção porque me fez pensar em Cartier, que tinha uma muito parecida.

O homem se virou, varreu languidamente o salão com o olhar até pousá-lo em mim. Tinha queixo fino e uma verruga no alto da bochecha. Nossos olhares se cruzaram antes que eu pudesse cobrir o rosto, antes que pudesse me esconder.

Ele ficou paralisado, me encarando através de fiapos de fumaça, com os olhos arregalados de medo. Era o guarda que me conduzira pela masmorra alguns dias antes quando fui falar com Keela Lannon, o chefe dos guardas que transitara com facilidade e conhecimento pela masmorra do castelo.

O traidor que soltara Declan.

Fechin.

Fiquei sentada feito uma estátua, com os nós dos dedos brancos, e retribuí o olhar. Não consegui pensar em mais nada além de sorrir e erguer meu caneco para ele, cumprimentando-o como se fôssemos amigos.

O guarda quase sumiu, de tão rápido que correu.

Levantei-me de um salto e corri atrás dele, derrubando todo o conteúdo do meu caneco quando contornei mesas e cadeiras e fui de cômodo em cômodo. Vi o cabelo dele assim que se enfiou no cômodo adjacente, e atravessei violentamente a cortina de contas para segui-lo. A essa altura, eu já havia chamado atenção, mas só consegui pensar nas armas, nos batimentos do meu coração e no traidor que eu perseguia pelas veias profundas da taverna.

Meu lado impetuoso insistia que eu o seguisse antes de perder seu rastro. Meu lado lógico implorava que eu me ativesse ao plano original, que era sair da taverna e acender o fogobelo na rua, para que Cartier e os homens de lorde Burke avançassem.

Nessa fração de segundo, escolhi a primeira opção, porque sabia que Ewan e Keela estavam por perto.

Perdi Fechin de vista em um corredor estreito, com portas fechadas e escuras esculpidas em ambos os lados. Respirando com esforço, pus a mão nas costas para puxar um dos punhais. Meus olhos examinaram cada uma das portas: algumas tinham luz tremulando pelas frestas, mordiscando a escuridão.

Tremia com expectativa quando escutei o estrondo.

Segui o som até o cômodo no fim do corredor e abri a porta com um chute.

Era um quarto pequeno, vazio. Havia uma cama estreita com cobertores amarrotados e uma bandeja de comida pela metade. Mas, acima de tudo, havia um pedaço de papel rasgado no chão. Ajoelhei-me e o peguei. Era metade da ilustração de princesa, a mesma que Ewan me pedira para dar a Keela na masmorra.

Tinham acabado de sair dali. Declan e as crianças. Sentia as sombras persistentes que aquele homem projetara nas paredes, sentia o sal do mar e a imundície da masmorra.

Havia uma janela, escancarada para a noite. As velas do cômodo se sacudiram freneticamente com a ventania súbita.

Corri para ela e pulei para um beco estreito cheio de lixo e, na pressa, quase torci o tornozelo. Meus olhos escrutinaram a escuridão à direita, até que o escutei:

— Senhorita Brienna! — gritou Ewan, e virei a cabeça para a esquerda bem a tempo de ver Declan delineado pelo luar, a poucos metros de distância, carregando Ewan e Keela nos braços.

Meu olhar cruzou com o do príncipe quando ele parou. Declan riu, tentando me provocar a segui-lo, e sumiu pela absoluta escuridão de um dos becos transversais, deixando para mim um rastro de gritos abafados de Ewan e soluços de Keela.

— Luc! — berrei, na esperança de que ele me ouvisse da frente da taverna, e saí correndo atrás de Declan.

O príncipe era um homem grande e forte — eu não era burra de achar que conseguiria desafiá-lo com meus punhais —, mas certamente perderia velocidade por correr com duas crianças. Meu único desejo era resgatar Keela e Ewan. Se Declan fugisse, paciência.

Mas no calor da perseguição, eu esquecera de Fechin.

O guarda brotou da escuridão na minha frente e acertou meu pescoço com o braço. Caí de costas, com a laringe dolorida e sem ar nos pulmões.

Fechin parou diante de mim. Arfei, desesperada para respirar, incapaz de falar, e ele se agachou e deslizou seu dedo imundo pelo meu braço, expondo minha meia-lua já parcialmente borrada.

— Você é espertinha — disse ele. — Vamos tomar mais cuidado com você na próxima vez.

Fechin se levantou para me largar no beco, mas esquecera que eu tinha um punhal.

Avancei para o corpo dele, que se afastava, cravei a lâmina em sua panturrilha, puxei a arma para baixo em um corte brutal e rasguei o músculo até o osso. Ele gritou e girou, e retribuiu o favor com a bota no meu rosto. Ouvi meu nariz rachar quando voei para trás de novo, sentindo uma explosão de dor nas bochechas. Caí nas pedras do calçamento, viscosas de terra e dejetos, e ali fiquei, sem conseguir respirar fundo, engasgando com meu sangue.

— Brienna! *Brienna!*

Só me dei conta de que estava perdendo a consciência quando Luc me sacudiu com tanta força que bati os dentes. Foi a dor no nariz que me despertou.

Abri ligeiramente os olhos e tentei distinguir o rosto nervoso do meu irmão no escuro.

— Cr... As crian...

Minha voz não passava de poeira na garganta. Luc me pegou nos braços e começou a me carregar pelo beco até a carruagem onde Jourdain e Cartier esperavam. Os solavancos dos passos dele me deixaram com o estômago embrulhado, então fechei os olhos e reprimi a vontade de vomitar em sua camisa.

— Brienna? Brienna, o que aconteceu? — murmurou Jourdain, apoiando-me nos braços.

— Eu... — Mais uma vez minha voz saiu em um chiado de ar e dor.

Estava caída ao lado do meu pai. Cartier tinha se ajoelhado entre as minhas pernas dentro da carruagem e me encarava com olhos impiedosamente obscuros. Nas mãos dele, havia meu sangue.

— Foi Declan que fez isso? — murmurou Cartier.

Meneei a cabeça.

— Mas você o viu?

Fiz que sim e segurei na frente da camisa dele, para empurrá-lo, para fazê-lo sair.

A carruagem não estava andando, continuávamos estacionados no beco. E Cartier pôs as mãos sobre as minhas, porque entendeu o que eu estava tentando dizer. Era ele que devia liderar os homens de Burke, e dava para ouvi-los gritando conforme vasculhavam cada rua sinuosa ao redor, em busca do príncipe, que, mais uma vez, fugira.

— Leve-a de volta para o castelo — ordenou Cartier para Jourdain, com uma voz ao mesmo tempo branda e ríspida.

Nunca o ouvira falar daquele jeito e estremeci ao vê-lo sair da carruagem e Luc tomar seu lugar.

Assim que a carruagem começou a subida de volta para o castelo, Jourdain rosnou para Luc:

— Achei que vocês tivessem recebido ordem para não atacar!

E Luc olhou para mim sem saber o que responder. Porque *eu* é que havia contrariado as ordens.

— Brienna deve ter tido um bom motivo — insistiu Luc.

Quando chegamos ao pátio do castelo, Jourdain fervia e Luc estava inquieto. Meu pai e meu irmão me seguiram até meu quarto, e não perdi tempo. Ainda estava sem voz, aparentemente com a laringe esmagada pelo braço de Fechin. Então, peguei meu frasco de tinta e uma folha de papel e comecei a rabiscar furiosamente minha explicação.

— Brienna — disse Jourdain, com um suspiro, ao terminar de ler.

Percebi que meu irmão finalmente compreendera por que eu havia decidido me desviar do plano, mas também sabia que ele ia remoer a frustração por horas.

Isolde irrompeu para dentro do quarto antes que Jourdain pudesse estender a reprimenda.

— Para fora — ordenou para os homens.

Quando seus olhos irados se voltaram para mim, tive meu primeiro momento de medo genuíno dela. Vi os homens saírem rapidamente e me preparei para receber qualquer castigo.

Mas logo percebi que Isolde não tinha vindo para brigar comigo. Estava ali para preparar um banho para mim e curar meu rosto ferido.

Sentei-me na água morna e deixei a rainha lavar a sujeira das tavernas da minha pele, a terra do meu cabelo e o sangue do meu rosto. Foi comovente vê-la cuidar de mim e procurar ferimentos enquanto me limpava. Com muita delicadeza, ela pegou no meu nariz, e me retraí por reflexo, na expectativa de sentir dor. Mas a magia era gentil, como o calor do sol no rosto, o roçar das asas de uma libélula, um mergulho na fragrância de uma noite de verão. A magia dela regenerou meu nariz, e só restou um pequeno calombo, que eu mal conseguia sentir com os dedos quando, receosa, o toquei.

— Onde mais ele machucou você? — perguntou ela, derramando água nos meus ombros para enxaguar o sabão.

Apontei para a garganta. Isolde pôs as pontas dos dedos por cima, e o nó doloroso que pressionava minhas cordas vocais se desmanchou, deixando para trás um leve formigamento na laringe.

— Obrigada, milady — falei, rouca.

— Sua voz vai ficar fraca por alguns dias — respondeu Isolde, ajudando-me a sair da banheira para me enrolar em uma toalha. — Tente não falar muito.

Tive que travar o queixo para domar e aquietar minhas palavras, mas sem sucesso. Porque eu queria falar para ela que o encontrara, que Declan estava se escondendo em refúgios, exatamente como tínhamos previsto. Que eu topara com Fechin.

Vesti uma camisola limpa e subi na cama enquanto relatava o que havia acontecido, todos os detalhes, incluindo o codinome Chifre Vermelho.

Ela ficou em silêncio depois, passando a ponta dos dedos pela padronagem da minha colcha.

— Sinto muito — murmurei. — Eu não devia ter me desviado do plano.

— Entendo suas intenções — respondeu Isolde, olhando nos meus olhos. — Sinceramente, eu teria ficado tentada a fazer o mesmo. Mas, para capturar Declan Lannon, precisamos ser meticulosos. Precisamos agir com união. Você nunca devia ter entrado sozinha naquela taverna. Eu sei que dei ordem para que você e Luc permanecessem armados, mas teria sido melhor se você tivesse se recusado a entrar. Não devia ter saído atrás de Declan sozinha.

Recebi as reprimendas com o rosto vermelho e o olhar arrependido. Meu consolo foi pensar no ferimento profundo que eu infligira em Fechin. Era a única informação que podia oferecer no momento.

— Deixei Fechin permanentemente manco. É bom fazer uma busca em médicos e curandeiros das redondezas, porque ele deve ter ido direto para algum.

— Pode deixar. — Isolde sorriu.

De repente, ela parecia exausta e esgotada. Será que a magia a consumira? Será que o ato de curar outros a deixava fraca e vulnerável?

Bateram na minha porta externa, e Jourdain apareceu no limiar como uma nuvem de tempestade. De jeito nenhum seria possível evitá-lo.

Seus olhos estavam rígidos até que me deitei de novo nos travesseiros. Isolde se despediu de mim, e lhe agradeci enquanto Jourdain tomava seu lugar ao meu lado, sentando-se na beira da cama e pressionando o colchão com seu peso.

— Cartier já voltou? — perguntei, tentando disfarçar o tremor na voz.

— Já.

E pela concisão desse "já", entendi que não haviam recapturado Declan. Abaixei a cabeça até ele falar de novo.

— Vou mandar você para casa, Brienna.

Olhei para ele, incrédula.

— Não quero voltar para casa.

— Eu sei. Mas quero você em segurança, filha. — Jourdain sentiu minha desolação e pegou na minha mão. — E preciso que você volte e seja lady MacQuinn para mim.

Essa era a *última* coisa que eu esperava ouvir dele.

— Pai — sussurrei. — Não posso fazer isso. Seu povo...

— Meu povo vai obedecer e seguir você, Brienna. Você é minha filha.

Não queria discutir, mas também não conseguia imaginar voltar para o castelo Fionn e tentar liderar um povo que me encarava com eterna desconfiança.

Jourdain suspirou e passou a mão no cabelo castanho-avermelhado.

— Recebi uma carta de Thorn hoje. Você se lembra dele?

— Seu intendente ranzinza.

— O próprio. Ele escreveu para perguntar se Luc podia voltar para ajudá-lo a administrar alguns assuntos. Houve um problema com uma das moças e Thorn está com um impasse. E acho que Luc não é a pessoa certa para voltar para casa. É você, Brienna.

— Não faço a menor ideia de como ser uma lady MacQuinn — protestei, gentilmente.

— Você vai aprender. — Uma resposta tão simples, tão típica dos homens. Jourdain percebeu minha irritação, porque suspirou e acrescentou: — Às vezes, se você não mergulhar de cabeça nas coisas, não vai aprender nunca.

Era uma filosofia de ensino muito maevana essa noção de se jogar em um rio violento para aprender a nadar. Em Valenia, demorávamos para aprender uma habilidade nova. Por isso, cada paixão levava em média sete anos para ser dominada.

— Você só está tentando me afastar — afirmei.

Jourdain franziu o cenho.

— Quando peço sua ajuda, minha filha, é porque preciso de verdade. Se você cuidar desse problema com a moça, vai tirar um peso enorme das minhas costas. Mas, além disso, te quero longe desta confusão, te quero em segurança. Não suportaria se algo acontecesse a você, Brienna. Perdi minha esposa nas mãos dos Lannon. Não quero que aconteça o mesmo com minha filha.

Não tive resposta para aquilo.

Esse era o medo do meu pai desde que comecei a me envolver. Se dependesse dele, eu jamais teria atravessado o canal até Maevana para recuperar a Pedra do Anoitecer. Ele teria obtido meu conhecimento e entregado para Luc, ainda que fosse só para me manter longe dos perigos da rebelião.

E eu queria brigar, queria dizer que não era justo me prender enquanto Luc continuava correndo atrás dos Lannon. Queria dizer que ele precisava de mim, todos precisavam. E as palavras subiram, bateram nos meus dentes, desesperadas e raivosas, forçando para sair, mas então vi sua expressão relaxar, vi o brilho nos olhos. Ele me olhava como se me amasse de verdade, me olhava como se eu fosse sua filha de carne e osso, como se tivesse nascido MacQuinn, como se houvesse partes de sua esposa em mim.

E isso era algo que eu desejara, algo que passara a vida toda lamentando não ter, não era?

Naquele momento, decidi aceitar ser sua filha, deixá-lo me proteger.

Naquele momento, decidi voltar como lady MacQuinn e fazer o que ele queria.

— Tudo bem — assenti, em voz baixa. — Eu vou.

A decepção ainda doía, e fiquei olhando para baixo, até Jourdain, cheio de amor, pegar no meu queixo e levantar meu rosto para encará-lo.

— Quero que você saiba que tenho muito orgulho de você, Brienna. Não existe nenhuma mulher em quem eu confiaria mais para liderar meu povo durante minha ausência.

Assenti para ele acreditar que eu estava em paz com a situação.

Mas, por dentro, me sentia chateada por sair de Lyonesse, com vergonha de ter frustrado os planos para a noite. Era uma honra que Jourdain confiasse em mim a ponto de me conceder o poder de lady MacQuinn, mas eu também estava apavorada ao imaginar as expressões que me aguardavam quando o povo de Jourdain descobrisse que ele me enviara de volta para liderá-los.

Jourdain me beijou nas bochechas, e esse gesto simples me fez sentir tanta saudade de Valenia que tive que fechar os olhos para conter as lágrimas. Ele se levantou e estava quase na porta quando pigarreei e perguntei:

— Quando eu vou, pai?

Achei que teria pelo menos mais um ou dois dias ali. Mas então ele me olhou por cima do ombro, e vi uma sombra de pesar em seu rosto.

— Assim que o dia raiar, Brienna.

20

UMA PRINCESA ENSANGUENTADA

Cartier

Eu estava parado nas sombras do corredor quando Jourdain saiu do quarto de Brienna. Agora que minha raiva passara, exaustão era tudo que me restava depois de ficar imundo e suado ao esquadrinhar as ruas atrás de Declan em uma caçada que se revelara inútil.

Tínhamos chegado tão perto. Tão perto de capturar o príncipe e recuperar as crianças.

Era desconcertante pensar que ele havia escapulido por entre nossos dedos.

Meu olhar bateu no de Jourdain. Ele não parecia surpreso de me ver esperando ali.

— O que ela disse? — perguntei.

— Disse que vai voltar para casa, como pedi. Vai embora ao amanhecer.

— Como você a convenceu?

— Meu intendente precisa de ajuda com uma das moças lá em casa — respondeu Jourdain. — Em vez de mandar Luc, quero que ela vá.

Depois do fracasso completo da noite, Jourdain me falara com todas as letras que não queria Brienna em Lyonesse. Queria mandá-la de volta para o castelo Fionn, onde ficaria em segurança. E, ao escutá-lo falar, sabia que Brienna ficaria magoada e acharia que a estávamos expulsando.

Além do mais, Brienna era a conspiradora nata do grupo. Eu lhe ensinara tudo o que aprendera, desde história e poesia até o local de todos os fluxos vitais de sangue no corpo. Mas não a ensinara a conspirar, a movimentar peças em um tabuleiro, a formular estratégias e artimanhas. Esse era o ponto forte dela, o cânone de sua Casa de sangue, a bênção dos Allenach que os destacava das outras.

Podia ter refutado Jourdain com argumentos fortes, falado que fora Brienna quem descobrira os refúgios, quem descobrira o significado por trás da meia-lua. Que Brienna, em essência, era o cérebro por trás da revolução.

Podia ter lembrado Jourdain de tudo isso, mas resisti. Porque, no fundo, queria que ela estivesse o mais longe possível de Declan Lannon. Não queria que Declan Lannon soubesse o nome dela, que olhasse seu rosto, que ouvisse o som de sua voz. Não queria que ele soubesse sequer que ela existia.

E, assim, embora meu coração ficasse arrasado por mandar Brienna para longe, aceitei a decisão de Jourdain e Luc, que certamente concordou com a vontade do pai.

Continuei apoiado na parede, quase morto de cansaço — só havia dormido algumas horas nos últimos dois dias.

— Vá dormir, rapaz — sugeriu Jourdain, com um tom gentil. — Acordo você quando for a hora de ela sair.

Assenti. Já não sentia os pés quando fui para meu quarto e fechei a porta.

Sentei-me na cama, a cama em que eu não havia dormido uma vez sequer desde que chegara. Desci a cabeça até achar o travesseiro e mergulhei em sonhos dolorosos com minha mãe e minha irmã. Nunca soube como era a aparência delas porque a única palavra que meu pai usara para descrevê-las era "linda". Mas, naquela noite, vi Líle e Ashling Morgane caminhando pelos campos de Brígh e lançando risadas no vento da montanha. Vi-as como seriam hoje, minha mãe com traços grisalhos no cabelo louro, Ashling com pouco menos de 30 anos e cabelo escuro como nosso pai.

Acordei ao amanhecer com lágrimas nos olhos e as chamas reduzidas a cinzas.

Troquei de roupa, lavei o sonho dos olhos e alisei o cabelo com os dedos enquanto ia atrás de Brienna.

Ela já havia saído do quarto e acabei encontrando-a no pátio com os guardas de Jourdain, esperando trazerem sua égua do estábulo. Assim que parei ao seu lado, percebi que ela não dormira muito à noite. Seus olhos estavam injetados, e começavam a aparecer hematomas no rosto e no pescoço por causa do embate com Fechin.

— Eu sei — disse ela, reparando que eu tinha visto os machucados. — Mas pelo menos meu nariz não está mais torto.

— Ainda dói? — perguntei.

— Não, graças a Isolde.

Forcei um sorriso para disfarçar o quanto os hematomas me abalaram. Peguei na mão dela e a puxei para mim. Brienna se aninhou no meu corpo, deu um suspiro e seus braços me envolveram. Me afaguei nela, ela em mim, e meus dedos alisaram seu cabelo sedoso e solto, os ombros sob o manto de paixão e a curva suave de suas costas.

Senti suas palavras aquecerem minha camisa quando ela disse:

— Você concorda com ele? De me mandar embora?

Minha mão subiu até seu cabelo, para puxar delicadamente sua cabeça para trás, para fazê-la olhar para mim.

— Não. Eu não teria mandado você para longe de mim.

— Então por que está me deixando ir embora? — sussurrou ela, como se soubesse que eu havia sido complacente, como se soubesse que eu tinha o poder de convencer Jourdain, mas não o fizera. — Mesmo sabendo que eu deveria ficar.

Eu não podia responder, porque, se dissesse algo, traria à tona meu maior receio, daria forma ao meu medo, revelaria as trevas do meu coração que eu não queria que ela conhecesse.

Brienna me encarou com olhos inescrutáveis.

Por que será que aquilo parecia uma despedida tão sinistra? Como se houvesse um rio prestes a desbocar entre nós?

Abaixei a cabeça, e meus lábios roçaram no canto dos dela. Não devia beijá-la ali, no pátio, à vista de qualquer um. Não devia, mas ela levou a boca até a minha. Me deu seu hálito e eu lhe dei o meu, até meu coração bater contra suas mãos, até eu sentir que Brienna havia engolido todos os meus segredos, todas aquelas noites que passara em claro pensando nela, todas as manhãs em que caminhara pelos campos de Brígh com os olhos virados para o leste, para a trilha na floresta que ligava nossas terras, esperando que ela aparecesse, que a distância entre nós encurtasse.

— *Brienna.*

O pai dela a chamou, com uma voz ríspida, para que nós dois acordássemos.

Brienna se soltou de mim e se virou sem falar nada. Mas talvez nem precisássemos mais de palavras. Observei a alvorada tocar as estrelas de prata bordadas em seu manto. Brienna montou na égua no meio do pátio. Liam O'Brian, nobre de Jourdain, e dois guardas MacQuinn a acompanhariam até em casa.

Luc e Jourdain se aproximaram para se despedir. Brienna sorriu, mas o sorriso não alcançou seus olhos. Ela segurou as rédeas, e Jourdain lhe deu um tapinha de despedida no joelho.

Continuei parado no mesmo lugar quando ela saiu a trote do pátio. Meus olhos a seguiram, sob a luz do sol, sob as sombras, até ela sumir debaixo do arco de pedra.

Em nenhum momento ela olhou para mim.

* * *

Horas depois, eu estava sentado na câmara do conselho da rainha, examinando o mapa de Lyonesse aberto na mesa. Éramos seis reunidos para planejar a incursão seguinte: Isolde, seu pai, Jourdain, Luc, lorde Derrick Burke e eu. Havíamos pulado o café da manhã para examinar mais registros tributários dos Lannon e, à tarde, tínhamos já mais quatro refúgios em potencial para Declan, todos situados no quadrante sul da cidade, todos próximos da taverna e do albergue que Brienna e Luc exploraram na noite anterior.

A notícia havia, enfim, vazado: Declan Lannon escapara da masmorra e estava escondido em Lyonesse. E Isolde fora obrigada a decretar toque de recolher, suspender o funcionamento de lojas e mercados, deixar os portões da cidade fechados e sob vigilância pesada, pedir que os habitantes permanecessem em casa e trancassem portas e janelas. Também avisara que os habitantes deveriam esperar operações de busca em suas residências.

Além disso, anunciamos uma vultosa recompensa pela recaptura de Declan Lannon. O valor seria o dobro se as crianças também fossem levadas em segurança para a rainha. Imaginei que alguém acharia irresistível a promessa de riqueza e trairia Declan. Mas, conforme as horas passaram, vimos que, aparentemente, o clã da meia-lua não se interessava por dinheiro.

Sentei e encarei o mapa enquanto tamborilava os dedos na mesa e ponderava a respeito dos lugares que estávamos prestes a investigar. Declan estivera no albergue. Mas para onde rastejaria agora? Será que continuaria em movimento ou tentaria permanecer em um lugar só? Por quanto tempo pretendia se esconder com duas crianças? O que estava tentando fazer? Libertar a família inteira da masmorra? Incitar uma rebelião contra Isolde? Será que ele era mesmo o "Chifre Vermelho"?

Como se tivesse lido minha mente, lorde Burke perguntou, do outro lado da mesa:

— O que ele quer?

— Isso ainda não sabemos — respondeu Isolde. — Declan ainda não fez nenhuma demanda.

— Mas vai, mais cedo ou mais tarde — afirmou Jourdain. — Os Lannon sempre fazem.

— Quaisquer que sejam as demandas dele — começou Isolde, pigarreando —, não vamos atendê-las. Não negociamos com um homem que promoveu terror e violência durante anos, que foi julgado pelo povo e condenado à morte.

— Isso faz com que ele seja mais perigoso ainda, milady — ressaltei. — No momento, ele não tem nada a perder.

Braden Kavanagh mexeu-se na cadeira e olhou para a filha com um ar preocupado.

— Não seria surpresa se Declan preparasse uma armadilha para capturar Isolde. Quero que ela permaneça sob proteção constante.

— Pai — reclamou Isolde, incapaz de disfarçar a impaciência. — Já tenho uma guarda pessoal. Raramente consigo ficar sozinha.

— Sim, mas podemos confiar na sua guarda? — atreveu-se a perguntar Jourdain.

Lorde Burke se inquietou. A guarda da rainha era composta por homens e mulheres de sua Casa. Eles, de fato, haviam comprovado lealdade, mas isso não anulava completamente o receio de que alguns pudessem ser convencidos a nos trair.

— Esse chefe da guarda que traiu vocês — observou lorde Burke. — Ele era Lannon, não Burke. E posso garantir que os homens e as mulheres que forneci para sua guarda são de confiança. Nenhum deles tem o sinal da meia-lua.

— E lhe agradeço por isso, lorde Burke — Isolde apressou-se em dizer. — Suas mulheres e homens têm sido uma fonte tremenda de apoio desde que voltamos.

Uma batida fraca e hesitante soou na porta da câmara do conselho.

Isolde acenou com a cabeça para o pai, que tirou os marcadores dos refúgios Lannon do mapa antes de atender.

Sean Allenach, constrangido, segurava um papel dobrado nas mãos.

— Ah, Sean. Entre, por favor.

— Desculpe interromper — lamentou ele, entrando na sala —, mas acho que tenho algo que pode ser útil, milady.

Sean ofereceu o papel e Isolde o pegou.

— Onde encontrou isto, lorde Sean?

Após ler o conteúdo, Isolde colocou lentamente na mesa o que parecia ser uma carta muito curta escrita com uma caligrafia angulosa.

— Lamento dizer que estava em posse do meu valete. A carta está endereçada a ele. Não há nada que indique quem a escreveu.

— Que carta é essa? — perguntou Jourdain, e, pelo tom brusco, percebi que ele confiava tão pouco em Sean Allenach quanto eu.

Isolde a fez circular pela mesa. Um a um, todos lemos. Fui o último, e o que me chamou a atenção foi a última frase: *Dependendo do clima hoje, talvez tenhamos que adiar a reunião.*

O *D* estava preenchido com tinta. Parecia uma meia-lua.

— Seu valete sabe que você pegou esta carta? — perguntou Isolde.

— Não, milady.

— Onde está ele? O nome é Daley Allenach, não é? Onde Daley está agora?

— Na cozinha do castelo, comendo com os criados — informou Sean.

Troquei um olhar com Jourdain. Outro verme Lannon circulando livremente pelo castelo.

Luc pegou uma folha de papel da pilha sob seu cotovelo para copiar a carta, palavra por palavra, e devolveu a original para Sean.

— Sei que a maioria de vocês não confia em mim por causa do meu pai — declarou Sean. — Mas fui sincero quando falei do meu desejo de ajudar. Se houver qualquer coisa que possa fazer para ajudá-los a capturar os Lannon, eu faço.

Braden Kavanagh parecia prestes a fazer um comentário sarcástico, mas Isolde falou antes que o pai tivesse chance:

— Lorde Sean, você nos ajudaria muito se pudesse colocar esta carta de volta entre os pertences do seu valete antes que ele dê falta. Se houver mais correspondências, informe-nos imediatamente. Enquanto isso, peço que registre em detalhes todas as atividades de Daley Allenach, inclusive as que forem por ordem sua.

Sean assentiu, pôs a mão no peito e saiu, deixando-nos para decifrar o que a estranha carta significava.

— Os asseclas dos Lannon estão trocando correspondências — constatou Luc.

— E um deles é o valete de lorde Allenach — acrescentou Braden. — O que isso revela em relação à confiança?

— Sean Allenach provou lealdade a mim — declarou a rainha. — Ele desafiou o pai no dia do nosso levante para lutar por mim. Foi atingido por uma espada para proteger a irmã. Eu não hesitaria em pedir que ele se juntasse a este grupo se soubesse que a maioria de vocês não se oporia veementemente.

Ficamos calados.

— Como eu imaginava — prosseguiu a rainha, com um tom seco. — Agora, se os meias-luas estão trocando cartas, talvez isso nos leve diretamente ao paradeiro de Declan. Não quero alertar Daley Allenach *ainda*, mas talvez tenhamos que segui-lo se não encontrarmos Declan em um dos refúgios hoje.

Peguei a cópia da carta de novo e passei os olhos pelo texto, começando a ler nas entrelinhas.

— Estão empregando um código relativamente simples. "A cerveja acabou" parece uma advertência em relação ao albergue e, talvez, à taverna, já que nos revelamos em um deles ontem à noite. "Pode trazer um pouco para mim amanhã de manhã com o cordeiro?" é visivelmente um pedido para que Declan seja mantido em um refúgio novo. Quanto ao clima... Não sei o que quer dizer. Pode ser qualquer coisa, desde uma referência a nossa vigilância e ao toque de recolher até o horário em que Declan pretende se deslocar.

— O que significa que Declan não está escondido em um lugar só — observou lorde Burke. — E ele vai ter que se deslocar à noite, devido ao toque de recolher.

— O que significa que ele deve estar entocado agora — acrescentou Luc, com um tom urgente. — Precisamos atacar. Já.

Isolde hesitou, e eu sabia que ela estava sentindo falta da opinião de Brienna.

— Não quero nenhum desvio do plano — afirmou ela, olhando para cada um de nós. — Lorde MacQuinn, você levará cinco guerreiros ao costureiro. Lorde Burke, você levará seus cinco ao ferreiro. Lorde Lucas, você levará seus cinco ao toneleiro. E lorde Aodhan, você levará seus cinco ao açougueiro. Peçam para entrar, investiguem o edifício e se Declan não estiver lá, saiam. Se estiver, deem ordem para seus respectivos arqueiros dispararem a flecha envenenada para derrubá-lo. A segurança de Ewan e Keela é essencial, então tenham extremo cuidado ao tomar qualquer decisão. Ai de quem voltar para mim com a notícia de que as crianças se feriram por sua causa, mesmo que seja só um arranhão.

Esperei um instante, até suas ordens serem assimiladas, e então falei:

— Milady? Gostaria de pedir que um dos meus cinco guerreiros fosse um Lannon.

Todo mundo olhou para mim, incrédulo. Todo mundo menos Isolde, que me observou intrigada.

— De qual Lannon você está falando, Aodhan?

— Eu gostaria de tirar o nobre Tomas Hayden da masmorra para me ajudar nesta missão.

— Você enlouqueceu, Morgane? — exclamou lorde Burke. — Como poderia confiar nele?

Apoiei-me na mesa.

— A questão é que pensar assim vai rachar este país ao meio. Sim, não vou mentir: odeio os Lannon. Odeio tanto que às vezes parece que meus ossos vão virar cinzas por causa disso. Mas cheguei à conclusão de que não podemos tachar todos os Lannon de Gilroy, Oona ou Declan. Há pessoas boas nessa Casa, gente que sofreu muito. E precisamos nos aliar a elas para expurgar as corruptas.

A sala foi tomada por um silêncio pesado.

— Se eu tirar Tomas Hayden da masmorra — começou Isolde —, que garantia você me daria, Aodhan, de que ele vai segui-lo, de que não vai traí-lo?

— Ele gosta muito de Ewan Lannon — respondi. — Foi graças a ele que Ewan escapou no dia do levante. Acho que Tomas não hesitaria nem por um segundo se tivesse que trair Declan para salvar Ewan e Keela.

— Você não pode ter qualquer dúvida, rapaz — afirmou Jourdain. — Não pode achar. Precisa saber.

Olhei para ele, tentando conter a irritação.

— Tomas Hayden é tio da minha mãe. É meu parente de sangue. — Isso calou Jourdain. Quando me virei para Isolde, me recompus e falei: — Traga-o da masmorra e me permita falar com ele de novo. Se eu o considerar imprevisível demais, vou mandá-lo de volta para a cela.

Isolde assentiu, e os outros homens se levantaram, um a um, arrastando as cadeiras no chão de pedra. Saíram até ficarmos apenas a rainha e eu, esperando os guardas trazerem Tomas Hayden.

E quanto mais o tempo passava, mais eu me perguntava se estava enganado, se estava prestes a cometer um erro irreversível.

Tomas foi trazido para a sala, sujo e apertando os olhos por causa da claridade. Mas reconheceu nós dois e ficou muito calado, de olho em Isolde.

— Você tem o sinal? — perguntei.

— Você vai ter que soltar minhas correntes para ver — respondeu ele.

Levantei-me para pedir as chaves do guarda e soltei seus grilhões eu mesmo, com o punhal a postos no cinto para o caso de o nobre tentar me atacar. Mas quando as correntes caíram no chão, ele se limitou a continuar parado, à espera da minha ordem.

— Mostre os pulsos.

Tomas obedeceu: puxou as mangas esfarrapadas e virou os pulsos. Não tinham nada. Nenhum sinal de meia-lua, nem qualquer tentativa de removê-la da pele.

— Sei que você deve ter escutado a comoção na masmorra ontem — revelei, e ele apontou os olhos azuis leitosos para mim. — Deve estar sabendo que Declan e Keela fugiram. Declan está à solta em Lyonesse e está fazendo os próprios filhos praticamente de reféns. Vou liderar um grupo de cinco guerreiros para sair atrás dele, recapturá-lo e recuperar Ewan e Keela. Quero saber se você viria comigo, se ofereceria ajuda para encontrá-los.

— E o que vocês vão fazer com Keela e Ewan quando os pegarem? — perguntou Tomas. — Vão cortar suas cabeças fora, logo depois da do pai?

— Nobre Tomas — disse Isolde, com paciência. — Compreendo que você tem muito carinho pelas crianças. Prometo que farei de tudo ao meu alcance para abrigá-las, protegê-las e descobrir uma forma de perdoá-las.

— Por que você faria isso? — perguntou ele. — São os filhos do seu inimigo.

— São crianças inocentes — corrigiu Isolde. — E me entristece imensamente que Maevana como um todo tenha condenado Keela.

Tomas hesitou, aparentemente imerso em seus pensamentos.

— Sim, Gilroy, Oona e Declan Lannon destruíram tanto a minha Casa quanto a da rainha — falei. — Mas sei que ele também destruiu a sua, Tomas. Que vai levar muitos anos para os Lannon se recuperarem.

Tomas me encarou, e vi a raiva e o remorso em seus olhos.

— Venha comigo à caça de Declan — pedi. — Contribua com quaisquer conselhos ou sugestões que puder. Ajude-me a encontrar Ewan e Keela.

— O que querem em troca? — murmurou ele, olhando para Isolde.

— Jure lealdade a mim como sua rainha — respondeu Isolde. — E o soltarei da masmorra para que você possa ajudar Aodhan.

Achei que ele precisaria de um instante para considerar as opções. Então fiquei surpreso quando ele se ajoelhou imediatamente, pôs a mão no peito e olhou para Isolde.

— Juro lealdade a ti, Isolde de Kavanagh. Não me curvarei a ninguém mais, pois você é minha rainha.

Foi um juramento um tanto quanto simples, mas pareceu genuíno. Isolde segurou as mãos dele e o fez se levantar. Com um tom firme, disse para Tomas:

— Se nos trair, não o matarei. Você passará o resto de seus dias preso na masmorra. Entendeu, Tomas Hayden?

Tomas olhou para ela.

— Entendi, milady. Mas não precisa temer qualquer traição da minha parte.

Isolde meneou a cabeça.

— Muito bem. Podem ir se preparar para a missão.

Eu estava ansioso. Demais. Só conseguia pensar em capturar o homem que havia me causado tanta angústia. Minha pulsação acelerava quando Isolde ergueu a mão e nos fez parar.

— Só mais uma coisa. — Os olhos da rainha se fixaram nos meus, sob as sombras e a luz das velas. — Quero que tragam Declan para mim. Vivo.

Precisei me esforçar ao máximo para pôr a mão no peito e me submeter completamente à ordem. Porque enquanto saía da câmara do conselho, acompanhado de Tomas, deixei que a confissão que fiz se inflasse na minha mente.

Não havia nada que eu quisesse mais do que ser o responsável pelo fim sangrento de Declan Lannon.

Os quatro homens e mulheres da minha guarda me aguardavam em meus aposentos. A armadura estava completa: espadas e armas pendiam de seus cintos e o cabelo trançado estava amarrado para não cair no rosto. Ficaram surpresos ao ver Tomas Hayden comigo, mas obedeceram quando mandei trazerem uma armadura e uma espada larga para ele.

Vesti rapidamente meu peitoral e as braçadeiras de couro, e meus dedos tremiam conforme apertavam as correias.

Designei minha arqueira e reuni os cinco em uma roda para explicar o plano.

Minutos depois, já estávamos saindo do castelo rumo às ruas desertas.

O sol da tarde começava a descer por trás dos telhados e lançava feixes dourados nas pedras de calçamento. Um vento frio empurrava nuvens pelo céu e transportava a maresia da orla e a fumaça das forjas. A brisa atingiu meu rosto e fez meus olhos arderem quando me aproximei do açougue determinado.

Parei na frente do estabelecimento e o examinei. Tomas estava ligeiramente atrás de mim, e me virei para perguntar:

— Você conhece esse lugar?

Ele meneou a cabeça.

Olhei de novo para o prédio. Estava fechado, em conformidade com a ordem da rainha. Moscas circulavam em cima de poças de sangue seco no chão, e os ganchos usados para exibir cortes de carne tilintavam como sinos.

Dei um passo à frente, bati no batente da porta e esperei.

O açougueiro abriu um pouco a porta. Imerso na fresta de sombras, ele era um homem alto com cabelo grisalho e sem vida. Tinha o nariz torto, assim como os olhos, que piscavam para mim como um roedor na luz.

— Estamos fechados.

Ele fez menção de fechar a porta, mas firmei o pé e segurei a madeira.

— Podemos entrar? Você deve ter ouvido falar que todos os cidadãos respeitáveis de Lyonesse estão dispostos a permitir buscas em suas casas e comércios hoje.

— Tudo bem, mas minha mulher não está se sentindo bem… — gaguejou o açougueiro, mas eu já havia forçado a entrada, seguido por meus cinco guerreiros.

O ambiente principal estava escuro, e todas as janelas, fechadas. O cheiro era de sangue e carne estragada. Pisei em algo que fez um barulho estalado e resisti ao impulso de vomitar.

— Ilumine este espaço — demandei, e ouvi conforme o açougueiro manuseava sem jeito as tábuas das janelas.

— Senhor... eu realmente não gostaria de ser incomodado hoje. Minha mulher está doente, minhas filhas também, e essa busca desnecessária só vai perturbá-las.

Ele abriu só um pouco as janelas para deixar um fio de luz entrar.

Havia uma mesa comprida, encardida de sangue, e mais ganchos pendurados nas vigas do teto. Uma bacia com água morna, um bloco cravejado de facas, baldes cheios de entranhas e ossos espalhados pelo chão.

Resisti à vontade de cobrir o nariz e me obriguei a respirar pela boca. Segundo os registros, Gilroy Lannon não tributara esse lugar. E eu não entendia por quê. Era como qualquer açougue, não tinha nada de especial. Na verdade, tinha um aspecto quase asqueroso. Já havia visto estabelecimentos muito mais limpos e organizados.

— Como o senhor pode ver, sou só um humilde açougueiro — insistiu o homem, agitando as mãos nervosamente no ar. — Que tal se eu mandar um pouco de carne para o castelo, para a futura rainha? Ela gosta de cordeiro?

Cordeiro.

A palavra chamou minha atenção, a mesma palavra que fora usada na carta que Sean nos mostrara.

Meu coração se acelerou enquanto avançava pelo espaço em direção aos fundos. Meus guerreiros me acompanharam, quase sem fazer ruído com as botas no piso desnivelado de madeira. Todos respiravam com atenção, prontos para qualquer coisa. E então vi algo estranho.

A princípio, achei que meus olhos estivessem enxergando errado, porque havia algo se estendendo gradativamente pelo teto. Trepadeiras com folhas murchas se espalhavam devagar, como se tivessem adquirido consciência, como se estivessem desesperadas para chamar minha atenção ao se abrir por cima da alvenaria.

— O que é isso? — sussurrou um dos meus homens, perplexo.

Eles também estavam vendo. Não era só minha imaginação.

— Senhor? Que tal umas costelas para acompanhar o cordeiro? — O açougueiro não parava de falar, desesperado. — Aqui, veja! Pode escolher à vontade!

Mas eu mal escutava sua voz porque estava observando as trepadeiras, que cresciam na direção de uma passagem interna que eu jamais teria percebido, coberta por um tecido imundo.

— É um encantamento — murmurei e, por um instante, fiquei entre o fascínio e o medo diante daquilo, do filamento de magia que ganhara vida. De onde ela vinha? Quem a operava?

Nesse momento, decidi seguir minha intuição, decidi confiar nela.

— Senhor! Senhor, veja! Posso lhe dar um presunto também!

Afastei o tecido da passagem e revelei um corredor que levava até uma escada em espiral. Ouvi uma agitação no alto, e as trepadeiras continuaram se expandindo, uma trilha de madeira e folhas para eu seguir.

— Flecha a postos — murmurei para minha arqueira.

Escutei-a pegar cuidadosamente a flecha envenenada na aljava, e a corda do arco gemeu de leve em suas mãos.

Saquei a espada, e meus guerreiros fizeram o mesmo. Subimos a escada. Foi uma tempestade de botas nos degraus, corações na boca e gritos histéricos do açougueiro. As trepadeiras sumiram, misturando-se às sombras. Fiquei preocupado ao vê-las desaparecer.

O segundo andar consistia apenas em um corredor estreito com seis portas, todas fechadas.

Com a arqueira de prontidão atrás de mim, fui até a primeira e a arrombei com um chute.

Era um cômodo mal iluminado, sem janela. Mas havia algumas velas, e uma menina tremia em uma cama, vestida com trapos. Minha surpresa foi tanta que só percebi que ela estava acorrentada à cama quando a ouvi gemer.

— Não me machuque. Por favor...

Chocado, fui para o cômodo seguinte. Chute, porta arrombada. Outra menina, também acorrentada. E outra. Minha mente voava, meu coração ardia com uma fúria que jamais sentira antes. Aquilo não era apenas um açougue. Era um bordel clandestino.

No quarto cômodo, a menina estava agachada na cama, preparada para me ver. Ela não gemeu nem se retraiu. O alívio em seu rosto era evidente quando olhou para mim, como se estivesse esperando que eu chegasse, arrombasse a porta e a encontrasse.

E então vi de novo as trepadeiras. Elas se enroscavam nos pés da cama, rastejavam pelo chão como serpentes, reluziam com escamas douradas. Parei pouco antes de pisar em uma e me dei conta de que a planta estava prestes a se enrolar no meu tornozelo.

A magia, o encantamento, vinha dela.

Era uma Kavanagh. E, com lágrimas nos olhos, não consegui respirar ao olhar para ela e ver que ela me encarava de volta.

— Aodhan Morgane? — sussurrou ela.

Fiquei imóvel na entrada, observando o cômodo degradado. E, apesar da escuridão, senti a primeira fagulha de luz.

— Você me conhece? — perguntei.

— O menino falou que você viria.

Com a mão trêmula, ela ofereceu um pedaço de papel. Mais uma vez, as trepadeiras recuaram nas sombras e me deixaram entrar.

Me aproximei, receoso, e estendi o braço para pegar o pergaminho de seus dedos. A folha se desdobrou na minha mão, metade da ilustração da princesa, amassada e suja de sangue. Sangue da menina. O pulso dela era uma grande ferida aberta em volta do grilhão, como se tivesse passado anos tentando se soltar.

— O príncipe Declan esteve aqui com a garota e o menino — murmurou ela. — Foi embora hoje cedo. Ao amanhecer. Não sei para onde. Ele não me disse.

Achei que ia desmoronar. Minhas pernas tremiam quando amassei a ilustração da princesa.

— Milorde — disse a arqueira, no corredor. — O açougueiro está fugindo. Quer que o persigamos?

— *Por favor* — sussurrou a menina, chamando minha atenção de novo. — Por favor, me ajude.

Engoli em seco e me esforcei para acalmar a voz e fazer minha promessa:

— Juro que você terá minha proteção, e a da rainha. — Virei-me para a arqueira, que havia guardado a flecha de volta na aljava. — Solte estas mulheres. Quero que mandem trazer uma carruagem coberta para levá-las imediatamente de volta para o castelo.

A arqueira assentiu com a cabeça quando passei por ela. Vi os olhos de Tomas no corredor. Ele não parecia em choque diante daquilo, mas sua expressão era de enorme tristeza e seus ombros estavam caídos.

Com o maxilar dolorido de tanto conter minha ira, desci a escada.

A porta da rua estava escancarada, e não havia sinal do açougueiro.

Embainhei a espada ao sair sob a luz fraca do fim do dia e o açoite do vento. Escutei o som de botas, olhei para a direita e vi o açougueiro correndo.

Fui atrás dele, sem pressa. Precisava de tempo para me acalmar, senão o mataria.

Ele lançou uma olhada desesperada para mim por cima do ombro e logo tropeçou e caiu de cara na rua. Estava rastejando e balbuciando quando o alcancei, erguendo as mãos sujas em gesto de rendição.

— Por favor, milorde. Sou só um humilde açougueiro. Eu não sabia... O rei me deu aquelas meninas.

Se eu não tivesse que seguir ordens, teria espancado aquele sujeito até ele perder os sentidos. Em vez disso, agachei-me ao seu lado. Com uma das mãos, peguei-o pelo pescoço, quase a ponto de esganá-lo. Com a outra, arranquei a manga dele.

Lá estava. Uma tatuagem de meia-lua.

— O que vai fazer comigo? — gemeu ele, com o rosto vermelho.

Gostei de ver o medo em seus olhos quando ele me encarou.

Então abri um sorriso cruel e assustador.

— O que mais eu faria com um lixo que nem você? Vou levá-lo perante a rainha.

21

LADY MACQUINN

Território de lorde MacQuinn, castelo Fionn

Brienna

Cheguei ao castelo Fionn encharcada por causa de uma tempestade de fim de tarde, com os olhos roxos, nem um pouco pronta para exercer o poder de lady MacQuinn. Sabia que estava com uma aparência horrível quando os cascos da minha égua pisotearam o pátio e Liam gritou ordens para os criados, que olharam boquiabertos das portas, prepararem um banho e acenderem uma lareira para a filha do lorde.

Dillon, o cavalariço, saiu correndo do estábulo para pegar minha égua, com olhos arregalados de surpresa ao ver que era eu, e apenas eu, que tinha voltado.

— Seu pai e seu irmão estão bem, senhorita Brienna? — perguntou Dillon, conforme a chuva salpicava seu rosto, e percebi a preocupação oculta por trás de suas palavras.

Uma preocupação que o povo de Jourdain sentiria imediatamente ao me ver.

Nosso lorde já nos abandonou? Nosso lorde está bem? Nós o perdemos logo depois de o recuperarmos?

— Sim, eles estão bem, Dillon. Meu pai me mandou para casa em vez do meu irmão — respondi, desmontando.

Agradeci a minha escolta e atravessei as poças de lama e terra, arrastando meu manto de paixão atrás de mim até entrar no saguão. Thorn, rabugento como de costume, estava lá para me receber.

— Senhorita Brienna — saudou ele, arqueando as sobrancelhas grisalhas em choque. — Não a esperávamos. Devo acender também a lareira de lorde Lucas para a noite, ou será só a sua?

— Só a minha, Thorn. Obrigada.

— E quando devemos acender a lareira do lorde? Amanhã, decerto? Visto que pedi especificamente que ele voltasse para lidar com este... problema.

Thorn parecia chocado ao ver os hematomas do meu rosto, e percebi que estava curioso para saber o que os causara.

— Nem amanhã, nem depois de amanhã — respondi com um suspiro, desamarrando as cordas do meu manto. — Não espere que ele ou meu pai voltem tão cedo. Provavelmente vai demorar mais uma semana, no mínimo.

Comecei a subir a escada, e Thorn me seguiu.

— Ouvimos falar de problemas na cidade real — disse ele, ainda tentando arrancar respostas de mim. — Que alguns Lannon escaparam.

— Foi.

Eu já estava quase no quarto, ansiosa para me livrar de Thorn.

— Lorde MacQuinn está em perigo?

— Não. Nem lorde Lucas.

— Então por que milorde mandou você voltar? Não devia ter ficado com ele? Pedi especificamente...

— Por lorde Lucas. Sim, já ouvi, Thorn — interrompi, cansada. Finalmente, cheguei a minha porta e pus os dedos na maçaneta de ferro. Parei e fitei os olhos astutos do intendente. — Seu lorde me mandou no lugar de Luc. Sei que é uma surpresa para você e que, como intendente, você está acostumado com as atividades do castelo. Não vou atrapalhar ou interferir em seu trabalho, mas, de todo modo, estou aqui por vontade do meu pai. Então, se houver algum problema durante a ausência dele, venha me procurar.

Thorn comprimiu os lábios, abaixou a cabeça e recuou. Suspirando, entrei no quarto.

As camareiras ainda estavam correndo para tentar acender o fogo na lareira e esquentar água para meu banho. Uma das meninas prendeu a respiração quando viu os hematomas que manchavam meu rosto, e sorri ao pendurar meu manto no encosto de uma cadeira.

— Não é tão grave quanto parece — avisei, na esperança de acalmar os olhares de preocupação.

As meninas não falaram nada, só trabalharam mais rápido para conseguir sair de meus aposentos. Enfim só, tirei as roupas, mergulhei na água morna, fechei os olhos e fiquei escutando as batidas da chuva nas janelas. O tempo se dissipou, como o vapor que subia da minha pele, e pensei em Ewan, Keela e Cartier até parecer que eu estava me afogando.

O que será que estava acontecendo em Lyonesse? Será que, enquanto eu estava ali, sentada em uma banheira, Cartier e Luc e Jourdain haviam encontrado Declan e as crianças? Pensei em Isolde, em sua segurança e coroação. Pensei em meu lugar nessa terra, uma filha de lorde que não pertencia direito a lugar nenhum. Onde era meu lar? Será que aqui, no castelo Fionn, entre os MacQuinn, que ainda não confiavam em mim? Em Lyonesse, ao lado da rainha? Do outro lado do canal, em Valenia, onde eu finalmente poderia estabelecer minha Casa de Conhecimento? Pensei em Merei e tentei imaginar onde ela estava, como estava. Pensei se deveria visitá-la.

— Senhorita Brienna!

Levei um susto e agitei a água, que tinha esfriado. Neeve estava a poucos passos de distância, boquiaberta e horrorizada ao ver meus hematomas. Eu sequer a ouvira entrar, tão perdida que estava em pensamentos. E meu coração começou a pular ao vê-la, minha irmã. Será que algum dia eu poderia contar para ela o que nós éramos? Eu tinha tanta vontade quanto medo.

— Nenhuma das meninas ficou para ajudar com o banho? — perguntou ela, ajoelhando-se ao lado da banheira.

— Não, mas não precisava. — E definitivamente eu não queria que ela se sentisse na obrigação de me ajudar. Comecei a me levantar, mas Neeve pegara a esponja da minha mão e passara a limpar a sujeira das minhas unhas.

— Você quebrou o nariz, não foi? — murmurou ela, olhando para mim.

Prendi a respiração, sem saber como responder.

— Não tem problema — sussurrei quando ela fez menção de pegar minha outra mão. — Você não precisa me ajudar.

— Se é para você ser tratada como lady MacQuinn, como Liam avisou todo mundo... — Ela começou a esfregar vigorosamente minhas unhas, como se estivesse agitada. Eu me perguntei se era por minha causa, até que ela continuou: — Então todos deveríamos nos oferecer para servi-la em tudo que pudermos.

Tentei reclamar, mas minhas costas doíam, e eu estava com torcicolo e vontade de chorar.

— Você não deveria estar na tecelaria, Neeve?

Ela afundou a esponja na água turva e pegou o sabão.

— Deveria, mas está uma confusão lá agora.

Franzi a testa.

— Como assim?

Como Neeve ficou quieta, virei-me na banheira e olhei para ela. Senti um peso estranho e súbito no fundo do peito ao juntar as peças. Jourdain alegara que havia um problema com uma das meninas, o que eu havia tomado por mentira para me mandar para casa. Mas então Dillon aparentara espanto ao me ver, e Thorn parecera especialmente consternado, porque havia pedido que Luc voltasse para resolver o que quer que fosse...

— O que aconteceu?

Neeve suspirou e concentrou a atenção nos cachos molhados do meu cabelo.

— Você logo vai ficar sabendo.

— Por que não posso saber de você?

— Porque não gosto de fofoca.

Comprimi os lábios, até que ela sorriu para mim. Neeve era bonita, com uma parte do cabelo solto da trança e olhos cor de âmbar escuro. Mal reparei nas cicatrizes em seu rosto, nas cicatrizes do pescoço, nas cicatrizes no dorso de suas mãos enquanto ela me lavava, indícios de que lutara e vencera uma doença que devia ter lhe ceifado a vida.

— Devo me preocupar? — perguntei, enquanto ela me ajudava a sair da banheira e enrolava uma toalha no meu corpo.

— Não — respondeu Neeve, pegando um pente. — Mas vou só dizer que a menina em questão está aliviada porque foi você que voltou, não lorde Lucas.

A intuição de Jourdain, pensei. E fiquei admirada, em silêncio, ao constatar que meu pai soubera instintivamente que deveria ter me mandado no lugar do meu irmão.

— Andei treinando as letras enquanto você estava fora — anunciou ela, cheia de orgulho, mudando de assunto.

Sorri e pedi para me contar mais. Fiquei sentada no banco enquanto ela falava e desembaraçava meu cabelo, até deixá-lo liso e caindo feito um manto de seda pelas minhas costas.

Neeve ajudou a me vestir, apertou as fitas nas costas do vestido até eu acreditar que ele me sustentaria o bastante para aguentar até o fim do dia. Trançou meu cabelo, e calcei as sandálias, cobri os ombros com um xale e saí do quarto em busca de Thorn.

Não tive que procurar muito. Encontrei-o no escritório de Jourdain, a minha espera.

Sentei-me na cadeira do meu pai, um pequeno trono esculpido em carvalho e forrado com pele de carneiro.

— Com o que você precisa da minha ajuda, Thorn?

O intendente deu uma fungada e preferiu ficar em pé.

— Apenas preciso de orientação. Faz tempo que não temos que lidar com uma situação destas.

— Muito bem. Qual é a situação?

Thorn não teve chance de explicar. As portas do escritório se abriram de repente e Betha, a tecelã-chefe, molhada de chuva e com o rosto vermelho, entrou. Ela bateu os olhos em mim, sentada na cadeira de Jourdain, e imediatamente começou a balançar a cabeça.

— Achei que lorde Lucas voltaria — declarou para Thorn.

— Lorde MacQuinn preferiu enviar a filha.

Betha me encarou e senti meu rosto esquentar.

— Em que posso ajudá-la, Betha? — indaguei.

— Não quero conversar com ela sobre isto — disse ela para Thorn.

Thorn parecia constrangido.

— Acho que você precisa tratar com a senhorita Brienna, ou vai ter que esperar até lorde MacQuinn voltar.

— Então eu espero. — Betha se virou para ir embora. Já estava quase na porta quando uma menina apareceu nas sombras, parada na frente dela. — Vamos, Neeve.

Achei que tinha ouvido errado, ou que houvesse outra Neeve. Mas então vi o cabelo cor de creme da minha irmã e ouvi a cadência doce da sua voz.

— Não, Betha — disse Neeve. — Quero trazer esta questão para a senhorita Brienna.

Minha pulsação acelerou quando percebi que a menina em questão era minha irmã. Engoli a surpresa quando Neeve entrou no cômodo, retorcendo as mãos e vindo parar na minha frente com um breve olhar nervoso.

Não sabia por que ela não dissera algo antes, quando foi aos meus aposentos. E pensei que talvez quisesse, mas apenas perdera a coragem.

— Neeve — falei, com um tom delicado. — Diga. O que aconteceu?

Mais uma vez, parecia que as palavras tinham sumido, porque ela abriu a boca, mas não saiu som algum.

— Ela está se recusando a trabalhar — disse Betha, com decepção na voz. — Neeve sempre foi uma das minhas melhores fiandeiras. Tem um talento natural e sua habilidade é uma inspiração para as outras. Mas ela se recusou a trabalhar nessa última semana. E agora algumas das outras meninas se juntaram a ela nessa... "resistência".

Não era *nada* do que eu esperava. Olhei para ela, incapaz de disfarçar minha surpresa.

— Tem algum motivo para isso, Neeve?

Betha deu um grunhido, mas a ignorei e me concentrei apenas na minha irmã.

— Tem, sim, senhorita Brienna. Um bom motivo — respondeu.

— É só teimosia sua, menina — retrucou Betha, mas, apesar do conflito, deu para perceber, pelo tom de voz de Betha, o carinho dela por Neeve. Até pela forma como olhava para a menina... parecia que a dureza de Betha se abrandava. — Você está dificultando a vida das outras fiandeiras, que agora precisam trabalhar duas vezes mais para compensar.

— As outras fiandeiras também não deviam ter que fazer esse trabalho — observou Neeve, com firmeza.

Ela não cederia, nem mesmo quando Betha a levou diante da filha do lorde.

— Diga qual é o trabalho — pedi.

— É uma encomenda de tapeçaria — começou Neeve —, de Pierce Halloran.

Só de ouvir o nome já fiquei tensa.

— E me recuso a contribuir — continuou minha irmã, com um brilho de rebeldia nos olhos. — Me recuso a sequer encostar nela pela maneira como ele tratou a senhorita na semana passada, se achando superior.

Fiquei admirada por aquilo, por ela e sua resistência, por sua devoção a mim. Será que, mesmo sem saber que era minha meia-irmã, ela pressentia a familiaridade entre nós?

— E, embora eu compreenda, Neeve — disse Betha, com um tom rigoroso —, você é jovem e não entende como suas ações vão afetar *toda* a Casa MacQuinn.

— Por favor, Betha, explique seu raciocínio.

Betha disparou um olhar bravo para mim, como se desprezasse minha ignorância.

— Se nos recusarmos a fazer essa tapeçaria que lorde Pierce encomendou, nossa vida vai ficar muito difícil. Nos últimos 25 anos, os Halloran foram nossa maior fonte de sustento.

— Sustento? — Meu pavor começou a crescer.

— É. Foi graças ao dinheiro deles que sobrevivemos. Não fosse por eles, teríamos passado fome por causa de Brendan Allenach. Lady Halloran tem um gosto muito extravagante e *só* compra nossas peças de lã e linho para seu guarda-roupa. Suas encomendas nos mantiveram ocupadas nas últimas décadas, e as de seus filhos também, obviamente. Recusá-los de repente agora... Acho que vai nos causar muitos problemas no futuro.

Esperei um instante para acalmar o coração e pensar na minha resposta.

— Entendo sua preocupação, Betha. Mas Brendan Allenach se foi. Davin MacQuinn voltou a ser seu lorde legítimo. E não precisamos temer e nos submeter a gente como os Halloran. Não temos aliança com eles e não precisamos nos sentir na obrigação de agradá-los.

Betha deu uma risadinha, mas foi de puro desdém.

— Ah, viu só? Como você poderia entender? Você não faz a menor ideia do que era a vida durante os anos de trevas, quando todo dia eu acordava sem saber se veria o pôr do sol.

As palavras me comoveram. Betha tinha razão: eu não sabia. Mas também queria que ela confiasse em mim, que compreendesse que estávamos saindo dos anos de trevas.

— Podemos conversar a sós, Betha? — perguntei.

Ela olhou para mim com insolência, e achei que rejeitaria o pedido, mas me surpreendeu ao acenar com a cabeça para Neeve.

Neeve e Thorn, de quem eu praticamente havia esquecido, saíram e me deixaram a sós com Betha.

Ficamos em silêncio por um instante, ambas pouco à vontade. Ouvi o fogo crepitar na lareira e olhei para a luz, tentando encontrar o cabo da minha coragem para desembainhá-la das labaredas. Mas antes que dissesse qualquer palavra, Betha falou:

— Neeve é minha neta — começou ela, deixando-me ainda mais chocada com a confissão. — Ela é a única filha da minha Lara. Então sempre vou fazer tudo que puder para protegê-la, porque, no fim, não consegui proteger a mãe dela. E se para isso eu tiver que obrigá-la a trabalhar na tapeçaria dos Halloran, será por amor, para preservá-la. E peço que você insista para ela desistir dessa resistência, dessa insensatez.

Fiquei calada, assimilando o pedido.

— Não quero que ela seja como você — murmurou a tecelã, as palavras mais afiadas do que uma faca no meu corpo. — Não quero que ela encha a cabeça com ideias grandiosas, que saia por aí irritando certas pessoas.

— Não esqueça, Betha — falei, e graças aos deuses eu parecia calma —, que Pierce veio até *mim*. Eu não fui até ele.

— E é isso que você não entende, Brienna! — Ela jogou as mãos para o alto. — Não sei de onde exatamente você vem, mas é óbvio que sempre pôde fazer o que quisesse sem enfrentar as consequências. Aqui é... muito diferente.

— Então você quer que eu dê uma ordem a Neeve que vá contra a consciência dela? — rebati. — Não acho certo, Betha.

Betha bufou, mas não falou nada. Será que estava levando o que eu disse pelo menos um pouquinho em consideração? Levantei da cadeira do meu pai e olhei para ela.

— Entendo seu medo — murmurei. — Odeio saber que você passou por um período de tanta crueldade. Mas seu lorde voltou. Sua rainha voltou. E ela é um raio de luz em meio à escuridão. E os Halloran sabem disso e se estremecem sob essa luz, porque ela os expõe. Você não pertence a eles. Jamais pertencerá. E se resistir a eles agora, prometo que ficarei ao seu lado se houver retaliação. Assim como meu pai, assim como meu irmão.

Betha me encarava com raiva, Mas vi um reflexo de lágrimas em seus olhos, como se tivesse acolhido as palavras, como se as sentisse se assentarem dentro de si.

— Acho que Pierce está testando vocês ao fazer essa encomenda tão pouco tempo depois de ser constrangido por uma de suas tapeçarias. Não tenho a menor dúvida de que está tentando expressar poder, mesmo não tendo nenhum aqui — sussurrei. — Então, você escolhe ficar com ele ou comigo?

Betha não respondeu.

Ela se virou, saiu do cômodo e bateu a porta atrás de si.

Mas continuei ali, sentada sozinha no escritório do meu pai até o fogo começar a se apagar e a escuridão desabrochar através do chão.

Só fiquei sabendo da novidade ao meio-dia do dia seguinte. Mas os murmúrios começaram, brotando da tecelaria para os corredores do castelo, estendendo-se de prédio em prédio, como uma raiz, até me alcançar no porão, onde eu ajudava a cozinheira a pendurar ervas para secar.

A tapeçaria de Pierce fora suspensa.

Sentada entre jarros de frutas em conserva, cestos de cebola e batata, com ervas amassadas no meu avental, sorri com alegria para as sombras.

22

ROSALIE

Cidade real de Lyonesse, território de lorde Burke

Cartier

Quando caiu a noite, me aproximei o máximo possível das estrelas, nas ameias do castelo, e deixei o vento me atingir até borrar meus pensamentos e queimar meu rosto de frio. A cidade de Lyonesse se estendia abaixo de mim, como um rolo de pergaminho preenchido por segredos obscuros e casas cintilantes à luz de velas.

Eu não havia encontrado Declan Lannon.

Jourdain tampouco. Nem Luc. Nem lorde Burke.

O príncipe não estivera escondido em nenhum dos quatro refúgios que tínhamos investigado, e Tomas não conseguia pensar em qual seria o destino seguinte de Declan.

Ele estava sempre um passo à frente.

Suspirei, preparando-me para ir até meus aposentos, quando senti a presença de outra pessoa. Na escuridão, Isolde estava a poucos passos de distância, também com os olhos fixados na beleza da cidade abaixo de nós. Ela se aproximou, parou ao meu lado e estendeu as mãos para se apoiar na amurada.

— Como estão as meninas? — perguntei.

— Curei o corpo delas o máximo que pude — respondeu Isolde. — Estão descansando agora. — Ela se calou por um instante, e percebi que havia algo mais. — Aodhan, todas aquelas seis jovens são Kavanagh.

Já desconfiava. A garota que havia projetado a ilusão das trepadeiras para me guiar... Eu sabia que ela era Kavanagh, que fazia parte do povo de Isolde. Havia concluído que as outras cinco também eram, e que talvez sua magia ainda estivesse oculta no sangue, que ainda não tivesse vindo à tona.

— Foram elas que contaram? — perguntei, com a voz baixa.

— Não. Não precisaram — respondeu a rainha, com pesar. — Soube no instante em que peguei em suas mãos. Senti o fogo dentro delas, um fogo que quase se transformou em cinzas hoje. Senti minha alma chamá-las, e as delas responderam. Cinco delas estão alheias a isso. Acho que a magia emergirá aos poucos, quando se sentirem seguras e conseguirem descansar. Seus pais e familiares morreram. Gilroy deixou as meninas vivas para acorrentá-las no bordel.

Fiquei enjoado ao lembrar a cena: o cheiro, a escuridão, o sangue e as correntes. Quanto tempo aquelas meninas haviam passado em cativeiro? Será que presenciaram o que acontecera com suas famílias?

— Que os deuses tenham piedade, Isolde.

Depois de um instante de silêncio, ela murmurou:

— Sabia que minha Casa estava quase extinta, que Lannon a perseguira deliberadamente nos últimos 25 anos. Esperava que fosse levar algum tempo para encontrar meu povo, se é que houvesse alguém ainda vivo. Mas o que não esperava era identificá-lo só de pegar em suas mãos, só de tocar nelas.

Refleti sobre isso e lamentei não saber o que dizer para consolá-la.

Isolde olhou para mim.

— Sei que você deve achar isso tudo estranho, mas meu pai e eu ainda estamos debatendo teorias, frustrados com a falta de um manual que possa nos ajudar a entender melhor as regras da magia.

— Não é estranho, Isolde — respondi.

Isolde baixou o cenho, e percebi que o rumo de seus pensamentos estava mudando.

— O açougueiro nos disse tudo, menos aonde Declan foi hoje de manhã. Ele alega não saber qual é o próximo refúgio do príncipe, mas que uma carroça veio ao depósito do açougue para transportar os Lannon. E embora o que eu mais deseje é espancar e torturar esse homem repugnante, não vou me transformar naquilo que estou tentando expurgar deste castelo.

Continuei calado porque, se ela pedisse minha opinião nesse momento, eu diria para espancar o açougueiro até ele falar. E eu mal acreditava que podia haver essa vontade dentro de mim, depois de ter crescido em Valenia, onde a justiça sempre era cuidadosa e responsável.

— Você já se perguntou — começou Isolde, trêmula — por que você, eu e Luc sobrevivemos, quando devíamos ter morrido, quando nossos ossos deviam estar sob a relva junto com nossas mães e irmãs? Você se odeia — continuou ela, com lágrimas descendo pelo rosto — por ter sido criado em Valenia? Por ter recebido cuidado, proteção e amor, por ter vivido em feliz ignorância enquanto nosso povo vivia com medo e brutalidade? Por que, enquanto eu dormia em uma cama quente e segura, aquelas meninas estavam acorrentadas e eram maltratadas todas as noites? Por que, enquanto eu reclamava de ter que aprender a ler e escrever, a brandir uma espada, aquelas meninas tinham pavor de proferir uma palavra sequer, por medo de surras e mutilações? — Isolde enxugou as lágrimas, e seu cabelo se emaranhou no rosto. — Não mereço ser rainha. Não mereço me sentar em um trono porque não faço a menor ideia do que este povo sofreu. Eu não devia ter sobrevivido ao dia de trevas.

Toquei delicadamente o ombro dela e a virei para mim.

— Houve um momento na minha vida em que pensei que jamais atravessaria o canal, pensei que ficaria em Valenia e fingiria ser Cartier Évariste, fingiria ser um mestre de conhecimento que não tinha povo, nem Casa Morgane, nem mãe e irmã sepultadas em uma campina do norte. — Parei de falar, porque me odiei nesse momento. Odiei reconhecer que eu tentara viver a vida como bem entendesse. — Mas não fiquei. Você não ficou. Reunimos as poucas forças que tínhamos, atravessamos o canal e recuperamos estas terras. Lutamos e sangramos. Sim, também fui ignorante e ingênuo. Só entendi a gravidade das trevas e da corrupção hoje, quando encontrei aquelas meninas. E se você e eu recuarmos agora, se decidirmos desistir desta luta, mais meninas serão roubadas de suas famílias e acorrentadas, e mais meninos serão educados para ser cruéis.

Isolde finalmente olhou para mim.

— Você e eu precisamos seguir em frente — sussurrei. — Precisamos continuar eliminando as trevas e a corrupção e substituí-las por bondade e luz. Vai levar tempo. Vai demandar todo o nosso coração e nossa vida, Isolde. Mas não podemos desejar ter morrido. Apesar do que os santos e os deuses determinaram para nós, não podemos desejar ser outras pessoas.

Isolde fechou os olhos, e eu não tinha como saber se ela estava me xingando por dentro ou concordando comigo. Mas quando voltou a olhar para mim, havia um brilho diferente em seu rosto, como se minhas palavras a tivessem renovado.

Fui o primeiro a voltar para o calor do castelo, deixando Isolde para lançar suas orações para as estrelas. E eu sabia o que me aguardava: mais uma noite insone. Mais uma noite vasculhando os registros tributários dos Lannon em uma busca desesperada por outro lugar corrupto que atraísse Declan.

Dois dias se passaram, tomados por buscas e perseguições que não deram em nada.

Havíamos investigado curandeiros e movimentações de carroças, ainda tentando encontrar Fechin. Mas cada via que seguíamos chegava a um fim que nos deixava sem respostas ou pistas.

E cada dia que passava era mais um dia para Declan se fortalecer.

Isolde foi obrigada a começar a prender pessoas. Qualquer um que tivesse o sinal da meia-lua era levado à masmorra para ser interrogado e detido até a captura de Declan.

Eu estava em um desses interrogatórios na masmorra com um dos taverneiros, que teimava em não responder às perguntas, quando Luc apareceu.

— Rápido, Morgane. Precisamos de você no conselho.

Entreguei o papel e a pena para um dos homens de Burke, para que ele pudesse continuar o interrogatório, e subi com Luc a escada sinuosa. Reparei que Luc avançava a uma velocidade extraordinária e que seu cabelo estava arrepiado, como se ele tivesse passado os dedos por entre as mechas.

— Temos uma pista? — perguntei, tentando acompanhar o ritmo.

— O valete de Sean Allenach recebeu outra carta. Rápido, aqui dentro.

Luc abriu a porta do conselho, onde o fogo ardia no centro da mesa e os outros estavam reunidos.

O rosto de Sean estava estranhamente pálido quando ele olhou para mim. Achei que fosse a iluminação, que as sombras estivessem produzindo ilusões de ótica nele. Até que vi que Jourdain estava com o rosto enfiado nas mãos, como se tivesse perdido a determinação.

Meu primeiro medo foi que houvessem encontrado o corpo de Ewan e Keela.

Olhei para Isolde, que estava imóvel feito uma estátua, e perguntei:

— O que aconteceu? São as crianças?

Lorde Burke se limitou a me entregar a carta.

Não tivemos problemas, mas houve uma mudança de planos. O escolhido supracitado não virá visitar no outono. Em seu lugar, vamos receber Rosalie. Prepare-se para enviar bastante vinho e pão.

Encolhi os ombros e li de novo.

— Certo. Por que isso deixou todo mundo nervoso?

Jourdain continuou sem se mexer, então olhei para Luc, mas ele estava de costas para mim, virado para a parede. Nem mesmo Isolde quis me olhar nos olhos, tampouco seu pai. Lorde Burke tirou cuidadosamente a carta dos meus dedos enrijecidos, e fui obrigado a me voltar para Sean Allenach.

— Sean?

— Achei que você soubesse — murmurou ele.

— Soubesse o quê? — retruquei, impaciente.

— Quem é Rosalie.

Comecei imediatamente a revirar na cabeça nomes, rostos e pessoas que eu conhecera em Valenia, porque Rosalie era um nome valeniano. Depois de um tempo, levantei as mãos, irritado, e desisti.

— Não faço a menor ideia. Quem é?

Sean olhou rapidamente para Jourdain, que continuava imóvel. Aos poucos, como se tivesse medo de mim, Sean me encarou e sussurrou:

— Rosalie era o nome da mãe de Brienna.

A princípio, eu quis negar — Sean Allenach não sabia de *nada* —, até que me dei conta de que *eu* é que não sabia o nome da mãe de Brienna. E eu devia saber esse nome, devia saber quem dera vida a ela, de quem ela sentia saudade, quem ela desejava lembrar.

Mas como Sean sabia?

Fiquei indignado, até que os filamentos da vida de Brienna começaram a se entrelaçar na minha mente frenética.

Sean sabia o nome porque Rosalie já visitara o castelo Damhan. Sean sabia porque Rosalie se apaixonara por Brendan Allenach. Sean sabia porque Rosalie era a mulher com quem Brendan Allenach quis se casar, porque ela engravidou de uma menina.

Em seu lugar, vamos receber Rosalie...

Rosalie era o codinome de Brienna.

— Não. — Minha negação foi tão veloz e dolorosa que apoiei a mão na mesa para me equilibrar. Foi como se um osso estivesse preso na minha garganta. — Não pode ser. Eles não podem estar se referindo a Brienna.

— Aodhan... — disse Isolde, e foi em tom de consolação, como se alguém tivesse morrido e ela quisesse expressar pêsames pela minha perda.

— MacQuinn a mandou para Fionn, para ficar em segurança — insisti, olhando para Jourdain.

Jourdain finalmente tirou as mãos do rosto e me encarou com olhos inflamados.

— MacQuinn... — murmurei, mas minha voz se apagou, porque naquele instante entendi o porquê de não conseguirmos encontrar Declan Lannon. Era porque Declan Lannon não estava mais em Lyonesse. Declan Lannon escapara da cidade na mesma manhã em que Brienna saíra. E agora parecia que os meias-luas pretendiam sequestrá-la.

— Sim — sussurrou Jourdain. — Eu a mandei para casa. Para ficar em segurança.

Só que ela não estava em segurança. Se essa mensagem roubada tivesse alguma verdade, ela era o novo alvo. E se Declan e seus meias-luas a capturassem, tentariam usá-la para nos chantagear, tentariam negociar a vida dela.

Meus pensamentos estavam indo para todos os lados: o que Declan pediria em troca? Sua família? A liberdade? A rainha?

— Cadê Daley Allenach? — perguntei, concentrando a atenção em Sean.

— Meu valete fugiu, lorde Aodhan — respondeu Sean, com um tom pesaroso. — Ele sabe que peguei a correspondência dele.

Fiquei com vontade de esfregar a cara de Sean na parede.

— Você teve notícias de Brienna? — Virei-me para Jourdain. — Ela chegou a Fionn?

— Recebi notícias ontem — respondeu Jourdain. — Ela chegou bem.

Soltei um suspiro lento, achando que, se ela estava em casa, então realmente estava em segurança. Estava em uma fortaleza que no passado resistira a incursões e conflitos entre clãs. Cercada de gente que odiava os Lannon. Era astuta, e era forte.

Mas ela não sabia. Não sabia que Declan escapara de Lyonesse. Seria pega desprevenida: os meias-luas teriam que agir de surpresa se quisessem capturá-la.

E ainda pior que isso, parecia que os meias-luas estavam espalhados por todos os cantos, não apenas nas Casas Lannon, Allenach, Halloran e Carran. E se algum MacQuinn fosse um meia-lua disposto a traí-la?

Olhei para Jourdain, que retribuiu o olhar, e o espaço entre nós se encheu de medo, ira e preocupação. Em um canto da mente eu só ouvia a voz de Brienna, suas últimas palavras para mim: *Por que você está me deixando ir embora mesmo sabendo que eu devia ficar?*

Jourdain e eu havíamos cometido um erro grave ao mandá-la para casa.

Se Declan conseguisse sequestrá-la, meu coração ficaria nas mãos dele. Ele poderia me destruir, poderia me pedir qualquer coisa, e eu daria sem hesitar.

Empurrei a mesa para me afastar e andei até a porta, incapaz de falar, dominado pela vontade de sair correndo para Fionn e alcançá-la antes de Declan.

— Aodhan. Aodhan, espere — demandou Isolde.

Parei com a mão nos puxadores de ferro das portas, respirando perto da madeira.

— Brienna MacQuinn é uma das mulheres mais inteligentes que eu conheço — continuou ela. — Se existe alguém capaz de escapar das garras de Declan, é ela. De qualquer forma, é hora de agirmos.

Virei-me. Os outros haviam formado um círculo apertado e estavam me esperando. Voltei para perto do fogo. Por fora, eu estava calmo e frio, mas, por dentro, estava desmoronando. Caindo aos pedaços.

— Declan Lannon pretende sequestrar Brienna, certamente para usá-la como moeda de troca — declarou Isolde. — Se a capturar antes de chegarmos ao castelo Fionn, vai pedir a minha vida em troca da dela. Jurei que não negociaria com aquele homem, então precisamos descobrir onde Lannon está escondido e resgatá-la o mais rápido possível.

— Ele não a sequestrará em Fionn — contestou Jourdain. — Não vai conseguir passar pelo meu pessoal.

Isolde meneou a cabeça.

— Claro, lorde MacQuinn.

Mas a rainha olhou para mim, e o mesmo pensamento passou por nossa cabeça: Brienna tinha sangue Allenach. Os MacQuinn ainda precisavam aceitá-la, mesmo se tratando da filha do lorde.

— Pai, peço que continue aqui em Lyonesse com lorde Burke, para defender a cidade e vigiar os outros prisioneiros Lannon — disse Isolde. — Lorde MacQuinn, lorde Aodhan, lorde Lucas e lorde Sean cavalgarão comigo até o castelo Fionn imediatamente. A partir de lá, começaremos a adquirir possíveis pistas do paradeiro de Declan, mas desconfio que ele esteja se escondendo em um dos territórios dos meias-luas.

A rainha olhou para nós e viu todos colocarmos a mão no peito. Quando seus olhos pararam em mim, vi as chamas se atiçando dentro dela, um fogo ancestral, como se ela fosse um dragão recém-despertado. Um dragão prestes a alçar voo, encobrir a meia-lua com as asas e espalhar o terror pelos céus.

Pus a mão no peito, senti os batimentos trêmulos do coração na palma e deixei minha fúria crescer silenciosamente junto com a dela.

23

A FERA

Território de lorde MacQuinn, castelo Fionn

Brienna

— Aconteceu um acidente, senhorita! — exclamou Thorn, entrando de repente no escritório.

Fiquei tensa. Tirei os olhos dos livros-caixa de MacQuinn e vi Thorn com o gibão sujo de sangue.

— De caça. Acho que dois homens morreram, e outro...

Pulei da cadeira, saí pelo corredor antes que ele conseguisse terminar e segui a comoção no salão. Não sabia o que esperar, mas minha determinação vacilou quando vi Liam chegar carregado e ser colocado em uma mesa, com o rosto mutilado e uma flecha cravada no lado direito do peito.

Os homens que o traziam sentiram a minha presença, se viraram para mim e me encararam com olhos arregalados de pânico. Então se afastaram para me deixar chegar perto, e pus os dedos cuidadosamente no pescoço de Liam, onde uma pulsação fraca persistia.

— Chamem Isla — murmurei, ciente de que precisaria da ajuda da curandeira para tratar o ferimento. Enquanto uma das mulheres saía às pressas para buscá-la, virei-me para os homens e falei: — Ajudem-me a levá-lo para um quarto.

Erguemos Liam com cuidado e em sincronia, entramos em um dos corredores e fomos para o quarto vazio mais próximo. Depois que deitamos Liam com delicadeza na cama, tratei de cortar o gibão e a camisa dele para expor o tronco e avaliar a posição da flecha. Toquei de leve seu peito e apalpei as costelas. Parecia que a flecha estava alojada na quarta costela. Seria difícil extraí-la. Havia estudado ferimentos à flecha com Cartier quando era aluna e, embora nunca tivesse tido a oportunidade de tratar um, sabia que ferimentos no tórax eram quase sempre fatais se o pulmão fosse afetado. Sabia também que era extremamente difícil extrair a ponta da flecha que tivesse se cravado em um osso.

Em seguida, examinei o rosto, que parecia ter sido atingido por um conjunto de garras. A pele da bochecha estava rasgada, deixando os dentes visíveis. Senti o estômago revirar com a cena e quase tive que desviar a vista.

— Preciso de água limpa, mel de rosas e muitas bandagens — pedi a uma das mulheres que me acompanharam até o quarto. — E mande as meninas acenderem esta lareira. Rápido, por favor.

Assim que a mulher saiu, gritando apelos urgentes pelo corredor, voltei minha atenção para o homem que ajudara a trazer Liam e que estava com os olhos escuros fixos em mim, à espera da minha próxima ordem.

— O que aconteceu? — sussurrei.

— Senhorita, não sabemos. Os outros dois homens que estavam com Liam morreram.

— Que homens?

— Phillip e Eamon.

Phillip e Eamon. Os dois guardas que haviam me acompanhado na viagem de volta de Lyonesse.

Isla entrou no quarto, distraindo-me do choque. Eu a vira no salão durante as refeições, mas nunca falara com ela antes. Era uma mulher mais velha, com cabelo branco comprido e olhos da cor do mar. Ela abaixou a bolsa e examinou os ferimentos de Liam.

Depois de um instante, olhou para mim e perguntou:

— Você é sensível a sangue?

— Não — respondi. — E sei tratar ferimentos.

A curandeira não disse nada, só pôs as mãos na bolsa. Fiquei olhando conforme ela separava sondas pequenas de diversos tamanhos, feitas de sabugueiro. Depois foi a pinça, lisa e estreita, feita especificamente para extrair pontas de flecha.

Isla gesticulou para dois dos homens segurarem Liam. Não me mexi — ainda não — e me limitei a observá-la tentar girar a haste da flecha. A haste se recusou a girar e se quebrou de repente na mão.

— A ponta da flecha está cravada no osso — informou, jogando a haste no fogo.

— Posso achá-la e extraí-la — afirmei, aproximando-me.

Trabalhei ao lado dela, enrolando tecido nas sondas e mergulhando as pontas em mel de rosas. Isla pediu para os dois homens que ficaram conosco no quarto continuarem segurando Liam, um nos ombros, outro na cintura, e começamos a abrir gradualmente o ferimento da flecha com as sondas. Eu já estava encharcada de suor quando vi a ponta da flecha, um brilho escuro de metal coberto de sangue, alojada numa costela de Liam.

Peguei a pinça e inseri a extremidade no ferimento até achar a ponta da flecha. Subi ao lado dele na cama, firmei meu corpo e a puxei. O metal se soltou e eu voei para longe, caí no chão e bati com um estrondo na mesa. Mas levantei a pinça, e lá estava a ponta da flecha.

Ah, se Cartier tivesse me visto fazer aquilo... Ficaria triste de ter perdido.

Isla acenou brevemente com a cabeça para mim e se virou de novo para Liam, para retirar as sondas e começar a limpar o ferimento. Os dois homens continuavam segurando Liam, mas abaixaram a cabeça para mim com um respeito que eu nunca vira ou sentira antes.

Levantei-me, larguei a pinça e então entreguei a bandagem para Isla enquanto segurava o vidro de mel.

— Temos que esperar para ver se o pulmão foi afetado — avisou Isla, terminando de preparar o emplastro curativo. — Quanto ao rosto... Vou ter que tentar recompô-lo. Você entende de ervas, senhorita Brienna?

— Entendo. Do que precisa?

— Abrolhos — respondeu ela. — Cresce em partes da mata leste, perto do rio.

— Vou colher um pouco.

Saí rapidamente do quarto, percorri o corredor e entrei no salão.

Não esperava ver uma multidão reunida, homens e mulheres sentados em silêncio em volta das mesas, com expressões graves, esperando notícias de Liam. Todo mundo se levantou quando entrei, e parei de repente, sentindo os olhares no sangue em minhas mãos, nas manchas no meu vestido e rosto. Thorn foi o único a vir falar comigo.

— Ele morreu? — perguntou o intendente.

— Não. A flecha foi removida.

Continuei andando até o saguão, e os MacQuinn abriram caminho para minha passagem. Mais uma vez, comecei a sentir respeito ao andar entre eles conforme se afastavam para eu passar, conforme seus olhos me acompanhavam. Percebi, nesse momento, que estavam esperando ordens minhas.

Parei na porta e me perguntei que tipo de ordem eu deveria dar. Girei nos calcanhares e estava a um suspiro de dizer que eles deveriam tirar o resto do dia, que estava acontecendo algo nas terras MacQuinn e que eu precisava tentar entender a situação, quando Thorn roubou o momento.

— Voltem ao trabalho, todo mundo — ordenou o intendente, com um tom brusco. — Não faz sentido perder o resto do dia.

Os homens e as mulheres começaram a sair do salão. Continuei parada sob o arco, até Thorn olhar para mim.

— Precisamos conversar quando eu voltar, Thorn — falei.

Ele pareceu confuso com meu pedido, mas assentiu e disse:

— Claro, senhorita Brienna.

Fui para o saguão e peguei um cesto na saída. Era começo da tarde, e o céu estava nublado. Parei por um instante para afastar o cabelo do rosto e senti que estava começando a ficar com dor nas costas.

— Senhorita Brienna!

Virei-me e vi Neeve correndo na minha direção, seguida por Nessie, minha *wolfhound*, vindo alguns passos atrás dela e com a língua de fora.

Neeve parou assim que viu o sangue em mim e levou as mãos trêmulas à boca.

— Está tudo bem — tranquilizei-a. — Vou colher um pouco de abrolhos.

Neeve engoliu o medo e abaixou as mãos

— Eu sei onde cresce. Deixe-me ajudar.

Juntas, caminhamos um bocado depois de perder o castelo de vista, onde a mata começava a ficar mais densa ao longo da margem do rio. Dei meu punhal para Neeve, para que ela pudesse cortar os abrolhos sem encostar nos espinhos, e trabalhamos em silêncio e com pressa até encher o cesto.

Estava ajoelhada, lidando com uma flor teimosa, quando ouvi um graveto se partir na floresta. Não teria dado importância, mas Nessie começou a rosnar ao meu lado, eriçou os pelos da nuca e mostrou os dentes.

— Nessie — sussurrei, mas olhei para as sombras da mata, para o conjunto cerrado de arbustos e árvores.

Um calafrio de alerta percorreu minha coluna quando senti a presença penetrante de olhos ocultos.

Alguém estava no meio daquela mata, observando-me.

Nessie começou a latir, latidos curtos e bravos, e deu mais um passo em direção à mata.

Todos os pelos do meu corpo se arrepiaram, e me levantei aos tropeços.

— Neeve? *Neeve!*

Minha irmã veio correndo para a clareira, chegando pela minha esquerda. Tremi de alívio ao vê-la, ainda com o punhal na mão.

— O quê? O que foi? — Neeve ofegava e percebeu que Nessie continuava rosnando e andando lentamente na direção das sombras. — É a fera?

— Fera? — repeti.

— A fera que atacou Liam.

Olhei de novo para a floresta. Quis dizer que não era fera nenhuma. Era um homem.

Pendurei o cesto com abrolhos em um dos braços e peguei minha irmã com o outro.

— Vamos, precisamos voltar. Nessie? *Nessie!*

A cadela só resolveu obedecer quando entendeu que eu estava me afastando do perigo. Nós três praticamente saímos correndo da floresta para o campo aberto, sob o céu cinzento e áreas iluminadas por raios de sol. Eu já estava sem fôlego quando chegamos ao saguão do castelo.

— Você tem um punhal, Neeve? — perguntei quando ela tentou me devolver a pequena arma.

— Não — respondeu ela. — Lorde Allenach nos proibia de ter essas coisas.

— Bom, esse agora é seu. — Levantei a saia para desafivelar a bainha presa na perna. Entreguei para ela e esperei até vê-la prender na própria coxa e acomodar bem o punhal por baixo do vestido. — Use-o sempre. E se alguém ameaçá-la, quero que corte a pessoa aqui ou aqui. — Apontei para o pescoço dela e para a axila.

Neeve arregalou os olhos, mas assentiu com a cabeça, aceitando minha ordem.

— E você, senhorita?

— Vou pegar outra faca. — Toquei no braço dela e apertei de leve, para tranquilizá-la. — Não vá a lugar nenhum sozinha, nem sequer o trajeto entre a tecelaria e o castelo. Peça para alguém acompanhá-la. Por favor.

— Por causa da fera?

— É

Neeve se esforçava para conter o medo, para aparentar coragem, mas dava para ver como estava pálida e preocupada. Com delicadeza, puxei-a para mim e dei um beijo em sua testa. Ela ficou paralisada pelo gesto afetuoso, e me censurei pelo atrevimento. Não era assim que a lady MacQuinn se portaria, e percebi que estava deixando Neeve confusa.

— Pode ir — murmurei, com um leve empurrãozinho, e Neeve se afastou por um dos corredores, lançando um olhar com um brilho sombrio para mim, como se estivesse começando a sentir os fios invisíveis que nos ligavam.

Voltei ao quarto de Liam e entreguei à curandeira o cesto de abrolhos. Trabalhamos juntas em silêncio, macerando as flores até formar um pó fino, que ela misturou com mel para preparar um creme. Isla havia recomposto o rosto de Liam durante minha ausência, e a ajudei a aplicar a pomada nas fileiras de pontos do nobre. Enquanto eu lavava as mãos, a curandeira cobriu cuidadosamente o rosto dele com tiras limpas de tecido.

— Nenhuma fera causou estes ferimentos, senhorita Brienna — observou a curandeira, com um tom sério.

— É, eu sei. — Eu respirava com dificuldade e lembrava da sensação perturbadora de que havia alguém me observando do meio do mato apenas uma hora antes. — Você se incomoda de ficar aqui com ele por um tempo? Venho liberá-la ao pôr do sol.

— Claro, senhorita.

Isla assentiu, e saí imediatamente, pedindo para Thorn vir falar comigo no escritório de Jourdain. Sentei-me na cadeira do meu pai e o intendente parou diante de mim, inquieto.

— Imagino que você tenha obtido informações sobre o que aconteceu hoje cedo enquanto eu ajudava a tratar Liam — declarei.

— Sim, senhorita. Liam saiu para caçar com Phillip e Eamon — começou Thorn. — Não é algo incomum. Os três eram próximos e caçaram juntos muitas vezes nas últimas três semanas. Liam voltou a cavalo para o castelo, quase caindo da sela, atingido por uma flecha e com o rosto mutilado. Os homens que ajudaram a trazer Liam para o pátio disseram que ele só conseguiu murmurar uma palavra. *Fera*. Falou isso duas vezes antes de perder os sentidos, logo antes de a senhorita chegar. Enquanto você e Isla cuidavam dele, despachei um batedor para procurar os outros dois. Foram encontrados mortos na campina do norte, com o rosto também mutilado, mas haviam sofrido ferimentos profundos no abdome. Receio que... — Ele hesitou.

Esperei, com as sobrancelhas arqueadas.

— Receia o quê, Thorn?

Ele deu uma olhada nas manchas de sangue em mim e suspirou.

— Receio que as entranhas deles tenham caído e se espalhado pelo gramado.

Fiquei quieta por um instante, contemplando as sombras do escritório. Era horrível saber que aqueles homens tinham morrido com tamanha brutalidade. E apesar da minha vontade de murchar de choque, eu sabia que não podia.

— Uma fera não devoraria os homens em vez de brincar com as entranhas deles?

Thorn ficou calado, quase como se não tivesse pensado nisso.

— Além do mais, que tipo de fera dispara flechas, Thorn?

O intendente corou, indignado.

— Por que a senhorita está me perguntando essas coisas? Como é que vou saber? Só estou contando o que descobri!

— E eu só estou conversando, para tentarmos solucionar esse mistério terrível.

— Mistério? Não tem mistério aqui — rebateu ele. — Foi um trágico acidente! A maioria dos homens achou que Eamon ou Phillip tentou atirar na fera quando ela atacou, e que a flecha acertou Liam por engano.

Pode ser, pensei. Mas algo não se encaixava. Recostei-me na cadeira e pensei em como as coisas pareciam estranhas desde que eu saíra de Lyonesse

— Você está com as penas da flecha? — perguntou Thorn, pegando-me de surpresa. — Se quiser entregá-la para mim, posso dizer se é uma das nossas flechas ou se é de outra Casa.

Senti a esperança crescer, mas logo ela minguou quando lembrei que a curandeira jogara a haste no fogo, irritada por ter quebrado a flecha sem querer.

— Não. Não tenho as penas.

— Então não sei o que mais posso dizer, senhorita Brienna. Além de lamentar profundamente que você tenha que lidar com isto. Seu pai devia ter mandado lorde Lucas para casa.

Tive que reprimir minha irritação.

— Onde estão os corpos de Phillip e Eamon agora? — indaguei, esfregando as têmporas doloridas.

— As esposas deles estão preparando-os para o enterro.

Tinha que ir atrás dessas esposas e ajudá-las com os preparativos. Levantei-me e falei:

— Quero que você despache um grupo de guerreiros para vasculhar os arredores, até os limites do território. Comece na mata leste, onde crescem os abrolhos.

Ele franziu o cenho.

— Mas, senhorita... por quê?

— Por quê? — Quase dei risada. — Porque tem uma fera à solta na propriedade, matando nossa gente.

— Então você quer que eu arrisque mais dos nossos para matá-la? Provavelmente é um urso, e ele já deve ter fugido para sua caverna. Já explorei e falei que só encontramos os corpos de Phillip e Eamon.

— Thorn. Essa fera não é urso coisa nenhuma. É um homem. Provavelmente um Halloran, que deve estar acompanhado por um grupo de comparsas. Encontre-os e traga-os para mim. Entendeu?

— Halloran? — Thorn me encarou, boquiaberto. — Que absurdo! Você está tentando começar uma guerra?

— Se eu estivesse tentando começar uma guerra, você não precisaria perguntar. Já saberia — declarei, com frieza. — Agora vá fazer o que estou pedindo e não teste o pouco que resta da minha paciência.

Thorn saiu, ainda com aquela expressão de choque nos olhos, como se não conseguisse acreditar nas minhas ordens.

Esperei até a porta se fechar e, com as pernas trêmulas, me sentei de novo.

Tinha que ser os Halloran.

Pensei em Pierce, na humilhação dele, no fato de que nos recusamos a produzir sua tapeçaria. Seria uma retaliação?

Tome cuidado, Brienna.

O aviso de Grainne ecoou novamente, e pensei nos anos que ela e os Dermott haviam passado sujeitos às incursões dos Halloran.

O que eu faria se Thorn trouxesse os Halloran? O que faria com eles?

Não tinha a menor ideia. E talvez isso me assustasse mais do que qualquer outra coisa.

Estava no quarto de Liam à noite, fervendo uma panela com ervas para limpar o ar, quando Thorn me encontrou. O velho estava sujo de lama e parecia exausto ao vir falar comigo.

— Não encontramos nada, senhorita Brienna. Nada além de pássaros, esquilos e coelhos — relatou ele, sucintamente, como se quisesse expressar: *Bem que eu falei.*

Levantei-me para encará-lo. Éramos só eu, ele e Liam no quarto. Havia mandado Isla jantar e descansar um pouco.

Thorn olhou para Liam, ainda deitado na cama.

— Como ele está?

— Ainda respirando — respondi, mas meu tom era pesado.

Era como Isla e eu temíamos: Liam perdera os sentidos e respirava com dificuldade. A curandeira duvidava de que ele fosse sobreviver à noite.

Mas não contei para Thorn. Joguei outro ramo de hortelã-pimenta na panela fervente, rezando para que as ervas limpassem os pulmões do nobre, embora a respiração dele continuasse enfraquecendo.

— Vá jantar, Thorn. Você já fez o bastante por hoje.

O intendente suspirou e saiu, e me sentei ao lado de Liam até Isla voltar para me liberar.

Só me dei conta de quanto estava cansada quando saí para o pátio da frente e assobiei para chamar Nessie.

Minha *wolfhound* apareceu prontamente, como se estivesse me esperando. Levei-a para o quarto e a convidei a dormir na cama comigo.

Enquanto ela se refestelava nas minhas cobertas, peguei minha espada larga. Desembainhei a lâmina e a admirei antes de subir na cama. Repousei a espada ao meu lado no colchão, com o cabo ao alcance das mãos para uso imediato.

Por fim, deitei, cadela de um lado, aço do outro, e observei as sombras que a luz da lareira produziam no teto.

Não lembro de adormecer. Devo ter pegado no sono aos poucos, porque, quando dei por mim, Nessie estava rosnando.

Abri os olhos e, com o fogo reduzido a brasas, sorvi a escuridão. Fiquei paralisada.

Nessie rosnou de novo, e foi aí que escutei. Uma batida fraca, hesitante, na minha porta.

— Sossega, Nessie — reclamei, e ela se aquietou.

De espada na mão, saí da cama e comecei a andar lentamente até a porta.

— Senhorita Brienna?

Era Thorn. Dei um suspiro de irritação, abri um pouco a porta, e o intendente estava ali, com uma vela, esperando por mim.

— O que foi agora, Thorn?

— Tem uma pessoa que acho que você precisa ver — sussurrou ele. — Rápido, venha comigo. Acho que tem a ver com o... ataque.

Thorn então olhou para trás de mim, onde Nessie continuava rosnando. Seus olhos se arregalaram muito ligeiramente de apreensão.

— Só um instante.

Fechei a porta para calçar as botas e amarrar meu manto de paixão no pescoço. Prendi o boldrié da espada no peito e deixei a arma se acomodar confortavelmente nas minhas costas, entre os ombros, com o cabo para o alto e pronto para ser puxado.

Quando abri a porta de novo, Thorn esperava a alguns metros de distância.

— Ela vai ficar com medo da cadela — sussurrou para mim, e parei na porta.

— Ela?

— É. Uma das meninas disse que sabe algo sobre o ataque. Ela quer falar com você.

Isso me surpreendeu, mas aceitei deixar Nessie no quarto, apesar de seus resmungos.

Segui Thorn pelo castelo por corredores escuros e silenciosos. Imaginei que me levaria até uma das despensas; então, quando saímos para o pátio da frente, com as pedras e o musgo iluminados pela lua, hesitei.

— Cadê essa menina? — perguntei, produzindo uma nuvem com minha respiração. — E quem é ela?

Thorn se virou para mim. Parecia frágil e idoso naquele momento.

— Está na tecelaria. Não consegui fazê-la mudar de ideia.

— Na tecelaria? — repeti.

Tive um instante de hesitação — aquilo parecia inusitado e estranho —, mas então pensei na confiança que Jourdain tinha em relação a Thorn, confiança suficiente para deixá-lo conduzir e administrar os assuntos do castelo. Assim, aceitei segui-lo pela trilha que descia a colina, em meio ao mato alto e úmido que se enrolava em torno de nossas botas. O vento apagou a vela, então andamos sob a lua e as estrelas.

Parei, sentindo um fio de medo apertar meu coração.

— Thorn?

O intendente parou e se virou. Pela expressão em seu rosto, percebi que havia alguém atrás de mim e, antes que eu pudesse sacar minha espada, senti a advertência de uma lâmina roçar meu pescoço.

— Não se mexa, Brienna — sussurrou Pierce no meu ouvido.

Não me mexi. Mas meu coração se despedaçou.

— Por quê? — Foi só o que consegui dizer para Thorn, com a garganta apertada pela traição.

— Queríamos Lucas — revelou Thorn. — Então pedi para Lucas voltar. Mas seu pai fez a burrice de mandar você no lugar dele. Sinto muito, Brienna. De verdade.

— Como foi capaz de trair seu próprio lorde? — murmurei, mas então a verdade me atingiu como um soco no peito. Sabia exatamente o que Thorn era. Fiquei até com vontade de rir de raiva de mim mesma por não ter seguido meu próprio conselho.

Não tinha orientado Sean a arregaçar as mangas de seus sete nobres para verificar se eles tinham o sinal?

Havia pensado que nenhum dos MacQuinn se alinhara aos meias-luas. Mas que ingenuidade a minha imaginar que só algumas Casas foram contaminadas pela corrupção.

O braço de Pierce apareceu ao lado da minha cintura. Senti-o soltar o boldrié, e minha única arma se afastou do meu corpo. Ouvi o aço atingir a grama, removido de mim.

— Meu pai vai matá-lo quando descobrir — afirmei, surpresa com a calma da minha voz.

Thorn só balançou a cabeça.

— Lorde MacQuinn nunca vai saber.

Pierce me derrubou no chão e me enfiou um pano na boca enquanto amarrava meus pulsos às minhas costas. Eu ainda via Thorn, parado acima de mim, com as estrelas ardendo na noite ao fundo. Vi Pierce lhe entregar uma bolsa de moedas, vi a manga de Thorn deslizar quando ele estendeu a mão para pegá-la, vi a meia-lua nitidamente tatuada no pulso.

— Você só vai receber o resto quando a troca for concluída com sucesso — avisou Pierce.

Ele então arrancou meu manto de paixão. O frio correu pelo meu corpo, e Thorn, relutante, pegou a veste como se o tecido azul fosse mordê-lo.

Pierce me levantou do chão e me pendurou em cima do ombro como se eu fosse um mero saco de grãos. Gritei, mas minha voz foi abafada pela mordaça. Esperneei, tentando acertar uma joelhada em sua barriga, e ele tropeçou. Caímos no chão e tentei rastejar para longe, e cortei o joelho em uma pedra. Pierce me alcançou antes que eu conseguisse levantar e me bateu no rosto. Minha visão ficou turva, e a bochecha, doída. Respirei com dificuldade enquanto ele me carregava para a floresta.

Ainda atordoada, tentei me situar. Estávamos em uma pequena clareira, e havia uma carroça, com quatro dos homens de Pierce ao redor, esperando, observando-me friamente. Dois tinham manchas de sangue ressecado no gibão. Tive certeza de que era o sangue de Phillip e Eamon e senti a bile subir até a garganta.

Vi Pierce puxar a lona da carroça.

Havia sacas de grãos na traseira. Mas havia algo mais: um compartimento por baixo das sacas, bem disfarçado. Meu coração pulou quando vi aquilo, quando entendi que Pierce estava prestes a me enfiar na escuridão de um ataúde. Levantei-me com esforço, desequilibrada por não poder usar as mãos, e comecei a correr desesperadamente. Passei por dois urzedos até Pierce me alcançar, enfiar os dedos no meu cabelo e me puxar de volta para seus braços.

— Você é bem astuta mesmo — debochou ele. — Fechin me avisou Falou que seria difícil te pegar. Mas desta vez fui mais esperto do que você, Brienna. — Pierce me levou de volta para a carroça e me enfiou no compartimento secreto, acompanhado pelos risos e vivas de seus homens. Em seguida, apoiou-se nele e olhou para mim, com a cabeça inclinada, como se estivesse gostando de me ver encolhida no espaço apertado. — O príncipe queria sangue MacQuinn, não Allenach. Mas acho que você vai dar para o gasto.

Pierce mexeu em uma das sacas acima de mim. Ouvi um som de vidro, e, antes que tivesse chance de reagir, ele apertou um pano úmido contra o meu rosto, obrigando-me a aspirar os vapores de algo azedo.

Resisti, recuando no compartimento, mas meus dedos começaram a formigar e o mundo ficou lento. Estava quase sucumbindo para o nada quando escutei Pierce falar:

— Sabe, se você não tivesse me humilhado diante da Casa do seu pai, se tivesse decidido formar uma aliança comigo, os Halloran teriam escolhido o seu lado. Teríamos largado os Lannon como se fossem roupa suja. Você seria minha, e eu a teria protegido, Brienna. Mas, agora, veja só. É engraçado como o poder vem e vai, não é mesmo?

Pierce arrancou a mordaça da minha boca, e tentei gritar de novo, mas minha voz estava sumindo. Só tive forças para murmurar:

— Para onde você está me levando?

— Para casa — respondeu ele, sorrindo. — Para o príncipe.

Pierce me prendeu na escuridão. Senti a carroça começar a se mexer e tentei manter a consciência.

Meu último pensamento piscou logo antes de eu perder os sentidos.

Estava prestes a ser entregue a Declan Lannon.

PARTE QUATRO

A REPRESÁLIA

24

ULTIMATO

Território de lorde MacQuinn, castelo Fionn

Cartier

Assim que vi o castelo de Jourdain aparecer em meio à nevoa, eu soube: Brienna não estava lá.

Parei o cavalo no pátio, logo atrás de Jourdain. Era tarde demais, e mesmo assim Jourdain não percebeu.

Isolde veio com seu cavalo até o meu lado, o rosto manchado de lama e chuva. Havíamos cavalgado a noite inteira, praticamente sem parar, até chegar ao castelo Fionn. E ainda assim não chegamos a tempo.

A rainha olhou para mim, indicando implicitamente que eu deveria acompanhar Jourdain ao salão. Obedeci, sentindo um vazio no peito ao desmontar, e segui Jourdain e Luc quando entraram correndo no saguão.

O restante do nosso grupo — Sean, Isolde e os guardas dela — entrou devagar, hesitante.

— Brienna? *Brienna!* — A voz de Jourdain ribombou pelo castelo.

Os MacQuinn estavam reunidos, terminando o café da manhã. A luz se esforçava até ali, onde o fogo ardia com força na lareira e lançava um brilho fraco nos estandartes MacQuinn. As pessoas estavam em grupos, com rostos pálidos e olhos abertos, solenes. Uma menina jovem de cabelo dourado e cicatrizes no rosto chorava, e seu sofrimento era o único som que rompia o silêncio tenso.

— Onde está minha filha? — perguntou Jourdain, e sua voz estava tão assustadora como o estalo de uma árvore prestes a rachar ao meio.

Por fim, o intendente deu um passo adiante. Vi-o abaixar a cabeça e pôr a mão no peito.

— Milorde MacQuinn... lamento dizer...

— Onde está minha filha, Thorn? — repetiu Jourdain.

Thorn mostrou as mãos, viradas para cima, vazias, e balançou a cabeça.

Jourdain meneou a cabeça, mas seu maxilar estava tenso. De minha posição ao lado de Luc, vi Jourdain pegar a mesa mais próxima e virá-la. A louça, as bandejas de comida, as bebidas... tudo foi ao chão, derramando, batendo e quebrando.

— Eu a mandei para cá para ficar em segurança! — gritou ele. — E vocês deixaram Declan Lannon capturá-la!

Jourdain virou outra mesa, e minha reticência finalmente cedeu ao ver Jourdain perder o controle, ao ver a agonia no rosto do povo dele.

Estendi a mão, peguei no braço de Jourdain e o conduzi pelas pessoas até o tablado.

— Traga um pouco de vinho e pão — pedi ao intendente, que parecia apavorado ao sair correndo para a cozinha.

Em seguida, obriguei Jourdain a se sentar na cadeira. Ele apoiou a cabeça na mesa e foi perdendo as forças conforme o choque se instalava.

Luc se sentou ao lado de Jourdain, pálido, mas estendeu a mão para tocar no ombro do pai.

Isolde finalmente entrou no salão. O silêncio voltou quando os MacQuinn olharam para a rainha encharcada e suja pela tempestade. Mas ela entrou no salão com elegância, e andou até os degraus do tablado.

Virou-se para os homens e mulheres, e fiquei pensando em como ela se dirigiria a eles, se explodiria em chamas como Jourdain ou se seria dura como gelo, como eu.

— Há quanto tempo Brienna MacQuinn desapareceu? — perguntou Isolde, com uma voz gentil, para incentivar respostas.

— Ninguém a viu hoje cedo — respondeu uma mulher de cabelo com mechas grisalhas cujo rosto exibia uma expressão severa, como se já tivesse visto demais na vida. Seu braço estava em volta da menina que chorava.

Hoje cedo.

Tinha sido por muito pouco então.

— Ela foi capturada durante a noite? Quem foi a última pessoa a vê-la?

As pessoas começaram a murmurar em tons baixos e urgentes.

— Talvez a camareira? Quem foi que a atendeu ontem à noite? — insistiu Isolde.

De novo, silêncio. Senti minhas mãos se fecharem em punhos.

— Milady, eu a mandei para o quarto.

Todos olhamos na direção de uma mulher idosa que estava ao lado da concentração de gente. Seu avental estava sujo de sangue, e havia remorso em seus olhos.

Jourdain finalmente levantou a cabeça para encará-la.

— Isla?

— Milorde MacQuinn — disse Isla, com a voz rouca. — Sua filha me ajudou a tratar seu nobre ontem. Ela puxou uma flecha de uma costela dele.

— Qual nobre? — perguntou Jourdain, tentando se levantar. Firmei a mão no ombro dele para mantê-lo sentado. Aquele intendente rabugento finalmente voltou com o vinho, então servi um pouco para Jourdain e envolvi a base do cálice com seus dedos.

— Liam, milorde. Aconteceu um acidente de caça...

A história começou a se desenrolar. Jourdain só bebeu o vinho quando o cutuquei, e foi só quando o rosto do lorde recuperou a cor que o deixei se levantar para que nosso pequeno grupo seguisse Isla até o quarto onde Liam respirava com dificuldade, inconsciente, com os ferimentos cobertos de tecido.

— Você consegue curá-lo, Isolde? — perguntou Jourdain.

A rainha removeu cuidadosamente os tecidos para examinar os ferimentos de Liam.

— Consigo. Mas parece que ele está com febre e uma infecção. Minha magia precisará colocá-lo para dormir profundamente por alguns dias, para eliminá-las do sangue.

Alguns dias? Não tínhamos sequer horas, pensei. Percebi que Jourdain estava pensando exatamente a mesma coisa, mas conteve as palavras.

— Por favor, milady. Cure-o.

Isolde arregaçou as mangas e pediu ajuda a Isla. Enquanto as mulheres começavam a curar Liam, o restante de nós foi ver os dois homens que haviam morrido no acidente. Eles ainda estavam sendo preparados para o enterro, e os ferimentos eram abomináveis.

Luc soltou um palavrão, cobriu o nariz e desviou o olhar, mas eu os observei e os reconheci. Eram os dois guardas que haviam acompanhado Brienna na viagem de volta. Junto com Liam.

— Quero ver o quarto dela — falei abruptamente para Thorn, que levou um susto com a rispidez da minha voz.

Jourdain assentiu, e seguimos o intendente escada acima até os aposentos de Brienna.

A primeira coisa que percebi foi a cama. Estava desarrumada, como se ela tivesse sido acordada no meio da noite. Em seguida, vi pelo de cachorro. Ela deve ter dormido com sua *wolfhound*. Em meu coração, o gelo começou a derreter e o pulso ficou mais intenso enquanto eu olhava os pertences dela, imaginando-a deitada no escuro e protegida apenas pela cadela.

— Onde está a cadela? — perguntei, olhando para Thorn.

— Receio que ninguém a tenha visto, milorde. Mas a cadela costuma desaparecer de vez em quando.

Tive a suspeita horrível de que a cadela de Brienna talvez estivesse morta.

— Ele entrou pela janela? — perguntou Sean.

Luc foi até uma das três janelas e olhou pelo vidro para o chão distante lá embaixo.

— É bastante improvável. Não tem como descer de forma segura por estas janelas.

Continuei andando pelo quarto, sentindo os olhos de Jourdain me acompanharem.

Brienna, Brienna, por favor, mostre-me algum sinal. Meu coração doía. *Diga como posso encontrá-la.*

Fui até o guarda-roupa e abri as portas. Deu para sentir o cheiro do perfume dela: lavanda, baunilha e sol dos campos. Minhas mãos tremiam quando examinei suas roupas.

— O manto de paixão dela não está aqui — murmurei, enfim. — O que significa que ela saiu do quarto com alguma pessoa conhecida. Alguém de confiança. — Virei-me para os homens. — Ela foi traída, MacQuinn.

A cor se esvaiu do rosto de Jourdain quando ele se sentou na beira da cama de Brienna.

Sean ainda analisava a impossibilidade das janelas, e Luc continuava com o olhar perdido no meio do quarto. E lá estava Thorn, retorcendo as mãos enquanto escutava.

Mandei o intendente sair do quarto e bati a porta grosseiramente na cara dele. Voltei-me para o círculo íntimo, as únicas pessoas em quem eu confiava. E, sim, estranhamente, isso agora incluía Sean.

— Alguém aqui é leal a Lannon? — sussurrou Luc.

Jourdain ficou quieto. Percebi que ele não sabia e não queria especular com nomes.

— A curandeira? — sugeriu Sean.

— Não — negou Jourdain imediatamente — Isla, não. Ela sofreu muito nas mãos dos Lannon.

— Quem, então, MacQuinn? — insisti, com um tom brando.

— Esperem um pouco — disse Sean. — Continuamos pensando que Declan veio *aqui*, que Brienna foi traída e posta diretamente nas mãos de Declan. Mas ele agora é um fugitivo que precisa se esconder.

Sean tinha razão. Todos tínhamos pensado em uma única possibilidade.

— Venham — chamou Jourdain, gesticulando para o acompanharmos. — Vamos ao meu escritório.

Nós o seguimos pelo corredor, e ele pediu que acendessem a lareira e trouxessem bebida e comida. Assim que os criados saíram, Jourdain arrancou o mapa de Maevana da parede e o estendeu diante de nós.

— Vamos começar a pensar onde Declan se esconderia — sugeriu ele, posicionando pedras de rio nos quatro cantos do mapa.

Nós quatro nos juntamos e o examinamos. Meus olhos foram antes para o território de MacQuinn. As terras dele faziam fronteira com outras seis: as montanhas dos Kavanagh, as campinas de Morgane, os vales e morros de Allenach, as florestas de Lannon, os pomares de Halloran e os rios de Burke.

— Os primeiros suspeitos — indicou Jourdain, apontando. — Lannon. Carran. Halloran. Allenach.

Sean estava prestes a falar algo quando Isolde finalmente se juntou a nós, com o rosto nitidamente pálido e esgotado, como se sentisse dor. Será que a magia a debilitava? Porque parecia que estava com enxaqueca.

— Curei os ferimentos de Liam, mas, como falei, ele provavelmente vai dormir por mais alguns dias por causa da febre — explicou ela, esfregando a têmpora ao olhar o mapa.

Jourdain contou nossa suspeita de que havia um MacQuinn traidor, e ela franziu o cenho, com raiva.

— Deveríamos desconfiar da Casa Lannon, obviamente — afirmou Isolde, olhando para o território de Lannon. — Declan poderia se esconder em qualquer lugar nas próprias terras. E não fica longe daqui, MacQuinn.

— Parece evidente demais — discordou Luc. — E os Allenach? Sem ofensa, Sean, mas seu valete era um árduo meia-lua.

Sean assentiu com um gesto grave da cabeça.

— Sim. Temos razão de desconfiar do meu povo.

Luc se atreveu a perguntar:

— Desconfiamos de lorde Burke?

Pensei em lorde Burke, que recebera a ordem de ficar em Lyonesse com o pai da rainha para vigiar os outros Lannon e manter a ordem. Ele protegera meu povo o máximo possível nos últimos 25 anos e lutara ao nosso lado semanas atrás.

— Lorde Burke lutou e sangrou junto de nós — murmurou Jourdain, e foi um alívio saber que ele pensava o mesmo que eu. — E também jurou publicamente lealdade a Isolde. Não acho que nos trairia

Com isso, restavam os Halloran.

Passei os olhos pelo território deles.

— Qual é a distância daqui até o castelo Lerah, MacQuinn?

– Meio dia de viagem a cavalo — respondeu Jourdain. — Você acha.

— É uma possibilidade muito boa — confirmei, seguindo o raciocínio de Jourdain.

Fomos interrompidos por uma batida na porta. Jourdain atravessou a sala para atender, e vi Thorn colocar um embrulho nas mãos do lorde.

— Um dos cavalariços acabou de encontrar isto no estábulo, milorde.

Jourdain pegou o embrulho, fechou a porta na cara de Thorn, voltou para a mesa e rasgou o papel.

A primeira coisa que caiu foi uma carta pequena que repousou na mesa, em cima do mapa.

Li a mensagem e a senti me atingir em cheio

Brienna MacQuinn em troca da Pedra do Anoitecer, entregue por Isolde Kavanagh, sozinha, daqui a sete dias, ao pôr do sol, onde a Floresta Mairenna encontra o Vale dos Ossos

O ultimato de Declan tinha, enfim, chegado.

Mas só acreditei nas palavras quando vi o que mais estava no embrulho. Jourdain pegou nas mãos, ergueu para a luz, e finalmente deixei o choque me devorar, finalmente deixei minha compostura ruir

— Não — murmurei.

Prostrei-me de joelhos e derramei o vinho das mãos, que se espalhou como sangue pelo chão.

Eu havia escolhido para ela aquele tom de azul, aquelas estrelas.

E naquele momento entendi o perigo terrível que ela corria: Declan a torturaria quer aceitássemos a troca ou não, só porque eu a amava. Ele a quebraria aos poucos, como havia feito com minha irmã, só por minha causa.

Fechei os olhos para a luz, para o manto de paixão de Brienna nas mãos trêmulas de Jourdain.

25

DERROTA E ESPERANÇA

Brienna

Acordei devagar. Minha cabeça doía de rachar e minha boca estava tão seca que chegava a doer. Eu precisava de água, de calor.

Ouvi o chiado frio e metálico de correntes e me dei conta de que elas estavam se deslocando por minha causa, que havia um peso nos meus pulsos quando os mexi por cima do peito.

Abri os olhos para as sombras e a iluminação fraca, para uma pedra escura salpicada de sangue velho.

Alguém respirava, com força, perto de mim.

E eu estava deitada em algo que parecia estreito e fino. Um catre de prisão.

— Finalmente, Brienna Allenach. Até que enfim você acordou.

Eu sabia que era a voz de Declan, pois era grave e rouca. Ele parecia estar se divertindo, e me esforcei para engolir, para acalmar o coração ao virar a cabeça e vê-lo sentado em uma banqueta perto do meu catre, sorrindo para mim.

Seu cabelo cobreado estava preso de qualquer jeito atrás da cabeça. A barba era densa, e havia feridas nos dedos dele e um corte na testa. Ele cheirava a suor e parecia maltrapilho, quase selvagem.

Levantei o corpo de repente, arrastando as correntes pelo chão. Eu estava com os dois pulsos presos, e os tornozelos também. E, então, reparei que estava acorrentada aos pés de ferro do catre.

Não falei nada, porque não queria aparentar medo na frente dele. Então me afastei o máximo possível no meu leito apertado, concentrei meus olhos nos dele e puxei as correntes como se fossem filamentos de uma planta.

— Meu pupilo deu uma dose forte demais — explicou Declan, esticando os braços musculosos. — Fiquei horas sentado aqui, esperando você acordar.

Pupilo? Pierce Halloran era pupilo de Declan Lannon?

Senti um arrepio ao me dar conta de que eu estivera ali, desacordada, enquanto ele me observava.

Ele leu meus pensamentos e abriu um sorriso para mim.

— Ah, sim. Não se preocupe. Não encostei em você.

— O que você quer comigo? — Minha voz estava rouca, fraca.

Declan pegou um copo de água, em uma mesa ao lado do meu catre e o estendeu para mim. Não aceitei, e, depois de um tempo, ele deu de ombros, bebeu, deixando a água escorrer em fios pela barba.

— O que você acha que eu quero com você, Brienna *MacQuinn*?

— Eu sou Allenach ou MacQuinn para você? — perguntei.

— Você é as duas coisas. Allenach por sangue, MacQuinn por opção. Confesso que acho sua decisão intrigante. Porque, por mais que você corra, não dá para fugir do seu sangue, garota. Na verdade, eu a trataria melhor se você se juntasse à Casa do seu pai legítimo. Os Allenach e os Lannon sempre tiveram uma boa relação.

— O que você quer comigo? — repeti, impaciente.

Declan deixou o copo vazio de lado e esfregou as mãos enormes.

— Muito tempo atrás, meu pai decidiu castigar as três Casas que tentaram destroná-lo. Você conhece a história, claro, de quando os Kavanagh, os Morgane e os MacQuinn tentaram se rebelar e fracassaram. Apesar do fracasso do golpe, três crianças fidalgas fugiram com seus pais covardes... Isolde. Lucas. Aodhan. Três crianças que deviam ter morrido.

Mantive o maxilar travado e me obriguei a escutá-lo. Cerrei os punhos com força e tratei de manter a calma.

— Seria impossível capturar Isolde agora, devido à guarda constante. Assim como Aodhan, quando percebi a dimensão de sua inteligência e raiva. Mas Lucas? Seria fácil, fácil. E eu sabia que, se conseguisse capturar um dos três filhos sobreviventes, poderia pedir o que quisesse.

Ele continuava sorrindo, saboreando minha circunstância de desamparo e correntes.

— Você sabe qual é meu desejo, Brienna?

Esperei, sem interesse de fazer o jogo dele.

— Quero exatamente aquilo que você encontrou uma vez, aquilo que descobriu — disse Declan. — Quero que Isolde Kavanagh me entregue a Pedra do Anoitecer. Você acha isso difícil de acreditar?

Eu achava. De repente, não consegui respirar.

— Veja bem, Brienna, com o tempo, a magia nesta terra sempre sucumbe à corrupção — prosseguiu ele. — Qualquer pessoa que estude a história de Maevana sabe. Foi glorioso o dia em que a pedra desapareceu e a última rainha morreu em batalha em 1430. Foi uma era nobre para nós, porque, de uma hora para outra, deixamos de ser governados por uma rainha instável e maculada. Qualquer um poderia ascender ao trono, com ou sem magia, rainha ou não.

Ele parou de falar e ficou me encarando. Eu tremia enquanto tentava pensar em uma resposta, tentava entender.

— Preciso dizer — continuou ele, e minha vontade era barrar sua voz. Quis cobrir as orelhas e fechar os olhos, pois as palavras começaram a se cravar em mim como pequenos anzóis. — Achei bem impressionante quando você e seu grupinho desconjuntado de rebeldes se juntaram e lutaram semanas atrás. Ainda estou impressionado com você, por ter achado a pedra, por ter enganado o próprio pai para desenterrá-la no território dele. Meu filho não para de falar disso para a irmã, da história de como você encontrou a Pedra do Anoitecer, de que ela queimaria pessoas como você e eu se encostássemos nela, de que você a manteve guardada no bolso do seu vestido, de que ela irradia no pescoço de Isolde Kavanagh.

Fechei os olhos, incapaz de olhar para ele por mais um segundo sequer.

Ele deu uma risadinha.

— Então pensei: Lucas não é a pessoa certa para esta troca. É Brienna. A garota que descobriu uma pedra, a garota que trouxe a magia e uma rainha de volta para esta terra.

— De que a pedra vai servir para você, Declan?

Fiquei aliviada de ver que minha voz saiu firme, que eu parecia calma. Abri os olhos e o encarei.

— Não é óbvio, Brienna? — rebateu ele. — Isolde Kavanagh perde influência e poder sem a pedra. Ela e o pai vão enfraquecer. Mas, talvez mais que isso... terei o apoio do povo. Porque seu grupo rebelde é arrogante demais para perceber, mas o povo tem medo de magia. Não quer ser governado por ela. E, assim, eu serei a pessoa que vai vencer esse medo, que dará ao povo o que ele quer de fato.

— E o que ele quer?

— Um rei que escuta. Um rei que não tem nenhuma vantagem injusta. Um rei que seja um deles, que tenha visão. E minha visão é um novo reino, uma nova Maevana livre de magia e de Casas. Que seja um só país, uma só Casa, uma família governante, um povo.

Ah, tinha tanta coisa que eu queria dizer em resposta. Queria dizer que os únicos maevanos que temiam Isolde eram os meias-luas, os maevanos que durante anos estiveram mancomunados com a família Lannon. Que a magia não corrompera o país; a família dele é que fizera isso. E que os únicos maevanos que o queriam no trono eram os que tinham trevas no coração e na mente, que desejavam os prazeres vis pelos quais Declan era conhecido. Mas, talvez, mais do que todos esses pensamentos furiosos, era o rebate àquela visão de uma Casa, uma família. Eu sabia exatamente como ele pretendia executar essa visão: matando qualquer um que se opusesse, eliminando Casas da mesma forma como Gilroy fizera com os Kavanagh.

Quis gritar e esbravejar, mas engoli tudo, ciente de que, se o irritasse, ele me torturaria. E eu precisava preservar minhas forças e minha consciência para superá-lo.

Declan se levantou, intimidando-me com sua altura e preenchendo a pequena cela feito uma montanha.

— Quero que Isolde Kavanagh me dê a pedra em troca de você. Ela deve vir sozinha, ajoelhar-se diante de mim e entregá-la. E sei que ela vai fazer isso. É só uma pedra, e sua vida é mais importante para eles. Sei que MacQuinn gosta de você, como se vocês fossem do mesmo sangue. Mas a pressão por sua liberdade não virá de MacQuinn. Virá de Aodhan Morgane, o orgulhoso lorde do Veloz, que acha que sabe de tudo. Porque o coração dele está nas suas mãos. Porque ele perdeu a mãe e a irmã, então decidirá não perder você.

Naquele momento, soube que Isolde jamais aceitaria essa troca, independentemente do que Cartier quisesse. Não havia a menor possibilidade de ela abrir mão da pedra por mim. Ela não negociaria com Declan Lannon. E eu não queria que negociasse.

Respirei fundo, devagar. E me neguei a falar, a revelar meus pensamentos. Porque eu precisava conseguir o máximo possível de tempo para que Isolde e Cartier me resgatassem por conta própria. Antes que Declan se desse conta da futilidade de seu plano e visse que sua única opção era me matar.

— Se atenderem às minhas intenções, não vou machucá-la — prometeu ele. — Mas, assim que começarem a tentar me derrotar... digamos que você não vai sair desta cela do mesmo jeito que entrou.

Não consegui disfarçar o estremecimento quando ele foi embora e bateu a porta com barras de ferro atrás de si. Arrastei-me até o pé do catre e vomitei até me sentir vazia e sentir um zumbido nos ouvidos

Fiquei deitada de bruços, com a visão turva, esforçando-me para manter a calma.

Meu maior desafio era tentar descobrir alguma forma de enviar uma mensagem secreta para Jourdain e Cartier, para revelar onde eu estava. A essa altura, eles provavelmente já sabiam que Declan escapara de Lyonesse e que eu tinha desaparecido. Mas eu nem sabia ao certo meu paradeiro. Eu acreditava que estavam me mantendo na masmorra de castelo Lerah, nas garras dos Halloran, mas não tinha certeza.

Pensei até me cansar e cheguei à conclusão de que não tinha jeito. Então, refleti sobre minhas lembranças mais queridas, as que se estabeleceram durante minha época na Casa Magnalia. Pensei em Merei, na música dela, em nossas partidas de cheques e marcas, e no fato de que ela sempre me vencia. Lembrei-me do solstício de verão, quando estávamos em nossos aposentos, incertas, mas ansiosas para saber como a noite acabaria, quando éramos alunas no processo de nos tornarmos mestras. Pensei em todas aquelas tardes que eu passara com Cartier na biblioteca, quando ele parecia tão frio, indiferente e sério, e que eu finalmente o desafiara a se equilibrar em uma cadeira com um livro na cabeça. Lembrei a primeira vez que o ouvi rir, com o som se espalhando como a luz do sol pela sala.

Devo ter cochilado, mas acordei com um barulho que ecoava abaixo de mim. Vozes, cavalos, ferro batendo.

Levantei a cabeça para escutar melhor e me dei conta de que, ao contrário do que tinha imaginado, eu não estava em uma masmorra.

Estava em uma torre.

Alguma coisa rastejou pelo chão da minha cela. Achei que fosse um rato, mas vi que era uma pedrinha. E escutei um pequeno e adorado sussurro.

— Senhorita Brienna.

Sentei-me direito, e meu coração foi à boca quando vi Ewan do outro lado das barras.

— Ewan? — murmurei, saindo do catre.

As correntes não eram muito compridas, e só consegui chegar ao meio da cela, mas estiquei as mãos para ele, e ele fez o mesmo para mim. O ar entre nós era delicado, e nossos dedos quase se encostaram.

— Ewan, você está bem?

Incapaz de conter a emoção, comecei a chorar.

— Estou bem — disse ele, em meio às lágrimas, esfregando a mão no rosto. — Sinto muito, senhorita. Odeio meu pai.

— Shh. — Tentei acalmá-lo, para ele se concentrar. — Preste atenção, Ewan. Você sabe onde estamos?

— Castelo Lerah.

A sede dos Halloran.

— Keela está preocupada com você — sussurrou Ewan. — Ela quer ajudar a te soltar, assim como você tentou protegê-la. A gente acha que consegue pegar a chave do guarda amanhã à noite.

Um eco de vozes soou abaixo de nós outra vez.

— Tenho que ir embora — disse ele, e as lágrimas começaram a se formar em seus olhos de novo.

— Haja o que houver com você e Keela — sussurrei —, tome cuidado, Ewan. Por favor, não deixe ninguém pegar vocês.

— Não se preocupe comigo, senhorita Brienna.

Ele enfiou a mão no bolso, tirou uma maçã e a rolou pelo chão para mim.

Abaixei-me, e minhas correntes tilintaram quando peguei a fruta bem vermelha.

— Vou soltar você — prometeu Ewan, colocando a mão no peito.

Ele sorriu, revelando a falta de um dente, e foi embora.

Sentei-me no catre e levei a maçã ao nariz, aspirando a expectativa.

E me atrevi a ter esperança, apesar da escuridão fria, das correntes e dos ratos que guinchavam no canto da minha prisão. Porque os filhos de Declan Lannon iam desafiá-lo para me libertar.

26

FILAMENTOS OCULTOS

Território de lorde MacQuinn, castelo Fionn

Cartier

Sete dias.

Tínhamos sete dias para descobrir onde Declan estava mantendo Brienna em cativeiro. Porque não íamos entregar a Pedra do Anoitecer.

Eu estava reunido com o círculo de confiança de Isolde, e discutimos até tarde da noite: trocar ou não a pedra. Mas acabamos chegando a um consenso: não podíamos confiar em Declan. Havia grandes chances de ele nos enganar, de pegar a pedra e matar Isolde e Brienna mesmo assim. O local que ele exigira — o ponto onde a Floresta Mairenna e o Vale de Ossos se encontravam — ficava em território Allenach, e eu não tinha a menor dúvida de que Declan se abrigaria nas árvores, onde poderia esconder uma força formidável atrás de si.

Havíamos decidido não negociar com ele desde o início do levante, então não negociaríamos agora. Além do mais, abrir mão da pedra para ele seria um gesto enorme de derrota, que fatalmente levaria à nossa destruição.

Mesmo assim... eu queria trocar a pedra por Brienna. Queria com tanta intensidade que tive que passar a maior parte da noite de boca fechada.

Com o tempo, ficamos exaustos demais para continuar planejando.

Jourdain providenciara aposentos de hóspedes para nós, mas ninguém me impediu de voltar ao quarto de Brienna. Tirei as botas e o manto, larguei-os pelo chão atrás de mim e me enfiei nas cobertas frias dela, apoiando meu corpo no lugar onde ela estivera, respirando a lembrança dela.

Como encontro você?

Fiz essa prece, repetidamente, até não restar em mim nada além de ossos e uma vaga dor no peito, e me afundei em sonhos.

Eu a vi acompanhada da minha mãe e da minha irmã nas campinas do castelo Brígh. Havia flores no cabelo dela, risos em sua voz, e o sol brilhava com tanta intensidade que era difícil distinguir seu rosto. Mas eu sabia que era Brienna, caminhando com Líle e Ashling Morgane. Sabia porque conhecia de cor o jeito como ela andava, como se mexia.

— Não perca as esperanças, Cartier — sussurrou ela para mim, de repente nas minhas costas, envolvendo-me com os braços. — Não chore por mim.

— Brienna. — Quando me virei para abraçá-la, ela se transformou em luz e poeira, e tentei desesperadamente segurar o vento, segurar a sombra dela no chão. — *Brienna.*

Falei o nome dela em voz alta e acordei sobressaltado.

Ainda estava escuro. E eu não tinha condições de ficar deitado ali nem mais um instante e ponderar sobre o sonho que me disse que Brienna estava mais próxima da minha mãe e da minha irmã do que de mim.

Levantei-me e, inquieto, comecei a andar pelos corredores do castelo. Fazia silêncio, e, depois de um tempo, perambulei até o salão pouco iluminado. A bagunça que Jourdain fizera havia sido arrumada: endireitaram as mesas e varreram o chão. Parei um pouco na frente da lareira para sentir o calor das brasas, até que me lembrei do nobre Liam.

Precisávamos que aquele homem se recuperasse completamente, que acordasse e nos dissesse o que havia visto.

Oculto nas sombras, comecei a andar até o quarto de Liam quando notei Thorn vir pelo outro lado do salão, com o rosto grosseiro iluminado por uma vela. Vi o intendente entrar no quarto de Liam e fechar a porta atrás de si sem fazer barulho.

Então nós dois pensamos a mesma coisa.

Fui até a porta e prendi a respiração ao aproximar a orelha da madeira.

Ouvi um tumulto, um homem chiando.

Abri a porta de repente e vi o intendente empurrando um travesseiro no rosto de Liam, e os pés do nobre, que estava quase morrendo sufocado, tremiam.

— Thorn! O que você está fazendo? — gritei, indo na direção dele.

Thorn se sobressaltou e arregalou os olhos ao me encarar. Ele logo sacou um punhal, avançou para cima de mim, quase me pegando de surpresa.

Por reflexo, bloqueei o golpe com o antebraço e empurrei Thorn para o outro lado do quarto. Ele caiu na mesa lateral e derrubou os equipamentos da curandeira. Vidros de ervas se espatifaram no chão quando Thorn tentou se equilibrar, ainda com o punhal brilhando na mão. Ele arreganhou os dentes tortos, e foi espantosa a transformação daquele velho intendente ranzinza em um oponente formidável. Segurei-o pelo pulso e torci seu braço até ele soltar um grito de dor e seus dedos serem obrigados a largar a arma. Derrubei-o no chão e me sentei em cima dele.

— Não sei de nada — atreveu-se a balbuciar.

Puxei a manga dele, revelando o sinal de meia-lua. Ele tremeu de choque, por ver que eu sabia o que procurar, e ficou imóvel.

— Cadê ela? — perguntei.

— N-não sei.

— Não é essa a resposta que eu quero.

E quebrei o seu pulso.

Ele deu um berro que certamente acordaria o castelo. E eu só conseguia pensar que havia acabado de quebrar os ossos frágeis por trás daquela meia-lua, e que continuaria fazendo isso até ele dizer onde Brienna estava.

— Cadê. Ela?

— Não sei para onde ele a levou! — gritou, gaguejando. — Por favor, lorde Aodhan. Eu... eu realmente não sei!

— *Quem* a levou? — murmurei.

E quando ele balbuciou, sem conseguir articular as palavras, dobrei o pulso quebrado para trás.

Ele deu outro grito, e dessa vez escutei vozes no corredor. Jourdain se aproximava. Ele ia me impedir. Ia me arrancar de cima do intendente. Então, peguei o outro pulso de Thorn e me preparei para quebrá-lo também.

— *Quem*. A. Levou?

— O Chifre Vermelho! — exclamou Thorn. — O Chifre Vermelho a levou. É só isso... é só isso que posso dizer.

Vi o quarto se iluminar com velas, ouvi a voz surpresa de Jourdain e senti o chão tremer quando ele veio até mim.

Thorn chorava e exclamava "Lorde MacQuinn! Lorde MacQuinn!", como se eu o tivesse atacado, aquele covarde asqueroso.

— Aodhan! Aodhan, pelos deuses! — declarou Jourdain, tentando me tirar de cima do intendente.

Mas minha cabeça estava a mil. O Chifre Vermelho. Quem era o Chifre Vermelho?

— Quem é o Chifre Vermelho, Thorn? — insisti.

A mão de Jourdain apertou mais meu ombro. Ele piscou e encarou Thorn, como se o enxergasse sob uma luz diferente.

Luc entrou correndo no quarto, seguido de perto por Isolde. Eles me cercaram e me encararam com olhos arregalados, até que virei o pulso quebrado de Thorn para cima e revelei a meia-lua.

— Acabei de achar um rato.

Jourdain encarou Thorn por um instante, e diversas emoções passaram por seu rosto. Por fim, com uma voz neutra, ele disse:

— Amarrem-no em uma cadeira.

Ficamos em volta dele, tentando extrair respostas. Achei que o velho cederia, especialmente quando Jourdain ofereceu poupar sua vida. Mas Thorn resistiu. Havia confessado o envolvimento do Chifre Vermelho, mas suas revelações não passariam disso. O único jeito de obrigá-lo a falar seria espancando-o, e Jourdain não queria saber de violência.

— Quero que você ajude Luc e Sean a solucionar o mistério do Chifre Vermelho — murmurou ele para mim. — Eles estão no escritório, tentando entender.

Fiquei quieto por um instante. Jourdain continuou me olhando, com uma expressão preocupada no rosto.

— Posso arrancar a resposta dele — falei. — Se você deixar.

— Não quero que você se transforme nisso, Aodhan.

Minha irritação foi às alturas, e respondi:

— A vida de Brienna depende disto, MacQuinn.

— Não se atreva a dizer para mim do que a vida da minha filha depende — rosnou Jourdain, e sua compostura finalmente trepidou. — Não aja como se fosse a única pessoa angustiada com ela.

Ao ver o tom de desdém de Jourdain comigo, pensei: estávamos começando a nos voltar uns contra os outros. Estávamos exaustos, arrasados, perdidos. Deveríamos entregar a pedra. Não deveríamos entregar a pedra. Deveríamos entrar em acordo com Thorn. Deveríamos espancar Thorn. Deveríamos puxar as mangas de todo mundo. Não deveríamos invadir a privacidade de ninguém.

O que era certo, o que era errado?

Como resgataríamos Brienna se ficássemos com medo demais de sujar as mãos?

Deixei Jourdain no corredor e fui para o escritório, onde Luc e Sean estavam recurvados acima do mapa, com doces parcialmente comidos em seus pratos de café da manhã, falando o que para mim não fazia o menor sentido.

— Fale todos os vermelhos — disse Luc, mergulhando uma pena na tinta e se preparando para escrever.

— Burke tem vermelho — começou Sean, examinando o mapa. — MacFinley tem vermelho. Dermott, Kavanagh e... Fitzsimmons.

— Do que vocês estão falando? — perguntei, e eles pararam e olharam para mim.

— Quais Casas têm a cor vermelha — respondeu Luc.

Fui até a mesa e me sentei com eles.

— Acho que cores de Casas são algo óbvio demais.

— Então o que você sugere? — retrucou Luc.

— Vocês estão no caminho certo, Luc — falei, com calma. — A cor vermelha é relevante. Mas só vai ser relevante para a Casa à qual o Chifre Vermelho pertence.

Luc jogou a pena na mesa.

— Então por que estamos fazendo isto? É perda de tempo!

Sem falar nada, Sean recolheu um punhado de anotações que estavam reunindo. Dei uma olhada para ler, comentários sobre chifres, berrantes, desenhos de berrantes, os vários significados por trás das notas produzidas por cornetas. Trombetas, clarins e sacabuxas. Só instrumentos. É claro que Luc pensaria em instrumentos ao ouvir falar de chifres, já que ele era músico.

Mas não foi isso que imaginei.

E estava prestes a expressar meus pensamentos quando ouvi um barulho no pátio, do lado de fora da janela.

— Pelos deuses — sussurrei, embaçando o vidro com minha respiração.

— O que foi, Aodhan? — perguntou Luc, esquecendo a raiva de mim.

Virei-me para ele.

— É Grainne Dermott.

* * *

Nenhum de nós sabia o que esperar quando Grainne Dermott pediu para conversar com a rainha e seus conselheiros no escritório de Jourdain. Ela obviamente viera para cá às pressas, e não parou para trocar as roupas sujas de lama da viagem antes de vir falar conosco.

— Lady Grainne — disse Isolde em cumprimento, incapaz de disfarçar a surpresa. — Espero que esteja tudo bem com você.

— Lady Isolde — disse Grainne, com um tom sem fôlego. — Está tudo normal em Lyonesse, e falo isto para tranquilizá-la. Seu pai está bem e continua cuidando do castelo e mantendo os Lannon na masmorra. Vim porque ouvi uma notícia perturbadora.

— O que você ouviu? — perguntou Isolde.

— Que Brienna MacQuinn foi sequestrada.

Jourdain se remexeu.

— Onde você escutou essa história, lady Grainne?

Grainne olhou para Jourdain.

— A cidade real é um lugar cheio de boatos, lorde MacQuinn. Não tive que circular muito pelas ruas e tavernas para ouvir esse.

Ficamos em silêncio. Será que Isolde esconderia a verdade?

— Parece que os boatos são verdadeiros — disse Grainne. — Pois Brienna MacQuinn não está entre vocês.

— O que não significa que minha irmã foi sequestrada — disse Luc, mas ele se calou quando Jourdain levantou a mão.

— É verdade, lady Grainne. Minha filha foi capturada durante a noite. Ela não está conosco, e não sabemos qual é seu paradeiro atual.

Grainne ficou em silêncio por um instante e, em seguida, falou em tom grave:

— Lamento de coração. Eu gostaria que fosse apenas um boato. — Ela suspirou e passou os dedos pelos cachos do cabelo. — Vocês encontraram alguma pista?

Vi pelo canto do olho Jourdain observar Isolde. Ele estava se perguntando se a rainha incluiria Grainne no grupo, e eu já sabia a resposta antes que Isolde falasse.

— Sente-se conosco, Grainne — disse Isolde, indicando as cadeiras em volta da mesa.

Enquanto Jourdain servia chá para todo mundo, ela começou a contar para Grainne a sequência de acontecimentos até então. Grainne escutou, com o corpo inclinado para a frente, de cotovelos na mesa, deslizando distraída a ponta dos dedos na borda da xícara.

— O Chifre Vermelho — disse ela, e deu uma risadinha. — Deuses do céu. Só pode ser ele.

— Quem? — perguntou Jourdain.

— Pierce Halloran — respondeu Grainne.

O nome dele me atingiu feito uma flecha. E, quanto mais eu ponderava, mais certeza tinha.

— Pierce Halloran? — retrucou Luc. — Aquele frouxo?

— Ele não é frouxo — corrigiu Grainne. — Ele passou os últimos anos organizando incursões para aterrorizar meu povo. Brienna me disse que ele tentou se aliar aos MacQuinn, e que ela acabou constrangendo-o. Isso fez com que ela se tornasse um alvo; ele fará o possível para desmoralizá-la. Mas, além disso, Pierce Halloran é um meia-lua.

Nós nos limitamos a olhar para ela.

— Brienna não falou para vocês? — perguntou ela, olhando para mim. — Durante nossa viagem para Lyonesse, ela me disse que viu uma tatuagem de meia-lua no pulso de Pierce. E foi assim que nossa conversa começou, foi por isso que expliquei para ela o significado do símbolo. Porque eu queria que ela soubesse muito bem do que Pierce é capaz.

Brienna não nos dissera que Pierce tinha o sinal. E eu não sabia se foi por descuido, ou se ela estava tentando lidar com a ameaça de Pierce por conta própria.— Mas por que Chifre Vermelho? — perguntou Sean, franzindo o cenho. — Como ele obteve esse nome?

Grainne sorriu.

— Você sabe qual é o brasão dos Halloran?

— O íbex... — disse Luc, e finalmente entendeu, todos entendemos, que o chifre correspondia ao carneiro. — E eu achando que era uma sacabuxa!

Grainne aguardou até ligarmos os pontos e juntarmos as peças que ela havia acabado de fornecer. Esperou até Isolde encará-la e disse:

— Lady Isolde. A Casa Dermott declarará publicamente apoio e aliança com você. Também trarei os MacCarey para a aliança, o que influenciará bastante as outras duas Casas Mac a seu favor. Juraremos lealdade a você como nossa rainha. Mas peço apenas que me permita liderar o ataque ao castelo Lerah.

Isolde aparentou desconforto. Mal reconheci sua voz quando falou:

— Liderar um ataque contra outra Casa... Preciso ter certeza absoluta, sem nenhuma sombra de dúvida, de que eles são culpados.

— Milady não percebe? — murmurou Grainne, fervorosamente. — Eles *são* culpados. Faz *anos* que são culpados, e estão tramando para derrubá-la! Estão mantendo Brienna MacQuinn em cativeiro e, provavelmente, abrigando Declan.

Isolde começou a andar em círculos. Havia uma energia estranha entre as mulheres; parecia o momento antes de uma tempestade, quente e frio ao mesmo tempo, ganhando força no vento.

A rainha finalmente parou na frente da lareira e disse:

— Saiam todos. Por favor.

Começamos a andar para a porta, mas Isolde acrescentou:

— Aodhan, fique conosco.

Parei logo antes saída. Luc lançou um olhar nervoso para mim e fechou a porta.

Virei-me, ainda perto da parede, e observei a rainha e Grainne se encararem.

— Se eu permitir que você lidere o ataque, Grainne... — começou Isolde, mas não terminou.

— Eu juro, Isolde. Não chegaria a esse ponto. Seria só pela minha espada.

Essa conversa me deixou completamente perdido. E eu não fazia a menor ideia de por que Isolde me pedira para ficar. Parecia mesmo que a rainha havia se esquecido da minha existência, até que olhou para mim e gesticulou para que eu me aproximasse.

A rainha olhou para Grainne, que não falou nada, mas tive a sensação de que elas estavam conversando por telepatia. Os pelos dos meus braços se eriçaram.

— Aodhan, Grainne é como eu — disse Isolde. — Ela tem magia.

Olhei para Grainne, e ela comprimiu os lábios, como se estivesse disfarçando um sorriso.

— Ele já sabe. Sentiu quando eu e Rowan nos hospedamos no castelo Brígh.

— Ele não deixa passar muita coisa — disse Isolde, num suspiro.

— Ainda estou aqui — avisei a elas, para dissipar a tensão. — Mas não sei por que você me pediu para participar desta conversa.

A rainha se sentou na cadeira e cruzou as pernas.

— Porque quero seu conselho. Sobre o ataque. — Ela levantou a xícara, mas não bebeu. Ficou apenas olhando para o chá, como se as respostas fossem subir à superfície. — Grainne detém a magia da mente. Ela pode falar sem palavras, com os pensamentos.

Ela tem medo de que minha magia se descontrole durante o ataque.

Levei um susto quando a voz de Grainne soou na minha cabeça, com tanta firmeza que foi como se ela tivesse falado. Olhei para ela, e o suor começou a se formar na minha testa.

— A magia se corrompe em batalha — disse Isolde. — Sabemos disso pela história, porque a última rainha guerreou com ela e quase destruiu o mundo. E receio que ela possa fugir do controle se a usarmos para marchar contra castelo Lerah.

— Milady — disse Grainne, esforçando-se ao máximo para demonstrar paciência. — Eu tomaria a fortaleza com espada e escudo. Não com magia. Nem sei como brandir magia em batalha. Como conversamos antes, não temos os feitiços. O que poderia fugir do controle?

Isolde não respondeu, mas percebi seu receio, sua preocupação. Ela tinha razão de sentir isso; não dava para negar que eu sentia o mesmo. Ainda havia muita coisa que não conhecíamos sobre magia.

Mas se Brienna estivesse mesmo no castelo Lerah, eu não hesitaria em pegar em armas e seguir Grainne até lá.

— É tão irônico — murmurou a rainha —, quase não dá para acreditar que Declan queira trocar Brienna pela pedra. Semanas atrás, pedi para Brienna me fiscalizar, para tirar a pedra de mim se eu sucumbisse às trevas. E, agora que Brienna foi roubada de nós, preciso decidir o que fazer com esta pedra.

Grainne e eu ficamos calados, sem saber o que dizer.

— Quer que outra pessoa segure a pedra durante o ataque? — perguntei. — Eu poderia ficar com ela para você, do mesmo jeito que Brienna fez com o medalhão de madeira. A magia adormeceria por um tempo, até o conflito acabar.

— É, acho que seria sensato. Mas ainda não temos certeza da culpa dos Halloran — continuou Isolde. — Por menos que eu goste deles, não posso liderar um ataque sem provas. Não posso.

Aodhan, disse Grainne para mim. *Aodhan, tranquilize-a. Caso contrário, talvez nunca obtenhamos essa prova.*

Não pude levantar os olhos para fitar Grainne, com medo de nós dois nos unirmos na sede de sangue.

A rainha deu um suspiro cansado.

— Precisamos esperar até Liam acordar. Quando ele despertar da cura, poderá nos dar a confirmação necessária.

Liam ainda levaria alguns dias para acordar. E íamos perder tempo.

Mas consumi essas palavras, deixei-as caírem feito pedras no meu estômago e levarem minha esperança junto.

Os dois dias seguintes foram uma agonia. O nobre Liam continuou dormindo, e, embora a cor e a respiração dele melhorassem a cada amanhecer, estávamos cada vez mais inquietos, recorrendo a perambular pelo castelo, estudar o mapa e interrogar os MacQuinn na esperança de que alguém tivesse visto algo que pudesse servir de confirmação para Isolde.

Nossa prova finalmente chegou no fim da tarde.

Eu estava sentado com Thorn, tentando convencê-lo a falar, quando Isolde apareceu na porta.

— Aodhan.

Virei-me. Como ela não falou nada, levantei-me, e saímos juntos para o corredor.

— O nobre Liam acordou — sussurrou ela. — É como Grainne desconfiava. Pierce Halloran e quatro homens dele foram os culpados.

— Então temos justificativa — falei.

Com olhos escuros como obsidiana, a rainha meneou a cabeça.

— Vamos planejar o ataque.

Reunimos os outros às pressas e nos acomodamos decididos em torno da mesa de Jourdain, com tigelas de cozido e uma garrafa de vinho, e começamos a delinear nossos próximos passos.

Sean traçou um diagrama do castelo Lerah para estudarmos. Ele havia visitado o castelo várias vezes com o pai e estudara a planta quando era pequeno, porque, infelizmente, era uma das maiores e mais antigas fortificações de toda Maevana.

Fiquei observando conforme ele desenhava quatro torres, a guarita do portão, o campo interno, que era uma faixa de grama entre a muralha interna e a externa, e o fosso, que seria nosso maior desafio. Ele então identificou as torres — a sul era a prisão, onde Brienna estaria, a leste era a torre do arsenal, e as torres norte e oeste abrigavam os aposentos da família e de hóspedes, onde provavelmente estariam Declan e as crianças.

— Conheço dois portões — explicou Sean. — O portão exterior e o postigo ao norte. Só entrei na fortaleza pela ponte levadiça no portão externo. Se entrarmos por aqui, vamos atravessar o campo central, passar pela guarita do portão e chegar ao pátio. Aqui tem um jardim, o estábulo, a capela, a padaria etc. O salão é aqui.

Sean suspirou, olhando para o mapa.

— Se Brienna estiver na torre da prisão... Bom, acho que, passando pela primeira leva de guardas, daria para chegar à amurada. Depois de resgatá-la, daria para descer a escada até o campo interno, que vai estar cheio de gente, ou escalar a parede para o campo central e talvez escapulir pelo postigo norte, ou até pela torre do arsenal.

— Por que a torre do arsenal? — perguntou Isolde.

— Porque tem um conjunto de forjas aqui — respondeu Sean, traçando uma linha com tinta no mapa. — Eles chamam de ala de forjas. E forjas precisam de água, né? Tenho certeza quase absoluta de que tem uma porta na muralha externa para o fosso, para que aprendizes de ferreiro preguiçosos possam tirar água dali, em vez de ir até o campo interno, onde fica o poço.

Ficamos em silêncio, refletindo sobre o conhecimento dele, quando Sean de repente começou a rir, passando os dedos pelo cabelo e deixando um rastro de tinta na têmpora.

— Pelos deuses. Claro. — Ele cruzou os braços e gesticulou com a cabeça para o desenho do castelo. — O castelo Lerah é feito de pedra vermelha. O Chifre *Vermelho*.

Nosso planejamento seguiu para o desafio mais crucial: atravessar o fosso.

— Precisamos dar um jeito de abaixar a ponte levadiça — disse Luc.

— As tecelãs. — A resposta súbita de Jourdain chamou nossa atenção. — Minhas tecelãs fazem entregas mensais de lã e linho no castelo Lerah.

— E já fizeram a deste mês? — perguntou Isolde. — Será que estariam dispostas a conduzir a carroça para que possamos entrar escondidos?

— Não tenho certeza. Vou perguntar a Betha.

Jourdain saiu rápido, e, durante sua ausência, continuamos examinando o mapa e terminamos de jantar, esperando a volta dele para retomar o planejamento.

Ele chegou dez minutos depois.

— Betha aceitou fazer a entrega. Disse que pode levar quatro de nós na traseira da carroça.

— Quem de nós vai, então? — perguntou Luc.

— Acho que devíamos ir Aodhan, Lucas, Sean e eu na carroça — disse a rainha. — Sean e Lucas ficarão responsáveis pela ponte levadiça. Aodhan capturará Declan, e eu resgatarei Brienna. Grainne, você e suas forças vão esperar aqui — ela apontou para uma pequena floresta no mapa —, escondidos nesta mata, de onde terão visão desimpedida da ponte. Jourdain e seus trinta guerreiros e guerreiras vão esperar aqui — ela apontou para os pomares, na área ao norte do castelo —, com uma carroça para transportar Brienna e as duas crianças Lannon imediatamente de volta para Fionn.

Estranhei a divisão, a decisão dela de resgatar Brienna e me encarregar de Declan. Achei que seria o contrário e me perguntei se ela estava reservando esse momento para mim, se estava me dando permissão para matar Declan Lannon.

Nossos olhares se cruzaram, mas, naquele breve instante, nossos pensamentos se alinharam. Ela estava mesmo me dando a chance de concretizar minha vingança. E talvez houvesse algo mais, algo relacionado a Brienna. Se Brienna tiver sido torturada, eu seria capaz de retirá-la em segurança ou desmoronaria assim que a visse?

Eu não sabia ao certo; realmente não conseguia sequer conceber a possibilidade.

— Lorde MacQuinn — continuou a rainha, virando-se para Jourdain. — Peço que você proteja a Pedra do Anoitecer durante o ataque, deixe-a no medalhão que Brienna usou no passado e me devolva ao final.

Ela já havia tratado disso com Jourdain. Percebi, porque ele não parecia nada surpreso. Ele pôs a mão no peito, em obediência.

— Lady Grainne — disse Isolde, agora dirigindo ordens para a mulher ao meu lado. — Estou lhe dando esta oportunidade de tomar o castelo Lerah porque sei que seu povo sofreu muito pelas mãos dos Halloran.

Dito isso, só tenho um pedido a fazer. Se derramar sangue, que seja apenas daqueles que a prejudicaram diretamente. Proteja as mulheres e crianças Halloran e os homens inocentes, que se verão no meio de uma batalha súbita.

Os olhos de Grainne brilharam à luz das chamas. Ela pôs a mão no peito e disse:

— Eu juro, milady. Se alguém cair pela minha espada, será Pierce Halloran e seus meias-luas. Mais ninguém.

A rainha meneou a cabeça.

— Lorde MacQuinn, você acha que suas tecelãs conseguiriam nos fornecer trajes Halloran rápido? Poderia ser algo simples, como xales azul-marinho e dourados, pois acho que as cores já vão nos ajudar a passar despercebidos quando Aodhan e eu entrarmos no castelo.

— Sim, milady — disse Jourdain. — Eu... — A porta do escritório se abriu de repente, e todos levamos um susto.

Era uma jovem. Reconheci que era a que estava chorando no salão no dia em que chegamos a Fionn.

O rosto estava corado, e os olhos, vermelhos. Havia fúria e admiração em seu olhar quando ela se virou para Jourdain.

— Neeve? — Jourdain se levantou, perplexo. — O que foi, menina?

— Milorde — murmurou Neeve, indo até Jourdain. Havia um pergaminho em suas mãos, amassado junto ao peito. — Quero ser uma das tecelãs que vão para castelo Lerah.

— Neeve, não posso permitir que vá — disse ele. — É perigoso demais.

Neeve ficou calada e, depois, voltou o olhar para mim.

— Não estou *pedindo* para ir a Lerah — disse ela, trêmula. — Estou *avisando*. Eu vou para Lerah, e vou tirar Brienna da torre.

Sustentei o olhar dela por um tempo, mas então meus olhos desceram para as folhas nas mãos dela. Reconheci a letra de Brienna. Só de ver aquilo, pareceu que tudo à minha volta ficou lento, como se o tempo tivesse parado.

— Por que você precisa ir, Neeve? — murmurei, então me levantei e me afastei da mesa, para chegar mais perto dela. Tentei ler as palavras de Brienna, palavras que Neeve borrara com suas lágrimas.

Ela começou a chorar.

Eu não sabia o que fazer nem como consolá-la. Jourdain parecia confuso, e Isolde se levantou para ir até a menina. Mas antes que a rainha a alcançasse, Neeve enxugou as lágrimas e, determinada, olhou para mim de novo.

— Lorde Aodhan. — Neeve estendeu as folhas lentamente para mim, sabendo o quanto eu desejava ler o que estava escrito. — Brienna é minha irmã.

27

AÇO E PEDRA

Território de lady Halloran, castelo Lerah

Brienna

Passei quatro dias solitários na escuridão.

Os guardas me traziam uma tigela de sopa e um copo de água de manhã e à noite, e era assim que eu sabia que tinham se passado quatro dias. O resto do tempo, eu ficava imaginando se Ewan e Keela haviam sido flagrados tentando roubar a chave e me perguntando onde estavam Jourdain, Cartier, Isolde e Luc.

Acordei com o barulho nas minhas portas, e Declan Lannon entrou na cela.

Arrastei-me para o mais longe possível dele no catre.

Declan ficou quieto, puxou o banquinho para chegar mais perto e apoiou o corpo grande nele. Estava olhando para o chão, cofiando a barba com um ar distraído, e foi assim que percebi que ele descobrira que não haveria troca. Que estava prestes a me machucar em retaliação.

— Minhas fontes afirmam que Isolde Kavanagh está no castelo Fionn e não tomou nenhuma providência para me encontrar no vale daqui a três dias — disse ele, enfim. Parecia nervoso, e a raiva em seus olhos brilhava como uma estrela. — Isso significa que sua rainha e seu pai pretendem me derrotar, Brienna.

Meu coração disparou. Eu não conseguia engolir, nem escutar muita coisa além da voz dele.

— Não dá para ter certeza disso.

— Ah, dá sim. Dei sete dias para me encontrarem no Vale de Ossos. Já deviam ter começado os preparativos para a viagem. — Ele deslocou o peso do corpo, e o banquinho gemeu. — Falei que não machucaria você se obedecessem. Mas estão tentando me enganar. O problema, mocinha, é que nunca vão encontrá-la aqui. Ou seja, posso ir com calma, mandar um dedo da sua mão um dia, um dedo do pé no outro, talvez até a língua mais para a frente, para ajudá-los a se decidir.

Estremeci.

— Mas talvez... talvez seja um erro arrancar sua língua fora. Se você responder às minhas perguntas, talvez eu deixe você ficar com ela.

Desesperada, fiquei pensando se minhas respostas me permitiriam ganhar tempo, ou se ele só estava brincando comigo. Mas se isso preservasse mesmo minha língua... Meneei a cabeça de leve.

— Como você encontrou a pedra, garota? — indagou ele.

Parecia muito gentil e educado, nada a ver com o homem deturpado que era.

Respondi honestamente:

— Meu antepassado.

Declan arqueou as sobrancelhas.

— Qual?

— Tristan Allenach. Eu... herdei as lembranças dele.

Minha boca estava tão seca que eu mal conseguia falar.

— Como? Como isso aconteceu? Você consegue fazer mais?

Aos poucos, contei das memórias ancestrais, dos vínculos que precisei criar entre a minha época e a de Tristan. E que as únicas lembranças que eu tinha dele eram relacionadas à Pedra do Anoitecer.

Declan ouviu atentamente, ainda alisando a barba com a mão.

— Ah, Brienna, *Brienna*... Quanta inveja tenho de você!

Eu tremia, e não consegui disfarçar. O medo se cravara profundamente no meu coração; não tinha como saber se esse entusiasmo dele era bom ou ruim para mim. Era como se eu estivesse sentada no fio da navalha, esperando para ver de que lado eu cairia.

— Você descende de um dos maiores homens da nossa história — continuou ele. — Tristan Allenach. O homem que roubou a Pedra do Anoitecer e assassinou a última rainha.

— Ele era um traidor covarde — respondi.

Declan deu uma risadinha.

— Quem me dera poder convertê-la, Brienna. Fazê-la enxergar a vida do outro lado e se juntar a mim.

Encarei-o com frieza.

— Não seria bom para você eu ficar ao seu lado. Afinal, sou Allenach. Eu acabaria te destronando pela segunda vez.

Declan riu. Enquanto estava distraído, peguei minhas correntes e me preparei para pular em cima dele e passá-la em volta de seu pescoço. Mas ele foi mais rápido. Antes que eu pudesse pular, ele me segurou pelo pescoço e me jogou contra a parede.

Atordoada, tentei respirar. Dava para sentir minha pulsação latejar intensamente e diminuir sob aquela força de aço dele.

Ele ainda estava sorrindo para mim quando falou:

— Acho que estamos prontos para começar.

Ele me soltou, e deslizei pela parede até o chão, como se meus ossos tivessem derretido. Eu respirava chiando, e minha garganta ainda formigava por causa da pressão da mão dele.

Dois guardas entraram na minha cela, soltaram as correntes dos meus pulsos, sem abrir os grilhões de ferro, e me arrastaram até o centro do local. Prenderam cada grilhão em um gancho pendurado no teto. Era alto o bastante para que eu conseguisse encostar as pontas dos dedos dos pés no chão, mas não o bastante para me oferecer qualquer alívio.

Meus ombros começaram a doer, resistindo à atração da gravidade, tentando não se deslocar.

Os dois guardas saíram, e, mais uma vez, fiquei sozinha com Declan. Pensei em gritar, mas minha respiração não passava de fracos suspiros.

Vi-o tirar uma adaga reluzente do cinto. Comecei a suar frio quando olhei o aço e vi o reflexo da luz na lâmina.

Senti o pânico crescer enquanto tentava respirar. Tempo. Eu precisava dar mais tempo a Jourdain e Cartier.

— Vamos começar com algo muito simples, Brienna — anunciou Declan.

Sua voz ecoou nos meus ouvidos, como se minha alma já estivesse saindo do meu corpo e despencando por um buraco infinito.

Arfei quando ele agarrou um punhado do meu cabelo. Ele começou a cortá-lo com gestos bruscos e dolorosos, e vi mechas compridas caírem no chão. Ele foi bruto, me arranhando com a lâmina algumas vezes, e senti o sangue escorrer pelo meu pescoço e manchar minha camisola suja.

Ele estava na metade do processo quando fomos interrompidos por um grito.

O som me atravessou. A princípio, achei que o grito tivesse saído de mim mesma, até que Declan se virou. Era Keela, ajoelhada na porta aberta da cela, chorando histericamente.

— Não! Pai, por favor, não machuca ela! Não machuca ela!

Declan rosnou.

— Keela. Esta mulher é nossa inimiga.

— Não, não é, não! — berrou Keela. — Por favor, *por favor*, para, pai! Faço o que você quiser se você deixar ela em paz!

Declan foi até a filha, ajoelhou-se na frente dela e passou a mão enorme pelo cabelo claro da menina. Ela tentou recuar, mas ele pegou as mechas, do mesmo jeito que tinha feito comigo. E meu coração bateu freneticamente, desesperado, furioso.

— Keela? — falei para ela, com uma voz que parecia aço na forja, fortalecido pelos golpes da bigorna. — Keela, vai ficar tudo bem. Seu pai só está cortando meu cabelo para não atrapalhar. Vai crescer de novo.

Declan riu, e o som parecia serpentes subindo pelas minhas pernas.

— Isso, Keela. Vai crescer de novo. Agora, saia daqui e volte para o seu quarto, como uma boa filha. Senão, depois o cabelo que vou cortar vai ser o seu.

Keela ainda soluçava quando se afastou devagar e foi embora aos tropeços. Eu a vi sair correndo, e seu choro se dissipou gradualmente nas sombras, no silêncio pesado da torre.

Declan se levantou e limpou meu sangue da lâmina. Enquanto continuava cortando meu cabelo, começou a me contar história atrás de história sobre sua infância, sobre crescer no castelo real, sobre escolher a esposa por ser a mais bonita de todas as mulheres de Maevana. Não prestei atenção; estava tentando me concentrar em um plano novo, algum que me ajudasse a escapar. Porque eu não tinha a menor dúvida de que Declan Lannon me mataria aos poucos e mandaria pedaços do meu corpo para minha família e meus amigos.

— Mandei tosarem o cabelo da minha mulher uma vez — disse ele, quando terminou de cortar o meu. — Por ter me desafiado uma noite.

Declan deu um passo para trás e inclinou a cabeça para admirar sua obra. Ele não raspara minha cabeça, mas meu cabelo estava brutalmente curto. A sensação era de que estava desigual e irregular, e tive que me segurar para não chorar, para resistir a olhar para meu cabelo, que agora estava encostando nos meus dedos dos pés.

— Sei o que você deve estar pensando de mim — murmurou ele. — Deve achar que sou feito de trevas, que não há nada de bom em mim. Mas não fui sempre assim. Tem uma pessoa na minha vida que me ensinou a amar os outros. Ela é a *única* cujo amor eu já retribuí, mesmo que tenha que mantê-la presa, como você está agora.

Por que você está me dizendo isso? Minha mente retumbava. Desviei os olhos, mas Declan segurou meu rosto e me obrigou a encará-lo.

— Você não se parece nem um pouco com ela, e ainda assim... Por que será que estou pensando nela agora, ao olhar para você? — sussurrou ele. — Ela é a única pessoa cuja vida implorei para ser poupada.

Ele queria que eu perguntasse que mulher era essa. Como se, ao dizer o nome, ele não fosse mais se sentir culpado pelo que estava prestes a fazer comigo.

Travei o maxilar até sentir os dedos dele apertarem meu rosto com mais força.

— Quem? — murmurei.

— Você devia saber — disse Declan. — Você ama o filho dela.

A princípio, achei que ele devia estar se referindo a outra pessoa. Porque a mãe de Cartier estava morta.

— Líle Morgane morreu no primeiro levante, com lady Kavanagh e lady MacQuinn.

Ele observou minha expressão e leu as marcas que se formaram na minha testa.

— Eu tinha onze anos no dia do primeiro levante — revelou. — Meu pai decepou a mão de Líle Morgane na batalha e a arrastou até a sala do trono, onde ela seria decapitada nos degrau do trono. Mas eu não aguentaria. Não aguentaria vê-lo matá-la, destruir a única coisa boa da minha vida. Eu não ligava que ela havia se rebelado, que havia traído a todos nós. Pulei para cima dela e implorei para meu pai deixá-la viver.

Estava tremendo, sentindo o peso das palavras dele. Estava prestes a vomitar...

— Por que está me dizendo isso? — murmurei.

— Porque a mãe de Aodhan Morgane não morreu. Ela está viva. Sempre esteve viva, graças à *minha* misericórdia, *minha* bondade.

Ele me sacudiu, como se isso fosse me fazer acreditar.

Mas então me ocorreu... E se ele estivesse falando a verdade? E se Líle Morgane estivesse viva? E se ela estivesse viva esse tempo todo?

Cartier. Só de pensar nisso, na mãe dele, desmoronei.

— É mentira. *Mentira* — gritei, com lágrimas nos olhos.

— Então meu pai me arrancou de cima de Líle — continuou Declan, ignorando minha resistência. — E me falou que, se ele a deixasse viver, eu teria que mantê-la acorrentada. Teria que silenciá-la, caso contrário a verdade se espalharia como um incêndio e os Morgane voltariam a se rebelar. Ele a mandou para a masmorra e arrancou sua língua, e decapitou outra mulher de cabelo claro em seu lugar. Kane Morgane, aquele idiota, viu o cabelo louro na estaca e achou que fosse Líle.

É mentira, mentira, mentira...

Essas eram as únicas palavras a que eu podia me aferrar. As únicas palavras em que eu podia acreditar.

Declan sorriu para mim, e eu sabia que o fim estava próximo. Isso tinha que acabar em algum momento.

— Você e Líle são parecidas. Vocês duas se rebelaram contra a minha família. Vocês duas se esforçam muito para não ter medo de mim.

Dei um gemido, tentando conter o choro no peito.

Ele assoprou a adaga, embaçou o aço e esfregou a lâmina em seu gibão de couro.

— Não vou matar você, Brienna. Porque quero que Aodhan a encontre. Mas quando ele olhar para seu rosto, vai ver a mãe nos seus olhos. Vai saber onde ela está.

Gritei quando ele segurou meu queixo, quando me dei conta do que ele estava prestes a fazer. Senti a lâmina cortar minha testa, ao longo do cabelo acima da têmpora direita. Senti-o descer a ponta lentamente, descer e descer, até a mandíbula, rasgando minha bochecha. Ele evitou meu olho por um triz. Mas eu não conseguia mais enxergar, porque o sangue escorria, e a dor se tornou uma chama presa sob minha pele, queimando, queimando, queimando com minha pulsação frenética. Qual seria o fim? Isso tinha que acabar em algum momento.

— Ah, você era uma moça tão bonita, né? Que pena.

Abaixei a cabeça e vi sangue pingar continuamente no meu cabelo cortado.

Declan estava falando, mas o som se dissolveu, como se estivesse sendo esticado ao longo de centenas de anos.

Meus ouvidos estalaram. Balancei, tentando me equilibrar na ponta dos pés, e a dor lancinante no meu rosto começou de novo. A sensação era de que eu tinha levado um soco. Mas Declan não havia encostado em mim; através do véu que cobria minha visão, observei-o limpar o sangue da lâmina, guardá-la na bainha e dar um passo para trás, para me encarar.

Encarei-o de volta, com a respiração fraca. Minha garganta apertou, e senti mais uma vez uma dor tão insuportável que gritei.

Declan franziu o cenho, confuso com minha reação, e escutei uma voz, desconhecida, distante, saída do passado.

— *Onde você escondeu a pedra?*

De novo, uma dor brutal, só que dessa vez foi no meu braço. Alguém estava quebrando meu braço. Alguém que eu não via.

— *Diga onde você escondeu a pedra, Allenach.*

Mais dor, subindo pelas costas, e respirei ofegante, entendendo o que estava acontecendo.

Eu estava fazendo a transição para uma lembrança de Tristan.

Deixei-me levar por ela porque eu estava assoberbada e troquei uma câmara de tortura por outra.

Meu corpo se tornou o corpo de Tristan, e vi o mundo pelos olhos dele, deixei sua pele repousar sobre a minha como se fosse um véu.

— *Cadê, Allenach? — perguntou um jovem alto e musculoso.*

Ele estava parado diante de Tristan, com respingos de sangue no gibão verde, um gibão verde com um lince estampado no peito.

Lannon.

— *Você quer que eu quebre seu outro braço?*

Tristan gemeu. Ele só enxergava por um olho, e sua boca se encheu de sangue. Seus polegares haviam sido decepados, e o braço direito estava quebrado. Também tinha certeza de que metade das costelas estavam fraturadas.

— Fale, Allenach — continuou o príncipe Lannon, nitidamente irritado. Quanto tempo fazia que ele estava sendo torturado? — Fale, senão vai ficar muito, muito pior.

Ele deu uma risadinha, sabendo que havia guardado um segredo desses por tanto tempo, que só agora o rei Lannon e seus filhos descobriram que Tristan Allenach sabia onde a Pedra do Anoitecer estava escondida.

— Está com medo, não é, rapaz? — perguntou Tristan, com dificuldade, cuspindo fora sangue e alguns dentes. — Tem medo de que a pedra seja encontrada, de que seu reinado acabe antes mesmo de ter a chance de começar.

O rosto do príncipe Lannon se retorceu de fúria, e ele deu outro soco em Tristan, arrancando mais dentes.

— Chega, Fergus — declarou o segundo filho Lannon, nas sombras. — Você vai matar esse velhote antes de ele falar.

— Ele está debochando de mim, Patrick! — vociferou Fergus Lannon.

— O que é mais importante para nosso pai? Seu orgulho ou a localização da pedra?

Fergus fechou os punhos.

Patrick se levantou e se aproximou. Não era nem de perto tão musculoso ou imponente de estatura quanto o herdeiro, mas seus olhos reluziram um brilho sinistro e malicioso quando ele se agachou para fitar o olhar turvo de Tristan.

— Sei que você é um homem idoso agora — disse Patrick. — Não tem mais nada para você aqui. Você pôde viver com fartura, sua mulher já morreu há muito tempo e seus filhos estão esperando você morrer para pegar sua herança. — Ele parou de falar e inclinou a cabeça para o lado. — Por que fez isso, afinal? Por que quis esconder a pedra?

Ah, não havia nenhuma resposta simples a essa pergunta. No passado, Tristan acreditava que tinha sido pelo bem do povo, para evitar a devastação de uma guerra mágica. Mas, hoje em dia, ele realmente não sabia. Talvez fosse ressentimento em relação aos Kavanagh e à magia que a Casa podia usar. Talvez tenha sido só para ver se seria possível realizar algo tão ousado, para ver se as lendas dos Kavanagh eram verdadeiras. Para ver se a magia deles realmente morreria sem a pedra.

Ele sorriu.

— Sei que vocês acham que eu vou dizer. Que, se quebrarem todos os meus ossos, vou revelar onde a escondi. Bom, vocês já me quebraram quase todo. Então, cheguem mais perto, rapazes. Cheguem mais perto para que eu possa dizer.

O príncipe Fergus se abaixou imediatamente, mas Patrick, o mais sábio, pegou no braço do irmão e o segurou.

— Podemos ouvir daqui, Allenach — afirmou ele.

Tristan deu uma risadinha e engasgou com o próprio sangue.

— Você é que devia ser o herdeiro, rapaz. Não Fergus.

Fergus pegou um porrete e quebrou o outro braço de Tristan antes que Patrick pudesse impedi-lo.

A dor tirou o ar de Tristan e esmagou seu coração no fundo do peito. Mas ele rangeu os poucos dentes que lhe restavam e se obrigou a continuar acordado, pois ainda precisava falar mais uma coisa para aquela corja Lannon.

— Não sou a única pessoa que sabe onde a pedra está — revelou, respirando com dificuldade.

— Quem é esse outro homem, e onde ele está? — perguntou Fergus.

Tristan sorriu.

— Não é um homem.

Fergus ficou imóvel, em choque. Mas Patrick deu uma risadinha, nem um pouco surpreso.

— Então onde está essa mulher, Allenach? Diga, e talvez deixemos você viver, e ela também.

Tristan inclinou a cabeça para trás e a apoiou na parede de pedra da cela, onde passara a última semana. Sua visão estava prestes a desaparecer, e ele se esforçou para inspirar só mais uma vez.

— Que azar o de vocês... — Ele abaixou o queixo, e olhou pela última vez para os rapazes Lannon, e disse suas últimas palavras: — Porque ela ainda não nasceu.

—§ 28 §—

A TORRE SUL

A caminho do castelo Lerah, território de lorde MacQuinn

Cartier

Ao amanhecer, subi na traseira da carroça com Luc e Sean. Nós nos deitamos um ao lado do outro e vimos Neeve e Betha acumularem fardos de linho e lã em cima de nós até ficarmos escondidos. Era apertado e desconfortável, e ficaríamos ali por horas; eu já estava transpirando, e meu coração martelava freneticamente. Respirei fundo para acalmar a mente e aliviar a tensão do corpo.

Ia dar certo. Nossa missão não fracassaria.

Ouvi Neeve e Betha subirem no banco de condução; a carroça começou a balançar e deslizar para a frente. Jourdain, Isolde e uma pequena tropa de guerreiros MacQuinn nos seguiriam a uma distância segura. E lady Grainne havia saído dois dias antes, para reunir suas forças. Ao anoitecer, todos nos encontraríamos no castelo Lerah.

Nenhum de nós falou nada, mas eu ouvia o som da respiração dos outros conforme a carroça sacolejava manhã adentro. O silêncio me deu a chance de refletir sobre a verdade a respeito de Neeve. Relembrei as palavras de Brienna mais uma vez, do relato que ela transcrevera para o cavalariço MacQuinn, do que Neeve, às lagrimas, havia mostrado para nós. *E, quando Allenach percebeu que sua filha não ia morrer, mas que ostentaria as cicatrizes como um estandarte orgulhoso, de repente ele passou a agir como se a menina não fosse sua e deixou que as tecelãs a criassem.*

Não dava para acreditar que Brienna tinha uma meia-irmã. Contudo, ao olhar para Neeve, comecei a enxergar as semelhanças entre elas. As duas mulheres haviam puxado à mãe e tinham o mesmo sorriso, o mesmo formato de queixo. Andavam com a mesma graciosidade lânguida.

E Sean... Sean quase desmaiara ao ler o relato. No intervalo de um mês turbulento, ele perdera o pai e o irmão, ganhara o título de lorde e descobrira que tinha duas irmãs. Ele chorou imediatamente quando abraçou Neeve.

Era cerca de meio-dia quando a carroça parou de repente. Olhei para Luc, que estava ao meu lado. Ele arregalou os olhos, com a testa coberta de suor. Nós dois esperamos para descobrir por que Betha parara a carroça...

— O que é isto? — perguntou um homem com a voz debochada.

— Somos tecelãs MacQuinn — respondeu Betha, com calma. — Temos uma entrega para lady Halloran.

Outro homem falou. Não consegui distinguir o que disse, mas sabia que não era bom.

— Por que precisam revistar a carroça? — perguntou Neeve, com a voz alta o bastante para atravessar os tecidos, claramente repetindo o que o homem dissera para nos alertar. — Nós entregamos lã e linho todo mês.

Minha mão desceu devagar até a cintura, onde meu punhal estava na bainha. Gesticulei com a cabeça para que Luc e Sean fizessem o mesmo.

Deu para ouvir o som das botas se aproximando. Os fardos começaram a se deslocar bem acima de mim e um raio de luz do sol atingiu meu rosto. Avancei antes que o guarda Halloran me visse e levei o punhal direto ao pescoço dele. O homem caiu para trás e praguejou, mas eu o havia segurado e estava prendendo-o enquanto Luc e Sean enfrentavam o outro. Eram só dois, e a estrada à nossa volta estava vazia, mas meus braços se arrepiaram; eu me sentia exposto.

— Rápido — falei. — Leve a carroça para as árvores, Betha. Sean, pegue os cavalos dos Halloran.

Arrastei meu guarda Halloran para a floresta, e Luc me seguiu com o outro.

Quando estávamos abrigados entre as árvores, amordaçamos e amarramos os dois, sem saber o que fazer com eles.

Mas então pensei... Por que nos escondermos na carroça quando dois de nós podíamos vestir as armaduras deles e usar seus cavalos?

Luc pensou a mesma coisa, porque veio até mim e sussurrou:

— Devíamos entrar em Lerah a cavalo.

Antes que eu pudesse responder, Sean nocauteou os dois guardas. Desafivelamos as armaduras deles, e Luc e eu nos vestimos. Parecíamos Halloran, com túnicas azul-marinho, mantos amarelos e armaduras bronze com um íbex gravado no peitoral.

— Luc e eu vamos bancar sua escolta — murmurei para as mulheres ao enfiar o elmo do guarda na cabeça. — Assim que chegarmos ao pátio do castelo, vamos ajudar Sean a sair despercebido da carroça.

Betha assentiu e voltou para cima da carroça enquanto Neeve escondia Sean sob os tecidos de novo. Luc e eu amarramos os guardas desacordados nas árvores.

Nossa comitiva voltou para céu aberto e entrou na estrada. Tudo foi muito rápido, questão de minutos. E apesar da minha vontade de pedir para Betha acelerar a carroça, eu sabia que esse pequeno atraso seria favorável para nós.

Chegamos à ponte levadiça de ferro do castelo Lerah ao pôr do sol; o crepúsculo nos envolvia como um véu protetor quando paramos diante da guarita do fosso.

Era exatamente como Sean descrevera: uma fortaleza formidável em um cume, protegida por um fosso largo. Meus olhos examinaram as quatro torres e se fixaram na do sul, a que estava pintada de ouro pelo sol poente, a que detinha Brienna.

E, ao leste, lá longe, vi os pomares onde Isolde, Jourdain e suas tropas aguardariam. Senti o cheiro da floresta atrás de mim, uma mistura de carvalho, musgo e terra úmida. Resisti à tentação de me virar e olhar para a mata, ciente de que lady Grainne e seus guerreiros estavam escondidos nas sombras, observando, esperando.

Um guarda apareceu na porta da guarita do fosso, de tocha na mão, e olhou para nós. Neeve e Betha estavam com o cabelo coberto por um xale, mas senti uma onda súbita de pânico.

O guarda voltou para dentro da guarita e fez um sinal para o guarda do portão.

Vi a ponte levadiça descer, e as correntes de ferro tilintaram até terminar de baixá-la, estendendo-a diante de nós como um convite sinistro. Betha sacudiu as rédeas, e a carroça começou a sacolejar sobre madeira e ferro. Luc e eu a acompanhamos, ao som oco dos cascos de nossos cavalos, acima de água salpicada de estrelas.

Não me atrevi a sentir esperança. Ainda não. Nem sequer depois que passamos da grade, que se erguia acima de nós como os dentes enferrujados de um gigante. Nem sequer quando passamos pela área gramada do campo central ou pela guarita do portão. Não senti esperança nem quando Betha conduziu a carroça para o campo interno, um pátio espaçoso iluminado por tochas.

Mais uma vez Sean estava certo em sua descrição: dava para ver vagamente os jardins mais à frente; senti o cheiro de levedura da padaria em algum ponto à direita. Ouvi o martelar de uma forja distante, provavelmente ao leste, e o relincho de cavalos no estábulo. Senti a altura das muralhas à nossa volta; pedra vermelha recortada por portas arqueadas e janelinhas estreitas com mainel de vidro reluzente.

Troquei um olhar com Luc e mal consegui distinguir os olhos do meu parceiro à luz das tochas.

Ele desmontou antes, na mesma hora que o cavalariço saiu do estábulo para pegar nossos cavalos. O estábulo ficava atrás de nós, abrigado na base da torre sul. A torre da prisão. E estiquei o pescoço para observá-la de novo, para avaliá-la.

— Vou pegar seu cavalo, senhor.

Deslizei para fora da sela, senti os joelhos latejarem com o impacto e entreguei o cavalo para o rapaz. Neeve já havia descido da carroça e estava se preparando para deslocar os tecidos de modo a deixar que Sean saísse discretamente. Parei ao lado dela e levantei um dos fardos. Sean caiu no piso de pedra sem fazer barulho e enrolou um xale azul-marinho na cabeça para cobrir o rosto.

— A torre sul é bem aqui, atrás de nós — murmurei para Neeve.

Neeve olhou por cima do meu ombro, sentindo de repente a impossibilidade da situação. Ela estava prestes a invadir uma torre e fugir com uma prisioneira.

— Você consegue? — perguntei.

— Consigo — respondeu ela, quase com rispidez.

— Rápido, peguem um fardo e vamos entrar — sussurrou Sean, interrompendo-nos.

Ele e Betha já estavam com um rolo de lã nos braços. Neeve e eu pegamos logo o tecido e seguimos Sean até um arco aberto bem ao lado do estábulo.

Entramos em um corredor que ia da torre sul a leste, ao som sibilante das tochas nos suportes de ferro. Eu precisava chegar até o outro lado do castelo, nos corredores da parte oeste. Mas, quando Sean e Luc saíram, a caminho da guarita do portão, não fui capaz de abandonar Neeve e Betha.

— Você tem que ir, milorde — murmurou Neeve.

— Deixem-me ajudá-las a entrar na torre, pelo menos — respondi.

Neeve parecia prestes a protestar.

— Rápido, tem alguém vindo.

Corremos atrapalhados para a porta mais próxima e entramos nos fundos da padaria. A princípio, fiquei apavorado, achando que tínhamos acabado de cometer um erro enorme, que nós três revelaríamos nossa presença. Mas o cômodo estava vazio. Havia uma mesa comprida coberta de farinha, massas de pão fermentando em cima de uma pedra aquecida e prateleiras com bacias de argila e sacos de farinha. Não tinha ninguém ali, mas dava para ouvir o som de risos no cômodo adjacente.

Havia uma bandeja de bisnagas recém-assadas e untadas. Coloquei meu fardo no chão, peguei uma travessa de madeira e pus três bisnagas nela. Peguei também um pote pequeno de mel e uma caneca de cerveja que alguém esquecera e os coloquei entre as bisnagas.

— O que você está fazendo? — chiou Betha.

— Confie em mim — falei, abrindo de novo a porta para o corredor.

Betha bufou e pegou o fardo de tecido que eu tinha largado, e começamos a andar para o sul. Depois de um tempo, o corredor se bifurcou, e um dos lados seguia por uma escadaria curva.

Com as mulheres à minha sombra, comecei a subir carregando uma trêmula bandeja de jantar improvisado.

Chegamos ao patamar, que dava na passarela da amurada, tal como Sean descrevera. A porta da torre devia estar próxima. Saí para céu aberto e senti o fedor do estábulo abaixo de nós. O cheiro de esterco me fez pensar que eu já havia sido escondido no meio disso uma vez, que o monte de estrume salvara minha vida. Andei até a beira da amurada, seguindo o fedor, e vi o monte de estrume no campo central, a área entre os muros.

— Se tiverem que pular deste muro — falei para Neeve —, tentem cair naquilo.

Neeve assentiu.

— E a porta está ali.

Ela apontou para a torre, onde havia uma porta com barras de ferro embutida na parede recoberta de sombras. Não tinha nenhum vigia, o que me surpreendeu. Até que vi um guarda patrulhando a amurada, e ele logo chegaria em nós.

— Misericórdia — murmurou Betha, e achei que ela estivesse se referindo ao guarda que se aproximava, mas então escutei o som de pedrinhas soltas.

Olhei para cima na torre e vi ninguém menos que Keela Lannon escalando a parede. Ela estava seguindo uma trepadeira que havia rachado o cimento entre as pedras, subindo das ameias para a única janela na parede da torre da prisão. E naquele instante eu soube que Keela devia estar indo atrás de Brienna, que Keela era um farol para nos guiar.

— É por ali que você entra — falei para Neeve. — Vá atrás dela, rápido.

Neeve não hesitou. Jogou o tecido por cima do parapeito, até o monte de estrume, e se apressou a seguir Keela. Foi Betha quem emitiu uma exclamação de choque.

— Não vou conseguir escalar isso — declarou a tecelã, e seu rosto corado empalideceu ao ver Neeve se esforçar para encaixar o pé na primeira fresta.

— Não, então você precisa esperar aqui, para servir de distração — falei, entregando-lhe a travessa de pães e pegando os fardos de linho e lã dela.

Joguei os tecidos no monte de estrume, igual a Neeve, e vi Betha se resignar a andar com a comida na direção do guarda. Continuei nas sombras, observando Neeve escalar. Keela já havia sumido pela janela, sem saber que estávamos ali, que a estávamos seguindo.

Esperei até Neeve chegar ao batente de pedra e se puxar para dentro do corredor da torre. Foi como se a janela a tivesse engolido, até que vi seu rosto, pálido como a lua, quando ela apareceu e acenou para mim.

Só então senti esperança, só então me mexi.

Entrei no corredor sul e o segui até o lado oeste do castelo. Quando ouvi o estrondo familiar da ponte levadiça descendo, comecei a correr, pisoteando as pedras com as botas, cortando as sombras. Escutei os primeiros gritos de alarme e parei apenas para olhar pela janela mais próxima, que dava vista para a ponte.

Ela estava totalmente abaixada, e Grainne e suas tropas estavam vindo; o luar refletia em seus peitorais e as estrelas, nas espadas. Eles andavam em silêncio; deslocavam-se como se fossem um só, como uma serpente deslizando pela ponte levadiça.

Cheguei à torre oeste assim que a gritaria na guarita começou a ficar mais alta. Deu para sentir nas pedras — o espanto, o tremor do ataque que se concretizava.

Saquei minha espada e comecei a subir a escada da torre, à procura de Declan Lannon.

29

RESISTIR

Território de lady Halloran, castelo Lerah

Brienna

— Senhorita? Senhorita Brienna, acorda. Por favor, por favor, acorda.

Uma voz fraca e trêmula que eu queria segurar na mão, proteger, ver desabrochar como uma rosa. Era a voz de uma menina assustada, e suas palavras eram como a luz do sol penetrando uma tempestade.

— Quero ver ela, Keela. *Keela!*

Uma resposta indignada, irritada, a voz de um menino determinado e corajoso, palavras que eram como chuva caindo em um rio.

— Não, Ewan. Não olha. Fica. Aí.

— Ela é minha lady, e posso fazer o que eu quiser.

Ouvi o som de botas se arrastando no chão, e então silêncio, um silêncio sinistro e doloroso, um vazio onde me afundar. O menino começou a chorar, chorar, chorar…

— Shh, vão escutar você, Ewan. Falei para você não olhar! — Mas ela também começou a chorar.

— Ele matou ela! Ele matou ela! — gemeu o menino, com a voz carregada de fúria.

— Não, irmão. Ela está viva. A gente tem que soltar ela antes que o pai volte. A gente tem que esconder ela.

— Mas onde? Não tem lugar nenhum!

— Vou pegar a chave, e você procura um lugar para esconder ela.

As vozes se dissiparam, e só escutei um zumbido, um chiado, o som de algo que queria se dissolver na penumbra.

Quando abri os olhos, percebi que era o som da minha respiração fraca e árdua.

Eu continuava pendurada pelos pulsos, por braços que eu não sentia mais.

Pensei em Tristan, naquela última lembrança que ele me transmitira e que ainda ecoava em meu coração, na nossa dor ligada através dos séculos. Ele acreditara na maldição que a última princesa Kavanagh lançara: que uma filha surgiria de sua linhagem e roubaria suas lembranças; ele sabia que eu seria sua descendente, que eu reverteria todos os seus erros.

Meus dedos se arrastaram no chão. Um punhado de cabelo. De quem era esse cabelo? Era tão bonito, não devia ter sido cortado daquele jeito.

E o sangue. Segui o rastro até a origem, do chão para minha perna, para minha camisola, para a cavidade na minha clavícula onde ele secara.

Era meu. Meu sangue.

Mexi o corpo, desesperada para sentir os braços, mas só consegui esbarrar na lateral do rosto.

E me lembrei. O corte de uma lâmina. As palavras que Declan havia cravado no meu ferimento... *quero que Aodhan a veja. Mas, quando ele olhar para seu rosto, vai ver a mãe nos seus olhos. Vai saber onde ela está.*

Ofeguei e me debati nas correntes até a dor no rosto trazer de volta as estrelas cruéis, como se eu estivesse girando embaixo de um céu repleto de constelações, turva e tonta. Eu queria aquela névoa escura de novo, a inconsciência.

Líle Morgane morreu. Ele está mentindo para mim. Ela não pode estar viva...

Mas era só em Líle Morgane que eu conseguia pensar.

Minha consciência flutuou e não sei quanto tempo se passou.

Quando escutei a porta de ferro se arrastar e abrir, levei um susto e esbarrei no rosto de novo. A dor se propagou pelos meus ossos e me fez engasgar, tossir e vomitar na frente da roupa.

Esperei ouvir a risada ameaçadora de Declan, sentir a dureza de suas mãos enquanto ele decidia a próxima mutilação. Mas fui envolvida por algo delicado. Senti alguém se alinhar cuidadosamente a mim, com ternura. Mãos subiram pelos meus braços, até o gancho.

— Estou aqui, irmã.

Abri os olhos. *Neeve*. Neeve estava com o corpo junto ao meu para me equilibrar, enquanto suas mãos tentavam me soltar. Havia lágrimas correndo por seu rosto, mas ela sorriu para mim.

Só podia ser um sonho.

— Neeve? — balbuciei. — Nunca sonhei com você antes.

— Não é sonho, irmã.

Neeve finalmente soltou os grilhões do gancho. Caí em cima dela, e Keela apareceu, passando os braços em volta de nós duas. Ficamos em círculo, e Neeve e Keela sustentavam meu peso.

Foi só nesse momento que me dei conta do que Neeve havia me chamado.

Irmã.

— Quem contou para você? — murmurei, enquanto Keela se ajoelhava para desprender as correntes nos meus tornozelos.

— Explico assim que chegarmos em casa — prometeu Neeve. — Você consegue andar comigo?

Ela entrelaçou os dedos com os meus e puxou com delicadeza. Tentei dar um passo.

— Acho que a gente precisa esconder ela. — disse Keela, preocupada. — Meu pai sabe que tem alguma coisa errada. Ele vai vir atrás dela.

— Não dá tempo. Temos que fugir — disse Neeve. — Brienna, você consegue me seguir?

Tentei levantar a mão, sentir o ferimento no meu rosto. Neeve pegou meus dedos rapidamente.

— Meu rosto, Neeve — sussurrei. Falar era difícil, porque cada palavra repuxava minha bochecha. — Está muito...?

— Nada que lady Isolde não possa curar — respondeu Neeve com firmeza.

Mas eu vi: o horror, a tristeza e a raiva nos olhos dela.

— Irmã — disse Neeve, percebendo meu desespero. Ela me puxou para si. — Irmã, você precisa fugir comigo. Lady Isolde está esperando atrás do pomar para levá-la para casa. Eu a guio até lá.

— Isolde?

— É. Está pronta?

Gesticulei com a cabeça e apertei a mão dela com força.

— Keela, pegue a outra mão dela — pediu Neeve, e senti os dedinhos frios de Keela se entrelaçarem nos meus. — Segure-se firme em mim, Brienna.

Deixei-as me tirarem da cela para o corredor. Eu estava tonta; parecia que as paredes estavam começando a se apertar, a se fechar em torno de nós, como se fossem uma criatura viva, com escamas de dragão, inalando, expirando. Demos voltas e voltas, descendo por um círculo pequeno.

Escutei um grito distante. E os gritos foram ficando mais urgentes e altos, sons de dor.

— Acho que não vamos conseguir sair pela janela — constatou Neeve. — Vamos ter que sair pela porta.

— Mas alguém pode ver a gente — sussurrou Keela.

Ficamos quietas, ouvindo os ruídos de uma batalha acontecendo do outro lado das paredes.

— Acho que tem confusão suficiente para sairmos — continuou Neeve. — Pode me dar as chaves, Keela?

— O que está acontecendo? — perguntou Keela, com a voz trêmula, ao entregar o molho de chaves. — Vai começar uma batalha? E o meu irmão? Não sei onde ele está. Era para ele me encontrar no nosso quarto, para esconder ela.

— Lorde Aodhan vai encontrá-lo — respondeu Neeve. — Temos que sair.

Depois de um instante de um doloroso silêncio, ela me arrastou consigo, e arrastei Keela, ainda ligada à mão das duas. Continuamos descendo, e minhas pernas tremiam. Senti a febre deslizar plumas quentes no meu rosto e pescoço. Meus dentes rangiam, e puxei a mão de Neeve.

— Neeve, eu... acho que não... consigo correr.

— Estamos quase chegando — avisou Neeve, puxando-me mais rápido.

Chegamos ao saguão da torre, um cômodo simples. Tinha o brasão dos Halloran na parede, a única cor naquele lugar melancólico, e uma mesa com cadeira. O guarda que devia estar ali tinha sumido, mas seu jantar parcialmente comido continuava no prato.

— Prestem atenção: o plano é o seguinte — começou Neeve, puxando nós duas para perto. — Vamos descer a escada da amurada até o campo central. Assim, vamos evitar o pior da batalha. Vamos correr pelo muro até a torre leste, onde ficam as forjas. Deve ter uma entrada pequena lá para a gente sair para o fosso. — Ela desenrolou o xale que estava amarrado em sua cintura e o colocou delicadamente na minha cabeça. — É só me seguir, tudo bem, irmã?

Assenti, embora não acreditasse que tinha forças para isso.

— Então vamos.

Ela se virou, foi até a porta e se esforçou para destrancar os ferrolhos. A porta enfim se abriu, e imediatamente fomos recebidas por um sopro de ar noturno e sons de dois homens lutando nas ameias.

Por um instante, ficamos paralisadas na porta, vendo os guerreiros trocarem golpes e bloqueios, um Halloran e um Dermott. Só então entendi o que estava acontecendo: lady Grainne havia liderado um ataque ao castelo.

Assim que essa esperança desabrochou no meu peito, o Halloran enfiou a espada no Dermott, quase até o cabo.

— Rápido — pediu Neeve, como se tivesse sido despertada pela morte iminente.

Ela me puxou antes que o Halloran pudesse nos impedir, e o caos veio em nosso encalço enquanto ela tentava chegar à escada da amurada. Havia um bando de guerreiros Halloran subindo, saídos das sombras, de espada em mãos. Estavam vindo na nossa direção, e Neeve parou de repente, fazendo com que Keela batesse nas minhas costas.

— Rápido. Temos que pular — avisou minha irmã bruscamente, voltando para a parede.

Não achei que ela estivesse falando sério. Ia fazer a gente se jogar para a morte. Mas os guerreiros Halloran haviam emergido na amurada como formigas saindo de um formigueiro; eles nos viram, e dois começaram a correr em nossa direção.

Eu preferia pular a ser capturada de novo. Meu coração martelava no peito quando subi nas ameias com Neeve, e Keela resistiu atrás de nós.

— Confie em mim — pediu Neeve para a menina. — Temos que pular juntas e cair no estrume lá embaixo.

Puxei Keela ao meu lado. Ela parecia apavorada, e eu queria sorrir, mas percebi que meu rosto estava dormente.

— *Agora* — anunciou Neeve, em um sussurro, e pulamos como se fôssemos meros filhotes de pássaro, abrindo as asinhas para o vento.

A queda parecia não acabar nunca; a escuridão urrou no meu rosto até que mergulhei no esterco, afundando até a cintura.

Porém, minha irmã não me deu tempo nem de recuperar o fôlego. Ela já estava se arrastando para fora do estrume, puxando-me junto, e puxei Keela.

— Fiquem à sombra da muralha — avisou, e tentei acompanhá-la.

Estávamos na faixa gramada do campo central, que se encontrava perturbadoramente vazio e tranquilo enquanto o conflito se concentrava no núcleo da fortaleza.

Corremos ao longo da muralha interna à nossa esquerda, seguindo a grama. Eu mal conseguia respirar, mal conseguia sentir os pés. Minha irmã me arrastou, me fez continuar andando, senão eu teria sucumbido. Chegamos à torre leste, que parecia muito mais movimentada do que a torre da prisão.

Paramos nas sombras, olhamos para o alto e escutando os Halloran que pareciam encher as ameias acima de nós.

— Por que estão todos aqui? — perguntei, reprimindo uma onda de náusea súbita.

— Porque aqui é a torre do arsenal — respondeu Neeve. — E não estou vendo a ala de forjas. Acho que Sean se enganou… Fica dentro do castelo, não no campo central.

Ela se virou para mim e Keela.

— Quero que vocês duas fiquem aqui, nas sombras — ordenou Neeve. — Eu vou…

Keela deu um grito de susto. Não tive forças para me virar e ver o que era, mas Neeve comprimiu os olhos e suas narinas se dilataram quando ela virou o rosto. Escutei: botas batendo na grama, armaduras retinindo, chegando perto.

Não tínhamos onde nos esconder. Precisaríamos fugir correndo, e eu mal conseguia ficar de pé.

Apoiei-me no muro, tremendo. Minha visão começou a ficar turva e escura, mas Neeve parecia uma coluna de luz ao sacar um punhal de baixo do vestido. O punhal que eu lhe dera. Com a arma empunhada, ela se colocou diante de mim e Keela e esperou.

Mas não eram forças Halloran correndo pelo campo central. Eram Dermott.

Neeve reconheceu o brasão da armadura ao mesmo tempo que eu, e gritou para eles, desesperada.

— Por favor, podem nos ajudar a achar um jeito de sair da muralha externa?

Uma guerreira Dermott diminuiu o passo ao reparar em nós. Não sei se sabia quem éramos, mas apontou para a frente com a espada.

— Continuem andando para o norte. Abrimos o postigo do norte para os inocentes saírem.

Sem falar nada, Neeve e Keela pegaram minhas mãos. Era difícil ficar de pé, manter os olhos abertos.

— Neeve, não consigo...

— Consegue, sim, Brienna — demandou Neeve, privando-me da chance de me render. — Fique comigo.

Ela me segurava com dedos de ferro ao me arrastar atrás de si e seguir os Dermott. Obriguei meus olhos a se manterem abertos. Os guerreiros subiram a escada curva que levava às ameias do arsenal, e continuamos pelo gramado, tentando alcançar essa esperança remota do postigo aberto.

E a encontramos: uma pequena lacuna aberta na muralha externa. Alguns Dermott estavam com o portão aberto, mas não havia ponte. Só o espaço escuro da água do fosso.

— Vocês vão ter que atravessar a nado — disse um dos Dermott após conferir se nossos pulsos tinham a meia-lua. Seus olhos então pararam no meu rosto. — Se bem que, com esse ferimento... Ela não devia entrar na água.

A expressão de Neeve foi de raiva súbita quando ela retrucou:

— Ela é minha irmã, e vou levá-la até a rainha para ser curada. Então saia da frente.

O Dermott só ergueu as sobrancelhas e se afastou.

Mas, agora que estávamos ali, hesitamos ao olhar para a água. A sensação era de que íamos pular de outro muro, só que, desta vez, não dava para ver o fundo.

— Tem certeza de que lorde Aodhan vai achar meu irmão? — perguntou Keela, retorcendo as mãos.

— Tenho — respondeu Neeve, mas sua voz pareceu vacilante. — Vou entrar primeiro, aí Keela ajuda Brienna.

Minha irmã tentou descer com elegância, mas escorregou e caiu, espalhando água para todos os lados. Vi a escuridão se fechar sobre seu cabelo claro; vi quando ela rompeu a superfície ofegante e tive certeza de que eu jamais conseguiria manter o rosto fora da água.

Nem tentei entrar devagar. Pulei e deixei a água me envolver. Meu rosto latejou e ardeu em resposta, e por um instante tive a impressão de afundar, sem conseguir achar a superfície, até que chutei Neeve. As mãos dela me puxaram com força, e cuspi, engasguei e combati o impulso incessante de tocar minha ferida.

Nadamos na água escura e fria. A sensação era de que havia léguas de segredos abaixo de nós, segredos que a qualquer momento podiam emergir das profundezas e agarrar nossos tornozelos. Pensei em Cartier enquanto me esforçava para nadar. Neeve dissera que ele estava ali, que ia encontrar Ewan, mas, quando pensei em Cartier, pensei na mãe dele, então tive que tirar os dois da cabeça. As palavras de Declan ainda pesavam no meu peito com tanta força que poderiam me empurrar até o fundo do fosso.

Chegamos ao outro lado e, cravando os dedos na lama encharcada, saímos da água. Neeve e Keela me puxaram até a grama, porque não consegui subir sozinha. Gemi ao me arrastar no chão; tudo que eu mais queria era me deitar e dormir.

— Estamos quase lá, Brienna — sussurrou Neeve. — Segure-se em mim, irmã.

E, antes que eu pudesse cair, ela me ergueu de novo enquanto minhas pernas bambeavam. Corremos juntas até a grama começar a dar lugar a uma colina. Encontrei os últimos resquícios de força e me obriguei a continuar botando um pé diante do outro, me obriguei a chegar ao fim. Corremos até eu não escutar mais o caos e a fúria que se agitavam no castelo atrás de mim, até as estrelas se esconderem nos galhos de árvores e o fedor que se aferrava a mim desaparecer sob o perfume adocicado de um pomar. Corremos até nossa respiração ficar entrecortada e nossos pulmões queimarem, até minha febre se instalar nas articulações e cada passo que eu dava disparar uma dor lancinante pelas minhas costas.

Parecia que Neeve, Keela e eu corremos por anos.

E quase desabei, incapaz de continuar, quase insisti que minha irmã me deixasse ficar no chão e dormir, quando o vi ao longe.

Ele estava parado em um campo, com a armadura iluminada pela lua. E eu sabia que estava me esperando. Que estava esperando para me levar para casa.

Neeve e Keela soltaram meus dedos devagar e desapareceram ao ponto de eu me perguntar se elas sequer tinham existido.

Jourdain correu para mim ao mesmo tempo que corri para ele.

Ele ainda não viu meu rosto, pensei quando ele me abraçou, quando seus braços me envolveram como uma corrente inquebrantável e me sustentaram.

— Cheguei — murmurou meu pai, e eu sabia que ele estava chorando ao acariciar meu cabelo cortado. — Seu pai chegou.

Quando ele segurou delicadamente meu queixo para ver por que eu estava sangrando tanto, me retraí. Resisti, debatendo-me para me livrar de seus braços, para me esconder.

— Não, não — gemi, lutando, apesar do amor com que ele me segurava.

Eu não queria que ele olhasse para mim.

— O que foi? Ela está ferida? — Outra voz, que não reconheci.

— Brienna, Brienna, está tudo bem — sussurrou Jourdain, ainda tentando me acalmar, encostando sem querer no meu ferimento com os dedos quando me afastei.

A dor foi uma estrela que se explodiu na minha mente. Caí de joelhos e vomitei.

— Achem a rainha!

— Onde ela está ferida?

— Chamem a carroça. Rápido!

As palavras pairavam acima de mim como urubus. Engatinhei um pouco e tentei me fundir à grama. Mas Jourdain estava lá, ajoelhado na minha frente. Minha única opção era inclinar o rosto para cima, para a lua, para o olhar dele, e deixar o sangue pingar do meu queixo.

Eu o vi assimilar a gravidade do meu ferimento.

E antes que ele pudesse dizer qualquer coisa, antes que sua fúria pudesse devorá-lo, usei o que restava das minhas forças para levantar a mão, segurar na manga dele e dar uma ordem expressa.

— Pai… pai, me leva para casa.

30

CADÊ VOCÊ, DECLAN?

Território de lady Halloran, castelo Lerah

Cartier

Esta seria a última vez que eu caçaria Declan Lannon.

Subi a torre oeste com essa promessa presa entre os dentes. Abri todas as portas que encontrei — a maioria estava destrancada e cedeu facilmente à minha mão. E eu sabia que ele devia estar em algum lugar nessa torre oeste, porque cada cômodo que eu abria estava escuro, mas mobiliado, aposentos de hóspedes cobertos de lençóis para proteger contra a poeira.

Quanto mais eu subia, mais ansioso ficava, procurando, buscando. A essa altura, os estrépitos no campo interno eram evidentes, até mesmo de dentro da torre de pedra. Declan devia saber que havia algo errado, e presumi que ele fugiria.

Meu único consolo era que a única saída dessa torre era descendo, e eu a estava conquistando, degrau a degrau. Em algum momento, Declan e eu nos encontraríamos.

Cadê você, Declan?

Finalmente, abri uma porta que deu para um cômodo iluminado. Uma biblioteca. Havia várias velas iluminando o espaço, e vi livros espalhados em uma das mesas, com um prato de bolinhos perto. Alguém estivera ali recentemente, dava para sentir, e me perguntei se teria sido Ewan. Eu ia avançar mais pelo cômodo quando escutei um estrondo vindo do alto. Uma porta batida. Murmúrio distante de vozes.

Sabia que era ele. E continuei a subida, sem emitir ruído algum, acompanhando a curva da escada, avançando pela escuridão e pela luz das tochas, já respirando com esforço. Eu sentia a queimação nas pernas, a dor e exaustão nos músculos, mas respirei fundo e me mantive calmo e alerta.

Ele teria a vantagem da força, mas eu teria a vantagem da surpresa.

As vozes estavam aumentando. Eu já estava quase chegando. Mais uma porta se abriu e bateu, causando um tremor nas pedras.

Cheguei a um patamar. Era redondo, com o chão decorado por um mosaico que cintilava à luz das tochas. Havia três portas arqueadas, todas fechadas, mas ouvi o zunzum de vozes urgentes. Ele estava escondido atrás de qual?

Comecei a me dirigir para a porta da esquerda e estava na metade do caminho quando a porta do meio se escancarou de repente.

Declan me viu e parou bruscamente, estreitando os olhos ao me encarar.

Ele não me reconheceu, claro. Eu estava com uma armadura Halloran, ainda com o elmo na cabeça.

— O que você quer? — perguntou o príncipe para mim, rispidamente. — Cadê minha escolta?

Levantei a mão lentamente para tirar o elmo. Revelei meu rosto e deixei o elmo de latão cair no chão, produzindo um barulho opaco entre nós.

Declan se limitou a olhar para mim, como se eu tivesse acabado de brotar do brilho do mosaico, como se eu tivesse conjurado minha presença ali.

Ele se recuperou do choque e deu uma risadinha.

— Ah, Aodhan. Finalmente você me alcançou.

Com o olhar fixo no dele, dei um passo em sua direção. Vi o tremor na bochecha, o ligeiro movimento do corpo. Ele estava prestes a sair correndo.

— Era questão de tempo — falei, dando mais um passo. — Foi só seguir o rastro fedorento que você deixou. — E parei, porque precisava dizer isto antes que ele fugisse de mim: — Quero quebrar cada osso do seu corpo, Declan Lannon. Mas não vou, porque sou muito melhor do que você. Mas saiba o seguinte: quando eu cravar minha espada no seu coração, será em nome da minha irmã. Em nome da minha mãe. Em nome dos Morgane.

Declan sorriu.

— Quer saber o que aconteceu de verdade naquela noite, Aodhan? Na noite em que sua irmã morreu?

Não dê ouvidos a ele, bradou minha alma, mas continuei parado, esperando-o prosseguir.

— Sim, meu pai me deu uma ordem — disse Declan, baixando a voz para um tom grave e rouco. — Ele me mandou começar a quebrar os ossos da sua irmã, primeiro nas mãos. Peguei a marreta, mas não consegui. Não fui capaz de obedecer, porque sua irmã estava olhando para mim, chorando. Então meu pai falou: "Você já implorou por uma vida, então agora precisa tomar outra, para mostrar que é forte." Ele envolveu minha mão com a dele e quebrou os ossos da sua irmã através de mim. E foi nesse momento que minha alma se estilhaçou, ao vê-la morrer.

É mentira, pensei, quase freneticamente. Aileen me contara outra história. Ela não dissera que Gilroy segurara a mão de Declan e controlara os golpes.

— Quando encontrei sua irmã escondida dentro de um armário — continuou ele —, não achei que meu pai a torturaria. Então foi por isso que a levei até ele. Porque achei que íamos levar Ashling para o castelo, para ela morar conosco, para ser criada como uma Lannon. Se eu soubesse que ele a mataria, a teria mantido escondida.

Declan estava tentando me confundir, tentando enfraquecer minha determinação. E estava começando a conseguir. Senti o cabo da espada escorregar na minha mão por causa do suor.

— Sim, eu sou a escuridão da sua lua, Aodhan — disse Declan, agora com o controle total da nossa interação. — Sou a noite da sua alvorada, os espinhos da sua rosa. Você e eu estamos ligados, como irmãos, por meio dela. E ela está viva graças a mim. Quero que você saiba disso antes de me matar. Ela está viva porque eu a amo.

De quem ele estava falando? Brienna?

Eu já havia suportado o bastante. Não escutaria mais nada daquele veneno.

Ele recuou de repente para seus aposentos e tentou fechar a porta entre nós. Mas a segurei com o pé, a abri com um chute e vi a madeira ir para a frente e acertar o rosto de Declan.

O príncipe cambaleou para trás; o primeiro a sangrar, com um corte no lábio. Ele estendeu a mão para recuperar o equilíbrio em uma mesa redonda de mármore, onde estivera comendo antes. As louças trepidaram, uma taça de vinho entornou; mas o momento de surpresa de Declan passou. Ele deu uma risadinha, e esse som despertou as trevas dentro de mim.

Eu estava tão concentrado nele que quase não vi. Pelo canto do olho, percebi um raio de luz em aço, uma espada vindo na minha direção.

Girei o corpo, furioso por ter que desviar minha atenção do príncipe. Bloqueei a lâmina com a minha bem a tempo de evitar que ela atravessasse a parte de baixo do meu abdome e empurrei o novo adversário para a parede.

Era Fechin.

Ele arregalou os olhos, ao sentir o impacto da minha defesa, ao se dar conta de que era eu. Nervoso, o guarda se esforçou para recuperar a compostura, mas avancei para cima dele e o desarmei com facilidade.

Peguei Fechin pelo cabelo e falei:

— Sabe o que eu faço com homens que cometem a estupidez de quebrar o nariz de Brienna MacQuinn?

— Milorde — gaguejou ele, engasgando de medo como sempre acontecia quando essa gente era capturada. — Não fui eu.

Cuspi na cara dele e enfiei minha espada em sua barriga. Ele tremeu, e seus olhos perderam o foco quando puxei a arma e o deixei cair no chão.

Quando ergui o olhar, o cômodo estava vazio.

O espaço era dividido por três degraus: um lado dava para a varanda, cujas portas duplas ainda estavam trancadas, e o vidro, embaçado pela noite fria. Mas o outro lado tinha uma parede com quatro portas arqueadas, todas abertas para a escuridão.

Peguei um candelabro da mesa de jantar. Armado com espada e luz, fui para a primeira porta, forçando os olhos a enxergar no escuro.

— Cadê você, Declan? — provoquei, com passos lentos, calculados. — Venha me enfrentar. Não me diga que está com medo do pequeno Aodhan Morgane, o menino que escapou de seus dedos ao se esconder num monte de estrume.

Entrei no primeiro cômodo, apesar da escuridão, com a espada a postos e a luz no alto para não turvar minha visão.

Era um quarto, cheio de bonecas de palha e fitas emboladas no chão. Tinha sido o quarto de Keela. E estava vazio.

Recuei em silêncio, segui para outra porta e entrei.

O silêncio pesado foi rompido por um gemido, e minha atenção se aguçou. Meu olhar atravessou o cômodo até ver Declan sentado em um banquinho de Ewan, com um punhal apontado para o pescoço do menino.

Ewan tremia violentamente, e seus olhos brilhavam de medo quando ele olhou para mim.

Meu coração quase se partiu naquele instante. Tive que me esforçar para me acalmar, para manter a compostura. Mas um pedaço da minha confiança se quebrou; senti o primeiro vislumbre de perda, de que talvez eu não conseguisse garantir uma saída segura para mim e para Ewan naquele confronto.

— Não dê nem mais um passo, Morgane — avisou Declan.

Não me mexi. Só respirei, fitando Ewan, tentando reconfortá-lo com meus olhos.

— Largue a espada e a luz, Aodhan — disse o príncipe. — Senão corto a garganta do menino.

Engoli em seco, tentando disfarçar meu tremor. Jamais imaginara que entregaria minhas armas a ele, que as deixaria a seus pés, que ele me derrotaria. Mas eu só conseguia pensar que precisava manter Ewan são e salvo, e eu não tinha a menor dúvida de que Declan cortaria a garganta do próprio filho.

— Você mataria alguém do seu próprio sangue? — perguntei, tentando ganhar tempo.

— Ah, mas ele não é mais meu — disse Declan, sardônico. — A última notícia que eu tive é que Ewan era um Morgane. Não é isso?

Ele segurou o menino com mais força, e Ewan se retraiu.

Quis gritar para Declan: Por favor, *por favor. Solte o menino.*

— Fiz uma pergunta, Ewan — insistiu Declan. — De que Casa você é?

— Eu… eu… sou… sou… Lan… Lannon.

Declan sorriu para mim.

— Ah. Ouviu, Aodhan?

— Ewan, você sabia que minha mãe era Lannon? — falei, com um tom calmo, tentando transmitir um pouco de coragem, para ele se preparar para correr. — Sou metade Lannon, metade Morgane. E você também pode ser, se quiser.

— Não fale de Líle — retrucou Declan para mim, e a ira de sua reação me espantou.

— Que tal soltar Ewan — respondi —, para que você e eu possamos finalmente acabar com este conflito, Declan?

— Não me provoque, Aodhan. Largue a espada e a luz e vá até a parede.

Eu não tinha escolha. Abaixei o candelabro e a espada até o chão. Enquanto recuava para a parede, pensei no que fazer. Eu ainda tinha o punhal escondido nas costas, mas não sabia se conseguiria sacá-lo rápido o bastante para usar contra uma espada longa na mão de Declan.

— Pegue a espada dele, menino — disse Declan, empurrando Ewan para a frente.

Ewan tropeçou, e sua bota esquerda saiu do pé. Mas ele a abandonou e engatinhou até onde eu deixara minha espada. O que eu mais queria era que o menino olhasse para mim, que visse a ordem nos meus olhos.

Traga a espada para mim, Ewan. Não para ele.

Mas Ewan estava choramingando ao pegar no cabo; a espada era pesada demais para ele. A ponta da arma se arrastou no chão quando ele voltou puxando-a para Declan e espalhando umas bolinhas de gude com que provavelmente brincara horas antes.

— Ah, bom menino — disse Declan, pegando minha espada. — Então você é mesmo Lannon, Ewan. Vá se sentar na cama. Vou mostrar como é que se mata um homem.

— Pai, pai, por favor, não — disse Ewan, aos soluços.

— Pare de chorar! Você é pior que sua irmã.

Ewan obedeceu logo, sentou-se na cama e cobriu o rosto com as mãos.

Respirei pausadamente, absorvendo o máximo possível de ar para me preparar. Mas meus olhos não desgrudaram do rosto de Declan nem por um instante.

— Tentei avisar, Aodhan — continuou Declan, levantando-se, com sua altura impressionante. Ele era uma cabeça inteira mais alto do que eu. — Uma vez Lannon, sempre Lannon. Incluindo sua mãe.

Não reagi; ignorei a provocação, ciente de que Declan atacaria assim que eu falasse, assim que abaixasse a guarda para responder.

— Como você me achou aqui? — continuou tagarelando o príncipe.

De novo, não respondi. Comecei a contar os passos que teria que dar para chegar àquele banquinho...

— Eu queria poder presenciar — murmurou Declan, finalmente parando a um passo de mim. As sombras cobriam seu rosto, retorcendo-se feito espectros. — O momento em que você vir o que fiz com Brienna.

Ele sabia meu ponto fraco.

E minha força rachou. Não consegui respirar, e a agonia me preencheu como água quando meu maior medo se tornou realidade. Ele havia torturado Brienna.

Consegui dar um pulo por puro reflexo quando Declan atacou com a espada. O príncipe me acertou na lateral do corpo, em uma fresta no meu peitoral. Mas nem senti a fisgada da lâmina; meus olhos estavam concentrados no que havia diante de mim: as bolinhas no chão, a bota descartada de Ewan. O banco, o banco, *o banco...*

Peguei-o e girei, usando-o como escudo quando Declan tentou me acertar de novo. a espada cortou as pernas de madeira do assento, e ele se despedaçou. Mas finalmente encontrei minha voz por tempo suficiente para gritar:

— Corra, Ewan!

Porque, mesmo no meio daquela luta, eu não queria que Ewan me visse matar seu pai.

— Ewan, fique! — rebateu Declan, mas o menino já havia disparado para fora do quarto.

Fiquei em êxtase ao ver a fúria no rosto de Declan. Peguei um fragmento de madeira e cravei na coxa de Declan, em uma tentativa de cortar sua artéria. Com isso, pude me esquivar e sair correndo do quarto de volta para o cômodo principal.

Praticamente pulei os degraus até onde estava o corpo de Fechin, e minhas mãos tremiam quando peguei a espada longa do guarda. Virei bem a tempo de não ser atingido pela garrafa que Declan jogou em mim. Ela se espatifou na parede e espalhou vidro e vinho pelo chão.

Os cacos se quebraram sob minhas botas quando reagi, virando a mesa e esparramando a comida e as louças aos pés de Declan.

Ele deu um chute furioso para afastá-la, e nos encontramos no meio do cômodo, com o choque das espadas.

Bloqueei golpe atrás de golpe, aos guinchos do aço. Estava ficando fraco, dava para sentir, a exaustão parecia uma corda amarrada nos meus tornozelos, me segurando. Continuei na defensiva, tentando fazer Declan recuar na direção dos degraus. Minhas mãos ficaram dormentes, e finalmente senti o corte no corpo e percebi que havia deixado um rastro de sangue atrás de mim.

Declan não esqueceu os degraus como eu queria. Ele os subiu, com aquele pedaço rachado de madeira ainda preso na coxa. Nosso sangue se misturando no chão a cada volta e ataque, volta e defesa, girando como a Terra em torno do Sol. Enfim parti para a ofensiva e acertei um corte no ombro dele.

Declan deu um urro, e voltei para a defensiva, tentando me proteger contra os golpes rápidos e firmes dele. Pensei: *Este reino não tem espaço para nós dois.* Eu não poderia viver em um lugar onde homens como Declan prosperavam.

Será eu, ou será ele. E essa promessa me manteve de pé, me manteve em movimento, me manteve bloqueando pelo tempo necessário até o momento que eu esperava.

Finalmente chegou: uma brecha estreita quando Declan tropeçou, quando Declan abaixou a guarda.

E me lancei para aproveitar esse momento. Cravei a espada nele, afundei o aço no peito do príncipe. Escutei o estalo de osso e o trovão de um coração atravessado, Declan gritou, e a espada dele rebateu no meu peitoral e caiu de seus dedos.

Mas eu ainda não havia terminado. Pensei na minha mãe, nas mechas prateadas que seu cabelo devia ter, na risada que os olhos dela deviam exibir. Pensei na minha irmã, na terra que ela devia ter herdado, nos sorrisos que devíamos ter compartilhado. E pensei em Brienna, na outra metade da minha alma. *Brienna.*

Agarrei a camisa de Declan e o joguei nas portas da varanda. O vidro se arrebentou em centenas de pedaços iridescentes; estrelas, sonhos e vidas desfeitas que jamais existiriam por causa daquele homem e sua família.

Declan ficou caído de costas na escuridão, coberto de vidro e sangue, arfando.

Parei diante dele, vendo sua vida começar a desaparecer, até restar apenas um brilho fraco em seus olhos brutos. O príncipe fez uma careta, e bolhas de sangue se formaram entre seus dentes quando ele tentou falar.

Agachei-me ao lado dele e, inundando sua voz com a minha, falei mais alto:

— Cai a Casa Lannon. De impetuosos já não tem mais nada. Na verdade, nunca tiveram. Eram covardes e serão transformados em pó; serão repudiados. E os filhos de Declan Lannon se tornarão Morgane Uma vez Lannon? Nunca mais. Seus descendentes se tornarão justamente aquilo que o velho Gilroy tentou destruir, sem sucesso. Porque a luz sempre supera a escuridão.

Declan engasgou. Parecia que estava tentando dizer "Pergunte a ela", mas as palavras se esfacelaram em sua boca.

Ele morreu assim, com uma espada no coração, com os olhos em mim, com palavras quase ditas na garganta.

Levantei-me devagar. Meu ferimento latejava; tinha vidro enfiado nos meus joelhos. Todos os músculos doíam quando voltei cambaleando para dentro.

A agitação estava arrefecendo em mim, deixando para trás uma vontade em brasas, e o que eu queria era desabar.

— Lorde Aodhan.

Ergui o rosto e vi Ewan parado no meio da louça espalhada, no meio dos ossos da refeição interrompida.

— Ewan — sussurrei, e o menino começou a chorar sofridamente.

Ajoelhei-me e abri os braços. Ewan correu para mim, envolveu-me com seus bracinhos finos e afundou o rosto no meu pescoço.

— Eu faço qualquer coisa, lorde Aodhan — disse ele, aos soluços, palavras quase incoerentes. — Por favor, *por favor*, só não me manda embora! Deixa eu ficar com você.

Senti meus olhos arderem com as lágrimas ao ouvir a súplica desesperada de Ewan. Ao ver que ele achava que não merecia viver comigo, que tinha medo de que eu não o aceitasse. Abracei-o até seu choro perder força e, depois, me levantei, segurando-o nos braços.

— Ewan — falei, sorrindo sob minhas próprias lágrimas silenciosas. — Você pode ficar comigo pelo tempo que quiser. E vou lhe pagar para ser meu mensageiro.

Ewan enxugou as bochechas e o nariz catarrento na manga.

— Sério, milorde? E minha irmã?

— Keela também.

Ele sorriu para mim, brilhando como o sol.

E, com ele nos braços, saímos daquele cômodo sangrento.

PARTE CINCO

LADY MORGANE

31

REVELAÇÕES

Território de lorde MacQuinn, castelo Fionn

Brienna

Eu só lembrava de alguns instantes da viagem de volta para casa.

Lembrava-me de Jourdain me abraçando na caçamba de uma carroça, do som de sua respiração indo e vindo conforme ele rezava.

Lembrava-me de Neeve ao meu lado, da cadência musical de sua voz conforme ela solfejava e me mantinha acordada.

Lembrava-me da voz de Isolde, ao mesmo tempo brusca e determinada conforme examinava meu ferimento à luz de uma vela. *Vai demandar um pouco de tempo. Ela precisa ficar em um lugar tranquilo e limpo onde possa relaxar. Precisamos levá-la rápido para casa.*

Eram minhas três fronteiras — pai, irmã, rainha. A certa altura, percebi que adormeci na curva do braço de Jourdain, com o lado bom do rosto apoiado em seu peito, seu coração, porque a dor voltou com força e estava insuportável de novo.

— Ela está pegando no sono. Devo acordá-la? — perguntou Neeve, preocupada.

Ela soava muito distante, mas eu ainda sentia o toque amoroso de seus dedos na minha mão.

— Não — respondeu Isolde. — Deixe-a dormir.

Quando acordei de vez, eu estava deitada na minha cama, e a luz do sol entrava pelas janelas. Eu estava limpa, debaixo de uma colcha macia, e livre do fedor e do sangue que cobriam meu corpo. Mas, acima de tudo, eu sentia o rosto enfaixado.

Mexi o corpo, devagar, com medo. Levantei a mão para tocar no tecido que revestia minha bochecha direita.

— Bom dia.

Virei e me surpreendi ao ver Isolde sentada ao meu lado. A luz do sol transformava o cabelo castanho dela em cachos de fogo manso, e ela sorria, com pequenas rugas no canto dos olhos.

— Está com sede?

Ela se levantou da cadeira para me servir um copo de água. Depois, com muito cuidado, sentou-se ao meu lado na cama, apoiou alguns travesseiros nas minhas costas e me ajudou a sentar.

Bebi três copos de água até sentir a voz começar a voltar.

— O que aconteceu no castelo Lerah?

— Bom, depois que curei Liam, planejamos um ataque contra os Halloran. — Ela me contou os detalhes: como o plano se formou, como lady Grainne liderou a ofensiva, como Cartier, Sean, Luc, Neeve e Betha se infiltraram disfarçados na fortaleza. — Os meias-luas Halloran foram extirpados pela espada dos Dermott. Pierce tombou. Fechin e Declan Lannon também.

Levei um instante para assimilar a notícia. Pierce e Declan mortos. Não consegui conter o arrepio que me invadiu só de pensar neles, e Isolde pôs a mão em cima da minha.

— Eles não vão machucar você, nem ninguém, Brienna. Nunca mais.

Segurando as lágrimas, assenti.

— E Ewan e Keela?

— As crianças estão em segurança. Keela está aqui no castelo Fionn, com Neeve, e Ewan está com Aodhan em Brígh.

— E os MacQuinn estão tratando Keela bem? — perguntei, com medo de como a receberiam.

— Estão. Lorde MacQuinn deixou muito claro que as crianças salvaram sua vida. Por ordem minha, Keela agora é protegida dos MacQuinn, e Ewan, dos Morgane. Há provas suficientes para que as duas crianças possam ser exoneradas.

— E Thorn? — insisti. — Ele é um meia-lua.

— Aodhan descobriu — respondeu Isolde. — No momento, Thorn está preso, mas também será executado.

Ficamos caladas, e ouvi sons vindo do salão, sons domésticos. Risos e gritos de alegria e pratos retinindo. No entanto, eu não conseguia relaxar. Tentei me afundar mais nos travesseiros, desfrutar a luz do sol, mas havia uma melodia inquieta no meu sangue que eu não tinha como ignorar.

Eu sabia o que era esse espinho no meu espírito. Sabia que era a incerteza em relação à mãe de Cartier.

— Brienna? Está sentindo alguma dor? — perguntou Isolde, franzindo o cenho em sinal preocupação.

— Não, milady.

Pensei em contar para ela. Talvez a inquietação diminuísse se eu relatasse as palavras que Declan me dissera. Talvez eu conseguisse confirmar; Isolde me diria que Declan havia mentido para me abalar mais ainda, para lançar uma sombra de desconfiança na minha mente. Que Declan me manipulara para causar mais dor em Cartier. Porque, se eu contasse para Cartier, se lhe dissesse o que Declan me falara, Cartier praticamente enlouqueceria. Ele não descansaria enquanto não encontrasse Líle Morgane. E, se Líle estivesse morta, ficaria perseguindo um fantasma.

— Bom, se você sentir qualquer desconforto, por menor que seja, me avise — avisou a rainha, com ternura. — Levou três dias para minha magia curar você por completo. Imagino que esteja com bastante fome.

Sorri, o que na mesma hora me lembrou do meu ferimento. Senti um repuxo estranho na bochecha, e eu sabia que devia ser da cicatriz sob o tecido.

— Estou faminta.

Escutei um choramingo de repente e franzi a testa. Inclinei o corpo para fora da cama e vi Nessie deitada no chão ao meu lado, piscando para mim.

— Ah, é — disse Isolde. — Nós a encontramos trancada e com uma focinheira dentro de uma das antigas despensas.

Convidei Nessie para cima da cama, aliviada por Thorn não a ter machucado. Ela se enrolou ao meu lado, tímida, como se soubesse que eu ainda estava me recuperando.

— Agora, deixe-me pedir seu café da manhã — disse Isolde, levantando-se. — Se bem que acho que seu irmão já comentou que queria ser o primeiro a vê-la quando você acordasse. Vou mandá-lo trazer mingau e chá.

— Obrigada — sussurrei, e Isolde sorriu para mim antes de sair dos meus aposentos.

Esperei um pouco, com a visão ligeiramente turva ao observar meu quarto, acariciando distraída o pelo de Nessie. Mas, na minha cômoda, vi meu espelho de mão.

Saí da cama com cuidado e senti as pernas formigarem. Era estranho andar, sentir a superfície lisa e fria do chão sob meus pés. Fui sem pressa e cheguei à cômoda com uma semente de preocupação na barriga.

Eu queria me olhar, mas também não queria.

Depois de um tempo, desenrolei a faixa na minha cabeça, segurei no cabo do espelho e o levantei para o rosto.

Isolde fizera o possível para me curar, para recompor meu rosto dilacerado. Mas havia uma cicatriz, uma linha rosa pálida, que descia da testa ao queixo. E meu cabelo. Desaparecera, arrancado em cortes violentos.

Desviei o olhar. Mas meus olhos foram atraídos por meu novo reflexo, e voltei a me observar.

Quero que Aodhan a encontre. Mas, quando ele olhar para seu rosto, vai ver a mãe nos seus olhos. Vai saber onde ela está.

Abaixei o espelho e senti o coração palpitar.

O que Declan quisera dizer? Será que estava só tentando me angustiar, me afastar de Cartier? Será que achava mesmo que podia cortar meu rosto e fazer eu me esconder, que meu valor se baseava só nesse tipo de coisa?

Fiquei furiosa por ele ter envenenado minha mente. Peguei meu espelho e o bati no canto da cômoda. Ele se despedaçou todo em fragmentos que refletiam a luz ao cair e espalhavam prismas até o chão.

Senti certa dose de alívio ao quebrá-lo, como se fosse apenas o início de tudo que eu precisava quebrar para enxergar. Porque eu me via sem ele, não uma menina que fora acorrentada, tosada e mutilada, mas sim uma mulher que sobrevivera.

Estava calma quando peguei a bandagem e reenfaixei o rosto. Depois, ajoelhei-me no chão, recolhi os cacos, e os escondi na gaveta quando ouvi meu irmão batendo na porta.

Fui atender e o recebi com um sorriso, como se fosse um dia qualquer. Porque eu não queria pena; não queria choro nem tristeza.

Luc trazia uma bandeja com mingau e chá, e fiquei grata de ver que não veio com melancolia, preocupação ou choradeira para cima de mim.

— Falaram que você estava faminta e que talvez estourasse uma guerra se eu não trouxesse comida — disse ele, brincalhão, e gesticulei aos risos para que entrasse.

Nós nos sentamos nas cadeiras na frente da lareira, e meu estômago roncou tão alto que ele deu uma risadinha ao me servir uma xícara de chá. Enquanto comia mingau com mel e tentava me acostumar à tensão estranha da cicatriz cada vez que abria a boca, meu irmão me contou tudo de novo. Reparei que o relato tinha bastante exagero, especialmente quando ele descreveu a aventura de abaixar a ponte levadiça do castelo Lerah, mas não liguei. Só aproveitei.

— Aí você derrubou quatro guardas Halloran com um golpe poderoso de espada — falei, com emoção. — Depois, passou por cima da montanha de corpos para pegar na alavanca de ferro e baixar a ponte. Extraordinário, Luc.

Ele corou até a ponta das orelhas.

— Está bem, assim fica parecendo que sou um guerreiro poderoso, quando não passo de um reles músico.

— E por que não pode ser as duas coisas, irmão?

Luc olhou para mim, sorrindo. E lá estava, a primeira fagulha de emoção em seus olhos ao me observar.

Não chore, supliquei mentalmente. *Por favor, não chore por mim.*

Outra batida soou na porta e interrompeu o momento. Luc deu um tapinha no meu joelho e, fungando para engolir as lágrimas, se levantou para atender. Ouvi a voz de Isolde, um murmúrio grave, e Luc sussurrou em resposta.

Já estava servindo minha terceira xícara de chá quando Luc voltou para se sentar ao meu lado.

— O que foi? — perguntei.

— Era Isolde — disse Luc. — Aodhan Morgane está aqui. Ele gostaria de te ver.

Fiquei paralisada, incerta.

— Ah. — Meu coração começou a doer de tanta vontade que eu tinha de ver Cartier. No entanto, eu ainda não havia convencido minha cabeça. Não havia decidido o que diria para ele, se é que devia dizer alguma coisa. Não queria perturbar a paz dele, propagar o veneno de Declan. Eu precisava de mais um dia, talvez mais, para descobrir que rumo seguir. Então, falei: — Acho que preciso descansar hoje.

Luc não esperava por essa. Ele arqueou as sobrancelhas, mas se apressou a assentir com a cabeça.

— Tudo bem. Vou falar para ele voltar amanhã.

Meu irmão se levantou da cadeira antes que eu pudesse impedi-lo, antes que eu pudesse dizer que provavelmente também evitaria ver Cartier no dia seguinte. Eu não queria que ele viesse todos os dias, ansioso para me ver, e tivesse que voltar enquanto eu tentava decidir o que devia lhe dizer.

Levantei-me e fui até minha escrivaninha, e peguei pergaminho, pena e tinta. Fiz uma carta concisa, mas parecia que meu coração todo se partiu nas palavras que escrevi.

Cartier,

Acho que preciso de mais alguns dias para me recuperar. Aviso quando estiver pronta para ver você.

— Brienna

Esperei quatro dias até finalmente mandar chamá-lo.

Era o meio da manhã, e Keela e Neeve estavam comigo nos meus aposentos, as três sentadas em volta de um livro de antigas lendas maevanas, treinando a habilidade de leitura de Neeve. Isolde ficara satisfeita com a evolução da minha cura e voltara a Lyonesse para acompanhar os preparativos da execução dos Lannon. Eu não esperava que Cartier chegasse tão rápido depois que enviei meu convite, que ele largasse tudo que estivesse fazendo no castelo Brígh para vir me ver. Mas ele largou.

Ele me pegou desprevenida e veio direto para meu quarto.

Nós três levamos um susto quando ele apareceu de repente, com o impacto inusitado da porta na parede, e então Neeve e Keela se levantaram, saíram sem falar nada e fecharam a porta atrás de si.

Eu continuava sentada à mesa, com o livro aberto sob meus dedos, sentindo o coração pular ao vê-lo.

Cartier parou à luz do sol dentro do quarto e olhou para mim como se tivéssemos passado anos, não semanas, sem nos ver. Seu cabelo estava solto e embolado — havia até algumas folhas avulsas presas, como se ele tivesse voado pela floresta que separava nossas terras, como se nada pudesse mantê-lo longe de mim. Seu rosto estava vermelho por causa do frio, e seus olhos... seus olhos se fixaram nos meus, me examinaram.

Eu ainda estava com a faixa na cabeça. Ele ainda não tinha como ver a cicatriz, e eu sabia que precisava mostrar, que precisava dizer tudo que Declan me falara. Que eu não podia esconder isso dele, mesmo que fosse mentira.

Tentando acalmar a respiração, levantei-me. Mas eu tinha a sensação de que estava prestes a desmoronar, que ia pegar uma adaga e cravar no coração dele.

— Cartier, eu... desculpe por ter demorado tanto para chamar.

— Brienna. — Ele disse apenas meu nome, mas expressou muito mais que isso.

Abaixei os olhos para as folhas e os livros na minha frente, tentando lembrar o discurso que eu havia preparado. As palavras exatas que queria dizer.

Ouvi os passos dele se aproximarem. E eu sabia que, se ele tocasse em mim, eu desabaria completamente.

— Declan me falou uma coisa quando eu estava presa.

Essas palavras o fizeram parar, embora sua sombra tentasse alcançar a minha no chão.

Olhe para ele, demandou meu coração. *Você precisa olhar para ele.*

Levantei o rosto e olhei.

Cartier estava me encarando; ele não tirara os olhos de mim nem por um segundo. E, por um instante, repousei no azul de seus olhos, um azul que rivalizava com o do céu.

— Declan me disse que sua mãe está viva, Cartier — sussurrei, e a revelação finalmente desabrochou na minha voz e me libertou de sua prisão. — Ele falou que, no primeiro levante fracassado, Gilroy Lannon decepou a mão dela e a arrastou até a sala do trono. E, antes que o rei pudesse decapitá-la, Declan se jogou em cima de Líle para salvar sua vida. Ele implorou para que o pai a poupasse, porque... ele amava sua mãe como se fosse um filho.

Cartier continuou me olhando com uma intensidade tão grande que poderia ter me feito ficar prostrada de joelhos.

— Então Gilroy poupou a vida da sua mãe — prossegui, com a voz trêmula. — Ele a prendeu na masmorra e decapitou outra mulher de cabelo claro, para colocar a cabeça dela no pátio.

Cartier ainda não dissera nada. Era como se eu o tivesse enfeitiçado, como se o tivesse transformado em pedra.

— E Declan... Declan me disse... — Não consegui falar. As palavras se derreteram, e segurei o encosto da minha cadeira.

— O que mais ele disse? — perguntou Cartier, com a voz firme.

Respirei fundo, como se fosse possível esconder essa última revelação no meio dos pulmões. Mas eu não conseguia mais segurar.

— Logo antes de cortar meu rosto, Declan me disse que queria que você me encontrasse. Mas que, quando olhasse para meu rosto, visse sua mãe nos meus olhos. Que saberia onde ela está.

Vi minhas palavras atingirem-no como flechas. Ele finalmente baixou a guarda; seu rosto estava marcado pela agonia. E pensei: *Isso vai nos destruir. Vai destruí-lo.* Mas, em seguida, as rugas na testa dele relaxaram, como se ele respirasse pela primeira vez, como se tivesse descoberto algo, visto uma luz que eu não percebia...

— *Brienna.* — Ele murmurou meu nome de novo, como se fosse uma oração, como se estivesse pegando fogo por dentro.

Meu coração se partiu quando o vi se virar, andar até a porta e parar no batente. Ele voltou para mim e empurrou a cadeira para tirá-la do caminho, para que não tivesse nada entre nós.

Ele não me dera nem tempo para tirar a faixa da cabeça, para mostrar minha cicatriz.

Segurou meu rosto delicadamente com as mãos e me beijou; um toque macio de lábios.

E se foi. Saiu do meu quarto e deixou a porta aberta. Ouvi o som de seus passos, correndo, descendo às pressas a escada até o piso de baixo. Andei até a janela, olhei pelo vidro e o vi sair no pátio e, ansioso, pedir o cavalo.

Quis chamá-lo para mim, perguntar o que ele descobrira.

Deve ser verdade, pensei, tremendo. *Declan não mentiu.*

E quando Cartier montou seu cavalo, fiquei olhando-o ir embora. Não para oeste, rumo a seu castelo. Ele foi para o sul. Para Lyonesse.

32

O RELATO

Território de lorde Burke, castelo real

Cartier

Cavalguei noite adentro. Fui rasgando o vento com os dentes e seguindo o som dos cascos do cavalo com o coração. *Não pode ser*, pensei, mas cheguei em Lyonesse sob o olhar das estrelas e da lua, que me guiavam com sua luz prateada.

Os portões do castelo estavam trancados. Esmurrei-os e bati os nós dos dedos até a pele rachar e sujar de sangue a madeira e o ferro. Mas não parei, só quando um dos homens de Burke olhou de cima da atalaia.

— O que foi? Vá dormir, seu bêbado — reclamou o homem comigo. — Os portões não abrem à noite.

— É Aodhan Morgane. Abram os portões.

O homem estava com uma tocha na mão, mas vi seu rosto quando ele olhou para mim, tentando enxergar meu brasão sob o luar. Ele sumiu para dentro da atalaia, e os portões se abriram um pouco, só o bastante para eu e meu cavalo passarmos.

Cavalguei até o pátio, desmontei e deixei meu cavalo sozinho no piso de pedra, já que todos os cavalariços estavam dormindo. Fui até as portas principais, que também estavam trancadas, e as esmurrei.

Minha sensação foi de ter passado uma eternidade batendo até a portinhola se abrir e o intendente do castelo olhar para mim, à luz de uma vela, com evidente irritação.

— O que foi?

— Abra as portas — demandei.

— Não abrimos as portas à…

— Abra já as portas, senão pedirei para a rainha dispensá-lo imediatamente.

O intendente ficou pálido ao me reconhecer de repente.

— Peço desculpas, lorde Morgane. Só um momento, por favor.

As portas foram destrancadas. Entrei às pressas no castelo e segui pelos corredores que me levariam à entrada da masmorra. Estava vigiada por dois guardas Burke, e fiz o mesmo pedido pela terceira vez.

— Abram as portas e me deixem passar.

— Não podemos, lorde Morgane — disse um dos homens. — Apenas a rainha pode permitir qualquer acesso à masmorra.

Eles tinham razão. Havíamos estabelecido essa regra após a fuga de Declan. Então, virei-me e fui até a escada, subi de dois em dois degraus e segui o corredor do andar de cima até chegar aos aposentos da rainha. A porta dela estava fortemente vigiada, claro, e não consegui nem me aproximar para bater.

— Acordem-na — pedi, desesperado. — Acordem a rainha para mim.

— Lorde Morgane — disse uma das mulheres, mantendo-me afastado. — A rainha está exausta. Pode esperar até amanhã?

— Não, não posso esperar. Acordem Isolde. — Eu estava quase gritando, na esperança de que ela me escutasse. — Cavalguei a noite toda e preciso vê-la.

— Lorde Morgane, acalme-se, caso contrário teremos que acompanhá-lo…

— Deixem-no passar.

A voz de Isolde interrompeu a comoção, e todos nos viramos para ela, que estava na porta. Ela segurava uma vela, estava enrolada em um xale e realmente parecia exausta. Os guardas se afastaram e me permitiram falar com a rainha.

— Isolde, preciso que você me autorize o acesso à masmorra — sussurrei.

Ela definitivamente não esperava que eu fizesse tal pedido. Piscou, abriu a boca para falar, fechou-a de novo. E percebi que ela não exigiria respostas. Ela confiava em mim, seu amigo mais antigo. O amigo que se sentara com ela dentro de um armário em outro reino, segurara sua mão e dissera que ela seria a melhor rainha do norte.

Ela assentiu com a cabeça e me acompanhou até as portas da masmorra, com a luz da vela dançando em seu rosto, e deu a ordem aos guardas.

— Deixem Aodhan entrar na masmorra e esperem até ele voltar.

O guarda pôs a mão no peito, pegou as chaves e começou a destrancar as portas.

De repente, eu tremia, incapaz de respirar com calma.

Isolde deve ter ouvido. Ela estendeu a mão e apertou a minha — seus dedos quentes se juntaram aos meus. Ela me soltou, e segui o guarda masmorra adentro. Pegamos uma tocha cada um nos suportes do saguão e começamos a descer.

Senti o frio intenso da masmorra e a escuridão que se erguia à minha volta.

— Vou aguardá-lo aqui, milorde — disse o guarda, quando chegamos ao pé da escada.

Assenti, comecei a andar pelos túneis e fui lançando com a tocha uma luz inquieta nas paredes. Eu estava fadado a me perder; não sabia me orientar ali, mas continuei avançando mesmo assim.

Não demorou e eu já estava tão exausto que precisei parar e me apoiar na parede. Fechei os olhos e pensei, pela primeira vez, que talvez estivesse enganado. Talvez Declan tivesse mentido para me provocar mais ainda.

Mas então escutei, ao longe: o som de uma vassoura.

Afastei-me da parede e segui o ruído. Ele enfraqueceu, e aumentou, ecoando pelas paredes de pedra, e tive dificuldade para situá-lo. Quando achei que havia me perdido completamente, que estava andando em círculos, vi uma luz bruxuleando na entrada de um dos corredores.

Segui essa luz e cheguei a um túnel que estava iluminado por algumas tochas em suportes de ferro.

E lá estava: a varre-ossos.

Vi a pessoa ir com a vassoura até um punhado de ossos de roedores e varrê-los. O véu preto tremulou com o movimento; ela ainda não tinha me visto.

Então falei seu nome, como se eu o tivesse conjurado após 25 anos de trevas.

— Líle.

A pessoa parou, ficou imóvel. E então endireitou o corpo e se virou para mim.

Não sei o que eu esperava, agora que aquele momento chegara.

Mas eu não esperava que a pessoa se virasse e começasse a sair mancando.

Não devia ser ela. Declan me enganara; tinha, por fim, me destruído. Escutei suas palavras na mente, embaralhando minha cabeça. *Você e eu estamos ligados, como irmãos, por meio dela. E ela está viva graças a mim. Quero que você saiba disso antes de me matar. Ela está viva porque eu a amo.*

E meu coração começou a bater freneticamente e subir até a boca quando voltei a falar:

— *Mãe.*

A pessoa parou. Vi aquela mão direita, a que estivera acorrentada na cela de Declan, subir até a parede, para se equilibrar.

Fui até ela, sussurrando de novo, e de novo.

— Mãe.

Um som abafado emergiu dela, sob o véu. Ela estava chorando.

Estendi as mãos e os braços, ansioso para que ela os preenchesse. Ela continuou junto à parede, mas sua mão agora estava erguida, repousando no rosto coberto.

— É Aodhan — sussurrei. — Seu filho.

E vou esperar o tempo que for de braços abertos, pensei. *Vou esperar aqui até ela se sentir pronta para vir para eles.*

A varre-ossos deu esse primeiro passo na minha direção. Estendeu a mão para a minha, e nossos dedos se entrelaçaram, se cruzaram. Ela veio para meus braços, e a abracei junto ao coração. Senti uma rigidez de cicatrizes em suas costas por baixo do véu. Senti a magreza dela. Foi isso que fez minhas lágrimas se acumularem.

Ela se deixou apoiar no meu abraço, e vi sua mão subir, segurar uma parte do véu e puxá-lo.

Meu pai tinha razão. Líle Morgane era linda.

Seu cabelo era sedoso, da cor de grãos, e descia até a clavícula, com o brilho de alguns fios prateados. Os olhos eram de um azul impactante. A pele era clara, quase translúcida de tantos anos passados na masmorra. Havia cicatrizes compridas na bochecha, na testa, e eu sabia que tinham sido feitas por Declan.

A mão dela subiu de novo e fez movimentos graciosos. Percebi que eram letras. Ela estava soletrando meu nome.

Aodhan, gesticulou ela.

E pensei: *Declan pode tê-la mantido viva em cativeiro, e Gilroy pode ter decepado sua mão e a espancado, mas nenhum dos dois a privou de sua voz ou sua força.*

Aodhan, gesticulou ela de novo, sorrindo para mim.

Puxei-a para mim e chorei em seu cabelo.

Parecia um sonho o dia que levei minha mãe de volta para as terras de Morgane. Eu havia escrito uma carta para Aileen, a intendente, para dar a notícia e pedir que ela mantivesse o povo calmo quando eu chegasse. Mas, claro, eu devia ter imaginado que haveria uma festa à nossa espera. Os Morgane, que não tinham reputação de povo muito sentimental, se ajoelharam ao vê-la sair da carruagem. Choraram, riram e tentaram pegar sua mão, o que certamente a assustou. Deu para ver que minha mãe estava a um passo do pânico, e tive que conduzir o povo para o salão e pedir que todos se sentassem em silêncio às mesas, para que eu pudesse trazê-la até eles. Até Ewan parecia emocionado, agarrado em mim até eu mandá-lo ficar com Derry e os pedreiros.

— Diga se estiver sendo demais para você — sussurrei para Líle, que continuava parada no pátio, olhando para o castelo Brígh.

O que será que estaria passando pela cabeça dela? Será que estava pensando no meu pai, na minha irmã?

Ela falou comigo pela mão, uma longa e elegante série de movimentos que eu ainda não entendia. Achei que estivesse expressando a intensidade da situação, que não quisesse ver o povo no salão.

— Posso levá-la para seus aposentos imediatamente — falei, com delicadeza, mas ela balançou a cabeça e usou os dedos de novo para formar palavras. — Quer ir para o salão, então?

Ela fez que sim, mas fiquei com a sensação de que eu ainda não havia captado o cerne do que ela estava tentando dizer.

Peguei na mão dela e a levei para dentro de Brígh. Aileen nos esperava no saguão, e ela quase não conseguia se conter ao ver Líle.

Ela abaixou a cabeça e disse:

— Milady.

E percebi que ela estava se esforçando ao máximo para não chorar.

Líle estendeu a mão, com um sorriso afetuoso para Aileen, e as duas se abraçaram. Virei o rosto para lhes dar um momento de privacidade.

Entramos juntos no salão, e os Morgane fizeram o possível para continuar quietos e calmos. Mas todos ficaram imóveis ao vê-la e a acompanharam com os olhos até o tablado, onde puxei minha cadeira para ela se sentar à mesa.

Sentei-me ao lado da minha mãe e a observei cuidadosamente, atento a qualquer inquietação. Mas ela só olhou para o salão, com ternura e afeto no rosto ao reconhecer velhos amigos.

Ela gesticulou para mim que queria escrever.

Aileen saiu às pressas atrás de papel, pena e tinta antes que eu sequer tivesse chance de me levantar da cadeira para buscar. A intendente voltou logo depois e deixou tudo diante de Líle, e minha mãe começou a escrever. Agora eu sabia por que a letra dela era tão ruim. Ela era canhota, e Gilroy decepara sua mão esquerda. Sem pressa, ela escreveu um parágrafo, empurrou a folha para mim e indicou que eu devia ler.

Peguei o pergaminho, me levantei e obriguei minha voz a ficar firme.

— "Aos Morgane. Estou cheia de alegria por vê-los de novo e gostaria de expressar minha admiração por vocês, que resistiram a um período tenebroso e se mantiveram fiéis a seu lorde. Não posso falar com a boca, mas posso com a mão, e pretendo conversar com cada um de vocês nos próximos dias. Mas só tenho um pedido a fazer: não me tratem por lady. Não sou mais lady Morgane. Sou apenas Líle."

Abaixei o papel e engoli o nó que havia na minha garganta. Os Morgane ergueram seus copos para ela, assentindo com a cabeça, mas alguns ainda exibiam uma expressão confusa no rosto, como se não conseguissem separar o título do nome.

E, de repente, entendi o que ela estivera tentando me dizer no pátio. *Não sou mais lady Morgane. Sou apenas Líle.*

A semana seguinte foi uma sucessão de desafios e pequenas vitórias.

Eu queria colocar minha mãe em seus aposentos de novo — os que ela usara com meu pai. Mas ela não quis nem pisar lá.

Preferiu os aposentos de Ashling. As paredes onde ela pintara um bosque mágico; as paredes que haviam abrigado sua filha. Aileen e eu tratamos de mobiliar o espaço, que havia sido limpo e esvaziado desde que restauramos Brígh. Pedi para meu carpinteiro construir uma bela cama, e Aileen botou as mulheres para encher um colchão de penas rapidamente. Mandamos fazer roupas para minha mãe, penduramos cortinas nas janelas e estendemos tapetes e peles de carneiro no chão.

Enchi as prateleiras de livros e abasteci a escrivaninha com todo papel, tinta e penas que ela quisesse.

Líle ficou satisfeita com os aposentos, e eu não saberia explicar o tamanho do meu alívio por isso.

Mas então Aileen veio a mim certa manhã e disse:

— Lorde Aodhan, sua mãe não está dormindo na cama. Está dormindo no chão, perto da lareira.

E isso me comoveu. Claro, Líle passara os últimos 25 anos dormindo no chão.

— Deixe-a dormir onde ela quiser, Aileen.

— Mas, milorde, não posso...

Só peguei no braço dela e dei um apertão, para lembrá-la de que não compreendíamos — talvez nunca fôssemos compreender — tudo que minha mãe havia suportado. Se Líle quisesse usar véu de novo e dormir no chão, então era o que eu queria também.

O desafio seguinte foi que Líle queria trabalhar. Queria varrer, queria limpar, queria arrancar ervas daninhas na horta, sovar massa com os padeiros, escovar cavalos com os cavalariços. Usava roupas simples, cobria o cabelo com um xale, dispensava os melhores vestidos que Aileen havia costurado para ela e trabalhava ao lado dos Morgane. Na primeira vez que isso aconteceu, as mulheres que limpavam o salão vieram em pânico falar comigo.

— Ela quer varrer, tirar teias de aranha e limpar a cinza das lareiras — dissera uma delas para mim, retorcendo as mãos. — Não podemos permitir uma coisa dessas. Ela é nossa lady.

— Ela é Líle, e, se ela quer trabalhar lado a lado com vocês, deixem e a acolham — respondi, torcendo para não extravasar minha irritação.

A partir daí, vi minha mãe começar a trabalhar assim que acordava e só parar quando o sol se punha, e ela trabalhava tanto que poderia superar qualquer um do meu povo. Eu desconfiava que, ao se matar de trabalhar, ela não tinha tempo ou energia para remoer certas coisas.

Mais uma vez, ela me comoveu. Comoveu todos nós.

Porém, minha maior surpresa deve ter sido Ewan. Ele se apegou a ela, e vice-versa, e a seguia para todos os lados, aprendendo a língua de sinais antes de todo mundo. *Minha mãe vai ensiná-lo a trabalhar*, pensei com humor, ao ver Ewan andar atrás dela com a pá de lixo, com uma pilha de lençóis limpos e com as roupas sujas de farinha.

Naquela primeira semana, ela só quis comer pão e queijo. Não quis carne, nem muita cerveja. Ficou muito animada de tomar chá de novo, com mel e um pouquinho de creme. Percebi que só seria possível passar tempo com ela à noite, quando eu levava uma bandeja de chá para seus aposentos, e nós dois nos sentávamos — no chão, obviamente — diante da lareira para apreciar o fogo e tomar chá. Porque a realidade era que... éramos completos desconhecidos um para o outro. Eu não sabia nada dela, e ela, nada de mim.

Foi em uma noite dessas que ela me deu algumas folhas de papel, cheias de sua escrita.

— Quer que eu leia agora? — perguntei.

Não. Espere.

Assenti, deixei as folhas de lado e apreciei o resto do chá com ela. Mas, em um canto da mente, eu sabia que devia estar em Lyonesse nesse dia, para assistir à execução dos Lannon. Que Gilroy e Oona haviam sido levados de manhã ao cadafalso perante a rainha, os fidalgos e o povo, para se ajoelhar e perder a cabeça.

Fui o único lorde a não comparecer. Isolde me dissera para não ir, para ficar em casa com minha mãe. E fiquei, porque eu não conseguia conceber a ideia de sair. Mas minha preocupação era o fato de que Ewan e Keela ainda precisavam ser perdoados, e eu não estava lá para prestar testemunho a favor das crianças.

Brienna vai depor em nome delas, escrevera Isolde para mim. *Vai declarar que Ewan e Keela a salvaram.*

Tirei os Lannon da cabeça e falei:

— Existe um motivo por que eu sabia onde você estava, mãe. O nome dela é Brienna.

Líle pôs a mão em cima do meu coração. Ah, ela percebeu. Ou talvez tenha escutado no meu tom de voz quando falei o nome de Brienna.

— É, meu coração é dela. É a filha adotiva de Davin MacQuinn.

E o nome dele fez os olhos dela marejarem. Ela sorriu e gesticulou: *Quero vê-lo e conhecê-la.*

— Eles vão à coroação de Isolde — respondi. — Quer vir comigo e com os Morgane e comemorar conosco?

Refleti sobre as cartas que eu havia escrito para Jourdain e Brienna para dar a notícia de que minha mãe estava viva. E, apesar da vontade de vir vê-la, eles compreenderam que ela ainda precisava de tempo para se reaproximar dos Morgane primeiro.

Sim, vou com você.

Sorri e dei um beijo no rosto dela, pensando... como eu aguentaria ver todas as pessoas do meu coração reunidas, juntas?

Saí dos aposentos da minha mãe depois que terminamos o chá e levei comigo as folhas que ela me dera. Ewan já estava dormindo nos meus aposentos e roncava em seu catre diante da lareira. Ele trabalhara muito durante o dia, seguindo Líle com os pedreiros.

Então me sentei em silêncio à escrivaninha, com as folhas de Líle. Eu sabia que era o relato dela, uma parte de sua história. Hesitei por um instante, amarrotei o papel entre os dedos e banhei a carta com a luz de velas. Estava quase com medo de ler, mas então pensei: *Se Líle está pronta para contar, preciso estar pronto para ouvir.*

Aodhan,

Sei que você deve estar cheio de perguntas, perguntas sobre como sobrevivi à batalha do levante e ao meu período em cativeiro. Antes, quero que você saiba que não teve um dia que eu não pensasse em você, seu pai e Ashling. Você e sua irmã sempre estiveram no meu coração, mesmo quando eu estava no escuro e achava que nunca mais os veria.

Talvez outra noite eu possa escrever sobre coisas mais felizes, como o dia em que vocês nasceram e o fato de que sua irmã adorava arranjar confusão para você. Mas, por enquanto, deixe-me voltar 25 anos.

Durante a batalha, seu pai e eu fomos separados. Eu estava à frente de uma falange de guerreiros, e no meio de um mar de Allenach e Lannon, e Gilroy Lannon veio até mim e decepou minha mão. Minha espada foi junto. Ele me jogou em cima de seu cavalo, voltou comigo para o pátio e me arrastou para a sala do trono. Eu sabia o que ele ia fazer. Como eu tinha nascido Lannon, ele queria me transformar em exemplo e me decapitar no degrau do trono.

Eu estava sentindo muita dor e, apesar dos nossos esforços, sabia que íamos perder a batalha. Mesmo assim, quando me ajoelhei, quando esperei a espada dele descer no meu pescoço . . . eu queria viver. Queria viver para você e Ashling, e, sim, para seu pai, que eu amava. Mas, do meio das trevas, saiu Declan. Das trevas saiu a voz dele, gritando para o pai me poupar, me deixar viver. Aí ele se deitou em cima de mim e disse que, se Gilroy quisesse me matar, teria que matá-lo também.

Mas talvez eu precise falar mais sobre Declan.

Quando Declan tinha 7 anos, me pediu para ensiná-lo a pintar. Ele havia visto um pouco da minha arte e queria aprender. O pai dele, obviamente, achava que arte era perda de tempo. Mas reconheci a importância desse acordo, pois poderia afastar Declan do castelo, onde eu sabia que uma imensa maldade estava se desenvolvendo sob Gilroy e Oona. Eu poderia tentar proteger o futuro rei, criá-lo para se tornar um homem bom, diferente do pai. Mas, obviamente, Gilroy queria algo em troca. Queria que, como sinal de lealdade aos Lannon, eu prometesse Ashling em casamento a Declan. Ashling tinha só 1 ano, e fiquei horrorizada com a ideia. Mas aí seu pai me disse: "Se você puder ensinar Declan a pintar, poderá moldar o futuro rei. E nossa filha será rainha ao lado dele."

Então concordei.

Declan veio e passou muitas semanas por ano conosco, aprendendo a pintar. E, embora eu tivesse passado a amá-lo como filho, comecei a enxergar as trevas nele. Pouco a pouco, ano após ano, ele foi se tornando cada vez mais bruto e violento, e percebi que não seria possível salvá-lo. Não conseguiria redimi-lo. Fiquei desesperada, por ter fracassado de alguma forma, e mesmo assim ele ainda me amava. Estava tentando ser bom, por mim.

Mas, em pouco tempo, meu medo não era só por ele, era também medo dele.

Rompi a promessa de casamento. E seu pai e eu começamos a planejar um golpe, porque já havíamos presenciado o bastante de Gilroy e Oona. O resto da história você já conhece.

Então, na sala do trono, Declan suplicou pela minha vida.

Incrivelmente, Gilroy aceitou. Ele me mandou para o último andar da masmorra, e lá fiquei acorrentada, por meses, em agonia. Ele esperou meu pulso cicatrizar e cortou minha língua fora, para que eu não pudesse falar mais. O primeiro ano foi o mais difícil. Parecia que a dor não ia diminuir nunca, e eu só conseguia pensar se seu pai havia sobrevivido, se você e Ashling estavam bem. Eu não sabia de nada e não podia perguntar aos guardas o que havia acontecido.

Mas um dos guardas teve dó de mim. Sim, ele era um Lannon, mas gostava de mim. Ele me trazia as melhores comidas, a água mais limpa, ervas para ajudar a me curar. Ele me contou o que aconteceu depois do golpe fracassado. Disse que você e seu pai tinham escapado com Davin, Lucas, Braden e Isolde. Que o povo Morgane fora entregue a lorde Burke. Que meu pai, um nobre Lannon, tentara incitar uma segunda revolta, sem sucesso, e que Gilroy destruíra minha família inteira pouco depois. E chorei ao saber disso — da morte da minha família —, mas também ao saber que você e seu pai haviam sobrevivido. Isso me deu a esperança necessária para continuar viva, para tramar. Eu desafiaria os Lannon com minha vida e estaria pronta quando você e seu pai voltassem.

Fiquei presa na cela da masmorra por cinco anos. Declan vinha me visitar com frequência. Não tenho nem como descrever o quanto essas visitas eram tristes e horríveis, não porque ele fosse cruel comigo, mas porque eu sabia que ele estava se distanciando mais e mais, que toda bondade e virtude que eu tentara semear havia definhado e morrido. Ele insistia que eu abandonasse meu sobrenome Morgane, que eu renegasse completamente minha Casa e seu pai, porque, se fizesse isso, ele poderia me tirar da masmorra. Poderia achar um lugar para mim no castelo.

Ao longo de um mês, ele veio quase todos os dias à minha cela e esperou que eu escrevesse que renegava.

E, como eu me recusava, ele foi ficando cada vez mais frustrado comigo. "Você não quer viver, Líle?", gritava ele comigo. "Não quer viver com conforto? Posso protegê-la. Posso lhe dar uma vida muito melhor que esta."

Mesmo assim, me recusei a abrir mão do nome Morgane.

Então ele parou de me visitar, e isso pareceu ter durado um ano. Nesse período, o guarda Lannon tentou me ajudar a fugir. Ele me falou do rio subterrâneo que desembocava na baía. Tramamos e planejamos, e, quando chegou o dia, ele me tirou da cela e me levou rumo ao rio. Mas é difícil escapar de uma masmorra administrada pelos Lannon. Fomos descobertos justamente por Oona. Ela sempre me odiara, porque sabia que Declan me amava mais. Ela mandou me açoitarem, e o guarda foi torturado até a morte.

Eu estava de novo na cela, em absoluta agonia, quando Declan voltou a me visitar. Ele não sabia que eu tentara fugir, que eu tinha sido açoitada quase até a morte por ordem da mãe dele. "Quer que eu a mate?", perguntou ele, com tanta calma que achei que fosse brincadeira. Mas Declan falou sério. Ele tinha apenas 16 anos e teria matado a própria mãe por mim. Esse é o nível da maldade e corrupção daquela família.

Ele me tirou da masmorra e me colocou em seus aposentos pessoais para eu me recuperar. Acho que sua esperança era que eu abandonasse o nome Morgane, agora que estava me recuperando com conforto. Ele tinha medo — todos os Lannon tinham — de que você e seu pai, Kane, Davin e Lucas, Braden e Isolde voltassem para se vingar. E Declan queria ter certeza de que eu daria preferência a ele em vez de você, caso vocês voltassem.

Eu não podia dar essa certeza, e isso o deixou furioso. Ele mutilou meu rosto e me mandou de volta para a masmorra. Passei cinco anos sem falar com outro ser humano. Era só eu na escuridão.

E odeio escrever isto, mas esses cinco anos, por fim, destruíram o que sobrara de mim. Já fazia dez anos que eu era prisioneira. Se você voltasse para Maevana, Aodhan, teria apenas 11 anos. E comecei a rezar para que Kane o mantivesse longe destas trevas, que o criasse em um ambiente seguro e bom. E talvez até que Kane tivesse se casado de novo, achando que eu tinha morrido, e assim você seria criado com o amor de outra mulher. Pensei tanto nisso que comecei a acreditar.

Quando Declan finalmente veio me ver de novo, já era homem, e eu estava destruída. Abri mão do nome Morgane. Quis adotar o sobrenome Hayden, mas Declan disse que todos os Hayden tinham morrido e que eu precisava ser Lannon.

Virei Líle Lannon.

Declan me cobriu de véus e me levou ao castelo para servir como camareira de sua esposa. Ninguém além dele, Gilroy e Oona sabia quem eu era de verdade. E as coisas correram bem por alguns anos — eu mantinha a cabeça baixa e não *falava nada, então eles quase não reparavam mais em mim —, mas aí Declan começou a bater na esposa. Confrontei-o, falei que sabia que ele não era de fazer aquilo. E Declan só deu risada, como se eu tivesse ficado maluca. Foi mais difícil ainda porque Keela e Ewan já haviam nascido e eram só crianças. Eu não tinha como proteger eles três — a esposa de Declan, o filho e a filha. Quando a esposa dele morreu, Declan me mandou de volta para a masmorra. Acho que ele imaginava que eu tentaria fugir com seus filhos.*

Ele me deixou presa em uma cela por um ano e, depois, decidiu me soltar, para varrer os ossos nos túneis. Foi quando parei de acompanhar a passagem do tempo. Eu não sabia que dia era, que ano, qual a minha idade. Quando enfim aconteceu o golpe e os Lannon foram presos ... eu não soube o que fazer. Tinha passado tanto tempo em cativeiro que continuei varrendo ossos, morrendo de medo de tentar passar das portas da masmorra e subir para a luz.

E de repente vi você, Aodhan. Você e eu finalmente nos esbarramos nos túneis, e achei que meu coração fosse explodir. Eu sabia que era você. Ainda assim, tinha medo demais de me revelar, até mesmo quando Declan me acorrentou na cela dele e me viu de novo, com Davin e a rainha. Estava envergonhada por ter abandonado meu nome. Não sabia o que era melhor para você, então fiquei no mesmo lugar, naqueles túneis, na escuridão.

Até que você voltou para mim. E sempre vou me perguntar por que você voltou, como soube que era eu.

Um dia, quero ouvir sua história, saber de todos os anos que perdi. E quero conhecer o lugar onde seu pai o criou; quero ver os lugares que você viu e as pessoas que você conheceu e amou. Quero que me conte como vocês planejaram voltar para Maevana e colocar Isolde no trono.

Mas, por enquanto, acho que basta dizer que amo você. Amo você, Aodhan, meu filho, meu coração. E estou muito feliz por você ter voltado para me tirar da escuridão.

33

O DRAGÃO E O FALCÃO

Castelo real de Lyonesse, território de lorde Burke
Novembro de 1566

Brienna

— Já falou com Aodhan?

A pergunta de Isolde me fez encará-la. Estávamos sentadas no solário dela no castelo, com todos os arquivos antigos, planejando a coroação para a semana seguinte. E eu não queria revelar que estava sobrecarregada e distraída, porque todo mundo estava exausto. Mas era inegável que eu não parava de pensar em Cartier e na mãe dele, em Keela e Ewan, na minha recuperação.

Já não estava mais com a faixa na cabeça. Decidi descartá-la oficialmente no dia anterior, na execução dos Lannon. Com o rosto à mostra, eu vira Gilroy e Oona se ajoelharem e serem decapitados no cadafalso. Sentira a luz do sol, o vento, o olhar de centenas de pessoas contemplando minha cicatriz. Mas isso não me impedira de me apresentar ao povo de Lyonesse para defender o perdão de Ewan e Keela.

Meu rosto era esse agora. Era uma prova maior que minhas palavras do que eu havia sofrido. E foi um alívio para mim quando o povo o viu — quando *me* viu —, meus irmãos, minha irmã, meu pai, todos os fidalgos do reino. Todos menos Cartier, pois ele não viera para a execução.

Eu não o via desde o dia em que lhe contei sobre sua mãe, quase duas semanas antes. E eu não podia negar, apesar da coragem que eu encontrava a cada dia. Ele não havia visto minha cicatriz.

— Só por carta — respondi. — Ele disse que a mãe está indo bem.

— Que bom saber — afirmou Isolde, calando-se.

Ela havia conhecido Líle Morgane. A rainha esperara Cartier voltar da masmorra naquela noite. Isolde fora uma das primeiras a falar com ela, a abraçá-la.

Queria perguntar mais sobre Líle, mas as palavras eram pesadas demais para sair. E embora parecesse que Isolde conseguia ler meus pensamentos — ela sabia que eu estava preocupada com a ideia de rever Cartier —, resolvi voltar minha atenção para a coroação de novo.

Isolde queria que a cerimônia fosse como a das rainhas que a antecederam — uma comemoração entremeada de tradição —, mas queria também que fosse iluminada pelo progresso. Maevana estava emergindo de um período muito sombrio, então tentei anotar todas as ideias de Isolde e me perguntei como eu realizaria aquilo tudo para ela em apenas sete dias.

— Queremos o que mais? — perguntei, pegando a pena de novo.

— Precisa ter música, sem dúvida — afirmou Isolde. — Muita dança e muita comida.

— Acho que é para todo mundo contribuir com comida — falei, vasculhando os documentos antigos que, por milagre, haviam sobrevivido ao reinado de Gilroy. — Ah, sim. Diz aqui que cada Casa traz seu melhor prato.

— Então isso precisa ser incluído no convite — orientou a rainha.

Convites. Claro, pensei, procurando nos arquivos para ver se eu achava algum modelo antigo.

— Quero que os convites sejam lindos — declarou Isolde, com um tom quase sonhador. — Precisam ser traçados por calígrafos, com tinta vermelha e dourada.

Santos do céu, pensei. Como é que eu ia executar isso tudo? Será que havia algum calígrafo em Maevana? Será que Gilroy permitira a existência de algo tão belo?

— Muito bem, milady. Verei o que posso fazer — respondi. — Quer convidar todas as Casas?

Isolde me olhou de esguelha.

— Quer dizer se quero convidar os Lannon e os Halloran? Quero. Eles fazem parte do reino, apesar do que os líderes das Casas fizeram.

Terminei de anotar a lista imensa de afazeres e, como Isolde ficou quieta, levantei o rosto e vi que ela havia colocado uma caixinha na minha frente.

— O que é isto? — perguntei, cansada de surpresas.

Era uma caixinha de madeira, com belos detalhes entalhados. Abri cuidadosamente e vi um broche de prata dentro, repousando em um veludo vermelho. Era moldado como um dragão e um falcão, um virado para o oeste, o outro, para o leste, encostando as asas. A princípio, não entendi o significado, mas então olhei para Isolde e vi que ela estava sorrindo para mim.

— Quero que saibam que minha ascensão conta com uma conselheira — falou. — E essa pessoa é você, Brienna, se você aceitar.

Fiquei sem palavras. Só consegui alisar a beleza daquilo com meu polegar. O dragão era ela, a rainha Kavanagh. Mas o falcão era eu, a filha de MacQuinn.

— E então, cara amiga — murmurou Isolde. — O que me diz?

Prendi o broche na minha camisa, pouco acima do coração.

— Digo que ascendamos.

Isolde sorriu, e fiquei surpresa de ver que ela parecia mesmo aliviada.

— Que bom. Sei que já despejei muita coisa em cima de você por um dia. Mas tem uma surpresa à sua espera nos seus aposentos.

— Ah, Isolde. Não gosto de surpresas.

— Você vai gostar desta — garantiu ela, tirando a lista das minhas mãos e levando-me até a porta. — E chega de trabalho por hoje.

Olhei para ela, intrigada, mas me deixei ser levada para fora do solário.

Meus aposentos não eram longe, e andei devagar até lá, tentando imaginar qual seria a surpresa. Abri a porta quase com medo e passei os olhos pela minha sala de visitas.

— Brienna!

Merei veio para cima de mim antes que eu tivesse chance de piscar. Ela passou os braços ao meu redor e apertou com tanta força que dei uma gargalhada enquanto tentava continuar de pé.

— Como foi que ela trouxe você sem eu saber? — exclamei, afastando-me para ver o rosto de Merei, com as mãos afundadas em seu manto de paixão roxo.

— A rainha é mágica, né? — disse Merei, com os olhos cheios de lágrimas. — Ah, Bri, senti tanta saudade! E você vai me fazer chorar.

— Não chore — pedi rapidamente, mas minha garganta já havia se fechado ao vê-la. Merei estava vendo o que eu era agora, com cicatriz, sem cabelo, e, ainda assim, eu me sentia mais forte do que nunca. — Eu sei. Já estive melhor.

— Você está linda, Brienna. — Ela me abraçou de novo, e ficamos um instante só agarradas até os cachos dela entrarem na minha boca e eu pisar em seus pés. — Mas não sou a única surpresa para você.

— Mer — falei, meio em súplica, meio em advertência, enquanto ela ia alegre até a porta do meu quarto. — Você sabe que eu *odeio* surpresas.

— E é por isso que decidimos surpreender você — disse Merei, sorridente. Ela parou com a mão na porta, de propósito prolongando o momento. — Está pronta?

Ela nem esperou minha resposta. Abriu a porta, e Oriana saiu de repente. Deixei escapar um grito de alegria ao abraçá-la, e nós três ficamos em uma roda, com os braços em volta uma da outra, testas coladas, irmãs reunidas. Eu havia passado sete anos da minha vida com elas na

Casa Magnalia. Merei estudara a paixão de música, Oriana, a paixão de arte, e eu, a paixão de conhecimento. E, ao vê-las agora... chorei mesmo. Abracei-as e chorei, ao me dar conta do tamanho da saudade. Nossas lágrimas se transformaram em risos, e Oriana nos levou até minha lareira, onde uma garrafa de vinho valeniano nos aguardava com três cálices de prata.

— Vocês duas precisam me contar por que estão aqui — pedi, enquanto Oriana servia cada cálice. — E por quanto tempo vou poder aproveitá-las.

— Estamos aqui para comemorar a ascensão de uma rainha — respondeu Merei.

— E — acrescentou Oriana, lançando um olhar para Merei — falaram que você precisava arranjar músicos e calígrafos para a coroação. Estamos aqui para ajudar, Brienna. Sabemos que somos valenianas, mas queremos compartilhar este momento com você e Maevana.

Não consegui disfarçar a felicidade. Eu irradiava alegria quando brindamos à rainha, quando brindamos à nossa fraternidade e nossas paixões. Ficamos sentadas diante da lareira conversando por horas, como se fôssemos imunes à passagem do tempo. Oriana me falou da Casa de paixão onde ela lecionava agora, e de seus pupilos terríveis e maravilhosos, e Merei me falou de sua trupe, dos lugares onde se apresentara recentemente e das cidades lindas que havia visto.

A rainha trouxe pessoalmente o jantar aos meus aposentos, e nós quatro conversamos sobre Valenia, nossas lembranças mais felizes e os dias empolgantes que nos aguardavam. Não dava para pedir uma noite mais deliciosa, comendo com as pessoas que eu mais amava, minhas amigas de infância e minha futura rainha.

Isolde e eu cruzamos os olhos por cima da mesa. Discretamente, ela ergueu o cálice para mim. E eu sabia que ela havia chamado Merei e Oriana por minha causa, não para a coroação. Ela trouxera minhas irmãs de paixão porque sabia que eu precisava vê-las, que meu coração seria revigorado por elas.

Pensei nos dias à nossa frente, dias que construiríamos com nossas mãos, mentes e palavras, dias que, sem dúvida, seriam incertos, difíceis e lindos, tudo ao mesmo tempo.

Sob a luz da lareira, Isolde bebeu à minha saúde, e eu, à dela. O dragão e o falcão.

34

ENTRE AS TREVAS E A LUZ

Mistwood, território de lorde Burke

Cartier

O dia da coroação de Isolde chegou quando as últimas folhas de outono, rubras, douradas e marrons, caíram.

Eu estava de costas para o vento, no campo que se estendia do castelo real até Mistwood, o mesmo lugar onde havíamos combatido no dia do levante, poucas semanas antes. Vi as mesas sendo dispostas no gramado, em preparo para o grande banquete comemorativo. As meninas aprontavam as mesas com prataria polida, rios de velas brancas e pétalas de flores silvestres de fim de outono. Os meninos já haviam delimitado uma área do gramado para os jogos, e as mulheres traziam seus melhores pratos enquanto os homens cuidavam das fogueiras e assavam em espetos leitões e aves recém-depenadas.

O ar vibrava de empolgação, com fragrância de fumaça, cravos moídos e flores colhidas, pois Maevana estava prestes a ganhar uma rainha após décadas de trevas e de reis inúteis.

E todos trouxemos algo, fosse um pão, queijo, um barril de cerveja ou uma bacia de ameixas. Todo mundo se vestiu com as cores ou o brasão de suas Casas, transformando o campo em uma tapeçaria colorida, tecida pela luz, que começava a ir embora.

Olhei para o gibão que eu usava, azul como centáurea. Pela trigésima vez, alisei as marcas amarrotadas nas minhas roupas, as marcas no meu coração, e tentei me distrair com um grupo de garotos que brincavam para ver quem conseguia lançar mais longe. Mas não conseguia deixar de procurá-la, procurar a lavanda e o falcão dourado dos MacQuinn que eu sabia que ela usaria.

— Milorde! Milorde, olha só! — gritou Ewan, e sorri pela feliz distração. Vi Ewan arremessar suas três bolas, não tão longe quanto os outros garotos, mas ainda impressionante para o tamanho pequeno dele. — Viu isso, lorde Aodhan?

Bati palmas e fui imediatamente esquecido no meio do entusiasmo de Ewan de se mostrar para um grupo de meninas que se reunira para assistir.

Voltei a me misturar à multidão, onde a maioria das pessoas estava ajudando com arranjos de comida de última hora. Vi o pedreiro Derry rindo, já tendo experimentado a cerveja e a sidra. E lá estavam minha mãe e Aileen, espanando umas folhas caídas de cima dos pratos já postos. E Seamus, ocupado na fogueira do churrasco, enxugando o suor da testa. E Cook, tentando decidir onde colocar suas batatas temperadas e tartaletes de maçã.

Sorri ao vê-los.

Pelo canto do olho, vi Jourdain com lavanda e ouro, afastado, hesitante. Ele estava esperando no campo, observando minha mãe. E lembrei que ele havia planejado uma revolução com ela, que fora um fracasso e que o fizera passar 25 anos acreditando que ela havia morrido.

Líle sentiu o olhar e levantou o rosto. Vi seu rosto se iluminar de alegria quando ela o reconheceu, quando foi até ele. Eles se abraçaram, aos risos e às lágrimas.

Virei-me para dar-lhes privacidade.

E então pensei: *Se Jourdain está aqui, Brienna deve estar por perto.*

Eu não a via desde a manhã em que ela me chamara ao castelo Fionn, a manhã em que me contara sobre minha mãe. O cabelo de Brienna tinha sido cortado, seu rosto estava enfaixado, e a pele, pálida e cheia de hematomas. Meu coração se partiu ao vê-la. O que será que ela havia suportado, e por que não consegui encontrá-la mais rápido?

Lembrei que eu havia esperado dias até ela me chamar, que havia caminhado pelos corredores e campos de Brígh, angustiado de preocupação sem saber por que ela não queria me ver. E aí, quando me chamou para Fionn, fui correndo, ansioso para abraçá-la, e ela mantivera aquela distância entre nós com a voz e os olhos. Não queria meu toque. E eu ainda não sabia se era por causa do que estava prestes a me contar, ou se era por que de repente queria distância de mim.

Andei até a floresta, passando entre grupos de gente e entre as árvores, à procura dela. Eu sabia que estava quase na hora; era o pôr do sol. E a tradição devia ser mantida: as rainhas sempre eram coroadas em Mistwood ao pôr do sol.

Eu estava no meio de um grupo de Burke quando as flautas começaram a soar, para chamar as pessoas ao bosque e prepará-las para a chegada da rainha.

E foi nesse momento que finalmente a vi.

Brienna estava sob um imenso carvalho. Usava um vestido da cor do amanhecer, um roxo que ficava entre a escuridão e a luz. A Pedra do Anoitecer pendia da corrente em seus dedos, e uma coroa de flores silvestres repousava em sua cabeça. Ela não estava com seu manto de paixão, mas eu também não, pois tínhamos decidido representar apenas Maevana nessa noite.

Vi a cicatriz que ocupava o lado direito do rosto dela, uma cicatriz que eu sabia que batia com a que havia no meu espírito. Contudo, quanto mais a olhava, mais a cicatriz desaparecia, pois Brienna me consumia por completo.

Mentalizei para que ela olhasse na minha direção, para que me encontrasse no meio do povo.

E ela quase me viu; seus olhos estavam passando pela luz das chamas quando senti lorde Burke tocar no meu ombro.

— Morgane! Achei que você estaria com seu pessoal.

— Ah, é, pois é.

Olhei para ele, quase sem saber onde eu estava. Ele deve ter percebido que eu só tinha olhos para Brienna, porque sorriu e disse:

— Você deve estar cheio orgulho dela. Se bem que a posição dela na hierarquia é muito superior à sua, rapaz.

E tive vontade de perguntar a que ele se referia, mas então reparei no broche prateado no peito de Brienna, brilhando como uma estrela cadente e proclamando o que ela era.

Foi então que me dei conta, e soltei um breve suspiro.

Brienna era a conselheira da rainha.

35

A RAINHA ASCENDE

Mistwood, território de lorde Burke

Brienna

A luz começava a ir embora, as sombras começavam a se abrandar, e eu sabia que a rainha chegaria logo. Admirei a floresta à nossa volta, aquelas árvores antigas que tinham abrigado a coroação da rainha séculos atrás. Havia lanternas penduradas nos galhos que derramavam uma luz calorosa em nossos ombros. O ar tinha um aroma fresco e adocicado. Grinaldas de flores iam de árvore em árvore como teias de aranha.

Continuei esperando-a, parada sob o carvalho, junto do magistrado.

Fechei os olhos por um instante, para acalmar a mente. Em muitos sentidos, essa noite parecia o solstício de verão cinco meses antes, a noite em que eu conquistaria uma paixão e ganharia um patrono. E, naquela noite, dera tudo errado; nada saíra conforme o planejado.

Mas aquela noite havia inspirado esta, pois, se não fosse meu fracasso, eu não estaria aqui agora.

Abri minhas pálpebras, e levei o olhar direto para onde meu pessoal estava reunido. Neeve, Sean, Keela, Ewan, Oriana, Merei e Luc. Eles estavam conversando, rindo e aproveitando o momento. E meu coração se encheu de alegria ao vê-los: éramos uma família. Mas onde estava meu pai? Onde estava Cartier? Não dava para negar que eu estava ansiosa para vê-lo. Para que ele me visse.

Assim que pensei isso, vi Jourdain atravessando a multidão com uma mulher ao seu lado. Eu sabia quem era ela. Era Líle Morgane. Porque Cartier era a cara dela, aquela elegância esguia como uma espiga de trigo, cabelo claro e olhos tão azuis que pareciam queimar.

Não tive tempo de refletir sobre ela, pois as flautas começaram a tocar e Isolde e Braden finalmente chegaram, como se tivessem sido trazidos por magia. Isolde nunca estivera tão linda, tão radiante. Não consegui tirar os olhos dela enquanto ela e o pai vieram até mim e o magistrado.

— Isolde, filha de Braden e Eilis Kavanagh, você se encontra diante de nós para ascender ao trono de Maevana — disse o magistrado, e, embora sua voz fosse idosa e cansada, o som reverberou pela mata. — Você aceita este título?

— Aceito, senhor — respondeu Isolde, firme, sem hesitar.

— Ao receber esta coroa — comecei a recitar o juramento ancestral —, você reconhece que sua vida não mais lhe pertence, que está casada com esta terra, com seu povo, que sua única responsabilidade é protegê-los e servi-los, defendê-los e honrá-los e, acima de tudo, garantir que a magia que você cria seja voltada para o bem, não para o mal. Você aceita este juramento?

— Aceito, milady.

— Os lordes e as ladies das Casas e os homens e as mulheres de Maevana se reúnem aqui esta noite para testemunhar seu juramento — continuou o magistrado. — Em troca, juramos servi-la, honrá-la, ajoelhar apenas diante de ti e de mais ninguém e acreditar que suas decisões são pelo bem desta terra. Juramos proteger sua vida com a nossa e resguardar a vida de seus futuros filhos e filhas.

O magistrado parou, incapaz de disfarçar o sorriso.

— Venha, minha filha, e ajoelhe-se diante de nós.

Isolde soltou o pai e apoiou os joelhos entre as raízes na terra.

Primeiro era a pedra.

Tive o cuidado de levantar o colar pela corrente e ergui a Pedra do Anoitecer no alto para que todo mundo visse. Em seguida, pendurei-a no pescoço da rainha, escutei o murmúrio de quando a Pedra do Anoitecer se ajustou, vi-a repousar sobre o coração de Isolde. Ela não a queimou, pois Isolde detinha a chama em seu sangue. Em vez disso, a pedra brilhou para ela e vibrou com cores iridescentes. Vi a luz dela nas minhas mãos, uma dança de carmesim, turquesa e âmbar nos meus dedos, refletindo no meu vestido, e fiquei maravilhada diante da pedra, da rainha do norte, da minha amiga.

Depois vinha a coroa.

O magistrado a ergueu para que a luz das velas beijasse os diamantes. E a colocou cuidadosamente na cabeça de Isolde; a prata cintilava como estrelas entre seus cachos castanhos.

Por fim, o manto.

O capitão da guarda de Isolde se apresentou com o manto real dobrado no braço — veludo vermelho e dourado adornado com fios pretos, pérolas e aventurinas. O guerreiro o colocou sobre os ombros dela, e senti o cheiro do incenso nele: cravo, cardamomo e baunilha, um aroma ao mesmo tempo picante e adocicado. O manto era uma bela representação de dragão para a rainha usar na corte.

— Ascenda, rainha Isolde da Casa Kavanagh — proclamei, virando as mãos para o alto, as palmas para cima.

Isolde se levantou, como se estivesse se erguendo das sombras, das brumas.

As flautas e os tambores começaram a tocar uma melodia alegre, e Braden Kavanagh deu um passo para trás, ciente de que Isolde não pertencia mais a ele: ela pertencia a nós.

Isolde olhou diretamente para mim. Um sorriso iluminou seu rosto; e o meu era um reflexo do dela. Quando se virou, demos vivas, erguemos vozes e mãos, e meninos e meninas jogaram flores pelo chão à sua frente. As seis meninas Kavanagh de Isolde — as meninas que Cartier encontrara no açougue — cercaram-na, vestidas de vermelho e preto, as cores da Casa delas. E fiquei cheia de alegria ao ver seus sorrisos largos, as flores em seu cabelo e o carinho que tinham pela rainha. Isolde as declarara suas irmãs: sempre teriam um lugar no castelo, ao lado dela. E eu estava ansiosa para ver a magia das meninas começar a aflorar.

Fiquei mais um instante entre as raízes do carvalho, desfrutando o entusiasmo, o esplendor daquele momento. Jourdain veio para perto de mim e apoiou as mãos nos meus ombros enquanto Isolde caminhava entre as árvores, arrastando o longo manto pelo chão atrás de si.

— Nunca imaginei que veria este dia — murmurou meu pai, e senti a emoção em sua voz.

Achei que ele estivesse falando só de Isolde, mas me surpreendeu quando deu um beijo no meu cabelo e disse:

— Tenho muito orgulho de você, Brienna.

Pus a mão em cima da dele e pensei naquele momento em que havíamos nos conhecido, quando eu desconfiara dele, quando ele ficara intrigado com minhas lembranças ancestrais, quando decidimos confiar um no outro e tramar a volta da rainha. Eu jamais teria imaginado que seria a responsável por participar de sua coroação, que proclamaria seu juramento ancestral, que seria seu braço direito. Isso me enchia de espanto e arrebatamento.

— Tenho uma velha amiga que eu gostaria que você conhecesse — sussurrou Jourdain, apertando meus ombros.

Virei-me e vi Líle se aproximar. Ela sorriu para mim, e achei que eu fosse chorar ao finalmente encontrá-la.

Eu não sabia o que dizer, até que percebi... não havia palavras para aquilo. Então a abracei, deixei que me envolvesse e, pela primeira vez na vida, entendi o que era ser abraçada por uma mãe.

Delicadamente, ela recuou para pôr a mão na minha cicatriz, como se soubesse que minha dor lhe trouxera alegria. Éramos o reflexo uma da outra; eu ria e chorava ao mesmo tempo. E, quando minhas lágrimas desceram, ela as enxugou com ternura.

Não sei quanto tempo passamos ali, mas de repente me dei conta da luz que desaparecia. Jourdain ainda estava ao nosso lado, mas todo o resto já havia saído da floresta para o campo, e dava para ouvir os tambores batendo ao longe.

— Vamos, queridas. A comemoração nos aguarda — chamou Jourdain, estendendo os braços para nos acompanhar.

Apoiei meus dedos no cotovelo dele, e Líle pegou seu outro braço. Caminhamos juntos, meu pai, a mãe de Cartier e eu. Logo antes de chegarmos ao campo, olhei para Jourdain e disse:

— Isso tudo parece um sonho, pai.

Ele se limitou a sorrir para mim e sussurrar:

— Então que não acordemos nunca.

36

O MELHOR DA SUA CASA

Mistwood, território de lorde Burke

Cartier

O banquete começou oficialmente, e foi uma correria até a fogueira do churrasco e as mesas de comida. Eu ainda estava entre os Burke e, em vez de lutar contra a correnteza, andei com eles para o campo. As primeiras estrelas haviam vencido o crepúsculo, e parei por um instante, olhando para elas, até que um grupo de garotos esbarrou em mim. Comecei a circular entre as mesas e fui passando pelas aglomerações de gente tentando encher pratos e vislumbrar Isolde.

Procurei Brienna; tentei encontrar seu vestido lavanda, tentei captar sua graciosidade no meio dos festejos. Mas não havia sinal dela. E, quanto mais eu a procurava, mais ficava preocupado.

Fui adentrando gradativamente o centro do campo, sentindo como se estivesse flutuando em um mar de gente desconhecida, até que vi Brienna com Merei, ambas segurando fitas compridas. Merei percebeu meu olhar antes e olhou para mim por cima do ombro de Brienna. Ela olhou de novo para Brienna, mas era evidente que Merei estava inventando um motivo para se afastar. Ela apontou para alguma coisa, sumiu na multidão e deixou Brienna sozinha. Avancei, ciente de que talvez essa fosse minha única chance de falar com ela.

Brienna permaneceu parada. Mas Merei deve ter falado que eu estava chegando, pois parecia que Brienna tinha parado de respirar ao sentir minha aproximação. E, ao contrário do que eu esperava, ela não se virou para mim. Continuou de costas, o que só aumentou meu receio de que ela estivera me evitando.

— Brienna.

Ela finalmente se virou para ficar de frente para mim, e seus olhos reluziam com a claridade das chamas. Por um instante, ela não falou nada. Seus olhos pousaram nos meus e logo se afastaram, distraídos por algum convidado que estava por perto. Mas reparei que ela estava inclinando o rosto para esconder parcialmente a cicatriz de mim. Como se estivesse com medo de que eu visse.

Meu coração pesou, e eu é que fiquei sem palavras.

— Lorde Morgane — disse ela, ainda distraída.

Lorde Morgane. Nada de Cartier. Nem sequer Aodhan.

Ela estava mantendo uma distância entre nós, e tentei não me deixar abalar.

— Você viu a coroação de Isolde? — acrescentou ela, às pressas, e me dei conta de que Brienna estava tão nervosa quanto eu. — Procurei você.

— Eu estava lá. Vi você pronunciar o juramento. — Esperei até ela olhar para mim de novo. Aos poucos, ela ergueu os olhos para os meus. O broche prateado em seu peito refletiu a luz. Sorri, incapaz de disfarçar meu orgulho, minha admiração. — Conselheira da rainha.

Um sorriso alegrou seu rosto. A beleza dela era quase insuportável.

— Ah, é. Eu ia escrever para contar, mas... tem sido bastante corrido por aqui.

— Imagino. Mas espero que você tenha conseguido aproveitar a estada em Lyonesse.

Conversamos sobre os últimos dias e semanas. Brienna me falou das execuções, do perdão para Ewan e Keela, do planejamento. E falei rapidamente da volta de Líle. Em alguns aspectos, parecia que Brienna e eu tínhamos passado anos afastados. Aconteceu muita coisa desde a última vez que nos vimos. Mas quanto mais conversávamos, mais ela relaxava, mais sorria.

— E o que é isto? — perguntei, apontando para a fita que continuava em suas mãos.

— Eu estava procurando um parceiro.

Ela olhou para a multidão, como se estivesse prestes a escolher uma pessoa desconhecida qualquer.

— Parceiro para quê?

— Um jogo que você odiaria, Cartier.

Ela virou o rosto de novo para mim, mas só para me lançar um olhar debochado que indicava que ela me conhecia muito bem.

— Que tal a gente descobrir? — desafiei.

— Tudo bem. — Brienna começou a andar, e fui atrás, como se já estivesse amarrado a ela. Ela olhou para mim por cima do ombro e disse: — Mas eu avisei.

Ela me levou até o gramado de jogo. E vi, horrorizado, que era um daqueles jogos de corrida, em que duas pessoas eram amarradas pelo tornozelo, forçadas a correr em volta de barris de cerveja e bancar uns belos idiotas.

Brienna tinha razão. Por dentro, detestei a ideia, mas não me esquivei e não me afastei. Nem quando ela inclinou a testa para mim, esperando que eu protestasse.

Merei apareceu, corada e sorridente, com a coroa de flores no cabelo começando a cair.

— Rápido, vocês dois! — exclamou ela antes de correr pelo campo, de onde Luc gesticulava com impaciência.

Peguei a fita e me ajoelhei. Brienna levantou a barra do vestido, para que eu pudesse amarrar a fita em nossos tornozelos. Dei um nó forte, de modo que nada o desmanchasse. E, quando me levantei, ela sorriu para mim, como se soubesse no que eu estava pensando. Ela me envolveu com o braço, e andamos desajeitadamente até a linha de largada.

Paramos ao lado de Luc e Merei, Oriana e Neeve, Ewan e Keela, todos aparentemente empolgados com a perspectiva da corrida de três pernas. Observei os barris pelos quais devíamos correr, contrariado, até que Brienna murmurou:

— O que você me dá se nós ganharmos?

Meus olhos foram para os dela. Mas não tive tempo de responder. A corrida começou, e nós fomos os últimos a sair. Mas Brienna e eu éramos equilibrados; alcançamos Ewan e Keela e fomos atrás de Luc e Merei. Neeve e Oriana estavam na frente, para surpresa de ninguém. Mas algum idiota tinha colocado o terceiro barril em uma parte inclinada do terreno, e enfiei o pé em um buraco. Perdi o equilíbrio e levei Brienna junto. Capotamos barranco abaixo para as sombras em uma confusão azul e cor de lavanda de braços e pernas.

Ouvi algum rasgo embaixo dos meus joelhos. Meti as mãos na terra para nos segurar, com Brienna embaixo de mim, e tentei recuperar o fôlego, tentei enxergar o rosto dela à luz das estrelas.

— Brienna?

Ela tremia. Achei que tivesse se machucado, até que me dei conta de que estava rindo. Me deixei cair por cima dela e senti sua risada se alastrar para o meu peito, até que meus olhos ficaram cheios de lágrimas e eu não lembrava a última vez que me sentira tão feliz.

— Acho que rasguei seu vestido.

— Não tem problema.

Ela suspirou e olhou para mim.

Por um instante, ficamos imóveis, mas dava para senti-la suspirando junto a mim. Ela então inclinou o rosto de novo, para esconder a cicatriz nas sombras.

Delicadamente, peguei no queixo dela e voltei seus olhos para mim.

— Brienna, você é linda.

E quis me prostrar para ela. Quis conhecê-la, explorá-la. Quis ser amado por ela. Quis ouvi-la dizer meu nome no escuro.

Mas esperei. Esperei até ela levantar a mão, até tocar em mim. Os dedos dela acariciaram meu rosto e se enrolaram lentamente no meu cabelo.

Beijei-a, e seus lábios eram frios e doces sob os meus. Ela me abraçou, e escutei de algum lugar distante as músicas e as risadas da festa. Eu sentia a terra tremer com as danças, sentia o cheiro de fogo e de flores silvestres, mas só havia eu e ela deitados na grama, banhados pelas estrelas.

Ouvi um ronco súbito.

Afastei-me, olhei para Brienna, e vi que ela estava tentando não rir de novo. E eu teria ficado arrasado se não tivesse me dado conta de que o ronco vinha do estômago dela.

— Desculpe — sussurrou ela. — Mas é que não como nada desde que amanheceu.

Me limitei a sorrir, levantar e ajudá-la a ficar de pé. Brienna espanou pedaços de grama do vestido, e vi que eu realmente havia rasgado a saia. Desfiz o nó da nossa fita e voltamos para a luz, onde havia começado outra rodada de corrida.

Nossos amigos nos esperavam perto da barraca de cerveja; Oriana e Neeve tinham vencido, e Ewan estava com uma tromba por causa disso, até que o levantei nas costas e fomos todos fazer nossos pratos nas mesas de comida.

— Preciso achar Líle — falei para Brienna depois que saímos da fila.

— Ela está com Jourdain — respondeu Brienna.

Ela então me levou até uma mesa comprida, onde vi minha mãe sentada ao lado de Jourdain. E ao lado dela estava o nobre Tomas. E, do outro lado de Tomas, estava Sean.

Meus olhos correram pela mesa, pelas pessoas reunidas ali. MacQuinn. Lannon. Morgane. Allenach. Valenianos. Até alguns Dermott. Pessoas que antes eram inimigas compartilhando pão e brindando juntas.

Sentei-me de frente para minha mãe, sorri para ela, escutei as conversas e os risos que soavam pela mesa. E pensei: *Era isso que eu desejava. É isso que a rainha traz para nossa terra, nosso povo.*

Brienna estava ao meu lado, concentrada na conversa com Oriana e Merei, quando Ewan puxou sua manga. E eu não podia brigar com ele, não em uma noite assim. Fiquei observando pelo canto do olho quando ele perguntou:

— Senhorita Brienna? Quer dançar comigo?

Brienna se levantou antes que eu tivesse chance de respirar e saiu correndo com Ewan para o campo de dança. E metade da mesa foi junto, incapaz de resistir ao canto de sereia das flautas e dos tambores. Virei-me no banco para olhar, e, no meio de toda a profusão de cores e movimento, meus olhos não saíram dela.

— Minha irmã é muito bonita, né? — disse Neeve, sentando-se ao meu lado.

— É.

Neeve e eu continuamos assistindo em um silêncio confortável. Ela então sussurrou:

— Um conselho, lorde Aodhan.

Olhei para ela, intrigado.

Neeve se levantou, mas, com um brilho espirituoso no rosto, olhou para mim antes de ir se juntar à dança.

— É bom você lembrar que minha irmã é MacQuinn.

Só fui compreender suas palavras bem depois da meia-noite, já nos meus aposentos no castelo. Estava me preparando para dormir quando achei algo no bolso. Devagar, tirei de dentro a fita que havia me amarrado a Brienna.

Foi aí que entendi.

Pensei nos Morgane; pensei no melhor da minha Casa.

Pensei em Brienna, a única filha de um lorde.

Ela era MacQuinn. E só havia um jeito de provar que eu a merecia.

37

AO ENCONTRO DA LUZ

Território de lorde MacQuinn, castelo Fionn

Brienna

Quinze dias depois da coroação de Isolde, decidi que era hora de escrever minha história. Porque em algumas manhãs, ao acordar no castelo Fionn, e em algumas noites, ao acompanhar Isolde na sala do trono, eu me perguntava como tudo aquilo tinha acontecido.

Sentei-me em meus aposentos em gloriosa solidão, empurrei a mesa até as janelas e comecei a dar forma ao meu passado, com tinta no papel, página após página, começando com meu avô e passando pelas meninas da Casa Magnalia com quem eu havia crescido, e que amava como irmãs.

Escrevi sobre o mestre Cartier, e o medo que tínhamos dele, porque ele nunca sorria, até o dia em que o obriguei a se equilibrar em cima de uma cadeira comigo, o dia em que o escutei rir pela primeira vez.

Eu estava quase no momento em que conheci Jourdain e fiquei sabendo da revolução, e a neve já começava a cair do outro lado da janela, quando Luc bateu na minha porta.

— Jantar, irmã.

E me dei conta de que eu tinha passado o dia todo sem comer, então abaixei a pena, tentei limpar a tinta dos dedos e andei até o salão.

Jourdain sorriu ao me ver, e me sentei à esquerda dele, enquanto Luc se sentou à sua direita. Keela se sentou com as tecelãs, acomodada ao lado de Neeve.

Pensei no amor que eu sentia por esse lugar e por essas pessoas e me servi uma taça de sidra.

De repente, as portas do salão se abriram e Cartier entrou em cima do cavalo mais lindo que eu já vira.

Não sei o que me surpreendeu mais: a ousadia de entrar a *cavalo* no salão de Jourdain ou o fato de que estava olhando para mim e mais ninguém.

Esqueci que eu estava servindo a sidra e minha taça transbordou.

Ele pegou todo mundo de surpresa. Percebi, porque meu pai estava tão chocado quanto eu, e Luc estava boquiaberto. Neeve era a única que não parecia perplexa. Minha irmã tentava disfarçar um sorriso por trás dos dedos.

Cartier trouxe o cavalo até os degraus do tablado e parou ali, com o manto de paixão pendurado às costas como se fosse um pedaço tirado do céu, cintilando com a neve, de rosto corado pela viagem e os olhos fixos em mim.

— Morgane? — gaguejou Jourdain, o primeiro que se recuperou do momento.

Só então Cartier olhou para meu pai.

— Vim me oferecer como pretendente para Brienna MacQuinn. Trago o melhor da minha casa, um cavalo Morgane, criado para resistência e velocidade, caso ela aceite minha proposta.

Meu coração dançava, pulava e palpitava.

Jourdain se virou para mim, de olhos arregalados.

— Filha?

E eu sabia que precisava impor a Cartier o desafio impossível.

Devagar, levantei-me da cadeira e olhei para Cartier.

Ele retribuiu meu olhar; vi a chama ardendo dentro dele, vi que ele faria aquilo do meu jeito porque queria, que procuraria pelo tempo que fosse até achar a fita dourada.

— Tragam a tapeçaria, por favor — falei, e fiquei olhando as tecelãs saírem para buscá-la.

Elas voltaram ao salão com a infame tapeçaria, e os homens se esforçaram para pendurá-la pelos quatro cantos, para que os dois lados estivessem visíveis.

Dillon se ofereceu para levar o cavalo até o estábulo e Cartier ficou ali, esperando pacientemente até que o tapete estivesse erguido. Cada par de olhos no recinto o encarava.

Ele olhou para mim, e eu olhei para ele.

— Em toda tapeçaria MacQuinn há uma fita dourada escondida entre as tramas pela tecelã — falei para ele. — Traga-me a fita dourada que se esconde nessa tapeçaria, e aceitarei seu cavalo.

Cartier abaixou a cabeça, se posicionou diante da tapeçaria e a examinou metodicamente a partir do canto inferior direito.

Trinta minutos se passaram. E uma hora. Mas Cartier não se apressou. Foi com calma, e, quando percebeu isso, Jourdain se recostou na cadeira e gesticulou para seu novo intendente.

— Traga mais cerveja e uma fornada de bolos de mel. A noite vai ser longa.

E foi mesmo.

Depois de um tempo, Ewan apareceu, corado e de olhos arregalados, e percebi que viera correndo, com medo de perder a comoção. Ele se sentou ao lado de Keela e ficou roendo as unhas, e os irmãos observaram em silêncio enquanto Cartier procurava uma fita que não queria ser encontrada.

Os MacQuinn também ficaram mais ou menos em silêncio. De vez em quando começava uma conversa, mas ninguém saiu do salão. Todo mundo observava o lorde do Veloz. Algumas pessoas deitaram a cabeça na mesa e dormiram.

Com o tempo, fiquei cansada de continuar de pé e me sentei de novo, e eu só imaginava o que Cartier estava sentindo, procurando ali, diante de uma plateia imensa.

As janelas do leste estavam coloridas pelo sol nascente quando Cartier finalmente encontrou a fita.

Não tirei os olhos dele em nenhum momento naquela noite, e vi — quase sem respirar — quando seus dedos graciosos revelaram a ponta da fita, quando ele puxou cuidadosamente até ela se soltar: um fino brilho dourado.

Ele se virou para mim e, segurando a fita nas mãos, se ajoelhou nos degraus do tablado.

— Antes que você decida — disse Cartier —, permita-me dizer algumas palavras.

Luc, que antes roncava na cadeira, se empertigou. Assim como Jourdain, que juntou os dedos e apoiou o queixo neles, tentando disfarçar o sorriso que repuxava os cantos de sua boca.

Assenti com a voz presa no peito. Mas uma canção estava brotando dentro de mim, uma canção que eu sabia que Cartier também ouvia, porque seus olhos brilhavam quando ele me encarou.

— Lembro do dia em que você me pediu para instruí-la como se fosse ontem. Você queria se tornar mestra de conhecimento em apenas três anos. E pensei: *essa é uma garota que vai fazer algo da vida, e quero ser a pessoa que a ajudará a conquistar esses sonhos.*

Ele parou, e fiquei com medo de que ele começasse a chorar, porque eu também sentia minhas lágrimas se acumularem.

— No dia em que a deixei em Magnalia, quis lhe dizer quem eu era, quis trazê-la comigo para Maevana. No entanto, não fui eu que trouxe você. *Você* é que *me* trouxe para casa, Brienna.

Eu já estava chorando, não consegui segurar as lágrimas ao escutá-lo.

— Eu amo o coração dentro de você — disse Cartier, sorrindo entre as lágrimas. — Amo o espírito do qual você foi forjada, Brienna MacQuinn. Se você fosse uma tempestade, eu me deitaria para descansar sob sua chuva. Se fosse um rio, eu beberia de sua correnteza. Se fosse um poema, eu jamais deixaria de ler seus versos. Adoro a menina que você já foi e amo a mulher que você se tornou. Case-se comigo. Lidere minhas terras e meu povo e me tome para si.

Levantei-me e, rindo, chorando e sentindo que estava prestes a desmoronar com tais palavras, enxuguei as lágrimas dos olhos. Mas então respirei, me acalmei e olhei para ele, ainda ajoelhado à minha espera, ainda segurando a fita dourada.

Parei diante dele. O salão estava em silêncio, um silêncio tão intenso que achei que ninguém se atreveria a se mexer naquele momento.

— Aodhan... *Aodhan* — sussurrei seu nome verdadeiro; explorei a oscilação do som, e ele sorriu ao escutar.

Abaixei-me para aceitar a fita, para pegar suas mãos e fazê-lo se levantar. Passei os dedos por seu cabelo e suspirei em seus lábios, palavras que só ele ouviria.

— Eu te amo, Aodhan Morgane. Leve-me, pois sou sua.

Beijei-o diante do meu pai, meu irmão, minha irmã, meu povo. Beijei-o diante de todos os olhos naquele salão. Gritos de vivas ressoaram à nossa volta como uma névoa, até que senti a comemoração percorrer meu corpo, até que ouvi os copos batendo nas mesas, para propor um brinde à união dos Morgane e MacQuinn, até que ouvi Keela gritar de felicidade e Ewan falar para ela:

— Eu avisei! Avisei que ia acontecer!

E, quando a boca de Aodhan se abriu sob a minha, quando suas mãos me apertaram para junto de si, esqueci todo mundo além dele. Os sons, as vozes e os risos desapareceram até restarmos apenas eu e Aodhan, compartilhando suspiros e carícias e semeando promessas secretas que logo floresceriam entre nós.

Depois de um tempo, ele recuou para sussurrar junto a meus lábios, para que só eu escutasse:

— Lady Morgane.

Sorri ao ouvir a beleza do nome. Pensei nas mulheres que o haviam usado antes de mim — mães, esposas, irmãs.

E o tomei para mim.

AGRADECIMENTOS

A escrita desta continuação foi uma experiência mágica, mas desafiadora, e teria sido impossível sem o amor e apoio de muita gente.

Em primeiro lugar, Suzie Townsend, minha agente incrível. Suzie, você mudou a minha vida com um e-mail lá em 2015. Às vezes nem consigo acreditar: agora tenho dois livros publicados graças a você. Obrigada pelo amor e pela paixão que dedicou às minhas histórias, por estar ao meu lado para me guiar por altos e baixos, e por me ajudar a realizar um sonho de infância.

À equipe da New Leaf Literary — Kathleen, Mia, Veronica, Cassandra, Joanna, Pouya e Hilary. É uma bênção enorme contar com um grupo tão espetacular! Obrigada por toda a magia que vocês criaram para *A resistência da rainha* nos Estados Unidos e no exterior. E também a Sara, por ter lido o primeiro rascunho desta continuação, e a Jackie e Danielle, por me acolherem com carinho na família New Leaf.

A Karen Chaplin, minha editora maravilhosa. Você elevou minha escrita a outro patamar, e agradeço muito pelo tempo e pelo amor que você investiu nos meus livros. Obrigada por mergulhar de cabeça no meu mundo e me ajudar a burilá-lo até ele brilhar. E obrigada também pela sugestão de escrever Cartier na primeira pessoa. Só passei a achar que seria capaz disso quando você acreditou que eu era.

Rosemary Brosnan, obrigada por amar esta história e acreditar nela desde o início. É uma honra fazer parte da sua equipe incrível, e não tenho palavras para agradecer toda a orientação e ajuda. Muito obrigada a todo mundo na HarperTeen que ajudou a transformar meus livros em coisas lindas: Bria Ragin, pelas observações e sugestões maravilhosas, Gina Rizzo, por todas as oportunidades incríveis que me deu em entrevistas e viagens, Aurora Parlagreco, por criar não apenas uma, mas DUAS capas absolutamente deslumbrantes que ainda fazem meus olhos marejarem, à equipe de vendas (obrigada por me ajudar a dar o título do primeiro livro!), à equipe de publicidade, à de marketing, à de design, e meus editores de produção. É uma grande honra contar com sua experiência e ajuda para trazer meus livros à vida. E, ainda, um abraço enorme e cheio de gratidão a Epic Reads, por todo amor, e pelas fotos e vídeos que vocês criaram e compartilharam com os leitores.

Obrigada a Jonathan Barkat, por tirar fotos tão lindas para minhas capas, e a Virginia Allyn, pela ilustração da sobrecapa e por criar o belo mapa do meu mundo.

Aly Hosch, o que seria de mim sem você? Obrigada por tirar minha foto de autora e me deixar bonita apesar da garoa. Seu entusiasmo pelos meus livros tem sido um raio de luz. Obrigada por me ajudar a divulgar *A resistência da rainha* e por estar ao meu lado durante toda esta aventura editorial.

Deanna Washington — fiz questão de colocar alguns "candelabros" neste livro só por sua causa. Mas, sinceramente, sua amizade inspirou muitos elementos da minha escrita. Obrigada por ler o rascunho inicial, por estar ao meu lado em espírito mesmo quando estamos separadas por um oceano. Você me aperfeiçoa e me fortalece.

Bri Cavallaro e Alex Monir, minhas duas colegas de turnê da Epic Reads! Fico muito feliz de poder sair em turnê com vocês duas. Obrigada por todo o incentivo, pela amizade e pelos conselhos que vocês me deram no meu ano de estreia. Victoria Aveyard, obrigada por me deixar acompanhá-la em duas de suas incríveis paradas na turnê de *Tempestade de guerra*, por fazer amizade comigo e compartilhar da minha empolgação de autora estreante. Você é uma inspiração para mim. Heather Lyons, fiquei tão feliz por você ter me procurado! Obrigada pela amizade e pelo incentivo para que eu escrevesse.

Muitas blogueiras maravilhosas elogiaram meus livros desde o início. Um obrigada de coração para Bridget em Dark Faerie Tales e Kristen em My Friends Are Fiction. Seu amor por *A resistência da rainha* e suas fotos lindas são muito importantes para mim. Heather em Velaris Reads —

minha primeiríssima fã, que encontrei por acaso no YALLFest de 2017. Heather, não tenho palavras para agradecer todo seu amor e apoio.

Aos meus leitores: obrigada! É uma grande honra ter fãs tão incríveis. Seus e-mails e suas mensagens lindas, os #bookstagrams, seus cosplays, suas tatuagens e *fanarts* são o que me dão força.

Minha família, acima de tudo, foi meu chão durante todo esse processo. Mamãe e papai, obrigada por me ensinar a amar histórias e me estimular a sonhar e escrever desde cedo. Aos meus irmãos e irmãs, obrigada por ler rascunhos e compartilhar do meu entusiasmo: Caleb, Gabe, Ruth, Mary e Luke. Agradeço especialmente a Ted e Joy, meus sogros, e ao clã Ross. Aos meus avós, tias, tios e primos. Todos vocês me deram apoio, e não tenho palavras para agradecer.

Ao Pai do Céu, obrigada por me conceder o amor pelas palavras e colocar todas essas pessoas incríveis na trajetória dos meus livros. O meu cálice transborda. *Soli Deo Gloria.*

A Sierra, por me obrigar a fazer intervalos durante a escrita para sair em passeios muito necessários. E também por tantos arremessos de *frisbee* — a epifania para esta continuação aconteceu quando eu estava sentada na varanda dos fundos, jogando um *frisbee* para você. Por incrível que pareça.

E a Bem, por sonhar ao meu lado, por acreditar em mim, por me ajudar a alcançar prazos e lançamentos, por ler meus rascunhos bagunçados, por construir uma parede de estantes de livros para mim. Amo você.

Este livro foi composto na tipografia Adobe
Garamond Pro em corpo 12/16, e impresso em
papel off-white no Sistema Cameron da
Divisão Gráfica da Distribuidora Record.